ANNE LÜCK

SILVER & POISON

La trafficante di emozioni

W0401779

ANNE LÜCK

SILVER & POISON

LA TRAFFICANTE DI EMOZIONI

EDICART

© 2023 Anne Lück
© 2023 Ravensburger Verlag GmbH
© 2024 by EDICART
EDICART è un marchio EDICART Style
Via Jucker, 28 - Legnano (MI) - Italia
Progettazione della copertina: Zero, München
Utilizzando le immagini di © Annartlab e © m2art, tutte da Schutterstock
Titolo originale: *Silver & Poison- Das Elixier der Lügen*
Traduzione dal tedesco di *Beatrice Mereghetti*
Tutti i diritti sono riservati - Stampato in *P.R.C.*
www.edicart.it

Per la mia mamma: –
perché ha sempre saputo, fin dalla mia prima storia fantasy,
che prima o poi avrebbe tenuto
questo libro tra le mani.
Grazie
di essere la persona più straordinaria del mondo.

CAPITOLO 1

Il gelido formicolio di un oscuro presentimento mi risalì la nuca prima ancora che svoltassi l'angolo e vedessi il nastro segnaletico giallo del NYPD.

Un brivido mi attraversò. Nonostante mi fossi avvolta nel mio cappotto lungo preferito, ero congelata fin nelle ossa. Il mese di ottobre a New York era di solito piuttosto mite, ma negli ultimi giorni il clima si era rinfrescato parecchio. A me il freddo di per sé non dispiaceva; oggi, però, avevo perso l'ultimo autobus. E ormai era già più di un'ora che camminavo per le strade fredde e umide di New York, addentrandomi in vicoli bui dove ragazze della mia età ed esili come me forse non avrebbero mai osato avventurarsi, nemmeno con una pistola carica in mano. Eppure, sebbene avessi camminato così in fretta da far schizzare l'acqua fangosa delle pozzanghere quasi fino al bordo dei miei stivali scrostati, ero ancora in un ritardo spaventoso. E adesso, quando svoltai nella 3rd Avenue, a soli tre isolati dalla mia destinazione, e scorsi il nastro segnaletico giallo in lontananza, fui certa che mai nella vita sarei arrivata in tempo.

Quasi di riflesso, i miei passi si fecero più lenti, il mio respiro accelerò e, da qualche parte nel petto, il mio cuore ebbe uno sgradevole sussulto. Era New York, e non era la prima volta che vedevo uno sbarramento della polizia nel quartiere. Incidenti, risse: erano tutte situazioni di ordinaria amministrazione che qui accadevano abitualmente. Anche se Melrose non era la zona peggiore, questo era pur sempre il Bronx.

Tuttavia, qualcosa mi diceva che stavolta era diverso. Forse il formicolio gelido sulla nuca, che mi accompagnava già da un paio di vie e che ora stava scendendo un po' più in profondità, avvolgendomi il cuore come una mano fredda.

Mi conveniva tornare direttamente indietro e allungare la strada di un pezzo girando intorno all'isolato lì accanto. Lo sapevo, eppure per qualche motivo i miei piedi continuarono invece a muoversi verso il vicolo transennato che di solito usavo come scorciatoia per arrivare al *Rhapsody*. La luce blu dell'auto della polizia dietro il nastro giallo proiettava ombre inquietanti sulle case tutt'intorno. Ricordavano oscuri demoni, e quel senso di oppressione al petto si fece ancora più forte. Più urgente. C'era qualcosa di strano, qui. Di familiare, ma inquietante, come una storia dell'orrore che hai ascoltato mille volte da piccola, e che ti provoca ancora un brivido lungo la schiena.

Ovviamente, io non ero l'unica curiosa. Nonostante l'ora tarda, un manipolo di pedoni si era assiepato vicino al nastro segnaletico giallo, bisbigliavano tra loro e scuotevano la testa scambiandosi sguardi sgomenti. *Che orrore*, riuscii a udire tra i mormorii, mentre mi stringevo le braccia attorno al corpo e mi avvicinavo ancora un po'. Tentai di scorgere, al di là dei poliziotti per strada e delle auto lampeggianti, qualcosa che mi spiegasse che cosa fosse successo. Come mai quel maledetto vicolo fosse transennato.

E poi lo vidi.

Si stagliava in mezzo agli agenti di polizia che stavano in piedi nel vicolo, nonostante portasse un'uniforme simile. Capelli neri come la pece, rasati sui lati della testa e in cima lunghi abbastanza da arricciarsi un po': l'unica nota disordinata di tutto il suo aspetto. Penetranti occhi scuri, che ogni volta sembravano riuscire a guardarmi dentro, e che, da più vicino, sapevo essere di un intenso verde bosco. La schiena dritta di un ex soldato. E la giacca da detective sulla quale, a sinistra sul petto e sulla parte superiore delle braccia, era appuntato lo stemma del 42° New York Police Department, con una piccola aggiunta, facilmente trascurabile, che lo identificava in maniera speciale. Un emblema dorato a forma di scudo.

Hayes.

Il mio cuore saltò un battito, e quasi di riflesso scivolai dietro a due donne accalcate contro il nastro, intente a bisbigliare tra loro. Mentre confabulavano, lanciai un altro sguardo tra le loro teste verso il detective, che era in piedi a una certa distanza accanto a una delle auto della polizia.

Nonostante il freddo, si era rimboccato le maniche della giacca ed evidentemente stava ascoltando il resoconto di un collega. La sua fronte era solcata da un profondo cipiglio. Questo, di per sé, non era insolito: Hayes aveva sempre un'aria seria. Eppure non riuscivo a ricordare l'ultima volta in cui l'avessi visto così teso. E già solo il fatto che fosse qui, che gli fosse stato affidato quel caso, non lasciava presagire niente di buono. Proprio niente di buono.

Sentii le viscere contorcersi. Il mio corpo reagì automaticamente al pericolo che emanava da lui. Il pericolo che lui rappresentava per me. Ma, insieme al panico crescente all'idea che potesse vedermi, si mescolava anche un'altra sensazione.

Curiosità. Quella curiosità ansiosa che percepivo come una pellicola di ghiaccio sulla pelle.

Feci un passo di lato in modo tale che le donne continuassero a ripararmi da Hayes, ma dandomi una visuale migliore sulla scena davanti a me. Il fatto che ormai sarei arrivata decisamente troppo tardi e, con ogni probabilità, mi sarei dovuta sorbire la predica di mio fratello Ellis, era finito nel dimenticatoio. Perlustrai con gli occhi l'ambiente circostante, scrutai tutto con la massima attenzione. Tuttavia, prima che riuscissi a scoprire qualcosa, mi giunse al naso un odore. Lieve, all'inizio, diluito nel profumo della pioggia e nel tanfo delle strade. Eppure lo sentivo. In quell'odore improvviso di bruciato c'era anche qualcos'altro, qualcosa di familiare, che in un primo momento non fui in grado di riconoscere. Mentre mi sporgevo un po' in avanti e la mia mano sfiorava il nastro segnaletico bagnato di pioggia, qualcosa balenò sotto una delle auto della polizia. Un telo. Era nero, per cui quasi si confondeva con la strada scura, ma non appena intravidi quella plastica spessa, capii che cos'era.

Un telo per cadaveri.

Quello fu anche il momento in cui compresi da dove proveniva quell'odore. Sapeva di vecchi libri di biblioteca, di pagine polverose, di segreti oscuri che soltanto pochi conoscevano. Era l'odore di un Narrative. Di un mago.

Con un leggero ansito, arretrai di un passo, e subito le due donne si voltarono verso di me.

Una aveva un'aria piccata, sollevò le sopracciglia e mi squadrò. Forse era per via del cappotto lungo che mi aveva regalato la mia amica Veda. Era meraviglioso, di uno spesso tessuto blu scuro con una fantasia patchwork dorata, ma era anche incredibilmente appariscente. Soprattutto in un quartiere come Melrose, perché qui era raro che qualcuno sfoggiasse vecchi capi firmati.

L'altra donna mi guardò in faccia con un po' meno disprezzo, nei suoi occhi color acquamarina riuscii a scorgere qualcosa di simile alla compassione. «Che orrore, davvero» disse. La sua voce era gracchiante, forse per via di un leggero raffreddore, e riconobbi che era quella della donna che aveva già parlato prima. «Poveretto».

«È stato un omicidio» disse l'altra. Sputò quella parola come un'imprecazione, e io avvertii il leggero brivido sulla nuca trasformarsi in una cascata di ghiaccio che mi scese lungo la spina dorsale. *Omicidio. Qui.*

Il fatto che ci fosse Hayes, che nell'aria aleggiasse l'inconfondibile odore di un mago, conferiva a tutto questo un retrogusto ancora più amaro. Perché significava che era coinvolto uno di *noi*. Ma... era l'assassino o la vittima?

Il mio sguardo ritornò al brandello di telo che dalla mia posizione riuscivo a intravedere sotto l'auto della polizia. Era come se, attraverso un tunnel buio, tutto quello che riuscivo a vedere fosse quel pezzo di plastica nera. Il telo sotto il quale giaceva una persona che aveva perso la vita. Così vicina a casa mia, così vicina alla mia realtà.

Omicidio.

A un tratto, due scarpe dall'aspetto quasi lucido s'infilarono nel mio campo visivo, davanti al telo, e poi qualcuno alzò la voce e mi riportò fuori dal tunnel. «Qui non c'è niente da vedere, se le signore vogliono passare oltre, grazie».

Alzai lo sguardo, ritrovandomi a fissare dritto in faccia un uomo dalla voce fin troppo dolce per il suo aspetto. Gli occhi erano scuri e quasi tutto il resto del viso era coperto da una folta barba nera. Aveva la corporatura di un armadio e le braccia muscolose, incrociate sul petto, parevano sul punto di far scoppiare la giacca della polizia.

Le donne, che erano in piedi un po' spostate di fronte a me, intrapresero un'accesa discussione con l'agente, il quale, con tono calmo, spiegò loro che così intralciavano il lavoro della polizia.

Gli guardai ancora una volta i piedi, che ora riparavano del tutto il telo dalla mia vista, e mi strinsi ancora di più nel cappotto.

A poco a poco, mi tornarono alla mente pensieri normali, il fatto che fossi in ritardo spaventoso. Cercavano di reprimere quella scena, che, già lo sapevo, mi avrebbe perseguitato nei miei incubi. *Devo andare*, pensai. E poi, di nuovo: *uno di noi. Omicidio.*

Proprio quando feci per voltarmi, alzai un'ultima volta la testa... e i miei occhi incontrarono quelli del detective Hayes. Forse si era girato per vedere come mai il suo collega stesse discutendo così a lungo con i curiosi. Per un istante, i suoi occhi si allargarono per la sorpresa quando mi riconobbe. Poi li ridusse di nuovo a fessure, e tutto il suo volto si fece duro come un muro di pietra. Eccolo, il fulmine che mi attraversava ogni volta che mi guardava in quel modo. Con quel particolare insieme di fastidio, disprezzo e assoluta diffidenza. Come se cercasse qualcosa in me, nel mio volto, e si arrabbiasse perché non lo trovava. Perché io non ce l'avevo. Di colpo, ecco tornare lo strato di ghiaccio, che si estese dall'attaccatura dei capelli su ogni centimetro della mia pelle. *Paura.*

Lui non aveva modo di sapere quanto avesse ragione a diffidare. Perché, se avesse saputo che facevo parte di una delle gang più pericolose di New York, probabilmente a quell'ora l'avrei guardato da dietro una grata di metallo già da tempo. Ma a *quel* detective Hayes, terrore leggendario della malavita newyorkese, a volte bastava solo un presentimento per segnare la fine di qualcuno. Peraltro, non mi era d'aiuto il fatto che avessimo un passato in comune e che avremmo potuto quasi essere amici.

Per un attimo, mentre stavo immobile in piedi davanti al nastro segnaletico, pensai che si sarebbe avvicinato. Con quel passo energico che hanno soltanto i soldati. Mi avrebbe chiesto che cosa diavolo ci facessi lì e gentilmente intimato di sparire. Sentii il suo sguardo trapassarmi come un coltello affilato, morbido come il burro e letale. Invece, dopo qualche secondo, si limitò a voltarsi di scatto e tornò a guardare il collega. Fu come se in quel momento mi avesse liberato da una morsa gelida, e io potessi finalmente riprendere a muovermi. Così mi precipitai ad allontanarmi, con le braccia strette attorno al corpo, finché non riuscii a svoltare alla piccola tavola calda asiatica all'angolo, e a uscire dal suo campo visivo.

Per assurdo, mi immaginavo lo sguardo di Hayes che continuava a scottarmi la schiena, mentre camminavo a passo di marcia tra gli edifici che puzzavano di cibo unto. Riuscivo quasi a udire la voce di Veda nella mia testa, che mi avvertiva di tenermi il più lontano possibile dai poliziotti, soprattutto da Hayes. «*Tu sei una pessima bugiarda*» mi ripeteva sempre. «*Ti metteranno dentro prima che arrivi a contare fino a tre*». Hayes mi aveva guardato solo per un secondo. Non si era neanche avvicinato troppo, e percepii una lieve rabbia ribollirmi dentro per il fatto che la sua mera presenza mi avesse spaventato tanto. Io, di solito, non ero una che si lasciava intimidire con facilità. Gli ultimi anni, in particolare, avevano reso la mia pelle di granito. Eppure, c'era qualcosa in quel detective, un'aura sinistra che sembrava penetrare dritta nella mia anima. E se c'era una cosa che non mi piaceva era quando le persone provavano a guardarmi dentro. Io per prima avevo troppa paura di sbirciare nei miei recessi più profondi. Paura che negli ultimi anni fosse diventato tutto talmente buio, là dentro, da non riconoscermi più.

Cercai di concentrarmi di nuovo sulla strada. Un'occhiata al telefono, che tirai fuori dalla profonda tasca del cappotto, mi confermò che ormai ero in ritardo già di venti minuti. Ellis mi avrebbe sicuramente ammazzata. Soprattutto quando sarebbe venuto a sapere il motivo del ritardo.

Guardai in fretta a destra e a sinistra e poi attraversai la strada con il rosso, per recuperare almeno qualche secondo. Il mosaico di catrame e buche riempite alla bell'e meglio, tipico di Melrose, creava piccoli schizzi mentre vi correvo sopra, per via dell'ultima pioggia caduta. Al contrario rispetto ai miei lavori precedenti, che avevo sempre perso dopo poche settimane, avevo trovato in mio fratello Ellis un capo ragionevolmente misericordioso. Ma ero sicura che prima o poi, nel prossimo futuro, se non mi fossi data una regolata, sarebbe scoppiato il colletto anche a lui.

Girando l'angolo, per poco non investii una vecchina. Mi scusai in fretta e furia mentre quella mi rimproverava, e poi svoltai nello stretto vicolo successivo. Gli alti edifici mi inghiottirono nella penombra, e subito mi balenò di nuovo davanti quel telo nero. Ripensai alla persona che giaceva sull'asfalto bagnato del vicolo, che non avrebbe mai più rivisto la sua famiglia, e provai un senso di colpa così forte e pulsante che quasi mi tolse il fiato. Senso di colpa? Sì, probabilmente era quello a stritolarmi tanto le viscere. Ma ero sicura che non si trattasse di una delle persone di cui avevo provocato la scomparsa. Dorian Mars, il più famoso boss della malavita, era uno che non lasciava tracce. Mai.

Oltrepassata la penombra del vicolo e tornata alla luce delle insegne al neon e dei segnali stradali, mi inondò un senso di sollievo. Per essermi lasciata alle spalle quella situazione inquietante, il cadavere e il detective Hayes. E, dopo qualche lungo passo su Melrose Avenue, anche il mio cuore lentamente si calmò. Quel cadavere, quell'omicidio, non avevano nulla a che fare con me. Dovevo scacciarli dai miei pensieri e schiarirmi le idee. Non avevo tempo per quelle cose. Né di certo le capacità mentali per occuparmi di problemi che non mi riguardavano. I miei bastavano e avanzavano.

Quando spuntarono davanti a me le alte mura del *Rhapsody*, i battiti del mio cuore riacquistarono un ritmo normale. Alzai per un istante lo sguardo verso la facciata nera che, nonostante la complessa ristrutturazione, ricordava ancora quella di un pub. Solo l'insegna al neon colorata con il nome del club e la coda sul marciapiede raccontavano un'altra storia. Il mio sguardo scivolò sulla porta d'ingresso, davanti alla quale Carlos controllava i documenti di chi era in fila. Era un bestione gigantesco, più grosso perfino di quel detective sul luogo del delitto, e il suo sorriso feroce avrebbe probabilmente messo in fuga tutti coloro venuti a creare problemi, prima di poter attuare i loro piani. Ma non me. Io sapevo che dietro al sorriso minaccioso che mi stava rivolgendo c'era un ragazzo buono che avrebbe fatto qualsiasi cosa per le sue figlie. Ricambiai il sorriso per poi superare scansando le numerose persone che intasavano il marciapiede.

Da quando Ellis, sei mesi prima, aveva riaperto il vecchio pub di nostro nonno trasformandolo in un piccolo club, la clientela era cresciuta di mese in mese. A un tratto, tutti volevano entrare in questo posto esclusivo, tutti volevano vedere almeno una volta com'era all'interno e provarne i leggendari cocktail, i quali, così si mormorava per strada, avevano strani effetti sulle emozioni di chi li beveva. Nel giro di pochissimo tempo, il *Rhapsody* era passato da chicca per intenditori del luogo a un posto di cui si diceva: «Non mi dirai sul serio che non ci sei mai stato», e io non sapevo decidermi se la cosa mi facesse piacere o no. Prima, il pub di mio nonno era stato un luogo accogliente, un posticino tranquillo dove brindare a fine giornata. Era difficile abituarsi alla sua nuova veste, decisamente più attuale e alla moda.

Sul lato sinistro dell'edificio c'era una stretta fessura, e, mentre mi ci infilavo, cercai di non pensare al cadavere nel vicolo e al detective che poteva essere sulle mie tracce. La porta per i dipendenti si trovava in cima a una scala di soli tre gradini. Era aperta, e io sentivo la musica già da lì fuori. Sul gradino più alto era seduto il nostro barman, Michael. Aveva una gamba distesa davanti a sé e nella mano sinistra reggeva mollemente una sigaretta. Alzò le sopracciglia vedendomi arrivare di fretta, e io gli ringhiai subito: «Lo so che sono in ritardo. Così in ritardo che non ho tempo per sentire prediche, mi spiace».

Gli angoli della bocca di Michael si contorsero mentre tirava una boccata dalla sigaretta. Molto lentamente, gettò fuori il fumo, e io ero già sulla soglia quando lui, stringendosi nelle spalle, mi disse: «Ellis è già venuto a cercarti».

Maledizione. Mi fermai sul secondo gradino e lo guardai

dall'alto verso il basso con le labbra serrate. Il barman mi ricordava sempre un po' un marinaio, con quella barba lunga, la maglia a righe e il piccolo berretto che portava sempre. Ora, però, era più simile a uno sciacallo che mi scrutava con occhi saettanti, perché fiutava nell'aria il mio nervosismo.

Ovviamente avevo sperato che mio fratello non avesse notato la mia assenza, visto quant'era affollato il bar in quel momento. Il più delle volte, quando si aprivano le porte, non si trovava nemmeno nel locale, perché impegnato a strillare ordini in magazzino o a controllare gli uomini della sorveglianza. Ma il fatto che proprio oggi fosse già lì e mi avesse cercato era probabilmente colpa mia. Mia e del puro e semplice fatto che non ero in grado di rispettare gli appuntamenti e di arrivare puntuale.

«E tu che gli hai detto?» chiesi, senza fiato.

Michael impiegò un tempo terribilmente lungo per rispondere.

Tirò un'altra boccata alla sigaretta e mi guardò con una scintilla divertita negli occhi. Poi disse: «Che ti ho mandata in magazzino a prendere il seltz. Non so se ci abbia creduto. Magari aggiungici una capatina in bagno, se ti becca».

Sollevata, mi voltai verso la porta di metallo piena di graffiti. «Grazie».

Fece di nuovo spallucce e mi seguì con lo sguardo, mentre superavo la sua gamba distesa con un salto elegante e sgusciavo all'interno del club. Il caldo e la musica mi investirono, ma riuscii comunque a udire le parole che Michael mormorò alle mie spalle: «Sei andata di nuovo da sola da Gage? A Ellis non farà piacere».

Dentro di me, si gonfiò un'ondata di rabbia. Il fatto che pronunciasse il nome di mio nonno come se conoscesse la storia, come se sapesse quello che provavo, mi faceva infuriare. Tutto quello che Michael sapeva era che mio nonno era in casa di riposo da sei mesi, e che mio fratello non voleva che io andassi a trovarlo da sola. Ma non sapeva come stesse. Come io stessi vivendo questa situazione straziante. O perché mio fratello volesse tenermi lontana dall'uomo che, per una parte importante della mia vita, era stato per me quasi il sostituto di un padre.

Girai la testa di scatto verso di lui e, con soddisfazione, lo vidi trasalire. Veda aveva detto già più di una volta che il mio sguardo rabbioso era davvero terrificante, per una personcina così minuta come me, e questo nonostante il fatto che la mia espressione normale fosse già piuttosto intimidatoria. L'aveva chiamata *resting bitch face* una volta.

Potevo solo immaginare il lampo nei miei occhi azzurri mentre mi piantavo le mani sui fianchi e serravo i denti. «Questi non sono affaracci tuoi, Michael».

«Certo» ribatté subito e parve accasciarsi ancora di più nella sua posizione seduta. «Scusa» aggiunse.

Io sbuffai e mi voltai per tornare all'interno del club. Senza degnarlo di un'altra parola, mi feci strada per lo stretto corridoio buio che non conduceva alla pista da ballo, bensì al piccolo spogliatoio per i dipendenti. La rabbia dentro di me lentamente si placò, ma era ancora mescolata al senso di colpa e alla frustrazione. Un mix pericoloso. La stanzetta in cui i dipendenti si cambiavano mi ricordava ogni volta gli spogliatoi che avevamo a scuola per le lezioni di educazione fisica. Panche di legno e, schierati sulla parete opposta, armadietti rosso scuro. Un piccolo specchio sopra un lavandino. Luci al neon, di cui almeno una sfarfallava sempre. E un pavimento in linoleum che cigolava, a prescindere dalle scarpe che indossavi quando ci camminavi sopra. Corsi al mio armadietto e vi appesi con cura il mio amato cappotto. Tenni su i leggings neri sportivi e sostituii la felpa sulla quale, a sinistra sul petto, campeggiava il logo del *Rhapsody*: un bicchiere da cocktail dal quale sembrava levarsi un vapore velenoso.

Ero intenta a liberare i miei lunghi capelli biondi dallo stretto colletto della maglia quando il mio cellulare squillò. La nuca mi diventò di nuovo fredda... come se non ne avessi già passate abbastanza per quella sera. Per un attimo considerai l'idea di ignorare quel suono. Ma, ovviamente, sapevo di chi era il messaggio, e che cos'avrebbe implicato non rispondere. C'era solo un numero per il quale non avevo disattivato le notifiche dei messaggi... perché mi era stato espressamente proibito.

Gettai con noncuranza lo zaino nell'armadietto, con lo sguardo già puntato sul display del cellulare. Vicino a un messaggio della mia amica Veda, che mi invitava per un caffè, ce n'era un altro. Quello appena arrivato. *DM*, recitava. *Dorian Mars*. I miei battiti accelerarono mentre visualizzavo il messaggio. C'erano solo un'immagine che pareva quasi una foto segnaletica, e, sotto, un nome. Jack Lawson. Mi concentrai a tirare profondi respiri. In passato, mi era capitato di fare qualche domanda a Dorian Mars sulle persone che mandava da me. Che cosa avessero fatto per meritare di finire nelle mie mani. Quali reati avessero commesso. Ma nei rari casi in cui Dorian mi aveva effettivamente risposto, mi ero subito pentita di averglielo chiesto. Le sue ragioni non erano mai abbastanza valide. Non che esistessero ragioni abbastanza valide, ma le sue erano spesso così spietate che io a un certo punto avevo perso l'abitudine di cercare giustificazioni ed ero passata oltre.

Con un po' troppa foga, sbattei la porta dell'armadietto e, andando verso la porta, digitai in un motore di ricerca il nome che Dorian mi aveva mandato. Dopo pochi secondi avevo trovato la stessa foto sul sito del NYPD. Le parole che lessi mi calmarono un po' il cuore, che batteva a mille. Rapina a mano armata. Gravi lesioni personali multiple. Tentato omicidio del figlio. Questo Jack Lawson era uno degli autentici cattivi qui a New York. Forse non così cattivo e senza scrupoli quanto Dorian Mars, ma quelle informazioni per il momento erano sufficienti. Ad alleggerirmi la coscienza. A giustificare anche me stessa, e a rimuovere ciò che forse uno come il detective Hayes sarebbe davvero riuscito a vedere nel buio della mia anima.

Infilai il telefono nella tasca sinistra dei pantaloni e uscii in corridoio.

CAPITOLO 2

Anche sull'ampia scala che collegava il corridoio sul retro alla pista da ballo, le pareti erano illuminate da una luce al neon blu e rosa. Ellis aveva fatto installare a destra e a sinistra dei gradini specchi alti fino al soffitto per riflettere la luce, e ogni volta che camminavo qui mi sembrava di trovarmi al centro di un caleidoscopio. I bassi della musica facevano vibrare l'aria e, stranamente, quell'atmosfera un po' cupa e un po' disdicevole mi fece pensare di nuovo alla scena nel vicolo. Al telo nero. Allo sguardo di Hayes.

Mi strofinai il collo che formicolava mentre salivo i gradini, cercando di allontanare con la mente quelle immagini. Ci riuscii con una velocità sorprendente, ma era anche vero che negli ultimi anni mi ero allenata. *Andare avanti, qualunque cosa sia accaduta. Dimenticare, non importa quello che hai visto o che hai fatto. Rimuovere, non importa quanto il senso di colpa minacci di consumarti.*

La sala principale del locale era già piena di avventori, che si mescolavano tra la pista da ballo e il bar. Quando arrivai al pianerottolo in cima alle scale e mi guardai attorno, dovetti ammettere che non avevo ancora accettato non tanto il trambusto che ora vi regnava, quanto ciò che Ellis aveva fatto al pub di una volta. Da bambina, avevo amato il caratteristico pub di mio nonno perché mi faceva sentire come se mi trovassi in un'intrigante caverna spettrale, dove vivere ogni sorta di avventure. Per fortuna, durante la ristrutturazione, Ellis aveva conservato ciò che all'epoca aveva reso magico quel luogo: le scure pareti di mattone che si innalzavano fino al soffitto. Costituivano l'essenza del fascino del *Rhapsody*. Insieme alle luci al neon, ai tavolini dall'aspetto antico, al bar moderno, ai divani vissuti e alla scintillante pista da ballo completa di palcoscenico. Quell'alternanza di vecchio e nuovo era unica. E, sebbene io fossi riluttante a considerarlo uno dei punti di forza del locale, rendeva tantissimo nelle foto su Instagram. In effetti, il *Rhapsody* aveva iniziato a fare scalpore qualche mese prima, proprio grazie a un post su Instagram con una frase che alludeva ai nostri cocktail.

Dietro al bancone scorsi Marla, i cui capelli rossi riflettevano le luci al neon, e poco più in là vidi anche Michael, che stava incassando il pagamento di un cliente. Evidentemente aveva finito la pausa sigaretta. Mi diressi verso il bar superando a stento una coppietta che si baciava con una passione selvaggia contro una colonna. Marla mi vide già da lontano e mi aprì la porticina laterale.

«Dov'eri?» mi domandò con la sua voce sempre un po' apatica.

Feci spallucce. «Sono stata trattenuta».

Lei alzò un sopracciglio, riempiendo due bicchieri di whiskey e cola. «Come no». Dal tono si capiva chiaramente che non mi credeva. In effetti avevo già usato troppe scuse in troppo poco tempo. «Magari in futuro puoi non essere trattenuta sempre nei giorni più impegnativi?»

La ignorai e mi girai verso i clienti che stavano al bancone del bar per darle una mano almeno ora. Presi la prima ordinazione e feci correre lo sguardo sulla folla, prima di gridare a Marla, sopra la musica: «Il vicolo tra la Melrose e la 3rd Avenue era transennato». E, per far sembrare la cosa ancora più urgente, dopo un paio di secondi aggiunsi: «A quanto pare, è successo qualcosa di innaturale».

Marla fece come se non mi avesse sentito, perché era già impegnata con un'altra ordinazione. Ma, dal modo in cui si sistemò una ciocca rossa dietro l'orecchio, capii che stava senz'altro prestando attenzione. E, come previsto, dopo qualche secondo chiese: «Che cos'è successo?»

Spinsi sul bancone il drink che avevo appena finito di preparare, per poi sporgermi leggermente verso Marla e rispondere: «Un omicidio, sembrerebbe. Che ha coinvolto un mago».

Voltò la testa di scatto e mi fissò con gli occhi sgranati. «Te lo stai inventando».

«No, sul serio. Si sentiva odore di carta, e ho visto il telo nero». Mi girai di nuovo verso i clienti, con un sorriso sulle labbra. Anche se, dentro di me, ero turbata. Perché quella frase, quella spiegazione, in un attimo mi aveva riportato alla mente quelle immagini. Il senso di inquietudine, il formicolio

gelido. L'odore di vecchi libri e di magia. Come se quello che era accaduto nel vicolo in qualche modo mi riguardasse. Come se significasse qualcosa per me.

Cosa assolutamente impossibile.

«Pazzesco» fece Marla, poi continuammo a lavorare in silenzio, a parte qualche breve dialogo con i clienti.

Già dopo pochi minuti, mi accorsi di come si stesse diffondendo dentro di me il piacevole silenzio che sentivo sempre qui. Era questo che mi piaceva del lavoro al *Rhapsody*. La mia mente era così occupata a cercare di comprendere i clienti con la musica alta e a miscelare i drink che non c'era spazio per altre cose. Era stranamente rilassante. E, poiché lavoravo nel bar di mio fratello già da sei mesi abbondanti, ormai conoscevo a memoria la maggior parte delle ricette dei cocktail e non dovevo più pensarci. Potevo invece concentrarmi sui volti dei clienti. Sugli occhi scintillanti di emozione mentre ordinavano per la prima volta uno dei nostri drink speciali. Sul modo in cui assaggiavano i primi, attesi sorsi di uno dei nostri *Dancing Joy* verde brillante. Sul modo in cui si chiedevano se tutto ciò che si diceva su di noi fosse effettivamente vero o se si trattasse solo di strane chiacchiere. E su come i drink, alla fine, lentamente, avessero effetto, penetrando nei vasi sanguigni e nel cervello. Finché la consapevolezza non diventava visibile sul loro volto: la sensazione che avevano indicato sul menu si diffondeva ora dentro di loro in una maniera inspiegabile, dallo stomaco alla punta delle dita. Ogni volta li vedevo girare la testa dalla pista da ballo, guardarmi e cercare di leggere qualcosa nel mio volto.

Tentando di capire se si stessero immaginando tutto... o se fosse realmente l'effetto dei nostri drink. A un certo punto, però, le persone sulla pista da ballo scrollavano le spalle, scartando l'idea perché era semplicemente troppo inverosimile. Era troppo irrealistico che esistesse davvero una cosa del genere: bevande magiche in grado di alterare le emozioni.

Ricordavo ancora i controlli della polizia che nei primi tempi del *Rhapsody* erano frequenti, e lo erano ancora adesso. I poliziotti che continuavano a presentarsi e a spedire i nostri drink alla scientifica, senza mai trovarvi nulla. Perché non contenevano droghe. Non c'era nessuna spiegazione all'effetto che manifestavano. Nessuna, perlomeno, che avesse una parvenza di logica. Perché, per la maggior parte delle persone, la magia non esisteva.

I miei pensieri vagarono senza volerlo al secondo o terzo controllo al club, quando Hayes era apparso all'improvviso di fronte a me al bancone del bar. In quel frangente, non lo vedevo da anni: avevo solo sentito parlare delle sue ambizioni di mettere Dorian Mars dietro le sbarre. Questo era anche il motivo per cui l'avevo evitato con una certa costanza dopo il suo ritorno a New York, anche se smaniavo di rivederlo con tutta me stessa. Dopo tanto tempo, era bastato posare uno sguardo sul giovane uomo che nel frattempo era diventato. In effetti, quella sera al *Rhapsody*, un solo sguardo nei suoi occhi glaciali mi aveva subito riportato alla mente i ricordi del passato. I pochi, eppure in qualche modo significativi momenti che avevamo condiviso. Come se non fossero passati anni, ma solo ore.

Ma se rivedermi aveva avuto un qualche effetto su di lui, lo aveva nascosto bene dietro la maschera da detective professionista.

Accompagnando lui e i suoi colleghi dietro il bancone e nel magazzino perché potessero effettuare tutti i controlli, io avevo fatto lo stesso, senza far capire quanto fossi turbata dalla sua ricomparsa. Ma dentro di me si era scatenata una tempesta. Avevo osservato ogni suo minimo movimento, ogni contrazione degli occhi, ogni piega delle sue dita affusolate. Forse perché da qualche parte, in quell'uomo imponente, cercavo il ragazzo che, un tempo, mi aveva toccato il cuore e poi era scomparso. E ovviamente, lo era tuttora. Io, perlomeno, non riconoscevo in lui più nulla di quel ragazzo. E, una volta che lui e i suoi colleghi furono usciti dal club, mi era rimasta una strana sensazione di vuoto allo stomaco. Come se avessi perso quel ragazzo per la seconda volta.

Scossi con decisione la testa e tornai a concentrarmi sul mio lavoro, a miscelare i drink e a osservare i clienti. A un certo punto, lo sguardo mi ricadde su una ragazza che si stava chiaramente godendo l'emozione, la felicità che si stava diffondendo in lei. Sarebbe durata un paio d'ore, sufficienti per garantirle una serata fantastica, prima che, lentamente, svanisse.

La magia nel *Dancing Joy*, o in tutti i nostri cocktail in generale, non aveva l'effetto delle droghe, che a New York circolavano in abbondanza. Nessuno perdeva il libero arbitrio, nessuno rischiava di essere costretto a fare qualcosa perché era troppo fuori di sé, e il giorno dopo nessuno si svegliava con un vuoto di memoria e un violento mal di testa. il *Dancing Joy* rendeva solo più felici. Per un momento, una sera. Faceva scivolare i problemi in secondo piano, senza offuscare la coscienza. Senza creare dipendenza. Ecco perché il *Rhapsody* e i suoi drink erano così popolari.

Gli angoli della bocca mi si contrassero e, ancora una volta, desiderai che anche per me potesse essere così semplice. Che mi bastasse buttare giù uno dei nostri drink per dimenticare tutto ed essere felice. Ma, affinché il cocktail avesse effetto anche su di me, sarebbe servita una dose di magia molto superiore rispetto a quella per i clienti. Ed Ellis, qualche mese prima, mi aveva chiesto di ridurre le dosi, perché temeva che, prima o poi, qualcuno avrebbe potuto affermare in maniera convincente che i nostri drink contenessero droghe. O che magari altri maghi della società di New York si burlassero del locale.

Ma tanto, anche con le giuste dosi, i drink avrebbero anestetizzato i miei problemi solo per un breve momento.

«Avery». Marla mi diede una leggera gomitata nelle costole e interruppe la mia osservazione quasi ipnotica della ragazza. La guardai con aria interrogativa, e lei fece un cenno verso l'angolo del bar.

Ebbi un lieve tuffo al cuore quando seguii il suo sguardo. In fondo al bancone c'era Ellis, con le braccia incrociate e un'espressione davvero burrascosa. Le sopracciglia quasi toccavano gli occhi azzurri, e io serrai le labbra. Era furioso. Ma furioso solo quanto bastava per non far spaventare i clienti intorno a noi. Questo significava che era di gran lunga più infuriato, il che era tutt'altro che positivo. Gettai un'occhiata veloce da sopra una spalla a Michael, per valutare la situazione. Che fosse andato a spifferare tutto a Ellis, dopo la mia risposta sgarbata? Ma il barman mi dava le spalle e stava servendo un cliente, perciò non ebbi modo di leggere alcunché nei suoi occhi.

«Ti conviene andare» borbottò Marla accanto a me. «Prima che ti trascini fuori da dietro il bancone».

In effetti sarebbe stata una scena imbarazzante. Così, feci un profondo sospiro interiore e percorsi a passo lento il bancone fino al punto dove stava Ellis. Appena fu sicuro che stessi obbedendo alla sua silenziosa richiesta, si voltò e si avviò verso le scale con fare del tutto rilassato. Soltanto io riuscivo a vedere quanto fossero tese le spalle sotto alla linda camicia nera e quanto fossero rigidi i suoi movimenti. Aveva pettinato all'indietro sui lati i capelli biondi che avevamo ereditato da nostra madre. Probabilmente aveva provato a farlo anche in alto, ma le nostre onde naturali erano impossibili da domare. Non avevano nemmeno la decenza di essere veri e propri ricci, no, anche quand'erano corte, sparavano in tutte le direzioni.

Lasciando la postazione al bar e avvicinandomi a mio fratello, mi venne in mente di consigliargli di farsi crescere i capelli quanto i miei, perché le mie onde, piano piano, si stavano appiattendo sempre di più. Ma quando incontrai il suo sguardo feroce, soffocai il commento e mi limitai ad appoggiare la schiena alla parete accanto a lui senza dire una parola.

Ellis era sceso di un gradino sulla scala, eppure era

più alto di me di un paio di centimetri. Approfittò della differenza di statura per lanciarmi un'occhiata ostile dall'alto.

«Dove sei stata?»

«In che senso?» Con fare innocente, mi lisciai una ciocca di capelli lontano dal viso e gli rivolsi un sorriso accattivante. Ovviamente non servì a nulla.

Ellis fece un gesto brusco con la mano, come se volesse spazzare via le mie parole dall'aria. «Avery, dacci un taglio. So benissimo che non eri qui».

Bene, quindi non si era bevuto la bugia di Michael. Questo in realtà non mi sorprendeva: Ellis era troppo furbo per certi sotterfugi. «Sono stata trattenuta» provai allora a dire. «La polizia ha transennato il vicolo che prendo di solito, e ho dovuto fare una deviazione. Credo che qualcuno sia stato ucc...»

«Una deviazione che ti è costata quanto? Venti minuti? Mezz'ora?» mi interruppe Ellis, ringhiando. Fece un cenno deciso in direzione del bar, dove c'era di nuovo una gran folla di clienti. «Oggi c'è il pienone. I tuoi colleghi hanno bisogno di te, per cui vedi di dimostrare di essere affidabile, prima che butti fuori dalla porta anche te».

Sapevo che non l'avrebbe fatto. Eravamo pur sempre una famiglia, ormai quasi gli ultimi membri rimasti qui a New York, e lui non mi avrebbe buttata fuori mai nella vita. Né dalla casa dove abitavamo, né dal posto di lavoro. Nonostante ciò, feci una faccia sconsolata. Ero ben conscia che cercasse solo di prendersi cura di me. E, sebbene mi infastidisse che si comportasse come un sostituto di papà, gli ero grata per quel posto. Per la possibilità di lavorare nel suo bar.

«Scusami, Ellis» dissi.

Ma lui spazzò via dall'aria anche quello.

Soffocai un gemito perché vedevo già arrivare la ramanzina. Mi affrettai a distogliere lo sguardo, per non fargli notare la mia irritazione.

«Non voglio sentire scuse, Ave. Voglio che tu ti prenda le tue responsabilità. Nei confronti di te stessa, dei tuoi colleghi e del club che ho costruito qui. Del tuo lavoro. Almeno mi stai ascoltando?»

«Certo che ti ascolto».

«Allora perché quando ti parlo neanche mi guardi?»

Mi costrinsi ad alzare la testa per guardarlo, ma era tremendamente difficile. Non perché ormai mi parlava come mia madre, ma perché proprio in quel momento era entrato nel club Jack Lawson. Pur avendo i capelli un po' più lunghi rispetto alla foto segnaletica, e una trasandata barba di tre giorni, lo riconobbi subito. Era l'uomo che mi aveva mandato Dorian Mars. Era l'uomo di cui dovevo occuparmi.

«Lavorerai anche domani. Domenica» stava dicendo Ellis. Aveva le mani sui fianchi e un'espressione in volto che non ammetteva discussioni.

«Va bene» borbottai quindi io, e feci correre lo sguardo di nuovo verso l'entrata. Lawson si stava facendo strada in mezzo alla folla fino al bar, perciò dovevo iniziare a muovermi. Non poteva assolutamente ordinare il drink a qualcun altro.

«...me lo aspetto, soprattutto perché parliamo dei Kennedy».

Ebbi un tuffo al cuore, prima di voltare di nuovo la testa di scatto verso Ellis. «I Kennedy?»

Mio fratello sembrava irritato. «Sono contento che ascolti così bene» borbottò, per poi aggiungere: «Isla Kennedy domani ha preso in affitto il club per il suo addio al nubilato. Per questo voglio che tu sia puntuale e responsabile, hai capito?»

Isla Kennedy. In un attimo mi ricordai di aver letto da qualche parte su Instagram che si era fidanzata e presto si sarebbe sposata. Ma che volesse festeggiare l'addio al nubilato nel nostro *Rhapsody* era una follia assoluta. Per un momento, mi fece perfino dimenticare il lavoro che mi aveva affidato Dorian Mars.

Avrei conosciuto Isla Kennedy!

«Ricomponiti» fece Ellis, ma aveva già un tono più conciliante rispetto a un secondo prima. Probabilmente non mi aveva messo un turno di domenica per punirmi, ma per farmi un favore. Sapeva che io seguivo Isla su tutti i social possibili e immaginabili. La ragazza della High Society, la superdonna magica che potevi solo ammirare oppure odiare per l'invidia. Ma Ellis doveva comunque fare la parte del capo severo.

Così, strinsi le labbra e, da brava, annuii.

«Bene». Ellis fece un cenno verso il bar, come per congedarmi, e poi scese le scale. Lo guardai per un istante e mi domandai se quelle spalle tese avessero qualcosa a che vedere con il fatto che un membro della famiglia Kennedy

sarebbe venuto da noi. I Kennedy erano una famiglia influente perfino per la High Society di New York; ma non era nulla in confronto a quello che significavano per noi. Per la nostra gente. Per noi maghi.

Al solo pensiero, la mia pelle cominciò a formicolare, ma dovevo tornare al presente. Soprattutto perché, proprio in quel momento, Jack Lawson stava raggiungendo il bar. Cercò con un'occhiata frettolosa un barman, con le spalle che pendevano tristemente.

Per fortuna, Michael e Marla erano già impegnati, così mi infilai in fretta dietro al bancone e mi sporsi verso di lui. «Ciao, che cosa ti preparo?»

L'agitazione tornò subito a farsi sentire, montando a ondate nel mio stomaco. Percepii un tremore nella mia voce, ma per fortuna sopra il ronzio dei bassi non si sentiva. Lawson si girò verso di me, e io fui sorpresa nel vedere quanto fosse vacuo il suo sguardo. Senza speranza. Ero sicura che conoscesse il suo destino, che sapesse con esattezza che cosa lo aspettasse. E di nuovo mi domandai per quale motivo Dorian Mars potesse essere così arrabbiato. Non che volessi davvero conoscere la risposta.

Oltre all'odore di alcol che emanava da lui, aleggiava qualcos'altro nell'aria. Era magia quella che percepivo, ma non sapeva di antichi libri e segreti, come quella che esalavano i Narrative. E neanche di vino mescolato al sangue, dolce, pericolosa, ammaliante, come quella di cui erano circonfusi i Poisoner. Come Ellis. Come me. Pareva piuttosto che Lawson avesse appena terminato un dipinto gigantesco e si fosse precipitato nel club direttamente dalla sua galleria d'arte. Quell'uomo era accompagnato dal profumo di pittura fresca, colori a olio e libertà. Era inequivocabilmente un Artist, anche se il suo profumo, e dunque la sua magia, erano deboli.

Mentre si sporgeva sul bancone, io riuscii a percepire anche il leggero fremito che si avvertiva sempre nell'aria quando due Maghi si incontravano. Una scossa leggera, come due atomi con una debole carica elettrica che si avvicinavano troppo l'uno all'altro. Se anche Lawson lo percepì, non lo diede a vedere.

«Un *Dancing Joy*» disse, ordinando con voce ruvida il nostro cocktail più popolare.

Dal suo aspetto, aveva proprio bisogno di un attimo di felicità o due. Il suo sguardo tornò a vagare per la sala, come se cercasse qualcosa. A malapena badava a me, perché era troppo preso dalle sue paure. Forse uno degli uomini di Dorian gli aveva detto che qui avrebbe potuto trovare un po' di pace. Un po' di distrazione da tutto ciò che lo opprimeva. Di sollievo.

Invece, qui avrebbe incontrato la sua inevitabile fine.

«Arriva subito» dissi con un sorriso, anche se il cuore mi batteva forte e il senso di colpa stava prendendo di nuovo il sopravvento. Cercai di ricordare quello che avevo letto su di lui mentre da sotto il bancone prendevo una bottiglia scura che avevo messo lì per i miei incarichi. Era nascosta dietro ad altre bevande, in una piccola nicchia che conoscevo solo io, per evitare che Michael e Marla la usassero per sbaglio. Cercai di pensare ai suoi delitti mentre miscelavo il cocktail, e alle persone a cui aveva fatto del male, sebbene non conoscessi i loro volti. *Oggi qui dentro non troverai la felicità*, pensai, e le dita mi tremarono leggermente.

Jack Lawson non mi guardò mentre feci scivolare sul bancone il bicchiere color lilla scuro. Volevo voltarmi, quando lui lo prese. Quando portò il drink alle labbra e bevve il primo sorso. Ma non ci riuscivo. Era come assistere a un incidente. Uno di quelli in cui sai perfettamente che cosa succederà, senza poterlo impedire.

Mi costrinsi a staccarmi per servire il cliente successivo. Il mio sguardo, però, tornava di continuo a lui, che sedeva accasciato in avanti sul bar e buttava giù il drink. Osservai i suoi lineamenti pallidi, che sembravano così disperati, così frustrati.

Per questo lo guardai proprio nel secondo esatto in cui il *Dancing Joy*, che tale non era, fece effetto. Dapprima ci fu soltanto una contrazione nervosa delle spalle, poi un tamburellare irrequieto delle dita. Girò la testa verso la porta. Verso la pista da ballo. Di nuovo verso il drink e poi ancora sopra una spalla. Sapevo che cosa provava non soltanto perché glielo si leggeva in faccia. Sapevo quale miscela sgradevole gli avevo versato nel bicchiere. Iniziò con il nervosismo, che pian piano aumentò fino a trasformarsi in paura. Panico puro, che pervase ogni sua terminazione nervosa. Impadronendosi di ogni fibra del suo corpo.

E poi, arrivò il senso di colpa.

Me ne accorsi da come il suo viso sembrò quasi collassare. Non sapevo quale senso di colpa lo tormentasse. Forse quello nei confronti delle sue vittime. O della sua famiglia.

O per qualunque cosa avesse fatto infuriare Dorian Mars al punto di mandarlo qui da me. Come si potesse rischiare di mettersi contro il più temibile boss della malavita rimaneva per me un mistero.

Comunque, il "cosa" non aveva alcuna importanza. Quello che contava erano le emozioni che gli si agitavano dentro, a ondate, impossessandosi di lui fino a impedirgli di sentire più nient'altro. Fino a farlo consistere solo di quelle emozioni.

Io sapevo di avergli preparato una miscela forte. Lo facevo sempre quando Dorian mi mandava qualcuno, per essere sicurissima di portare a termine il lavoro. Ma l'orrore che si stava dipingendo sul volto di Lawson era senz'altro più grande di quanto avessi previsto. Per un attimo credetti che sarebbe collassato lì sul bancone. Era bianco come un cencio e si stringeva il petto.

Allungai una mano verso di lui, feci per toccargli una spalla e chiedergli se andasse tutto bene. Ovviamente no, ed era colpa mia, io lo sapevo. L'impulso che seguii era perfettamente folle, ma non riuscii a reprimerlo.

Ma prima ancora che il mio dito gli toccasse la manica, Lawson balzò in piedi all'improvviso. Con il volto bianco come quello di un cadavere e le mani tremanti. Si guardò intorno con tale foga da far pensare a un episodio psicotico, per poi farsi strada in mezzo alla folla verso l'uscita con tanta violenza da spingere via bruscamente alcuni ospiti e ricevere più di un'occhiataccia arrabbiata. Cosa di cui probabilmente neanche si rese conto. In preda a quella paura cieca, a quel panico incontenibile e al senso di colpa che gli montavano dentro, non riusciva a percepire nient'altro. E proprio questo avrebbe segnato la sua fine. Quelle emozioni che avevo suscitato in lui l'avrebbero spinto tra le braccia di Dorian Mars, ponendo così fine alla sua vita.

Nel momento in cui si precipitò fuori dalla porta e si addentrò nella notte, mi sentii come se tutto, dentro e intorno a me, crollasse. Percepii una sorta di sollievo per il fatto che il piano fosse riuscito, ma anche un infinito, straziante senso di colpa. Quella disperazione che mi rodeva e mi ricordava che non avevo scelta. La percepivo così tanto che afferrai una bottiglia di whisky e me ne versai un bicchierino.

L'alcol mi bruciò la gola e mi distrasse da ciò che avevo fatto. Anche se soltanto per qualche secondo. Mi distrasse dalla disperazione, dalla paura, dalla frustrazione nei confronti di Dorian Mars e dai suoi spregevoli incarichi.

E mi distrasse dal fatto che ero una maledetta assassina.

CAPITOLO 3

Erano già le quattro passate quando uscii dal *Rhapsody* dalla stessa pesante porta di metallo da cui ero entrata. Mi sembrava di avere la testa avvolta nell'ovatta e le gambe mi facevano male per tutto il tempo trascorso in piedi. Mentre mi stringevo nel cappotto e guardavo il cielo che già si stava schiarendo, ricordai le mie prime nottate al club. Ricordai come, ogni mattina, avevo zoppicato fuori dalla porta, imprecando contro mio fratello maggiore che non era stato in grado di trovarmi un lavoro più leggero. Ogni mattina avevo giurato che non sarei tornata. Che non avrei rimesso piede dietro quel bancone neanche morta. Invece, ogni sera mi ero ripresentata, fino ad abituarmi alle lunghe code, ai clienti scortesi e ai bagni da pulire. E non era soltanto perché mi sentivo in debito con mio fratello o in dovere verso mio nonno. Mi mancavano proprio delle alternative. E quando si aveva a che fare con una persona come Dorian Mars, ma in realtà ci si voleva allontanare da lui, non si poteva assolutamente restare senza prospettive. Occorreva trovarsi una via di uscita. Con ogni mezzo necessario. O almeno, era così che continuavo a cercare di giustificare a me stessa l'intera faccenda. Le cose che facevo per lui.

Decisi di attraversare la 3rd Avenue, anche se in realtà da qui la strada per tornare a casa sarebbe stata molto più breve. Ellis sarebbe rimasto ancora un po' nel club per chiarire la situazione, e poiché era ancora buio e il ricordo di Lawson ancora fresco, non volevo restare per troppo tempo da sola nel nostro appartamento. Anche se questo, considerato ciò che avevo fatto, probabilmente era infantile.

Ma forse non fu solo questo a guidarmi lungo la strada, intorno all'isolato con una leggera curva, finché non entrò nel mio campo visivo il vicolo in cui, la sera prima, senza volerlo mi ero fermata. Ora non era più transennato, e non si vedeva più nemmeno l'ombra di un poliziotto. Nonostante ciò, rimasi per un momento in piedi per strada, e fissai lo spazio buio tra i due condomini. Sebbene il sole stesse già lentamente sorgendo all'orizzonte, tra gli edifici penetrava a malapena un raggio, e io riuscii a scorgere soltanto il lieve riflesso delle pozzanghere e le sagome di alcuni grossi cassonetti dell'immondizia.

Per un attimo presi in considerazione l'idea di evitare il vicolo facendo il giro largo, ma questa volta mi richiamai all'ordine. Là non c'era niente di cui avere paura. Avevo avuto esperienze Dio sa quanto peggiori e non dovevo farmi limitare da un ricordo così ridicolo, non importa che cos'avessi o non avessi realmente visto in quel luogo. Questa era la strada che avevo sempre fatto. Mi era familiare. E non avrei permesso che mi fosse portata via.

Ma c'era anche qualcos'altro che stava montando in me, oltre alla cupa determinazione. Un formicolio strano che mi saliva dallo stomaco, e quasi pretendeva che attraversassi il vicolo buio. Forse un'improvvisa brama di adrenalina. Ma, prima che la testa riuscisse a decidere attivamente di cedere all'impulso, i piedi avevano già iniziato a muoversi.

I miei passi riecheggiarono sulle alte pareti intorno a me. Invece di guardare in alto, verso il cielo che si apriva, il mio sguardo era incollato al suolo. Prima sulla punta dei miei stivali. Poi avanzò, metro dopo metro, fino al punto in cui doveva essersi trovato il cadavere. Lo riconobbi dalla grossa pozzanghera, quasi a forma di stella, su cui era stato steso il telo per cadaveri.

Ovviamente, della vittima non c'era più traccia. Né di sangue, né di altri resti. Non che me lo aspettassi, ma a me non interessava ciò che si poteva vedere. Mi interessava piuttosto ciò che avevo percepito la sera prima, ciò che lentamente spingeva i miei piedi a muoversi.

Il dolce formicolio freddo tornò a solleticarmi la nuca quando oltrepassai la pozzanghera. Era una sensazione strana, quasi uno spasmo. Una sorta di brama che mi gorgogliava nello stomaco. Dolcemente, come un'eco dell'emozione reale, eppure c'era. E quando, quasi arrivata dall'altra parte del vicolo, alzai la testa, a un tratto sentii l'odore.

Non di sangue. Non di benzina per smacchiare. Era di cenere. Il vicolo puzzava come se qualcosa (o qualcuno) fosse stato bruciato. Corrugai il naso, annusai l'aria e all'improvviso sentii l'odore così chiaramente come se qualcuno avesse appiccato un fuoco proprio accanto a me. Che diamine era successo lì?

Quella domanda mi martellava nel petto quando, poco dopo, uscii dal vicolo. Infilai le mani nelle tasche del cappotto e diedi un'ultima occhiata alle mie spalle, verso lo spazio buio tra le case. L'odore intanto si era dissolto, ma quell'emozione era rimasta. Era come se qualcuno mi stesse chiamando. Chiedesse aiuto. La pelle d'oca mi pervase la nuca, e io mi affrettai a voltarmi per scrollarmi di dosso quei pensieri.

No, era un'assurdità. Semplicemente, io ero stravolta, e con tutta probabilità la scena di qualche ora prima mi era rimasta impressa. I miei sensi mi stavano solo giocando uno strano scherzo, e io dovevo andare a letto e basta, così in breve tempo avrei dimenticato tutto quanto.

Tuttavia, la mia intenzione di lasciar perdere e di non pensarci più svanì di colpo nel nulla mentre percorrevo la 3rd Avenue e, sulla sinistra, apparve il 42° Police Department. Gettai uno sguardo veloce sull'edificio bianco-arancione, sulle automobili bianche parcheggiate davanti, che riportavano lo stemma del NYPD. A quell'ora, non c'era pressoché nessuno in giro. Ma poi, chissà come mai, guardai dall'altra parte della strada e mi fermai di colpo sul marciapiede.

Di fronte al Police Department c'era un negozietto, probabilmente una caffetteria con panificio, a cui non avevo mai fatto troppo caso. Le piccole vetrine, sormontata da tettoie, erano minuscole e quasi non si vedevano in una strada come quella. Non fu il negozio, però, a mozzarmi il fiato. Anche se era ancora molto presto, le vetrine erano illuminate, e dietro una di esse scorsi un uomo in piedi davanti al bancone. E non un uomo qualsiasi: schiena inarcata, su cui spiccava lo stemma del NYPD, e capelli neri come la pece, che si arricciavano un po' in alto. *Hayes.*

Il detective era solo. O, perlomeno, nel piccolo disimpegno o vicino alla caffetteria, io non vedevo nessuno dei suoi colleghi. Il mio sguardo guizzò di nuovo a Hayes, e per un paio di secondi lo osservai dall'altra parte della strada. Era in piedi con il profilo rivolto verso la grande finestra poco illuminata e fissava il cellulare con un'espressione cupa. Aveva, come sempre, la fronte aggrottata, che lo faceva sembrare più vecchio, anche se era appena un ventenne. Ma, forse, era un lavoro che costringeva ad alzarsi dal letto nel cuore della notte e a presentarsi sulla scena di un delitto a fare sembrare più vecchi. O aver già prestato servizio nell'esercito a diciotto anni.

Si diffuse in me una strana inquietudine. Era un misto tra la paura che lui mi aveva sempre ispirato e l'ardente curiosità per il caso su cui aveva indagato oggi. Sapevo che aveva a che fare con noi maghi, non solo per il formicolio che avevo avvertito nel vicolo, ma anche perché era proprio Hayes a occuparsi del caso.

E, ancora una volta, i miei piedi si mossero prima che la mia testa avesse preso una decisione.

Forse fu solo la stanchezza a farmi dimenticare per un attimo il rispetto per il detective e quanto il suo sguardo arrabbiato continuasse a intimidirmi, anche se ora avevo a che fare con gente molto più spaventosa.

La campanella sopra la porta a vetri tintinnò con entusiasmo quando la aprii verso l'interno e fui subito investita dal piacevole calore e dal profumo dei panini appena sfornati. Lo inspirai per poi voltarmi verso Hayes, che era ancora in piedi al bancone con la schiena inarcata, a fissare il cellulare. Non alzò lo sguardo nemmeno quando gli arrivai dritta alle spalle.

«Buongiorno, detective Hayes» dissi con voce allegra, cosa che proprio non ero.

Una scossa gli attraversò il corpo, e lui girò la testa di scatto per fissarmi incredulo. Verde bosco. Guardandolo negli occhi riuscivo quasi a sentire l'odore dei pini. Si oscurarono in un battito di ciglia, come se su di loro si fosse addensato un temporale.

«Avery». La sua voce era un mix sempre irritante tra quella roca per il fumo di un boss della malavita e quella di un narratore di audiolibri erotici, e io mi irrigidii per non far notare il brivido che mi attraversò. Tuttavia, non riuscii a trattenere il ghigno che mi si formò sulle labbra.

«Nottataccia?» domandai, e l'allegria della mia voce infastidiva me per prima. Ma sapevo anche che incontrarlo così per caso lo mandava in bestia, e l'emozione sul suo volto un po' mi fece piacere.

Le sopracciglia gli si aggrottarono, prima che tornasse al suo cellulare senza dire una parola. Mi lasciò lì così, e basta, come altre volte.

E, come altre volte, io feci proprio ciò che puntualmente lo spingeva a reagire: ignorai la cosa. «Sì, anche la mia». Con passo molleggiato, gli girai intorno in modo da trovarmi di fronte a lui al bancone, e finsi di studiare con estrema attenzione il menu delle bevande scritto su una lavagna. «Ho proprio bisogno di un caffè» commentai. «Mi consigli qualcosa?»

«Di cambiare bar».

«È così cattivo il caffè, qui?»

Hayes grugnì verso il cellulare e, quando mi gettai uno sguardo oltre una spalla, un nervo gli pulsava sulla fronte. Era affascinante non vederlo concentrato e distaccato, per una volta. Continuava a intimorirmi un po', e una parte di me temeva sempre che Hayes scoprisse quello che facevo per Dorian Mars, ma ora ero più in grado di controllarmi rispetto a ieri sera.

Doveva essersi accorto che lo stavo fissando perché alzò la testa per guardarmi. Dopo quella che parve un'eternità, si degnò di rispondere: «Qui il caffè è ottimo. È per questo che ci vengo».

Quindi il problema ero io. Ma in realtà non gli avevo fatto nulla.

Fingendo noncuranza, feci spallucce e mi voltai di nuovo. Evidentemente, il personale era impegnato in cucina, e, dopo aver gettato un'altra occhiata alla sala per assicurarmi che non ci fosse nessuno, dissi: «Ho visto il luogo del delitto stanotte».

«Lo so».

Chiaro, si era accorto che ero lì. Mi lanciai ancora uno sguardo oltre la spalla, mentre mi mordevo un labbro. Il suo viso era illeggibile. Soprattutto quando non mi guardava dritto negli occhi. «Omicidio, mh?»

Ecco che accadde qualcosa. Intorno alla bocca gli comparve una linea dura. Solo per un secondo, eppure la vidi. La nuca cominciò a formicolarmi di nuovo.

«Il mago era l'assassino o la vittima?»

Di colpo, l'espressione di Hayes da irritata si fece serissima. Stavolta l'occhiata che mi scoccò non era ardente e rabbiosa, bensì pressante. «Avery, la faccenda non ti riguarda. Stanne fuori».

Non negò che fosse coinvolto un mago, ma comunque non avrebbe avuto senso farlo. Da più di un anno, Hayes era il comandante di una task-force del NYPD che si occupava di casi di magia e sapeva che io lo sapevo. Anche se la nostra esistenza era, per così dire, segretissima, alcune persone nelle quali non scorreva sangue magico ne erano al corrente, soprattutto ai vertici della polizia. Dopotutto, qualcuno dall'alto aveva dovuto per forza autorizzare la formazione della task-force. Altri probabilmente sospettavano qualcosa, anche se l'idea che la magia esistesse sembrava loro assurda.

Mentre osservavo il volto di Hayes, mi domandai fino a che punto i suoi colleghi lo conoscessero davvero. Se sapessero che indagava sui maghi. Che lui stesso aveva sangue magico, anche se i poteri della sua famiglia erano finiti con lui, perché era il cosiddetto Shield: l'ultimo di una lunga stirpe di maghi, immune alla magia, ma non più in grado di usarla. E mi domandai se sapessero che era quello il motivo per cui, da adolescente, si era sentito la pecora nera della famiglia, aveva sempre avuto la sensazione di doversi affermare, e per questo si era arruolato nell'esercito. Mi domandai se sapessero tante cose quante ne sapevo io.

Sentii montare in me una specie di vergogna e tornai a guardare davanti a me. Non mi sembrava giusto che sapessi queste cose di lui. Non più. Non che lo avessi conosciuto particolarmente bene, prima che se ne fosse andato da New York e si fosse arruolato nell'esercito. A scuola era più grande di me di un paio d'anni e anche lui viveva qui a Melrose, non lontano dalla casa dei miei nonni. Era uno dei ragazzi popolari, che piacevano a tutti. Che andavano bene a scuola e nello sport. E che di certo non frequentavano le sfigate come me.

Ma, anche se tra di noi c'era stata soltanto una conversazione, quando il nostro autobus si era guastato e avevamo dovuto per forza fare la strada di casa insieme, mi era rimasta impressa nella memoria. Come aveva riso, come aveva finalmente raccontato delle aspettative della sua famiglia. Avevo avuto il sentore che forse saremmo potuti diventare amici. Ma, soltanto una settimana più tardi, sua sorella era morta all'improvviso. Annegata, per quanto ne sapevo. E Hayes aveva cambiato scuola. Si era diplomato e si era arruolato nell'esercito, come sarei poi venuta a sapere.

Al suo ritorno, anni dopo, aveva un aspetto completamente diverso. Più forte. Più cupo. E aveva cominciato a lavorare come detective per il NYPD, e in breve era stato nominato comandante della task-force per i casi di magia. Da allora, era determinato a sconfiggere la gang che controllava tutto nel Bronx. La gang guidata da Dorian

Mars, che aveva radunato attorno a sé gli strati più bassi della società magica formando un piccolo esercito oscuro, con il quale era ultrapotente.

La gang per la quale lavoravo io.

Quante cose potevano cambiare in qualche anno.

Eravamo su due fronti completamente opposti: Hayes, il bravo detective che nell'ultimo anno aveva arrestato innumerevoli membri della gang, e io, una pedina di Dorian che, con la sua magia, portava le persone alla morte. Al solo pensiero che, a un certo punto, mi potesse scoprire, la fronte mi si cosparse di nuovo di sudore freddo. Ma dovevo sapere qualcosa di più su quell'uomo morto. Quelle immagini non mi abbandonavano più, e non l'avrebbero fatto a meno che non fossi andata a fondo della questione. A meno che non avessi scoperto se *io* c'entrassi qualcosa.

«Comunque» risposi un po' in ritardo alle sue parole appoggiando le mani al bancone. «Se il mago è la vittima, forse un po' mi riguarda. La conosco? O è un lui? È stato scelto a caso? O c'è qualcuno che dà la caccia ai maghi, ultimamente?» Quelle parole mi sembravano false e disgustose in bocca, come cenere di sigaretta. Non era da me parlare di un omicidio con fare così distaccato e allegro. Ma avevo paura che, se avessi mostrato troppo interesse, lui avrebbe tratto le dovute conclusioni. Io non ero brava a dire bugie. Figuriamoci davanti a Hayes. Al contempo, volevo davvero sapere se la gang di Dorian c'entrasse qualcosa con l'omicidio. Se io, indirettamente, fossi implicata.

Hayes, però, non mi fece il favore di alleggerirmi la coscienza. Disse soltanto: «Se un tuo conoscente è scomparso, faccelo sapere, Avery. Se hai informazioni rilevanti sul caso, sarò più che disposto a parlare con te».

Fui sul punto di gemere per l'irritazione, quando all'improvviso la realizzazione mi corse come un enorme brivido lungo la schiena. *Se un tuo conoscente è scomparso.* Questo significava che il mago era la vittima. Che Hayes se lo fosse lasciato sfuggire per sbaglio? Mentre lo studiavo, con quel volto controllato, freddo, i penetranti occhi verdi, sapevo che non era così. Mi aveva dato quella piccola informazione di proposito. Prima che potessi rispondere, un membro dello staff uscì dalla cucina con una grossa tazza di caffè.

«Chiedo scusa per averci messo tanto, Detective» disse l'uomo anziano porgendo il caffè a Hayes. «Il cappuccinatore si è rotto, e prima ho dovuto trovare il guasto».

Hayes accettò subito la tazza, e sulle sue labbra in effetti affiorò quasi una specie di sorriso. «Nessun problema. A domani, Joe».

L'uomo annuì e si rivolse a me. «E per Lei, signorina?»

Guardai Hayes, il quale però era tornato a ignorarmi. Voltò semplicemente le spalle e uscì dalla caffetteria come se nemmeno mi conoscesse. Come se quella conversazione incredibilmente breve, eppure così significativa, non avesse mai avuto luogo.

Qualcuno aveva assassinato un mago.

«Grazie, non prendo niente» dissi in fretta e piantai l'uomo in asso per precipitarmi fuori. Ma Hayes, ovviamente, ormai se n'era già andato.

Per il resto del tragitto verso casa, sentii un dolore atroce annidarsi lentamente nella mia testa. I miei pensieri erano montagne russe. Montagne russe dannatamente inquietanti.

Il telo per cadaveri nel vicolo buio, sotto al quale giaceva un mago assassinato, era un'apparizione ricorrente. Proprio come lo sguardo disgustato di Jack Lawson, a cui avevo preparato il drink speciale. Il modo in cui Lawson era uscito barcollando dal club, tormentato dal senso di colpa e dalla paura. E, stranamente, ricordi di un Hayes più giovane, che camminava accanto a me con un largo sorriso... talmente vicino, che le nostre mani continuavano come per caso a toccarsi.

Elton Street, in cui abitavo con Ellis, non era lontana dal Police Department. La casa era vecchia, apparteneva alla mia famiglia da generazioni, e pareva stranamente schiacciata tra gli edifici adiacenti. Come se si fosse infilata a posteriori in uno spazio fin troppo angusto. Nonostante gli evidenti punti deboli, per esempio l'intonaco che si staccava e il bizzarro tetto storto, io amavo quella casa. La amavo, anche se era probabilmente la casa più fatiscente della via, e la gente che ci passava accanto per strada o non la notava oppure arricciava il naso. Quasi per scusarmi con la casa per non essere apprezzata quanto doveva, io avevo preso l'abitudine di bussare sempre sulle sue vecchie mura quando vi passavo accanto. Feci proprio questo, mentre, all'alba, stanca morta, mi avvicinai con le spalle ricurve alla porta d'ingresso verniciata di marrone scuro. Accarezzai dolcemente l'intonaco, poi battei tre volte con la nocca. *Ti giudicano sempre male*, dissi nella mia mente. *Proprio come me.*

Nell'ingresso si sentiva l'odore della cena di ieri (spaghetti cinesi fin troppo piccanti del *Black Dragon*) perché mi ero dimenticata di nuovo di cambiare aria. Con qualche lungo passo attraversai lo stretto corridoio, lasciai il cappotto nell'armadio e aprii la finestra dell'angusta cucina. Sperai di fare in tempo prima che rientrasse Ellis.

Solo allora ebbi la sensazione che il mio corpo si rilassasse. Come se tutta la tensione della notte si fosse allentata all'improvviso, perché finalmente ero a casa. Mi appoggiai alla credenza, mentre l'aria fresca di fuori attraversava la cucina. Questa, in realtà, era sempre stata troppo piccola per la nostra famiglia; ma poi, un paio d'anni fa, i miei genitori si erano trasferiti a Greenport, un quartiere nella periferia di New York, per trovare la pace lontano dalla società magica e realizzare il loro sogno. Una villetta bianca da borghesucci con il giardino, una piccola locanda in mezzo al verde, e l'anno scorso avevano perfino preso un cane. Un dalmata di nome Karlo. E, per quanto mi piacessero la pace e la tranquillità quando andavamo a trovare i miei genitori, ero comunque contenta che all'epoca nostro nonno avesse accettato di lasciarci continuare a vivere da lui, e che i nostri genitori avessero acconsentito.

E ora che anche nostro nonno non era più qui, la cucina mi sembrava tanto grande da rasentare il ridicolo.

Ignorai la fitta bruciante che mi attraversò il petto e riempii il bollitore. Poi, uscii dalla cucina e salii a passo molleggiato la breve scala in corridoio. Al piano terra c'erano soltanto un piccolo salotto, un bagno per gli ospiti e la cucina. Di sopra c'erano le camere da letto: quella di mio nonno, chiusa da quattro mesi, quella di Ellis e infine la mia. Anche i miei genitori avevano una stanza su questo piano, ma dopo il trasloco l'avevamo riconvertita in uno studio che usava solo Ellis.

La vera magia, però, era un po' più su. Dovetti saltare un paio di volte sotto la botola che portava alla soffitta, finché non riuscii ad afferrare la sbarra che pendeva dal soffitto. La tirai con forza, e la botola si aprì, lasciando scivolare fuori una stretta scala. Solo quando scattò in posizione, mi chinai in avanti e mi ci arrampicai.

La bellezza che mi attendeva di sopra a volte riusciva ancora a togliermi il fiato. Dovunque uno guardasse, era tutto verde. Grandi foglie, piantine, scure o velenosamente chiare. Se ne stavano nei loro vasi sugli scaffali a destra e a sinistra, appese al soffitto oppure, quando diventavano veramente grandi, si ergevano in alti vasi in ceramica fino al tetto e verso le grandi finestre, attraverso le quali splendeva la luce del sole. Sulla parete di legno a sinistra cresceva addirittura l'edera, e io non mi spiegavo come mio nonno ci fosse riuscito. Forse non l'aveva programmato, era semplicemente accaduto. Dall'altra parte della stanza, al centro, c'era anche una porta a vetri che dava sulla terrazza con l'orto di erbe aromatiche, dalla quale si vedevano piante ancora più rigogliose.

Mentre salivo di sopra, nella soffitta che mio nonno aveva trasformato in un'oasi verde così meravigliosa, riaffiorarono in me i ricordi. Di come, quando io ero piccola, lui stava sempre qui seduto insieme a me e mi spiegava con pazienza l'importanza e l'effetto di ogni pianta. Come farne tisane o tinture per lenire il mal di stomaco o altri malanni. Lui stesso, ogni sera, mi portava a letto una tazza d'infuso di erbe verde scuro. Io sapevo come prepararlo, eppure, da quando lui non era in casa, non ci riuscivo più. Non era lo stesso, se non era lui a portarmelo a letto.

Scacciai quei pensieri mentre mi sedevo a gambe incrociate davanti all'armadio sulla sinistra e tiravo fuori da sotto uno dei pesanti barattoli di vetro. In passato, avevo ancora bisogno del libro di mio nonno, in cui aveva descritto con precisione ogni tintura, come ottenerla e quale effetto aveva. Ora era diverso. Presi senza esitazione le foglie dalle piante, staccai con le pinze quelle più grandi e polpose, gettai nel barattolo un fiore profumato qua, una delle erbe là, fino a riempirlo fino all'orlo. Il mio viso stanco vi si rispecchiò quando avvitai il coperchio, e mi domandai che cosa mi avrebbe detto mio nonno, se avesse saputo che stavo macchiando la sua memoria compiendo azioni tanto orribili.

Strinsi le labbra e accarezzai il barattolo con il pollice. Il calore mi inondò il corpo, come se fosse stato colto da una febbre improvvisa, e poi, con grande lentezza, si raccolse. Prima in un punto imprecisato del petto, per poi diffondersi sulla spalla, sul braccio, sul dito, dove formicolò e pizzicò come una caramella effervescente. Lasciai che il calore salisse nel barattolo, lo avvertii scaldarsi nella mia mano.

Scusami, nonno, pensai gravemente, mentre scuotevo il

bicchiere. Una volta, due, poi lo tenni davanti al viso. Le erbe di un verde meraviglioso erano diventate una massa scura. Nera come inchiostro, un po' più densa del latte. Mentre il calore mi tornava nel corpo, avvertii per un attimo l'eco della sensazione che avevo prodotto. Mi pervase un tremito ansioso, che però si esaurì dopo appena un secondo.

Trasalii quando il volto di mio nonno apparve davvero nella mia mente. Che mi guardava, scuoteva deluso la testa e diceva: «Non è questo che dovrebbe fare una Poisoner. Non è questo il nostro dono».

Ci chiamiamo Poisoner. Non implica che avvelenare gli altri è nel nostro sangue?

«No, Avery, e lo sai perfettamente. Un tempo era così, certo, ma noi Poisoner non siamo più quelli di un tempo».

Be', io sì.

Posai il barattolo sull'armadio quasi con rabbia, quando a un tratto vi notai qualcosa dentro. Un lieve velo d'argento che pareva attraversare il nero. Ma era impossibile. Paura, panico: la tintura magica che provocava quelle sensazioni era sempre stata nera. Nera come l'inchiostro. Sollevai di nuovo il barattolo, ma non vidi più traccia del velo argentato.

Allora scossi la testa tra me e me e lo riposi sotto la copertura, perché Ellis non lo trovasse. L'avrei portato di nascosto al *Rhapsody* quella notte, per poterlo usare per il prossimo lavoro.

Mi alzai di scatto, strappai alcune erbe per il mio infuso e uscii dal giardino di mio nonno. Stanca e con la coscienza sporca.

CAPITOLO 4

Non dormii molto bene. Prima impiegai un'eternità a prendere veramente sonno, e poi fui tormentata da brutti incubi che tornavano sempre a Jack Lawson, l'uomo a cui avevo servito la mia miscela speciale. Mi risvegliai dal sonno verso mezzogiorno, ancora una volta con il suo volto nella mente. Strizzai gli occhi al sole che filtrava dalla tenda della finestra, e mi misi a sedere nel letto. Mi sentivo a pezzi. Gemendo, mi strofinai gli occhi per poi lasciarmi sprofondare di nuovo nel cuscino a fissare il soffitto.

Di solito, tentavo di reprimere i pensieri delle vittime di Dorian Mars, perché altrimenti mi avrebbero tormentato per settimane. Ma siccome non riuscivo a togliermeli dalla testa, per il momento li lasciai lì. Quello sguardo pieno di orrore. Quegli occhi sgranati, il panico in essi. Mi domandai che cos'avessi sbagliato, a parte l'ovvio. Dopotutto, gli avevo servito paura liquida.

Ma c'era qualcos'altro. Tornai con il pensiero alla dose

che gli avevo somministrato con il mio drink. Era la stessa di sempre. Avrebbe dovuto provocargli tanta paura quanta ne bastava perché andasse a cercare Dorian Mars spontaneamente. Perché si cacciasse di sua volontà nella tana del lupo per sfuggire al suo destino. Lavorando di fino, avevo ottenuto da tempo una miscela perfetta che portasse a galla e intensificasse il senso di colpa già presente e la paura che tutti coloro che conoscevano Dorian provavano per lui. Alcuni di coloro che bevevano questo drink poi andavano dalla polizia per consegnarsi. Ma erano più che altro eccezioni. La maggior parte di loro avevano tradito Dorian Mars in passato, e, sotto effetto della mia miscela, andavano a cercarlo per chiedergli pietà, perché altrimenti l'angoscia li avrebbe condotti alla pazzia. Naturalmente, uno come Dorian Mars non aveva pietà. Mai. Se ne sarebbe sparsa la voce, e l'avrebbe fatto apparire debole, me l'aveva già detto più di una volta. Fin dall'inizio, tuttavia, non avevo creduto che quella fosse l'unica ragione. Dorian Mars semplicemente si divertiva a torturare le persone. A umiliarle. A dimostrare il suo potere. Io lo sapevo perché faceva lo stesso con me. Perché mi aveva così in pugno che non mi restava altra scelta se non commettere quell'atto terribile per lui.

Soppressi un gemito e mi buttai su un fianco, con lo sguardo fisso sulla mia piccola camera da letto, senza percepire nessuno dei miei vecchi mobili. Davanti ai miei occhi vedevo di nuovo quell'uomo e il suo volto contorto dal panico: la paura era stata più intensa del solito. Eppure era impossibile che la mia miscela avesse avuto un effetto così forte su di lui. D'altra parte, io ero una Poisoner terribile, e fin da quando ero piccola. All'inizio la mia famiglia aveva pensato perfino che fossi una Shield, come Hayes, la fine della nostra stirpe magica, tanto erano scarsi i miei poteri magici. E questo nonostante il fatto che noi Poisoner eravamo maghi potenti da generazioni. Mi ricordavo ancora bene le storie con cui ero cresciuta. Quelle sui Narrative, sugli Artist e sui Poisoner. Sui maghi illustri da cui discendevamo. Dovevamo al loro sangue se il nostro corpo, al contrario di quello dei non magici, era in grado di assorbire dall'atmosfera la magia primigenia prodotta da una potentissima Sorgente qui a New York. Se eravamo in grado di sprigionare questa magia primigenia grazie a un tramite, a seconda della stirpe alla quale appartenevamo. I Poisoner come me potevano modificare le emozioni delle persone, ma solo per mezzo di cose che quelle persone assumevano. Un tempo venivamo spesso impiegati da re e governatori per avvelenare le bevande dei nemici: da qui derivava il nostro nome, "avvelenatori".

In realtà, però, non era così: noi non producevamo veleno. Con la nostra magia, potevamo alterare la composizione delle bevande e delle tinture in modo tale da suscitare una paura mostruosa, capace perfino di provocare un infarto... così come un'irrefrenabile sensazione di felicità. O emozioni completamente diverse. Eravamo fabbricanti di droghe non rintracciabili nel corpo. Pericolosi, se eravamo potenti. Ma io non lo ero. Io ero una maga debole. E probabilmente ieri notte non ero stata abbastanza attenta e avevo sbagliato le dosi, e questo non doveva assolutamente ripetersi. Io spingevo le vittime designate tra le grinfie di Dorian perché dovevo farlo per forza. Perché non avevo altra scelta. Però non le facevo soffrire inutilmente. Non arrecavo loro ulteriore sofferenza, anche se erano persone cattive. Criminali nell'accezione peggiore del termine. Io, invece, non lo ero, e non volevo esserlo. La mia anima era già abbastanza nera a causa di quello che stavo facendo.

Poiché tanto ormai non sarei più riuscita a dormire, gettai le gambe fuori dal letto e rimasi per un secondo seduta sul bordo, per tornare in una certa misura alla realtà. Un tempo, la camera che mio nonno aveva arredato per me mi piaceva. Aveva costruito da solo gran parte dei mobili: la libreria nell'angolo, che sembrava un albero, l'alto guardaroba scuro e anche la scrivania con la meravigliosa venatura, quasi marmorea. E aveva anche comprato la maggior parte dei libri che da piccola avevo divorato, i morbidi pouf su cui adoravo sprofondare, e le lucine che, quando erano tutte accese, illuminavano la stanza come un giardino fatato. Ma ora quella vista mi provocava quasi soltanto dolore, quasi soltanto nostalgia e tristezza, perché mi ricordava che ora lui viveva in una casa di riposo e a malapena mi riconosceva. Allora mi alzai in fretta, mi avvolsi in un cardigan e sgusciai in cucina.

Ellis per fortuna dormiva ancora. L'avevo sentito arrivare a casa verso le sei, e di solito si alzava puntuale alla una di pomeriggio, per buttarsi di nuovo nel lavoro. Mancava ancora mezz'ora, e io volevo assolutamente uscire di casa prima di lui. Mi faceva sempre troppe domande su dove volessi andare e che cosa avessi intenzione di fare. E, poiché io non ero capace di mentire, almeno oggi dovevo evitarlo. Non doveva sapere niente. Perché oggi sarei stata io a cacciarmi nella tana del lupo. Volevo andare da Dorian Mars.

Mentre pescavo due fette di pane tostato dal cestino del pane, pensai che magari era un'idea stupida. Avevo deciso di evitarlo il più possibile; e, poiché di solito mi scriveva gli incarichi per messaggio, la cosa funzionava a meraviglia. Ma l'omicidio della scorsa notte non mi dava pace. Il viso serio di Hayes, in piedi accanto al cadavere coperto dal telo. Probabilmente avevamo pensato la stessa cosa: in qualche modo, l'omicidio c'entrava con la gang. In qualche modo, c'entrava con Dorian Mars.

Deglutii con forza e, nonostante ciò, non riuscii a inghiottire il toast. Anche dopo un bicchiere d'acqua, avevo la gola troppo chiusa, perciò mi arresi. Dopo una doccia veloce, mi infilai un vecchio cappotto di Ellis preso dal guardaroba, che lui in realtà indossava di rado e che mi andava troppo grande. Per quanto amassi il meraviglioso cappotto che mi aveva regalato Veda, mi sarei guardata bene dall'indossarlo a Hunts Point, dove a ogni passo rischiavi di sentire la lama di un pugnale sul collo.

Il quartiere non era distante da Melrose. Tra i newyorkesi più irriducibili, era noto come un luogo da evitare secondo scienza e coscienza. Era pericoloso. Gang, spacciatori, prostitute, a Hunts Point trovavi tutto ciò che non avresti mai osato cercare. Da piccola, i miei genitori mi avevano raccontato più storie dell'orrore su quel posto che fiabe. Avevano voluto proteggermi, ora lo sapevo. E invece, avevano instillato nella mia testa di adolescente ribelle un fascino verso quel luogo pericoloso. Fascino che ora mi teneva più che una semplice pistola puntata alla testa.

Hunts Point era come una città caduta vittima dell'Apocalisse e il pericolo era visibile in ogni angolo. Le strade erano sporche e piene di buche e crepe, sotto quasi ogni albero o lampione c'era un senzatetto o qualcuno che dormiva per smaltire gli effetti della droga. Durante l'adolescenza avevo frequentato spesso la zona, ma quello spettacolo mi faceva sempre correre un brivido lungo la schiena. Le mura degli edifici tutt'intorno, ai quali passai accanto camminando, erano quasi tutte imbrattate di graffiti, non importa se erano ancora coperte di intonaco o se si intravedesse la nuda pietra. E non erano graffiti belli, come quelli che a volte si vedevano sui grandi centri commerciali. Erano perlopiù scritte brutte, scarabocchiate in fretta e furia di notte, prima che arrivasse la polizia.

Le case non imbrattate erano di solito brutte scatole marroni con tante minuscole finestre. Le persone che vi abitavano scoccavano occhiate scettiche a tutti i passanti che non erano del posto. Da quando avevo smesso di frequentare Hunts Point tutti i giorni, la diffidenza nei miei confronti era tornata alta.

Quando saltai giù dall'autobus quasi vuoto in Tiffany Street, mi resi conto che in realtà non volevo più avere niente a che fare con quel posto e quelle persone. Con le mani madide di sudore, aspettai che l'autobus ripartisse scoppiettando, prima di affrontare, per la prima volta dopo settimane, la Base.

Quell'edificio era stato prima una struttura industriale e poi un'autofficina. Adesso sembrava che vi fosse caduta sopra una bomba molti anni prima, e nessuno si fosse preso la briga di ricostruirlo. Metà della struttura mancava quasi totalmente, il resto sembrava in rovina da tempo. Resti frastagliati di muri, buchi vuoti dove prima c'erano state le finestre. La pelle d'oca mi si diffuse sulle braccia e l'ansia nello stomaco, ma continuai comunque a mettere un passo davanti all'altro, avviandomi verso l'edificio. Oltre il cancello, ancora in piedi per metà, e sul piazzale coperto di sporcizia dietro di esso, antistante la casa.

«Avery?!» udii a un tratto una voce chiara sopra di me.

Alzai la testa e, sopra uno dei brandelli di muro diroccati, vidi un volto sul quale capelli biondi come i miei erano raccolti in uno chignon scarmigliato. La ragazza si appoggiò al muro e fece un sorriso così aperto che la pelle d'oca un pochino mi passò.

Mi fermai sul vialetto polveroso davanti alla casa e le sorrisi. «Hailey».

Con mio grande sgomento, si issò sul muro sopra di me e si lasciò semplicemente cadere giù. Attutì con abilità la caduta e si raddrizzò accanto a me. Ora Hailey era alta quasi quanto me, anche se era più piccola di quattro anni buoni. Appena quindicenne. A quell'età, anch'io ero talmente inserita nella gang da non intravedere più una via d'uscita.

Ma, proprio come lei, in quel momento non avevo alcuna intenzione di andarmene: entrambe, prima di Hunts Point, non avevamo saputo che cosa significasse essere riconosciuti e accettati dai coetanei. A scuola i miei compagni mi avevano esclusa perché una volta, da piccola, mi ero vantata di essere una maga. Ovviamente, nessuno mi aveva creduto, ma da allora ero rimasta da sola. Gli altri maghi, in ogni caso, con me non volevano avere niente a che fare, perché la mia famiglia non aveva molti soldi e perché io, per via dei miei scarsi poteri di Poisoner, non ero parte integrante della società. Ero stata emarginata da entrambi i mondi, non mi ero mai sentita di appartenere a nessun posto e non avevo amici. Finché, a quindici anni, non avevo incontrato un ragazzo, James, che era un membro della gang di Dorian.

James era stato gentile con me e mi aveva portato a Hunts Point. Lì avevo conosciuto altri ragazzi che erano come me, tra cui Veda. Ci eravamo riuniti sotto l'egida di un mago che a quel tempo ci era parso non un pericoloso boss della mafia, bensì un salvatore. Ci aveva compresi, ci aveva offerto un posto in cui eravamo accettati così com'eravamo, e non dovevamo più stare soli. E noi l'avevamo seguito, come pecore cieche. Anche quando avevamo dovuto commettere i primi delitti per lui. Anche quando James fu ucciso in una sparatoria quando avevamo appena sedici anni. Questo non aveva fatto altro che unirci. Legarci ancora di più a Dorian Mars, finché non fu troppo tardi per lasciarlo. Perché eravamo tutti troppo coinvolti. Avevamo combinato troppi casini per adattarci a un altro posto.

Mi si spezzò il cuore a vedere qui una come Hailey, e avrei voluto poterla aiutare, in qualche modo. Ma semplicemente non avevo i mezzi per farlo. In fondo, non potevo liberarmi da Dorian nemmeno io.

«Sono secoli che non ti fai vedere» disse Hailey raggiante, e mi diede un pugno amichevole sulla spalla. Il formicolio leggero della nostra magia mi percorse la pelle del braccio. «Pensavamo che ti fossi dimenticata di noi».

«Mai nella vita. Credimi, ci ho provato» replicai sogghignando.

Lei rispose con un «Ehi!» indignato, prima di voltarsi verso la casa in rovina e di gridare: «Orla, Penn, guardate chi c'è!»

Girai la testa e vidi giungere dall'ingresso demolito i due giovani che erano legati a Hailey da quando la conoscevo. Orla, la ragazza timida dagli occhi scuri, che, ne ero sicura, nascondeva molto sotto la facciata, e Penn, il ragazzo alto e dinoccolato che era più che palesemente infatuato della spumeggiante Hailey. Avevo già notato gli sguardi di ammirazione che le rivolgeva quando ero solita venire qui più di frequente, e anche adesso Penn guardò lei prima di squadrare me. Quei due, uno accanto all'altro, sembravano il simbolo dello Yin e Yan in carne e ossa. Hailey, bassa e pallida come un lenzuolo, sfacciata, una leader nata. E, al suo fianco, il gigantesco Penn, che torreggiava perfino su di me, cupo, silenzioso, ma sempre con un sorriso cortese sulla faccia. Emanava il debole profumo di libri e segreti, della magia dei Narrative. Non tanto forte da dare prova di un grande potere, ma percepibile. Lo stesso valeva per le ragazze: solo da Hailey sentivo la dolcezza che ci univa. Il fatto che fosse una Poisoner come me in qualche modo rendeva il suo destino ancora più triste. Mi toccava ancora più sul personale.

Ero felice che loro tre potessero contare gli uni sugli altri, proprio come avevo potuto fare io con Veda all'epoca. E tuttora. Forse prima o poi avrebbero potuto fare il salto. Anche se le probabilità non erano rosee, perché né Veda né io finora eravamo ancora riuscite a staccarci del tutto da Dorian. Veda era un'Artist capace e di tanto in tanto lavorava ancora per Dorian Mars. Ma non perché fosse in debito con lui, come lo ero io, bensì perché lo voleva. Perché voleva aiutare le persone che erano sotto la sua ala. Così usava la magia degli Artist, che potevano modificare l'aspetto delle persone con un pezzo di argilla, e aggiustava i nasi rotti e i volti sfigurati durante le risse a Hunts Point, senza ricevere alcun compenso.

«Come va il club?» domandò Penn con la sua voce roca e tranquilla. Come al solito, aveva infilato le mani nelle tasche dei jeans bucati.

«Molto bene, grazie. A momenti devono venire a salvarci dalla ressa» risposi con un sorriso mentre scrutavo i ragazzi. Controllando con discrezione e un po' d'ansia se avessero lividi e ferite da taglio. Ma sembrava che stessero bene. Da fuori, almeno.

«Quando un giorno il club passerà a te, ci assumerai tutti e ci pagherai bene, vero?» chiese Hailey con gli occhi che brillavano.

Feci una risata sbuffando. «Certo. Allora ve ne andrete da Hunts Point e vivrete come dei re a Manhattan».

Risero, ma non mi sembravano così spensierati come probabilmente volevano far credere. Sapevamo tutti che non avrei preso in carico il club... e che non potevo nemmeno aiutarli ad abbandonare Hunts Point.

«C'è Dorian? Devo parlare con lui» dissi con la massima disinvoltura possibile. Ovviamente gli sguardi che si lanciarono furono comunque preoccupati.

«Sì» rispose infine Penn. «Ma al momento è molto seccato. Per cui, se vuoi qualcosa da lui, fossi in te aspetterei».

Sentii la mia fronte aggrottarsi. «Perché è seccato?»

«Perché qui ultimamente hanno tagliato la corda in tanti». Hailey incrociò le braccia davanti al petto e fece un cenno verso la casa in rovina. «Sono semplicemente spariti. E non i comuni mortali, ma soprattutto i maghi. Quelli bravi, che Dorian non tratta nemmeno così male».

Potevo comprendere lo stupore nella sua voce. Nessuno spariva dal radar di Dorian con facilità. Era pressoché impossibile. Aveva i suoi uomini dappertutto e faceva monitorare ogni passo dei soggetti importanti per la gang. Forse anche i miei, ma preferivo non pensarci.

Scossi la testa con le sopracciglia alzate. «Non lo disturberò più del necessario».

Hailey fece spallucce. «Be', fai tu». Mi invitò a seguirla e, insieme ai ragazzi, entrai nell'edificio fatiscente.

Dall'alto filtrava il sole, perché il tetto ovviamente c'era soltanto per metà. Ma più ci addentravamo nell'apparente rovina, più intorno a noi si faceva buio. E, quando scendemmo la scala della cantina, per un attimo l'oscurità divenne così fitta che quasi non riuscivo più a vedere i brutti graffiti che decoravano ogni centimetro delle pareti. Solo in fondo alle scale si tornò a vedere bene, perché Dorian

Mars aveva dotato il seminterrato di lampade. Una volta mi ero entusiasmata per tutto quello che faceva per i membri della sua gang: c'erano gli allacciamenti dell'acqua, era caldo e asciutto, aveva sistemato diversi divani, addirittura un tavolo da biliardo, il pavimento e le pareti erano pulite e qualche anno prima aveva fatto anche installare internet. In un angolo c'era perfino una piccola zona fitness, e all'improvviso fui investita dei ricordi di Walt Graham, ex lottatore di MMA, colui che proprio in quell'angolo mi aveva insegnato a difendermi e a mettere in fuga i nemici. Prima che un agente di polizia gli piantasse una pallottola in testa mentre scappava da una rapina.

Mi riscossi e lasciai vagare lo sguardo. Quaggiù tutto aveva l'aspetto di un circolo, un luogo di ritrovo per giovani. Ormai sapevo che lui lo usava per irretirli. Offriva loro una casa, o perlomeno qualcosa che vi si avvicinasse molto, per legarli a sé. Per farli sentire in colpa nel momento in cui se ne fossero voluti andare, e per sfruttarli senza pietà. Quasi mi si rivoltò lo stomaco nel vedere tutte quelle persone che s'intrattenevano ridendo sui divani, che giocavano a gruppi a biliardo e che mangiavano insieme in un angolo. Allegri, felici, prima di ricominciare a eseguire i crimini che Dorian Mars aveva ordinato loro di commettere.

Di nuovo, sentii montare la rabbia. Si mescolava, dentro di me, con la frustrazione che provavo ogni volta che varcavo la soglia di quel posto. Maledissi me e la mia debolezza di carattere. Il mio irrefrenabile desiderio di ribellione che nell'adolescenza mi aveva spinta qui, tra le grinfie di una pericolosa gang. Tra le grinfie di Dorian

Mars, dalla cui morsa ora non potevo più liberarmi, o, perlomeno, non senza sbrigare quei maledetti incarichi per lui. Quella era la mia unica possibilità di riscattarmi.

«È nel retro» disse Hailey e si lasciò cadere sul divano rosso, il più vicino alla scala. Appoggiò le gambe, coperte da stivali simili ai miei, sullo schienale, e i suoi amici si sedettero accanto a lei a destra e a sinistra, come una cornice di protezione. Come una piccola gang tutta loro. Sembrava quasi accogliente, ma qui il pericolo era proprio questo. Dovevo evitare di trattenermi troppo.

«Grazie» dissi, e mi voltai per sparire nel retro del seminterrato.

Penn mi gridò ancora un: «Torna da noi prima di andare via» e, quando gli lanciai un sorriso oltre una spalla, anche Orla annuì con forza. Non parlava mai molto, ma questo non la rendeva meno simpatica. Quei ragazzini. Quanto avrei voluto poterli aiutare.

La porta che conduceva al piccolo regno di Dorian Mars era come sempre sorvegliata da due uomini. Ovviamente, il gangster non viveva lì: aveva un grande appartamento in un quartiere molto migliore di New York. I suoi crimini gli avevano fruttato un bel po' di soldi. Soldi con cui avrebbe potuto tranquillamente ristrutturare quest'edificio e renderlo un rifugio vero e proprio per persone bisognose. Ma lui non voleva questo. E di giorno era qui anche solo per qualche ora, per mostrare la sua presenza alla gang.

Per dimostrare che era uno di loro, un loro pari, e li avrebbe aiutati, anche se questo non era assolutamente vero.

Era soltanto una parte della maschera che nascondeva il suo brutto muso cattivo.

Gli uomini davanti alla porta si raddrizzarono quando mi fermai davanti a loro.

«Voglio vedere Dorian Mars» dissi con fermezza, anche se il cuore mi batteva forte. «Ditegli che Avery è qui».

Si scambiarono uno sguardo, poi quello di sinistra annuì e quello di destra scomparve dietro la porta. Io rimasi in piedi in silenzio, con le braccia dietro la schiena, e aspettai che tornasse, anche se dentro di me imperversava una tempesta. Non c'erano più tante cose di cui avevo paura, ma Dorian Mars era una di quelle.

Quando la porta si riaprì e io intravidi la stanza arredata con le poltrone di pelle, i narghilè di vetro e le raffinate decorazioni, che ricordavano un appartamento di Manhattan, seppi di nuovo perché.

Dorian Mars era seduto con le gambe accavallate su una poltrona di pelle e teneva in mano una sigaretta. Quando mi vide sorrise, e, come sempre, il suo viso mi ricordò una lince o un leone che mostrava i denti. Se non fosse stato circonfuso di un'aura così incredibilmente spaventosa, lo si sarebbe potuto perfino considerare bello. Aveva gli occhi azzurri, dall'aria sveglia e intelligente, e una barba di tre giorni curata alla perfezione, indubbiamente attraente. I capelli erano scuri e pettinati all'indietro con il gel. A prima vista era difficile dargli un'età, ma io sapevo che aveva circa quarant'anni. Non si inseriva in un ambiente come quello. Con il suo abito su misura, si inseriva piuttosto in uno studio legale corrotto.

«Avery, che bello vederti». Dorian sollevò la mano con la sigaretta e fece un cenno verso la poltrona accanto a sé. «Prego, accomodati».

Diedi una rapida occhiata alle altre persone ancora presenti nella stanza. Erano poche, la cerchia ristretta di Dorian. Per la maggior parte non le conoscevo, ma constatai l'assenza di una di loro. Teagan. Il braccio destro di Dorian. Aveva la mia età, ed eravamo arrivate a Hunts Point più o meno nello stesso periodo. Tuttavia, lei non era lì per disperazione, ma perché amava il pericolo. L'adrenalina del crimine. Era nata per questo. Tuttavia, pur essendo così diverse, era evidente che io le piacessi. E questo era di certo anche il motivo per cui Dorian mi lasciava così tante libertà. Probabilmente mi sarei sentita meglio, se lei fosse stata presente.

Le conversazioni continuarono in maniera normalissima, eppure io avevo la sensazione che tutte le persone nella stanza mi osservassero, seguissero con sospetto ogni mio passo mentre mi sedevo.

«A che cosa devo l'onore di una visita da parte del mio migliore avamposto?» chiese Dorian e tirò una lunga boccata alla sigaretta. Il suo sguardo era penetrante, ma diverso da quello di Hayes. Era come un coltello puntato alla gola che, a ogni movimento sbagliato, avrebbe significato la mia morte.

Non mi piaceva come mi guardava. E non mi piaceva che mi definisse il suo avamposto, come se fossi una sua proprietà. Come se facessi tutto di mia spontanea volontà, e non per ripagare i miei debiti nei suoi confronti.

Per portare a casa i soldi su cui sentiva di avere diritto. Dovevano compensare tutto il suo lavoro, il tempo che mi aveva concesso di trascorrere dalla sua parte. O i soldi, o restare legata per sempre a Dorian Mars. O i soldi, o essere perseguitata da lui per sempre. Mi venne il voltastomaco al sol pensiero, ma rimasi in silenzio e alzai le spalle.

«Volevo solo informarmi sull'incarico di ieri» dissi, e mi sistemai a gambe incrociate. La poltrona era proprio morbida, ci si poteva quasi sprofondare. «Quando il tizio è barcollato fuori dal club, sembrava che stesse per collassare prima di trovare la strada per raggiungerti».

Dorian fece una risata roca, poi fece cenno a uno degli uomini di avvicinarsi. Un tizio che a malapena sarebbe riuscito a passare dalla porta, tanto era alto, portò un bicchiere pieno di un liquido ambrato e me lo porse. Io lo presi e finsi di sorseggiarlo, ma feci scorrere via dalle labbra la bevanda prima di posarla sul tavolo di vetro davanti a me. Per quanto ne sapevo, Dorian Mars non si fidava di nessuno dei Poisoner che impiegava, a parte me, ma non ne ero sicura. E non avevo intenzione di correre rischi.

«È arrivato, non devi preoccuparti» disse, in tono sprezzante. «Ma lo stato in cui si è presentato mi ha sorpreso. Era ridotto a uno straccio piagnucolante che è crollato ai miei piedi. Uno spettacolo decisamente piacevole. È bello che non ti faccia più scrupoli ad arrivare a tanto».

Deglutii a fatica e tentai di pensare a quello che avevo letto a proposito di Jack Lawson. Ai suoi crimini, a tutto ciò che aveva fatto, e non al suo volto terrorizzato.

Per poco non presi il whisky, ma riuscii a fermarmi.

Scrollai invece le spalle. «A posto, allora».

Dorian Mars mi osservò con quel terribile sorriso di chi la sa lunga. Espirò dal naso il fumo della sigaretta per poi chiedermi, quasi con dolcezza: «Davvero sei venuta qui solo per questo?»

Poiché non sopportavo più il suo sguardo penetrante, fissai il bicchiere davanti a me. «Non proprio» ammisi. «Ieri sono passata davanti a una scena del crimine transennata, vicina al club. Un omicidio, pare».

«È stato il tuo uccellino nella polizia a sussurrartelo?» chiese Dorian, divertito, e dalla sua voce era impossibile capire che cosa pensasse.

«Non è il mio uccellino. Non ho niente a che fare con lui» ringhiai in risposta, alzando di nuovo lo sguardo. «Ho ragionato con la mia testa. E mi chiedevo se magari la gang c'entrasse qualcosa. Con l'omicidio».

Le sue sopracciglia si sollevarono. Spense la sigaretta e prese il whisky che io avevo disdegnato, buttandolo giù tutto d'un fiato. Solo dopo qualche secondo si rivolse di nuovo a me. «E io perché dovrei dirtelo?»

C'era di nuovo qualcosa di pericoloso nel suo sguardo, anche se stava ridendo sotto i baffi. Dorian Mars non era uno che amava scoprire le carte, nemmeno al suo avamposto preferito. Dovevo stare attenta a quello che dicevo.

«Mi sono preoccupata soltanto perché è successo nelle immediate vicinanze del *Rhapsody*».

Ricambiai il suo sguardo solo per un attimo, perché un contatto visivo troppo prolungato con Dorian non faceva altro che accelerarmi i battiti del cuore.

«Non mi va che la polizia entri nel mio locale e mi stia col fiato sul collo. Andrebbe a discapito del mio lavoro. Soprattutto perché stiamo accogliendo clienti sempre più importanti. Oggi al *Rhapsody* c'è Isla Kennedy a festeggiare. Non possiamo permetterci che si sparga la voce che il nostro quartiere non è sicuro». A un tratto ebbi la sensazione che gli sguardi intorno a me si facessero più intensi, ma la ignorai.

Dorian sbuffò divertito, ma sembrò comprendermi. «Dirò ai miei uomini di starci attenti». Sorrise, e di nuovo non riuscii a interpretarlo. Non capivo se l'assassino fosse uno dei suoi uomini. O forse addirittura la vittima. Dorian restava un libro chiuso.

«Desideri qualcos'altro da bere, Avery?» chiese, con voce roca.

«No, grazie».

«Allora sei congedata». Si appoggiò con la schiena alla poltrona e fece un gesto sprezzante con la mano. Come se mi avesse chiamato lui e ora fosse deluso perché lo stavo annoiando.

Fu quel piccolo movimento a ricordarmi quanto potere trasudava da ogni suo poro. Quanto poco gli sarebbe bastato per ordinare ai suoi uomini di avventarsi su di me e affondarmi un coltello nel petto, prima ancora che finissi un respiro. Ora, in quel momento, mi stavano fissando di nuovo, impazienti di cogliere un mio errore che avrebbe giustificato l'omicidio. Per questo, di norma, agli uomini di Dorian non serviva molto.

Senza volerlo, mi irrigidii. Mi sarebbe piaciuto fare altre domande, volevo saperne di più. Ma, invece di aprire la bocca, mi alzai e mi diressi alla porta. Ora ogni mio muscolo era teso, quasi in attesa di difendersi.

Ma quando Dorian Mars diceva che la tua presenza non era più necessaria, non c'era da discutere. Dovevo confidare nel fatto che Hayes prima o poi mi avrebbe dato le informazioni importanti.

Quando tenevo già la maniglia in mano, udii di nuovo Dorian dietro di me: «E non scordarti dei soldi che mi devi. Sai che cosa succederà se mi deluderai». Lo disse piano, con una risata pericolosa nella voce, che suonava tagliente come una lama di rasoio.

Il mio cuore saltò un battito, e io mi precipiti il più in fretta possibile fuori dalla stanza.

CAPITOLO 5

Era strano vedere il club pieno di persone così presto di pomeriggio. Certo, Ellis, non appena ero tornata a casa dal mio giro a Hunts Point, mi aveva detto che i preparativi per l'addio al nubilato di Isla Kennedy erano già in corso, eppure era uno spettacolo inusuale.

Strinsi le mani sullo zaino e rimasi in piedi sul bordo del palco a guardarmi intorno. Un uomo in abito lilla mi superò di corsa urlando istruzioni agli uomini che stavano appendendo ghirlande di fiori bianche sopra il palco. Tutte le decorazioni che ora pendevano dal soffitto parevano di qualità più che alta. Era un'elegante combinazione di bianco e oro che faceva pensare a un matrimonio reale. Cosa in un certo senso vera. Conferiva al club un'atmosfera che lasciava senza fiato.

«E, mi scusi, Lei chi è?»

Mi riscossi con uno spavento dall'osservazione e fissai l'uomo con l'abito lilla che se ne stava in piedi accanto a me con i pugni sui fianchi. Mi guardava scettico attraverso gli occhiali dalla montatura nera.

«Avery Bishop» replicai, corrugando la fronte. «Mio fratello è il proprietario del club, e io ci lavoro. Chi è LEI?»

«L'organizzatore del matrimonio. Oggi anche dell'addio al nubilato». Agitò la mano davanti a me. «Se potesse togliersi di mezzo... Dobbiamo posizionare le statue dei leoni proprio qui».

Statue dei leoni? Per la miseria.

Borbottai: «Mi levo subito di mezzo».

Mentre mi allontanavo dall'uomo, riuscii ancora a udirlo mormorare che non si capacitava del fatto che Isla avesse scelto un club così trasandato. Avvertii un moto d'irritazione, che però si placò già dopo qualche secondo. In realtà, aveva ragione. Neanch'io capivo come mai festeggiasse proprio qui. Il *Rhapsody* non era trasandato, Ellis vi aveva posto rimedio. Ma non era nemmeno uno di quei club sciccosi in cui mi sarei aspettata di trovare Isla Kennedy. In effetti, nel pomeriggio, dopo il mio rientro da Hunts Point, Ellis mi aveva spiegato che c'era stato un incendio nella location prescelta e dunque ne serviva al più presto una nuova. Ma... proprio il *Rhapsody*?

A rifletterci bene, però, probabilmente aveva senso. Ora eravamo un nome conosciuto, un luogo popolare. Ma, cosa ancora più importante, il nostro bar era gestito da maghi. Era risaputo che qualsiasi mago a New York avrebbe mollato tutto per la famiglia Kennedy.

Andai dietro al bancone e aprii lo zaino. Poiché Ellis era ancora a casa a fare alcuni preparativi, io avevo colto l'occasione per prendere il barattolo pronto dal giardino delle erbe ed eludere mio fratello. Era un bene che avesse affidato a me l'inventario delle tinture. Per la maggior parte le preparava Ellis in persona, il che aveva senso, perché i suoi poteri magici erano di gran lunga migliori dei miei. A volte, però, quando aveva troppo da fare, come nell'ultimo periodo, lasciava che mi occupassi io almeno del rifornimento. E così non si accorgeva che, ogni tanto, ne introducevo una delle mie. Perché naturalmente non voleva che circolassero paura, panico o rabbia. Ma a me servivano, e lui non avrebbe dovuto mai e poi mai venirlo a sapere.

Una volta svuotato lo zaino, feci correre lo sguardo sul club brulicante di persone. Il mio cuore cominciò di nuovo a battere forte. Quella sera ci sarebbe stata *Isla Kennedy*. Con ogni probabilità non avrei avuto occasione di parlare con lei, ma non importava, *lei sarebbe stata qui*.

Mi appoggiai al bancone e tirai fuori il telefono. Trovai subito il profilo social di Isla, perché non seguivo tantissime persone e i suoi post mi comparivano in tempo reale. Non avevo troppi amici, e la maggior parte dei vip non mi interessava.

Ma con Isla era diverso.

Era la figlia di Zahara e Quentin Kennedy, che gestivano una colosso dell'editoria. Includeva reti televisive, radio e diverse case editrici di riviste e libri, erano persone incredibilmente influenti ed erano invitate ad apparire in televisione con regolarità. Isla era attiva soprattutto sui social, e io la seguivo da quando sapevo che li usava.

Nonostante avessimo la stessa età, sembrava aver raggiunto molti più risultati di me. Aveva viaggiato molto per il mondo, ma non solo per andare in vacanza. Aveva sostenuto il lavoro di un'organizzazione per i diritti umani in Africa, partecipato ai soccorsi dopo un disastro alluvionale in Australia, e in Giappone aveva sostenuto un'iniziativa di sensibilizzazione sul suicidio tra i ragazzi delle scuole. Sui suoi profili social non si parlava dei suoi ultimi trend di make-up, bensì di femminismo. Di educazione. Di sostegno delle minoranze.

Era molto diversa dalle altre persone che erano cresciute come lei. O, almeno, quella era l'idea che traspariva dai social.

Tuttavia, questo non era l'unico motivo per cui la ammiravo. Per cui spesso, di notte, stavo sdraiata a letto a scorrere i suoi reel. Non era tanto l'importanza che aveva per il mondo e per i suoi follower... ma l'importanza che aveva per noi. Per la società magica.

Perché, oltre all'influenza che avevano sugli eventi del mondo normale, i Kennedy erano incredibilmente importanti anche per i maghi. Erano Narrative, un sottogruppo di maghi. Proprio come noi Poisoner, ma ovviamente non potevamo paragonarci a loro. I Narrative avevano potere non sulle emozioni delle persone, bensì sui loro ricordi. Non trasmettevano la magia tramite le bevande, ma tramite l'inchiostro, i libri. Così, potevano registrare i ricordi per i posteri. O evocare ricordi sfogliando vecchi libri. O generarli, cancellarli... e si diceva che alcuni Narrative molto potenti, i Manipolatori, fossero persino in grado di alterare i ricordi.

I Kennedy, tuttavia, erano Narrative molto particolari. Erano i protettori della Sorgente da cui tutti gli altri maghi di New York traevano la propria magia.

Mentre osservavo il soffitto di mattoni del *Rhapsody*, riuscii a rivedere distintamente il viso di mio nonno davanti a me. Mi guardava con gli occhi azzurri, che aveva passato prima a mia madre e poi a me, e diceva: «La magia non è qualcosa che si può toccare». Aveva preso un bicchiere di vino e l'aveva agitato. Io avevo sentito il calore che proveniva dalla sua mano, e poi avevo visto sulle sue labbra il sorriso di chi la sapeva lunga. «Ma, se vuoi, la puoi immaginare come un fiume invisibile che scorre attraverso la nostra atmosfera. E i nostri corpi sono in grado di assorbire questa magia. Di farla scorrere come sangue nel nostro sistema e poi di trasformarla dentro di noi. Incanalarla verso qualcosa che possiamo usare. E ogni fiume ha un'origine. Una sorgente. Un luogo di grande potere che va protetto. Questo è il ruolo del Principle, uomo o donna che sia».

Sul mio display apparve una foto di Isla, con i capelli castani acconciati in onde leggere, le labbra truccate di rosso e gli occhi scuri che brillavano di ambizione. Sulla sua maglietta c'era uno slogan femminista, e, sebbene ridesse, c'era anche serietà nel suo sguardo. Un'intensità che si percepiva perfino attraverso la foto.

Per il momento, la Principle della Sorgente di New York era ancora sua madre, Zahara. L'avevo incontrata solo una volta, quando i miei genitori, tanti anni fa, mi avevano portata con loro a un evento organizzato dalla società magica (per la prima e ultima volta). Zahara Kennedy mi era sembrata arrogante. Boriosa. Aveva rivolto alla mia famiglia uno sguardo che lasciava intendere che non capiva che cosa ci facessimo noi lì. Come se fossimo la feccia della società magica. Solo pochi mesi dopo, i miei genitori avevano abbandonato New York; forse ne avevano abbastanza di corteggiare i maghi più potenti. Proprio come me, adesso.

Ma, una volta sposata, Isla sarebbe diventata la prossima Principle di New York. La depositaria della Sorgente. La donna più potente della nostra società magica. E nella mia mente si era formata l'immagine che avrebbe mostrato sui social. Quella di una donna giovane, ambiziosa, che non escludeva nessuno. Che dava alle persone un senso di appartenenza. E io speravo vivamente che avrebbe inaugurato una nuova era per noi maghi. Un'era in cui le giovani maghe come me, come Veda, come Hailey, Penn e Orla si potessero sentire parte della società. In cui nessuno più dovesse scappare per trovare il suo posto, e cadere nelle grinfie di Dorian. Magari addirittura un'era in cui uno come Dorian Mars, che sfruttava i maghi giovani per i suoi scopi, non avesse più alcun potere.

Lo auguravo così tanto alle nuove generazioni di maghi che la vista di Isla mi provocò una fitta dolorosa al petto. Lo auguravo a me stessa, anche se probabilmente per me sarebbe stato troppo tardi. Forse questa sera avrei avuto l'occasione di parlare con lei. Di Hunts Point. Delle difficoltà dei maghi svantaggiati dal punto di vista economico. Accidenti, speravo tanto che anche solo una parte dell'immagine di sé che mostrava sui social fosse vera.

«Mi scusi, Lei lavora qui?»

Alzai la testa e guardai il viso piuttosto infastidito di un uomo sui trenta o quarant'anni. Portava un pullover nero sul quale pendeva una fondina con una pistola, e un filo nero gli usciva dall'orecchio. Aveva i capelli rasati e si sporgeva sul bancone con autorità, come se fosse il padrone del posto.

Misi giù il telefono e incrociai le braccia sul petto. «Chi lo vuole sapere?»

L'uomo ringhiò e indicò la targhetta sul pullover. Riuscii a leggere qualcosa come "Scorta personale". A-ha. Il bodyguard di Isla Kennedy?

«Lavoro qui, sì. E mio fratello è il proprietario del club» risposi brontolando. Quel tizio mi era antipatico a pelle. Soprattutto quando, subito dopo, alzò gli occhi al cielo.

«Ryker, perquisiscila. Non ho tempo per insegnare l'educazione a un'adolescente». Si spinse via dal bancone e semplicemente si allontanò.

Del tutto scioccata, lo seguii con lo sguardo e sentii il cellulare tagliarmi la mano, perché lo stavo stringendo troppo.

«Se stai pensando di tentare un omicidio, lascia stare. È un ufficiale di marina, e, a meno che non abbia di nuovo alzato troppo il gomito, può diventare davvero sgradevole».

Mi voltai verso la voce. Era di un tizio un po' più giovane che indossava gli stessi vestiti dell'altra guardia del corpo. Solo che sembrava un po' più rilassato nei modi ed era decisamente di più bell'aspetto. Quasi... attraente. Aveva gli occhi di un colore ambrato, che sembravano perfino irreali, braccia muscolose, che risaltavano sotto la maglietta aderente, e una carnagione baciata dal sole. Aveva un leggero sorriso di sfida mentre faceva un cenno con la testa verso il suo capo.

«Può identificarsi?» mi domandò subito dopo.

Io strinsi le labbra mentre cercavo la mia carta d'identità frugando nella tasca dei pantaloni. «Incredibile che debba identificarmi nel mio stesso club».

Il tizio alzò le spalle. «Lo so, ma qui si tratta di Isla Kennedy. Vanno tutti un po' fuori di testa». Si fece consegnare la carta d'identità e le diede uno sguardo. «Avery Bishop». Gli occhi ambrati si alzarono di nuovo a guardarmi e il suo sorriso si allargò. «Piacere. Ryker Lewis. Faccio parte della scorta di Isla Kennedy. Immagino che troverò il tuo nome nella lista dello staff per la serata che abbiamo ricevuto da Ellis Bishop».

«Sì, suppongo di sì». Tornai a incrociare le braccia sul petto e percepii la rabbia placarsi. Osservai con curiosità Ryker, che continuava a stare appoggiato con disinvoltura sul bancone. Non dava l'idea di una guardia del corpo. Era ben addestrato, certo, ma i suoi modi sembravano così... spensierati. Comunque, se avesse voluto, in un attimo avrebbe potuto benissimo fregarmi. Le apparenze, in questi casi, di solito ingannavano. Inoltre, sentivo provenire da lui un odore metallico. Rame, ferro, acciaio. Gli odori lievi che emanavano gli Shield, i maghi che, grazie alla propria immunità alla magia, erano più adatti a proteggere le persone.

Ryker scorse la lista e parve trovare il mio nome, perché poco dopo mi restituì la mia carta d'identità con un sorriso. «Non ti conviene scherzare con Arlo. Sa essere una vera carogna, quando vuole».

«Veramente? Non me n'ero accorta» replicai con sarcasmo.

Ryker sogghignò, e i suoi occhi scintillarono divertiti. «Credimi, questo non è stato niente». Si sporse ancora più in avanti, fino a far tendere i muscoli del braccio. «Però, che rimanga tra noi: abbaia ma non morde. Secondo me, non ha più i denti per mordere. Scommetto cinquanta dollari che stasera mollerà il colpo già dopo un'ora e lascerà che siano gli altri della scorta a sorvegliare la signorina Kennedy».

Sgranai gli occhi. Chissà perché, non riuscivo nemmeno a immaginarlo, tanto Arlo mi era sembrato simile a un pitbull. Tuttavia, mi limitai a scuotere la testa. «Non prendo parte a scommesse di cui non conosco tutte le variabili».

Le sopracciglia di Ryker si inarcarono. «Sei furba» disse, divertito. Mi osservò ancora per un attimo, poi all'improvviso girò la testa di scatto.

Seguii il suo sguardo e vidi che Ellis era entrato nel club. Che Ryker l'avesse sentito? O che avesse colto con la coda dell'occhio quel movimento minuscolo? Evidentemente, la sua disinvoltura traeva davvero in inganno.

Mentre Ellis si avvicinava a noi, Ryker tornò a voltarsi verso di me, sogghignando. «Be', sicuramente oggi ci incontreremo di nuovo». Annuì e se ne andò proprio mentre Ellis si avvicinava al bar.

Mio fratello osservò solo per un attimo la guardia del

corpo, per poi rivolgersi a me: «Tutto bene finora?»

«A parte il fatto che una strana folla si è impadronita del nostro club? Credo di sì».

Ellis sorrise, ma sembrava piuttosto che stesse mostrando i denti. Neanche lui, dunque, ne era troppo felice. «Ci fa guadagnare bene. E ci dà un po' di prestigio con i Kennedy». Contrasse un sopracciglio. «E poi, vorrai dire il *mio* club».

Brontolai, al che lui rispose con una risata. «Se qui hai finito, vai già a cambiarti. Credo che accoglieremo qualche ospite con un leggero anticipo». Si girò, e io ero sicura che stesse guardando il tizio con l'abito lilla, che stava urlando qualcosa a quelli che montavano le ghirlande. «E alcuni di quelli già presenti potrebbero essere più sopportabili, se cominci già a servire alcolici. A entrambe le parti».

Annuii sogghignando.

Ellis alzò una mano in segno di saluto, poi oltrepassò il bar e scomparve giù per le scale, diretto al suo ufficio. Oppure a controllare per la cinquantesima volta l'inventario, per assicurarsi che nulla andasse storto.

Non appena fu sparito dalla visuale, ripresi in mano il cellulare e tornai a scorrere il profilo di Isla. Trovai in fretta quello che cercavo: un suo breve video con il fidanzato Nicholas che aveva postato qualche settimana prima. Sotto c'era scritto: *Sono così felice che presto sarò tua moglie.*

Avevo sempre trovato sconcertante, e anche un po' antifemminista, il fatto che Isla potesse diventare la Principle della Sorgente di New York solo dopo che si fosse sposata. Per di più, era solo un anno più grande di me, dunque ne aveva venti. E il suo fidanzato non era uno sconosciuto. Apparteneva alla famiglia dei Principle della Sorgente di Denver, la seconda grande Sorgente degli Stati Uniti. Provenivano dunque entrambi da due delle famiglie più potenti della nazione. Quando ero venuta a saperlo per la prima volta, avevo pensato che fosse tutta una montatura. Ma il video della coppia sembrava sincero. Lo sguardo che si scambiavano. Il tenero bacio e il sorriso felice di entrambi. Così come il modo in cui Nicholas guardava Isla... Doveva essere davvero un ottimo attore per fingere. E anche lei. A me, in ogni caso, sembrava tutto molto sincero.

Quando misi giù il telefono e diedi ancora un'occhiata al club addobbato, fui di nuovo riportata alla realtà, e un formicolio leggero mi pervase lo stomaco.

Isla Kennedy, la futura Principle, la futura regina delle maghe di New York, questa sera avrebbe festeggiato nel nostro club.

E io avrei provato a conversare con lei.

Il nervosismo mi fece sobbalzare lo stomaco.

Eppure riuscii a lasciare il bar a testa alta, diretta verso le scale, per andare nello spogliatoio. Oggi non avrei mostrato debolezze. Possibilmente, mai più.

CAPITOLO 6

Il club questa sera non era così pieno come altre volte, ma, nonostante ciò, per tutto il tempo fui pervasa da una strana tensione. Oltre a me lavoravano Marla e Michael, ma avevamo così tanto da fare che non riuscimmo a conversare neanche per un attimo.

Forse era per via dei clienti di alto profilo che, uno dopo l'altro, varcarono le porte del nostro locale e si distribuirono nella luce oggi piuttosto tenue. Vidi Audrey Moore, una delle meravigliose presentatrici di Manhattan News, forse l'emittente più seguito di tutta New York. Era accompagnata da Francis Young, un attore che da adolescente avevo idolatrato e che anche oggi era dannatamente bello nel suo abito blu scuro e con una leggera barba di tre giorni. La mia amica Veda probabilmente si sarebbe messa a strillare vedendoli, soprattutto insieme. Trovava che sarebbero stati benissimo, ma io ero sicura di non aver mai letto in nessuna rivista finora che quei due erano una coppia.

Arrivarono anche presentatori di emittenti radio di proprietà dei genitori di Isla, i figli di qualche politico e alcune ragazze dell'alta società in abiti firmati che ogni tanto mi era capitato di vedere sul profilo Instagram di Isla. Conoscevo una di loro, Ellen Taylor, proprio per i suoi eccessi sui media. Sembrava una modella: meravigliosi capelli fluenti e trucco perfetto... ma i suoi modi, la risata finta, le occhiate arroganti che lanciava al personale, tutto questo era un linguaggio che non mi piaceva affatto. Non solo perché non mi apparteneva, ma perché non sopportavo nemmeno di ascoltarlo. Essendo cresciuta nel Bronx senza tanti soldi, ovviamente conoscevo bene certi commenti e sguardi sprezzanti. Sapevo bene come ti guardava e ti commentava la gente dell'Upper East Side se passavi per Park Avenue senza indossare vestiti firmati. Ellen Taylor era l'esempio perfetto dell'abitante medio di quelle zone, e io mi domandai come mai Isla frequentasse persone del genere. Allo stesso tempo, tornò in me il timore che, forse, il fantastico profilo social della figlia dei Kennedy mi avesse tratto in inganno. Che fossi semplicemente un'ingenua a credere che Isla fosse migliore delle persone che la circondavano. Io non ero incline a ritenere le persone migliori di quello che erano nella realtà. Il mio passato a Hunts Point mi aveva reso troppo cinica. Ma la speranza che Isla Kennedy potesse dare forma a un mondo migliore per i ragazzi giovani e non così benedetti dalla sorte superava in effetti il mio cupo realismo. Così distolsi lo sguardo da Ellen Taylor, che beveva champagne ridendo con un gruppo di giovani modelle, e mi concentrai sul mio lavoro al bar. Più persone si riversavano nel *Rhapsody*, più ero felice che il tizio in lilla si fosse dato tanto da fare per allestire il tutto. Mi piaceva molto il bar che aveva progettato mio fratello, ma, semplicemente, a un tale stuolo di abbaglianti celebrità si addicevano di più le statue di marmo, i preziosi fili di lucine appesi ovunque e la distesa di rose e gigli sparsi dappertutto. Anche se la maggior parte delle persone che venivano a ordinare uno champagne o un cocktail mi risultavano in qualche modo antipatiche e affettate, non potevo fare a meno di ammirarle. Di ammirarne la naturale eleganza. La sicurezza. E anche, in certa misura, i vestiti costosi, che io in vita mia non mi ero mai potuta permettere, nemmeno se non fossi stata in debito con Dorian Mars. Un po' me ne vergognavo, ma non potevo fare a meno di restare a bocca aperta.

Ma la cosa più impressionante era il modo in cui l'aria nel *Rhapsody* cambiava con l'arrivo di ogni ospite. A un certo punto avvertii un formicolio ovunque, come se delle formiche stessero eseguendo per davvero una coreografia sulla mia pelle. La magia appesantiva l'atmosfera del club, e mi giungevano odori da ogni parte. Odori di pagine polverose di libri, di vino mescolato a sangue, di rame, di tutti i colori dell'arcobaleno. Di Narrative, Poisoner e Artist. Era la prima volta da moltissimo tempo che mi trovavo in una sala piena solo di maghi, ed era travolgente. Per me, ma di certo anche per i pochi ospiti privi di poteri magici. Non sapevo se fossero al corrente dei Kennedy, della nostra società magica nascosta, ma ero sicura che dovessero percepire qualcosa. Di tutto questo, di una sala piena di elettricità e di magia, ci si doveva accorgere per forza.

E verso le nove di sera, quando i primi ospiti erano già un po' brilli, finalmente arrivò anche Isla Kennedy. Quando le porta d'ingresso si aprirono e lei entrò, con una luce scintillante alle spalle, affiancata dalle sue guardie del corpo Arlo e Ryker, ebbi la sensazione che tutta la sala trattenesse il respiro... me compresa. Fece solo un passo oltre la soglia e alzò gli angoli della bocca in un largo sorriso, e subito tutti gli sguardi e i cuori sembrarono volare verso di lei.

Io mi ero domandata dall'inizio se anche lei nella vita reale avrebbe emanato lo stesso carisma che aveva nei suoi post su Instagram, ma ora dovetti constatare che era vero l'esatto opposto: nessuna delle sue foto era in grado anche solo minimamente di catturare l'essenza di Isla Kennedy. Isla portava un abito rosso lungo fino ai piedi, probabilmente cucito su misura, che si abbinava alla perfezione con il rossetto. I capelli castani erano legati in un'ordinata coda alta e gli occhi scuri illuminavano di entusiasmo ogni singola persona nella sala. Quando il suo sguardo mi sfiorò, riuscii ad avvertire il lieve formicolio della magia, pur non essendo abbastanza vicina. Solo un secondo dopo, tutti si precipitarono a inondarla di congratulazioni, e io la persi di vista tra la folla.

Quello fu anche il momento in cui abbandonai l'idea di riuscire a parlare con lei, quella sera. Sarebbe stato impossibile arrivare a lei tra le orde di fan, figuriamoci a parlarle. Delusa, lasciai cadere le spalle e tornai a occuparmi delle ordinazioni, che, con l'arrivo di Isla Kennedy, aumentarono un po'. Solo dopo che tutti ebbero brindato all'imminente matrimonio, iniziò davvero la festa... se così la si poteva descrivere. Anche alzando la musica e facendo scorrere più alcol, in realtà quasi nessuno ballava. Gran parte delle persone erano riunite in gruppetti a conversare, alcuni muovevano un po' la testa a ritmo, ma la cosa finiva lì. Avevo partecipato a feste migliori a Hunts Point da adolescente.

Mentre riempivo i bicchieri, il mio sguardo continuava a cercare Isla Kennedy. Era sempre circondata da tante persone, e una delle sue guardie del corpo le stava letteralmente alle costole. Sembrava che si stesse divertendo, anche se non ballava. Ma il suo viso apparve felice per tutto il tempo, gli occhi le scintillavano e rideva molto. *Doveva essere proprio bello vedere quanto impegno le era stato dedicato.*

A un certo punto, anche la scontrosa guardia del corpo di nome Arlo si mescolò tra le persone al bar. Con mia sorpresa, ordinò una grappa doppia, che buttò giù senza battere ciglio, e poi, subito dopo, uno dei nostri drink speciali: il *Dancing Joy*. Si bevve anche quello a grandi sorsi, e poco dopo gli angoli della bocca gli s'incurvarono verso l'alto. Diede un'occhiata al bicchiere mezzo vuoto, poi a me. Era strano che quel tizio cupo mi guardasse con un'aria così felice, anche se nei suoi occhi c'era dello scetticismo. *Una Poisoner*, pensava, glielo si leggeva in faccia. Lo scetticismo si trasformò in apprezzamento. Tra i maghi non era un vero segreto che mescolassimo certe tinture ai cocktail, ma evidentemente Arlo non si aspettava che fossero così buoni. Ordinò un'altra grappa doppia, scolò quella e il cocktail, e poi scivolò giù dallo sgabello del bar per dirigersi verso la pista da ballo. E, appena un minuto dopo, era l'unico, con un sorriso beato sulla faccia, a ondeggiare qua e là sulla pista da ballo. All'improvviso sembrava non importargli niente di quello che pensavano gli altri intorno a lui, era un tutt'uno con la musica e con la sensazione di felicità che gli danzava nello stomaco.

Con le sopracciglia aggrottate, presi la bottiglia con la tintura di felicità e ne verificai il livello. Non gliene avevo data più del dovuto, ma era evidente che il cocktail su di lui aveva un effetto molto più forte. Liquidai la cosa con una scrollata di spalle. Forse era soltanto più sensibile alla magia. A volte capitava tra i maghi, soprattutto a quelli dai poteri deboli. L'odore di carta vecchia che emanava in effetti si percepiva a malapena. La stirpe magica della sua famiglia probabilmente sarebbe finita presto. Proprio come la mia.

«Se tu avessi accettato la scommessa, a quest'ora avrei vinto».

Alzai lo sguardo dall'etichetta della bottiglia piena di felicità dorata fino a puntarlo dritto negli occhi ambrati di Ryker, che si era appoggiato accanto a me sul bancone. Sorridendo, fece un cenno con il capo ad Arlo, che, sulla pista da ballo, stava facendo dei passi di danza alquanto imbarazzanti, che probabilmente risalivano agli anni Ottanta. La gente tutt'intorno lo osservava, alcuni con irritazione, altri con palese divertimento negli occhi.

Per niente colpita, alzai le spalle. «Per questo non ho accettato la scommessa. Sembravi molto sicuro di te».

Ryker guardò ancora Arlo, per poi osservarmi con aria interrogativa. «Tu sei una Poisoner, vero?»

Alzai un sopracciglio e tentai di reprimere il sorriso che mi tirava gli angoli della bocca. «Che cosa te lo fa pensare?» Sapevo che il profumo della magia su di me non era molto forte, ma era comunque chiaro da che cosa Ryker avesse riconosciuto i miei poteri di Poisoner.

«Sul serio? Sembra che Arlo abbia preso un blister intero di ecstasy. Quindi, o spacci droga sottobanco, oppure gli hai somministrato un po' di felicità liquida». Annuì in segno d'approvazione. «Una camionata, a quanto pare».

«È solo che non regge niente» replicai sulla difensiva.

«Può darsi». Mi osservò ancora per un attimo, come se volesse cercare qualcosa nel mio sguardo, ma poi fece spallucce. «Non è che puoi darmi un'acqua naturale?»

Il mio sguardo guizzò ad Arlo, che ora stava twerkando, mentre riempivo un bicchiere a Ryker. «Arlo non dovrebbe controllare che non succeda niente a Isla?» domandai infine, con una certa disinvoltura. «Essendo la sua guardia del corpo personale, intendo».

«Non lo ritiene necessario». Ryker prese il bicchiere che gli porsi. «In eventi come questi, mette sempre insieme una squadra piuttosto numerosa. Di fronte ai genitori di Isla si comporta come se volesse assicurarsi che non le succeda niente. Ma in realtà si assicura soltanto di potersi ubriacare in pace. Solo che di solito lo fa in maniera un tantino più discreta». Fece un breve sorriso prima di finire l'acqua.

Il mio sguardo tornò di nuovo al drappello di persone che si era raccolto ancora intorno a Isla, e iniziai a mordermi il labbro inferiore. Alla fine non riuscii più a trattenermi. «Da quant'è che lavori per i Kennedy?»

Ryker mi guardò con aria interrogativa da sopra il bordo del bicchiere. «Solo da un paio di settimane».

«E fai già parte della sua scorta personale?!»

«Ho ottime referenze». Mi fece l'occhiolino, e io alzai gli occhi al cielo con irritazione.

Ma c'era ancora un'altra domanda che mi ardeva nel petto, soprattutto da quando avevo visto Isla ridere con Ellen Taylor. «E... lei com'è?»

«Isla?» Ryker si lanciò un'occhiata oltre la spalla nella stessa direzione in cui avevo guardato io, e poi di nuovo verso di me. Sulle sue labbra si era allargato un ampio sorriso. «È molto simpatica, per essere una persona di quell'ambiente. Ma non posso dire di conoscerla bene. Perché? Devo farti fare un autografo?»

«Ah ah. Spiritoso» ringhiai. Purtroppo sentii le guance avvampare e sperai vivamente che le luci al neon sopra le nostre teste neutralizzassero un poco il rossore. Servii un altro cliente, prima di tornare a rivolgermi a Ryker. «Voglio solo sapere com'è la nostra futura Principle. E se è meglio dei suoi genitori».

Forse non avrei dovuto parlare così dei suoi datori di lavoro. Non in quel modo.

Il volto di Ryker si fece di colpo serio. Mi guardò, poi abbassò gli occhi per fissare il bicchiere. Mi sbagliavo, o lo stringeva così forte che le nocche gli stavano diventando bianche? Feci per aprire la bocca per dire qualcosa, magari scusarmi, quando lui mi precedette.

«Già. È una bella domanda, vero?» mormorò distrattamente.

Serrai di nuovo le labbra e lo osservai con aria interrogativa. Ma lui non ricambiò il mio sguardo. Era tornato a fissare il bicchiere, prima di contrarre all'improvviso i muscoli del braccio e far scivolare il bicchiere verso di me.

«Allora torno al lavoro» disse. E poi semplicemente si alzò e sparì tra la folla, da qualche parte in direzione di Isla Kennedy.

Io lo seguii con lo sguardo finché la ressa di abiti firmati non lo ebbe inghiottito. Non riuscivo a togliermi di dosso la sensazione che ci fosse qualcosa di strano. Ma poi un gruppo di attori e presentatori prese d'assalto il bar, e io scordai quei pensieri tra cocktail e shot e gente dell'alta società sempre più ubriaca.

Era quasi mezzanotte quando, piano piano, iniziai a riprendere fiato. Isla, sul piccolo palco, aveva ringraziato gli invitati per essere venuti così in tanti e poi era stata di nuovo inghiottita dalla folla. Tutti sembravano volerla agguantare, voler reclamare per sé un pezzo della futura Principle, e ogni volta che la intravedevo tra la ressa, lei affrontava tutto quanto con un ampio sorriso. Era davvero nata per quella vita.

Alcuni ospiti ora stavano iniziando a imitare Arlo, che continuava beato a far ondeggiare le braccia e a ballare. All'inizio con timidezza, come se temessero che i fotografi li stessero guardando e fotografando in pose poco attraenti, poi in maniera sempre più libera e sfrenata. L'atmosfera nel bar si rilassò, e io lo percepii come un'improvvisa brezza che attraversò la grande sala.

La guardia del corpo non la smetteva più di ballare come una star della disco dance, e io non potevo fare a meno di continuare a squadrarlo con scetticismo. Era strano che l'effetto fosse ancora così forte, ormai avrebbe dovuto essersi attenuato almeno un po'. Io, in ogni caso, avrei continuato a tenerlo sotto osservazione.

Stavo finendo di preparare l'ordinazione successiva, quando, con la coda dell'occhio, notai un movimento. Un abito rosso splendente che avvolgeva un corpo snello. L'unico abito rosso di quella sera. Probabilmente era una scelta voluta, perché nessuno ci teneva a rubare la scena a Isla, il cui colore preferito era notoriamente il rosso. Quando voltai la testa, vidi la giovane donna in piedi accanto alla porta all'estremità del bar, da cui nel corso della serata alcuni ospiti e anche Michael erano usciti più volte per le loro pause sigaretta. Teneva la mano appoggiata sul metallo, e si fondeva quasi con la penombra, perché la luce delle lampade sul soffitto non arrivava fin lì. Isla gettò un'altra occhiata veloce oltre una spalla verso Arlo e le altre guardie del corpo, che in realtà non badavano più a lei ma guardavano divertite il loro capo che ballava; poi aprì lentamente la porta, come se non volesse attirare l'attenzione su di lei, e scivolò fuori.

Mi bloccai a metà del movimento mentre facevo scivolare un bicchiere da cocktail sul bancone, e guardai il punto dove era in piedi un attimo prima. Isla Kennedy era davvero uscita senza nessuna delle sue guardie del corpo? Era sgattaiolata via così dalla sua stessa festa come un'adolescente ribelle?

Mi misi a lucidare bicchieri, ma non riuscii a impedire a un sorriso di spuntarmi sulla faccia. In un certo senso, non le rimproveravo quel breve time-out da una festa di certo estenuante anche per lei. Ma soltanto un secondo dopo mi resi conto che forse quella era la mia unica occasione per parlare con lei. Evidentemente, nessuno si era accorto che era sgattaiolata fuori, e questo di sicuro non sarebbe durato in eterno. Esitai ancora per un attimo. Non solo perché magari Isla voleva stare per un momento da sola, prendersi un po' di tempo per sé. Ma anche perché io in realtà non avevo la minima idea di come iniziare una conversazione. «Ehi, Isla, sono una tua grande fan, hai mai pensato a quello che potresti fare per i giovani magici di Hunts Point, per evitare che commettano il primo omicidio a diciassette anni o che finiscano con una pistola puntata in mezzo agli occhi?» Un po' troppo forte, forse.

Prima che potessi cambiare idea, appallottolai lo strofinaccio con cui stavo lucidando i bicchieri e lo gettai con fare noncurante sul bancone. «Marla, mi sostituisci un attimo? Ho bisogno di una boccata d'aria fresca, due minuti».

Marla mi guardò sorpresa, ma annuì senza fare domande. Al momento c'era una relativa calma, e lei non aveva motivo di fermarmi. Così la scansai, varcai la porta del bar alta fino al bacino e poi l'ingresso sul retro. C'era poi un piccolo corridoio buio e, dopo, la porta socchiusa che conduceva a un piccolo cortile e a un minuscolo vicolo, percorrendo il quale si tornava sulla strada davanti all'ingresso.

Quando mi avvicinai alla porta, da cui filtravano il fresco della notte e la luce fioca della luna, riuscii a sentire la voce di Isla. Era un po' ovattata, ma vi era un evidente sorriso. Un certo calore, come se stesse parlando a qualcuno che per lei era importante. Avevo già la mano sulla maniglia, quando compresi che era al telefono. E, a giudicare dai pochi frammenti di parole che riuscii a cogliere, probabilmente parlava con il suo fidanzato, Nicholas. Rideva di gusto, e io staccai la mano dalla maniglia. Per quanto tenessi al mio piano, non volevo privarla di quel momento. Sembrava davvero distesa. Davvero felice. Feci un passo indietro nel corridoio buio, mentre lei lo salutava. «Anch'io, Nic. Ci vediamo presto». Poi si udì solo il silenzio e infine un lungo sospiro.

Io aspettai per due, tre battiti del cuore che rientrasse. Poiché non lo fece, spinsi un poco la porta e sbirciai fuori. Isla era appoggiata al muro della casa e guardava su in cielo. Aveva sulle labbra un lieve sorriso, come se un sogno a occhi aperti l'avesse trasportata lontano. Sembrava rilassata.

Mi stavo ancora chiedendo se fosse il caso di farlo, quando all'improvviso la porta cigolò, e Isla voltò la testa di scatto.

Allarmata, guardò nella mia direzione. «Chi è? C'è qualcuno?»

Mi feci coraggio e spalancai la porta. I nostri sguardi s'incontrarono e per un secondo non seppi che cosa dire.

Isla mi guardò con calma. Quasi con sollievo, forse perché non ero una delle guardie del corpo che aveva seminato. Gli angoli della bocca le si piegarono all'insù. «Oh. Ciao».

Volevo dire qualcosa. Volevo ricambiare il sorriso. Ma dalle mie labbra non usciva niente. Eccomi finalmente lì, in quel vicolo, con Isla Kennedy davanti, e non avevo più niente da dire. *È il tuo momento!* urlò una voce dentro di me. *Forse l'unico momento che avrai mai!*

E poi, in un batter d'occhi, tutto finì.

Dal vicolo si udirono passi pesanti e soffocati. Poi la voce di un uomo. «Isla Kennedy?» Il tono era aggressivo. Un ringhio. E, cosa peggiore di tutte, quella voce la riconobbi.

Il mio cuore iniziò a battere forte. Quando l'uomo entrò nel cono di luce, riuscii a scorgere i capelli biondi come il sole, la barba incolta, gli stretti occhi azzurri. Scott, uno degli uomini di Dorian. Non era solo; al suo fianco, come sempre, c'era il suo cagnolino Devon: un tipo robusto, sempre di cattivo umore, con folte sopracciglia nere. I due si piazzarono davanti a Isla, che sembrava in preda al terrore.

Senza rifletterci su, uscii del tutto dalla porta. «Che cosa volete voi qui?»

Tre teste si voltarono verso di me, e il cuore mi sprofondò nel petto. *Non mostrarti debole adesso.*

«Questa è la strega avvelenatrice del capo». Devon rise, scoprendo un brutto buco tra i denti. «Meglio che torni dentro, dolcezza. Queste sono cose che non ti riguardano».

Strinsi le mani a pugno. Il mio io interiore mi urlava di darmela a gambe, maledizione. Che era stato un errore opporsi agli uomini di Dorian. Io un pochino sapevo lottare, ma questi qui erano due uomini adulti forti, e io ero certa che fossero armati.

Quello che mi impediva di tagliare la corda era il fatto che probabilmente era per colpa mia se erano qui. Per via di quel commento sconsiderato che avevo fatto a Hunts Point e che aveva dato loro un'idea sbagliata. A questo si aggiunse lo sguardo che Isla mi rivolse. Era angosciato, confuso e implorante. *Non lasciarmi da sola.*

Io non potevo fare niente per Hailey, Penn e Orla. Né per gli altri ragazzi di Hunts Point. Non ero importante per la società, questo no sapevo fin dall'inizio. Ma Isla Kennedy sì. Lei poteva cambiare tutto. E in quel secondo per la prima volta mi fu chiaro che forse questo era più importante di me.

Quando mossi un passo verso i due uomini, e poi un altro, il ghigno ottuso sui loro volti sparì. A un tratto, apparvero piuttosto seccati.

Scott estrasse un pugnale dalla cintura e me lo puntò contro. «Ferma lì, vipera. E levati dalle scatole».

Non lo ascoltai. Continuai a camminare verso di loro, con le sopracciglia aggrottate e il corpo teso come quello di un soldato. *Non mostrare la paura, anche se minaccia di divorarti dall'interno. Mai mostrare paura.* «Tu non mi farai niente» dissi in tono pacato. «Dorian Mars si arrabbierà parecchio se stacchi qualche squama alla sua "vipera"».

Scott fece un gran sorriso. «Credi davvero che gli importi qualcosa? Di avvelenatori ce n'è in ogni angolo di New York. Ti rimpiazzerà. E quando gli racconterò che tu ci hai aggredito e io per sbaglio ti ho ucciso, a lui non fregherà più niente».

Il panico mi assalì, ma mi fece vacillare soltanto per un

secondo. Scott probabilmente aveva ragione. Ma questo non mi fermò. Non poteva fermarmi.

«No!» Quella parola proveniva da Isla. Quando mi voltai a guardarla, aveva una mano alzata come se volesse fermarmi. La mia paura si rispecchiava nei suoi occhi, eppure c'era ancora determinazione nel suo sguardo. Si voltò verso gli uomini di Dorian e chiese loro, con voce ferma: «Che cosa volete? Soldi? I miei gioielli? Potete prendervi tutto, basta che ci lasciate andare. Ve lo darò di mia volontà».

Devon rise. «Vogliamo *te*, principessa. Quanto valgono i tuoi gioielli in confronto al riscatto che otterremmo per liberarti?»

Isla sbiancò come un cadavere.

In quel momento mi fu chiaro che tutto questo non era certo un incarico per conto di Dorian Mars. Lui non avrebbe mai fatto qualcosa che attirasse su di sé l'attenzione in quel modo. Una cosa così stupida e meschina. Devon e Scott agivano da soli. E questo li rendeva ancora più pericolosi. Non avevano paura di mandare all'aria l'incarico. Paura di sbagliare qualcosa. Erano come animali selvaggi e aggressivi.

Dovevo agire in fretta.

Quando Scott si voltò verso Isla, forse per dirle qualcosa, colsi l'occasione. Mi avventai contro di lui ed eseguii uno dei calci alti che mi aveva insegnato Walt. Funzionò, anche se erano secoli che non ne facevo uno: gli colpii il pugno chiuso, e il coltello volò in aria di qualche metro.

«Ma che...?» esclamò incollerito Scott. Si voltò di scatto

verso di me, e in quel momento gli scagliai un pugno in faccia con tutta la mia violenza.

Nelle nocche mi esplose un dolore che percepii in tutto il corpo, facendomi gemere. Ma ne era valsa la pena, perché evidentemente Scott non si aspettava che io avessi tanta forza. Come molti, aveva sottovalutato la mia piccola statura. La testa gli volò all'indietro, e lui si schiantò sul suolo del vicolo.

Non rimasi a guardare l'impatto, mi girai invece verso Devon, che si stava lanciando contro Isla. Con un pugnale in mano, le afferrò il braccio per tenerla ferma. Quando mi avventai contro di lui, pensai che volesse ferire Isla con il coltello. Invece, lanciò una pugnalata verso di me, e, poiché io non feci in tempo a scansarla, mi graffiò il braccio.

«Scappa!» mi urlò Isla. Aveva i grandi occhi castani sgranati per il panico e non opponeva resistenza alla presa di Devon. «Mettiti in salvo!»

Fui investita da un'ondata di ammirazione, perché quella ragazza continuava a pensare a me, pur essendo in tale pericolo. Poi, però, l'ammirazione si tramutò in rabbia. Una rabbia incontenibile che sentivo bruciare come un fuoco dentro di me. Mi protesi verso Devon e gli afferrai il braccio con cui teneva il pugnale. Gli strinsi il polso con tutte le forze, in modo che non potesse colpirmi di nuovo. E, poiché con l'altra mano teneva ferma Isla, non aveva la libertà di movimento necessaria per liberarsi di me. Mi diede un calcio, forte, ma io riuscii a schivarlo con un salto.

«Lasciala!» gridai. E poi ripetei, stavolta ruggendo come un leone: «LASCIALA SUBITO, DEVON!»

Quello mi fissò. Prima con gli occhi pieni di rabbia. E poi, a un tratto, li sgranò. Per un momento, vi si scorse qualcosa di simile al panico. Paura di... me.

Non sapevo che cosa significasse, ma ogni ipotesi fu inghiottita da un incredibile calore dentro di me. Un calore che si estese, passò dal cuore alle mani, come già succedeva quando usavo la magia. Ma non così. Non senza un tramite, non senza che la poca magia dentro di me avesse modo di raccogliersi.

Tirai un brusco respiro quando il calore raggiunse la punta delle mie dita. Devon si sforzò di respirare. Allargò ancora di più gli occhi, al punto che il panico quasi sgorgava fuori. E poi, all'improvviso, vidi delle vene delinearsi sotto la mia pelle chiara. Non quelle in cui scorreva il sangue. No. Queste brillavano d'argento. Come la magia. Argentee come il potere che giaceva sopito dentro di me, e che in quel secondo si sprigionò contro Devon senza che io potessi in alcun modo trattenerlo.

Le vene gli si gonfiarono, tutto il suo corpo si contrasse in maniera incontrollata mentre lui rantolava sempre più forte. Tirò un ultimo sibilante sospiro, poi il suo corpo si irrigidì... e si accasciò su se stesso.

Scioccata, lo lasciai andare, e Isla sussultò per lo spavento quando la presa di Devon sul suo polso all'improvviso si allentò. Poi restammo tutt'e due semplicemente lì, in piedi, a guardarlo a terra. Devon non si muoveva più.

Le labbra avevano assunto una colorazione bizzarra, un riflesso argenteo scuro, e sulla pelle gli erano comparse linee finissime.

Sottili vene che parevano diramarsi dalle sue labbra.

Isla voltò la testa di scatto e mi fissò. Sembrava sul punto di dirmi qualcosa, ma dalle labbra schiuse non riuscì a spiccicare una sola parola. Pareva sotto shock tanto quanto me.

Alle mie spalle, Scott si rimise in piedi. «Che cos'hai fatto, vipera?» muggì. Fece un passo verso di me, ma io non riuscivo a muovermi dall'orrore.

Devon era morto? Avevo ucciso Devon? Ma come diavolo avevo fatto? *Come*?

Scott mi aveva quasi raggiunto quando la porta sul retro del club si spalancò. Qualcuno ruggì qualcosa. Era Ryker, che si precipitò fuori con le altre guardie del corpo. Li sentii passarmi accanto di corsa. Li sentii inseguire Scott, che subito si era allontanato giù per il vicolo. Sentii qualcuno toccarmi il braccio, qualcuno chiedere che cosa fosse successo. Isla disse qualcosa, in tono frenetico e ansioso.

Ma a me tutto arrivava come attraverso una coltre di nebbia. Non riuscivo a staccare lo sguardo da Devon. Dai suoi occhi chiusi, dal suo petto che non si muoveva più. Il calore dentro di me lentamente si attenuò, mentre il cortiletto dietro al nostro club si riempiva di gente.

E nessuna delle domande che mi si accumulavano nella mente trovava risposta.

CAPITOLO 7

Non percepii realmente i minuti successivi. Da qualche parte, in fondo alla mia mente, registrai che delle persone mi stavano parlando. Mi facevano domande. Mi toccavano il braccio, la spalla. Tra di loro c'era Ellis, vedevo il suo volto preoccupato, anche se non lasciava trapelare nulla. Dalla bocca mi uscivano parole che non governavo con consapevolezza, che lo cacciarono via, di nuovo dentro il club. Che gli dissero che io stavo bene, anche se in realtà non sentivo niente. Fui spinta da parte, avvertii qualcuno che mi spingeva in posizione seduta. Ma quasi non percepii neanche questo, non registrai nemmeno la pietra fredda del muretto sotto di me. Vidi solo una confusa luce blu ai margini del mio campo visivo, vidi i soccorritori radunarsi intorno a Devon. Urlare istruzioni. E infine caricarlo con una barella sull'ambulanza e portarlo via. Con tanto di sirena e le luci blu.

Allora non era morto, ma questo non modificava per

nulla il mio senso di colpa. Io continuavo a vederlo davanti a me. Quella sagoma senza vita per terra nel vicolo, come la vittima dell'altro ieri sotto il telo di plastica. Solo che stavolta la responsabile ero io.

Il mio sguardo si spostò verso il basso, verso le mie mani, che tenevo posate con disinvoltura in grembo. Sebbene il trambusto intorno a me non accennava a diminuire, si dissolse in sottofondo come un rumore bianco quando allungai le dita. Le girai. E infine mi osservai le braccia. Ora non si vedeva più niente. Non una delle vene argentee che brillavano attraverso la pelle chiara, che pulsavano di potere. Io, però, sapevo che c'erano. Sapevo che continuavano ad attraversare il mio corpo, in attesa che io tornassi a usarle. Erano rimaste lì per tutto il tempo, fin dalla mia nascita. Il mio sistema, quello di tutti i maghi, che dentro di noi funzionava con la stessa naturalezza del sistema nervoso, dell'apparato cardiocircolatorio.

Ma non così.

Serrai le labbra e mi strofinai prima un braccio, poi l'altro. Il calore se n'era andato, ma dentro di me ne avvertivo il riverbero. Non avevo mai provato una cosa simile in vita mia. E sapevo che era sbagliato. La nostra magia non funzionava così. Noi avevamo bisogno di un tramite, un oggetto a cui trasmettere la nostra magia, in cui poterla raccogliere. Non funzionava così, da persona a persona, con il semplice contatto della pelle. In ogni caso, non avevo mai sentito che fosse possibile.

Con un gesto frettoloso, asciugai le lacrime che mi si insinuarono negli occhi. Non era il momento di piangersi addosso. Non era il momento per quella terribile paura che stava germogliando dentro di me. Non sapevo come, ma con la mia magia avevo fatto del male a Devon. Anche se era successo per legittima difesa, e anche se non l'avevo fatto di proposito (non l'avrei mai fatto), era successo. Avevo percepito il mio calore entrare nel suo corpo, e avevo percepito l'esatto momento in cui il suo cuore aveva iniziato a incespicare. Mi tornarono di nuovo in mente le storie sui Poisoner che una volta mio nonno mi aveva raccontato. Gli avvelenatori dei re. Tuttavia, perfino loro avevano bisogno di un oggetto in cui poter raccogliere la magia. Un tramite.

Di colpo, tutto diventò troppo. I rumori forti, la luce blu lampeggiante che vedevo con la coda dell'occhio, il movimento delle persone intorno a me. Ovunque c'erano uomini della sicurezza, poliziotti, gente del club di cui a malapena riconoscevo i lineamenti, perché continuavo ad avere la vista molto offuscata. Non riuscivo a seguire i discorsi. Isla era andata via, una delle guardie del corpo l'aveva riportata nel club tenendola per le spalle. Probabilmente era già seduta su una limousine diretta verso casa. O stava venendo interrogata a caldo dalla polizia. Il mio cuore angosciato attendeva in realtà soltanto il momento in cui sarebbero venuti da me per portarmi via in manette... perché avevo fatto qualcosa di male a Devon.

«Avery».

Soltanto quella parola. Soltanto il mio nome. E, di colpo, fu come se intorno a me tutto tornasse a essere più calmo. Più silenzioso. Più nitido. Alzai lo sguardo dalle mie mani nell'istante in cui Hayes si accovacciò davanti a me. Si puntellò i gomiti sulle ginocchia, unì le mani intrecciando le dita e mi guardò con un'espressione seria che diceva mille parole, e al contempo nessuna.

Il mio sguardo si posò sul lato sinistro del suo petto, su cui spiccava lo stemma del NYPD. Era in servizio. Per l'amor del cielo, era ovvio che lo fosse. Era stato chiamato per un reato. E io, una maga, ero la sua sospettata numero uno.

Finalmente iniziai a percepire di nuovo l'ambiente che mi circondava e, nello stesso istante, mi domandai quanto tempo fosse passato. Per quanto fossi rimasta lì seduta sul muretto in stato di apatia a fissarmi le mani. Ormai non c'era quasi più nessuno nel vicolo stretto dietro al club. Vicino alla porta sul retro socchiusa, due poliziotti parlavano con uno degli uomini della scorta personale di Isla. All'altra estremità del vicolo c'era un'auto della polizia, la luce blu era ormai stata spenta e il passaggio bloccato con un nastro segnaletico giallo. Volsi indietro lo sguardo e in quel secondo percepii qualcosa di pesante sulla spalla. Qualcuno mi aveva avvolto in una coperta. Quando diamine era successo?

Guardai di nuovo Hayes, che era ancora accovacciato davanti a me, muto. Evidentemente aveva atteso che io tornassi del tutto alla realtà. Aggrottò leggermente le sopracciglia scure. «Ti serve un'ambulanza?»

«No». La risposta mi sfuggì dalle labbra prima che potessi davvero rifletterci. Afferrai la coperta, me la strinsi di più sul petto e poi scossi la testa ancora una volta. «Sto bene».

«Ne dubito» disse Hayes con la sua voce da detective che

fa un'analisi. «Sei qua seduta sul muretto da quasi un'ora e non hai fiatato. I miei colleghi non sono riusciti a strapparti neanche una parola».

Mi osservava con quegli occhi verde bosco come se cercasse di risolvere un enigma. Distolsi in fretta lo sguardo perché sapevo che vi si leggevano troppe cose che lui non avrebbe mai dovuto apprendere. Lo abbassai invece di nuovo sulle mie mani.

«Io ho...» esordii, e il cuore accelerò i battiti. «Io ho...»

«Isla Kennedy ci ha raccontato quello che è successo. Siete state aggredite qui dietro nel vicolo da due uomini armati che volevano rapirla».

Sembrava in attesa di una conferma, e io annuii lentamente. «Sì».

«Isla Kennedy ci ha anche detto che tu hai provato a difenderla. E di conseguenza uno degli uomini è collassato». La sua voce era dura, e quando lo guardai, un punto della mascella gli si contrasse. Non avrei saputo dire se fosse arrabbiato, ma pareva quasi di sì.

«Sì» replicai e fissai il punto, oltre la sua spalla, dove era crollato Devon. La pelle d'oca mi percorse la nuca, le spalle, le braccia.

«Hai idea di come sia successo?» domandò Hayes. Suonava ancora calmo. Era sempre accovacciato davanti a me come se fossi una bambina spaventata.

«No». Senza che riuscissi a impedirlo, mi salirono di nuovo le lacrime agli occhi. Sapevo che era colpa mia, ma non riuscivo a spiegarmi che cosa fosse accaduto. Era impossibile. Era perverso. Provavo disgusto per me stessa.

E sapevo che lui non doveva saperlo. Nessuno doveva sapere che cos'avevo fatto.

Per un attimo pensai che Hayes avrebbe insistito per ottenere una vera risposta. Era un detective tenace, e io avevo sentito dire già un paio di volte che era in grado di mettere le persone sotto torchio senza pietà, soprattutto quando aveva tra le mani uno degli uomini di Dorian. Invece, si limitò ad aprire la bocca come per dire qualcosa e poi a richiuderla. Fu un movimento così delicato che toccò qualcosa dentro di me.

«Tuo fratello è dentro» disse infine. «Si sta occupando degli ospiti, ma gli farò sapere che deve accompagnarti a casa in macchina».

«Non voglio essere un peso per lui» mi affrettai a dire e detestai il fatto che la mia voce suonasse così debole, così tremante. Con un gesto un po' irruento, mi sfilai la coperta dalle spalle, ma avevo le gambe troppo molli per alzarmi subito. Feci un respiro profondo, e, per dissimulare, tornai a guardare Hayes. Stavolta con quel mio solito sguardo imperturbabile che mi ero abituata ad avere negli ultimi anni, nel periodo trascorso con Dorian Mars. «E ora che cosa succede? Verrò interrogata ancora?»

Il sopracciglio sinistro di Hayes si sollevò. Poi lui si alzò con un movimento quasi fluido ed elegante. Infilò le mani nelle tasche della giacca della divisa e abbassò gli occhi per guardarmi. «Presumo di no. Devon Lynx non ha riportato ferite esterne. I soccorritori presumono si sia trattato di un infarto. Lo confermeranno dopo averlo esaminato. Abbiamo la testimonianza di Isla Kennedy e la tua dichiarazione secondo cui vi siete limitate a difendervi, ma tu non hai ferito nessuno».

Quelle parole, a ben vedere, avrebbero dovuto tranquillizzarmi. Ma il suo sguardo penetrante fece fare al mio cuore un salto mortale. Lui sapeva che non era così semplice. Sapeva che c'era qualcos'altro dietro. Anche se, come me, non sapeva ancora cosa. Ma, conoscendo Hayes, l'avrebbe scoperto. Già adesso, mentre se ne stava disinvolto in piedi davanti a me, io sapevo perfettamente che quell'enigma aveva acceso un fuoco d'ambizione dentro di lui. Divampava, e a me venne un nodo alla gola.

Alla lunga, nessuno sfugge al detective Adam Hayes, erano queste le parole che gli uomini di Dorian Mars mormoravano in segreto. Neanch'io gli sarei sfuggita in eterno.

Mi alzai dal muretto con un movimento rapido. «Allora io posso andare, giusto?» domandai, con la voce di nuovo ferma, per fortuna.

Si fece sfuggire un grugnito. «Sei sicura di essere in grado di tornare a casa da sola? Eri sotto shock fino a un minuto fa».

«Sottolineiamo *eri*. È evidente che ora sto di nuovo alla grande» replicai con un sorriso che, sulla mia faccia, pareva più un ringhio per mostrare i denti.

Un altro grugnito. Uno sguardo di sfida che avvertii nella regione dello stomaco. «Può accompagnarti a casa la mia collega Ash, Avery».

Perché tutto d'un tratto la sua voce non sembrava più tanto seccata, come forse era sua intenzione... ma addirittura quasi preoccupata? Lo osservai con gli occhi spalancati, e per un momento presi sul serio in considerazione l'idea di accettare l'offerta. In effetti, a ben vedere, non mi sentivo davvero in grado di tornare a casa a piedi da sola. Ora, il solo pensiero di percorrere vicoli bui, come se non fossi appena stata assalita, mi faceva accapponare la pelle delle braccia.

«Non serve. Può venire con noi».

Io e Hayes ci voltammo simultaneamente verso la voce. Per poco il mio cuore non si fermò, quando dall'ingresso sul retro del club ci venne incontro Isla Kennedy. Aveva ancora addosso il suo abito mozzafiato, ma nel frattempo si era messa un cappotto di velluto nero lungo fino ai piedi. C'era un sorriso sul suo volto, ma i suoi occhi neri erano vigili. In attesa.

Dietro di lei scorsi Ryker e un altro uomo della sua scorta di cui non conoscevo il nome. Stavano al fianco di Isla Kennedy come se fosse la figlia del Presidente in persona. E in un certo senso lo era. Per noi, almeno.

La nuca cominciò a formicolarmi. Con la coda dell'occhio vidi la postura di Hayes irrigidirsi. Ma quando mi voltai verso di lui, sul suo volto c'era ancora la stessa espressione annoiata che aveva per gran parte del tempo.

«Signorina Kennedy» disse. «Ma Lei allungherebbe di sicuro la strada, se non va direttamente a Manhattan, dico bene?»

C'era del sospetto nella sua voce?

Tornai a guardare Isla e la vidi farmi un caloroso sorriso. Poi si rivolse a Hayes: «A me non dispiace. E di certo neanche al mio autista. A meno che, naturalmente, Lei non debba fare altre domande ad Avery, Detective. In tal caso, naturalmente, mi fermerei e farei chiamare il nostro avvocato di famiglia. Solo per precauzione».

Il modo in cui lo disse. *Solo per precauzione*. La sicurezza e il tono quasi imperioso della sua voce avrebbero messo in ginocchio con facilità qualsiasi comune mortale.

A Hayes, invece, strappò solo un sorriso stanco. «Non c'è motivo per buttarlo giù dal letto a quest'ora. Se Avery vuole unirsi a voi, è libera di andare». Mi guardò, quasi come se volesse davvero valutare se per me andasse bene.

«Ehm. Sì. Certo» balbettai, dando prova di un'intelligenza incredibile. La situazione in cui mi trovavo stava diventando sempre più assurda.

Ma nel giro di un secondo Isla Kennedy mi raggiunse e rivolse un ultimo sorriso a Hayes. «Allora Le auguro buona notte, Detective».

Mi spinse verso la strada in una nuvola di lussuoso profumo, e io, sorpresa com'ero, mi lasciai semplicemente trascinare. Da qualche parte, in fondo alla mia mente, una voce preoccupata mi diceva che forse non avrei dovuto assecondare in quel modo l'unica donna che aveva visto che cos'era successo realmente. Ma era Isla *Fucking* Kennedy che mi trascinava per il vicolo dietro il club di mio fratello. Era Isla *Fucking* Kennedy che voleva accompagnarmi a casa. Ne sarebbe valsa la pena perfino se mi avesse messo sotto torchio subito o se mi avesse buttato fuori dall'auto a tutta velocità.

Fiancheggiate dalle guardie del corpo, arrivammo sul

ciglio della strada, e, quasi nello stesso istante, due grosse automobili nere con i finestrini oscurati si fermarono accanto a noi. Era come in tutti i film con i gangster che avevo visto, ma il mio campanello d'allarme interiore continuava a non voler suonare. Ero davvero abbagliata dalla vita di Isla che avevo visto su internet? O era qualcos'altro a ispirarmi tanta fiducia?

«Ross, tu vai con l'altra auto. Ryker, tu sali con noi, davanti. Voglio parlare con Avery da sola» disse Isla. Mi lasciò il braccio e indicò la prima auto. Sebbene non sorridesse più, gli occhi castani trasmettevano calore. Fiducia.

Ross si schiarì la gola. «È sicura che sia una buona idea, signorina Kennedy?»

Lui sospettava di me. Bene, forse gli conveniva. Isla, tuttavia, lo ignorò.

Spostai lo sguardo da lei a Ross e poi a Ryker, che era già in piedi con la schiena schiacciata contro la portiera dell'auto assegnata. Mi osservava con ostentato interesse, gli occhi che quasi brillavano. Quando gettai di nuovo un'occhiata indietro al vicolo, Hayes era ancora in piedi nello stesso punto. Aveva incrociato le braccia sul petto e mi seguiva con lo sguardo. La sua postura sembrava tesa.

Isla mi toccò dolcemente la spalla, e io alla fine feci quello che voleva. Salii in auto. L'interno era spazioso, ma la limousine non era come me l'aspettavo. I sedili erano morbidi, e, quando mi ci lasciai cadere sopra, tirai un sospiro.

Solo ora mi resi conto di quanto fosse stato scomodo

il muretto su cui ero rimasta seduta in apatia per un'ora intera.

Isla scivolò sul sedile accanto al mio, e Ross chiuse la portiera da fuori per poi voltarsi e dirigersi verso l'automobile dietro. Ryker salì davanti, accanto al guidatore. Riuscii a vederlo, così come la breve occhiata raggiante che mi lanciò, prima che il separé nero si alzasse, tagliando me e Isla dalle orecchie altrui.

L'automobile si mise in moto, e quasi nello stesso istante Isla si voltò a guardarmi. «Stai bene, Avery?»

Presi un profondo respiro. La fissai. E infine annuii. In un certo senso, non era proprio quello che mi aspettavo. «Io... credo di sì».

«Bene». Con un sospiro, si scostò dalla fronte una ciocca vagante di capelli castani. «Non mi sono accorta di quanto la polizia ti sia stata addosso. Magari avrei dovuto far chiamare subito il nostro legale, così ti avrebbero lasciato in pace. Ma quando le mie guardie del corpo mi hanno riportato nel club, nessuno mi ha più persa di vista. Erano tutti preoccupatissimi, anche se non è successo nulla». La sua voce sembrava esausta, ma stranamente rilassata. Come se stesse chiacchierando con una vecchia amica, e non con una ragazza che in realtà non conosceva.

Anche se non è successo nulla.

Quelle parole per un attimo restarono sospese tra noi. Sapevamo entrambe che non era così. Glielo lessi in faccia dal modo in cui, all'improvviso, la stanchezza le scomparve dall'espressione. Mi fissò, e io ricambiai lo sguardo.

Dopo quella che parve un'eternità, mi domandò a voce

bassa: «Che cos'è successo in quel vicolo, Avery?»

«Non lo so». La mia mano si contrasse. E pur sapendo che forse non sarebbe stato saggio, mi scivolò fuori un'altra frase: «Io l'ho... quasi ucciso. Se i soccorritori non...»

Isla non esitò per un secondo e mi afferrò la mano. Quando alzai sorpresa lo sguardo, il suo era serio. «Avery, erano uomini pericolosi. Mi volevano rapire e sembravano disposti a usare qualsiasi mezzo per riuscirci. Se proprio, tu hai salvato me».

Mi ruotò il braccio in modo che il polso guardasse verso l'alto. Solo in quel momento compresi che era stata così vicina a me da aver visto davvero tutto. Evidentemente mi stava ispezionando la pelle per trovare le vene argentee. Ma non erano più visibili.

Isla alzò la testa. «La mia famiglia fin da piccola mi ha insegnato che la magia è qualcosa che non è facile da definire con i nostri occhi. Non è un osso, che si può osservare con una radiografia, o un tumore, visibile con una risonanza magnetica. Semplicemente esiste, da qualche parte dentro di noi. Sono cresciuta con questa consapevolezza. Ma oggi è stata la prima volta che l'ho vista per davvero». Il suo sguardo si posò di nuovo sulla mia pelle, poi Isla mi lasciò il braccio.

La paura mi pervase. Insieme a un ricordo di mio nonno, che non sapevo da dove provenisse. Ma mi sembrò che la sua voce si sovrapponesse alla mia mentre dicevo: «Ti prego, non dirlo a nessuno!»

Isla rimase sorpresa. Dopo un battito di ciglia, scosse la testa. «Certo che no. Non sappiamo niente di che cosa sia realmente successo in quel vicolo. Io so solo che sei venuta ad aiutarmi, anche se tu per prima non sapevi se saresti riuscita a respingere quegli uomini. E per questo ti sono molto grata, Avery».

La fissai con le labbra serrate. Era così bizzarro che fosse seduta lì così, accanto a me, e pronunciasse il mio nome come se non fosse nulla di esorbitante. Una parte di me sapeva che forse quella era la mia unica possibilità di affrontare la questione dei ragazzi di Hunts Point... ma a un tratto sembrava tutto così lontano.

Solo dopo un istante mi accorsi che l'automobile aveva rallentato di colpo; e poi, attraverso i finestrini oscurati, riuscii anche a vedere la nostra casa, l'intonaco scrostato e il sole che lentamente spuntava da dietro il tetto.

Isla seguì il mio sguardo per poi rivolgersi di nuovo a me con un sorriso. «Grazie, Avery» disse ancora.

Io non sapevo proprio che cosa dire, soprattutto perché non riuscivo a capire la sua gratitudine. Sì, avevo tentato di difenderla in tutti i modi. Ma non era il mio dovere di maga? Difendere colei che un giorno sarebbe diventata la nostra Principle, la depositaria della nostra magia? Quei pensieri non mi erano mai passati per la testa, dopotutto non ero il tipo da mettere al primo posto "l'onore per i regnanti". Inoltre, avevo mandato una persona in ospedale. Eppure Isla mi rivolgeva lo sguardo di un'amica. Caloroso. Grato.

Sentii che mi stava venendo la nausea. «Grazie per il passaggio» mi affrettai a dire. Prima ancora che l'autista arrivasse alla portiera, io la aprii dall'interno e saltai giù.

«Avery, aspetta» mi gridò Isla, ma io non la ascoltai più.

Era semplicemente troppo. Io non ero nessuno, e per quello che avevo fatto oggi non meritavo certo delle lodi. Era stata solo la dimostrazione che appartenevo ancora a Hunts Point. A Dorian Mars e ai suoi. Che se mi trovavo in quella posizione, me lo meritavo.

E io dovevo accettarla e basta, fine.

Superai in fretta l'autista, lanciai attraverso il parabrezza un'ultima occhiata a Ryker, che continuava a fissarmi con ostentazione, e poi saltai sul marciapiede.

Quando mi sbattei alle spalle la porta di casa e mi ci appoggiai, l'intera notte con tutto quello che era successo si abbatté su di me come una tempesta. Crollai sulle piastrelle del corridoio e finalmente lasciai scorrere le lacrime.

CAPITOLO 8

Sebbene non fossi riuscita a dormire dopo quella notte, passai il resto della giornata a letto. Non avevo l'energia per affrontare le persone o quello che era successo. Ascoltai invece più volte la stessa musica sul piccolo stereo che Ellis mi aveva lasciato in eredità qualche anno prima, fissando il soffitto, senza muovermi più di tanto. Mio fratello venne a cercarmi due volte. Una per chiedermi se fosse tutto okay e se volessi parlare. E poi, dopo averlo liquidato, tornò un'altra volta nel pomeriggio a lasciarmi un panino senza dire niente.

Ellis conosceva le mie lune, anche se probabilmente non le aveva mai comprese. Era sempre stato il perfetto erede magico della nostra famiglia. Aveva una personalità coinvolgente e per questo aveva avuto sempre molti amici. Io, al contrario, con quelle cose avevo sempre avuto difficoltà. Sia con la magia che con le altre persone. Ecco perché probabilmente ero finita con tanta facilità tra le grinfie di Dorian Mars: era stato bello essere riconosciuta, quando per tutta la vita ti eri sentita un'estranea, un'anormale. Perfino se quel riconoscimento arrivava da un pericoloso boss criminale.

Con un sospiro allungai il braccio verso l'alto e lo girai alla luce del sole che entrava dalla finestra. Era bizzarro: continuavo ad avere la sensazione di sapere con esattezza dove erano spuntate le vene argentee di magia. Anche se non riuscivo più a vederle sotto la pelle. Ne accarezzai il percorso con un dito, prima di abbassare il braccio. La piccola sveglia sul mio comodino indicava che era già pomeriggio inoltrato; forse ora era arrivato il momento di smetterla di piangersi addosso.

Mi alzai con pesantezza dal letto e presi il cellulare, che avevo appoggiato di proposito un po' più lontano. Avevo paura di vedere qualcosa per cui non ero ancora pronta. Ma forse era ora che me ne occupassi. Premetti il piccolo interruttore accanto al letto e subito nella stanza brillarono tutte le file di luci che avevo raccolto negli anni. La camera non era particolarmente spaziosa, ma grazie alla luce calda, ai grandi arazzi con le fasi lunari che mia nonna aveva fatto per me, ai tanti pouf sparsi e alle stoffe, era così accogliente che mi calmava subito.

Con il telefono in mano, sprofondai sulla pila di cuscini più alta e infine controllai le notifiche. Avevo ricevuto qualche messaggio sui social, che per il momento ignorai. Cercai invece immediatamente su Google le ultime notizie sul quartiere e sul club di mio fratello. Con mia grande sorpresa, non trovai nulla. Nulla sulla festa di Isla, di cui di sicuro mezza New York aveva sentito parlare, e nulla sul fatto che qualcuno avesse tentato di rapirla. Nessuna notizia sull'incidente, né su Devon. Questo significava anche che io non avevo modo di sapere come stesse. Se fossero riusciti ad aiutarlo, in ospedale. La pelle delle braccia mi si accapponò.

Sapevo che la famiglia di Isla era proprietaria di una larga parte dei media e dunque poteva controllare quello che trasmettevano. Ma fino a quel punto? Certo, New York era un posto selvaggio. Accadevano spesso crimini, erano quasi all'ordine del giorno. Ma niente di niente?

Per sicurezza, controllai il profilo Instagram di Isla. C'era solo una breve storia sulla festa della sera prima. Qualche sua foto con svariate persone note e meno note, e poi un suo video in cui ringraziava per la serata incredibile. Nulla sull'intervento della polizia. Nulla su quello che era successo nel vicolo.

Sprofondai un po' di più nei cuscini. In realtà non mi aspettavo che avrebbe scritto qualcosa su me e lei, o che avrebbe parlato della mia magia. Ma che nascondesse tutto sotto il tappeto, questo mi stupì. Aprii i messaggi: ce n'era uno di Veda, che aveva visto che la festa di Isla si era tenuta nel nostro club, e ora voleva sapere tutto. Non potei fare a meno di sorridere. Era tipico di Veda, lei amava tutto ciò che aveva a che fare con le star.

Per non tenerla ulteriormente sulle spine, le risposi in maniera concisa che era stato fantastico, perché non volevo caricarla del peso di quanto era accaduto in realtà. Veda si preoccupava molto, anche per me, e per questo a volte era capace di tramutarsi in una figura materna ultra apprensiva. Per quanto le volessi bene, oggi non avevo le energie per sopportarla.

Quando feci scorrere i messaggi per visualizzare quello dopo, mi si mozzò il respiro. Dovetti leggere il nome due volte e poi controllare che a scrivermi fosse il profilo giusto. Ma la spunta blu lo confermava: il messaggio tra le mie conversazioni era di Isla Kennedy.

Mi aveva inviato solo poche parole. Solo un «Oggi sarò nei paraggi, in un bar che si chiama *Golden Bean*, verso le 17. Ti va un caffè?»

Mi chiedeva se volevo prendere un caffè con lei. Fui subito sopraffatta da emozioni oscure, dalla paura. Che volesse consegnarmi alla polizia, adesso? All'improvviso si era resa conto di quello che avevo fatto e voleva solo dirmi, con gentilezza, che a breve avrei dovuto fare i conti con una squadra d'assalto? Il mio cuore batteva forte, sebbene non la ritenessi capace di farlo per davvero. Ma sapevo anche che, dopo quella notte, avrei dovuto fare i conti con tutto quanto. E il mio corpo era sotto pressione.

Tuttavia, sapevo anche di doverci andare per forza. Non potevo tirarmi indietro e aspettare che tutto passasse da sé. Anche se avessi ignorato il messaggio, probabilmente avrei trascorso il resto della giornata, e oltre, a chiedermi il motivo dell'invito. Lanciai un'occhiata all'orologio. Già le cinque passate, perciò sarei arrivata in ogni caso troppo tardi. Ma il pensiero non mi avrebbe più abbandonato. Così, tutta tesa per il nervosismo, mi alzai dalla pila di cuscini e mi cambiai.

Nell'appartamento, quando uscii dalla mia stanza, non si sentiva nessun rumore provenire da Ellis. O si era ritirato nel suo studio oppure era tornato al club per prepararsi alla serata. In effetti, non frequentava quasi mai altri posti, e per la maggior parte delle volte a me andava benissimo, perché così, come in questo caso, non dovevo rendergli conto di dove andassi io.

Afferrai solo il cappotto che mi aveva regalato Veda e, quando vidi allo specchio del corridoio i segni scuri sotto i miei occhi, presi anche un paio di occhiali da sole. Feci scivolare il telefono nell'immensa tasca del cappotto e poi uscii dall'appartamento.

Isla aveva parlato di un bar che si trovava non lontano dalla nostra via, tra la Melrose e la Elton Avenue. Un'altra cosa che mi convinceva che non era sicuramente capitata in zona per caso: una come lei non se ne andava in giro così per il Bronx. Ovvio, Melrose non era certo il quartiere peggiore della zona, ma nemmeno un posto frequentato dalle raffinate figlie di milionari.

Quando la scorsi già dall'altro lato della strada attraverso la vetrina del bar, non potei fare a meno di scuotere leggermente la testa, perché non riuscivo davvero a crederci. Se ne stava seduta lì così, in vetrina, con un paio di grandi occhiali da sole sul naso, proprio come me, a smanettare con il cellulare. I capelli castani le ricadevano in boccoli perfetti sulle spalle, e indossava un abito probabilmente su misura, che di sicuro costava più del nostro affitto. Era di un turchese chiaro che esaltava il suo incarnato, ed era semplicemente incantevole.

Infilai le mani più a fondo nelle tasche del cappotto prima di attraversare a passo lento la strada e spingere la porta di vetro del *Golden Bean*. Il bar era piuttosto pieno per quell'orario, e, oltre all'odore del caffè, mi si insinuò nel naso anche quello della carne arrostita e del formaggio fuso. Mi spinsi gli occhiali da sole tra i capelli e mi diressi verso Isla.

Quando mi fermai in piedi al tavolo, alzò lo sguardo e le labbra truccate si schiusero subito in un sorriso. «Avery!»

Lasciò cadere il telefono sul tavolo e si alzò per stringermi la mano. «Stai bene? Ieri sei scappata via così in fretta che mi sono preoccupata».

La osservai con un certo sospetto. Non ero abituata alle persone così gentili con me e avevo imparato da Dorian Mars a trattare quella gente sempre con un po' più di diffidenza rispetto a tutti gli altri. In questo caso, in realtà, non volevo farlo. Finora, Isla non mi aveva dato motivo di non fidarmi di lei. E anche adesso, quando le sua mani toccarono le mie, sul mio corpo si posò una strana calma. Era quasi come se percepissi di nuovo pulsare dentro di me quella magia argentea. Come se stesse cercando la futura depositaria della Sorgente.

«Accomodati».

Dopo un breve attimo di esitazione, mi tolsi il cappotto e lo appesi alla sedia che mi aveva indicato. Mentre mi abbassavo sull'imbottitura rossa, il mio sguardo scivolò sul tavolo. Un piattino su cui erano rimaste delle briciole, probabilmente di una fetta di torta, e una tazza ancora mezza piena di caffè. Era lì da un po'.

«Vuoi bere qualcosa?» domandò Isla e alzò la mano per richiamare l'attenzione di uno dei camerieri.

«Un cappuccino» ordinai al ragazzo, prima di agitarmi in modo un po' scomposto sulla sedia. «Volevi... parlare con me?» Il nervosismo non si placava, sebbene Isla in realtà non mi ispirasse alcun senso di minaccia.

Le sue sopracciglia si alzarono sotto gli occhiali da sole, poi le tornò sul volto il sorriso caloroso di prima. Tolse gli occhiali e li infilò nella scollatura dell'abito. «Mi dispiace per averti dato un'impressione sbagliata, Avery. Ma è veramente così: ero preoccupata per te. Non so che cosa ti abbia detto quel poliziotto, ma tu dopo eri evidentemente sconvolta. E poi sei saltata giù dall'auto talmente in fretta...» Alzò le spalle, con fare un po' impotente. Neanche nei suoi occhi scuri riuscivo a scorgere una scintilla di cattiveria o di calcolo. Forse era davvero chi avevo sperato che fosse.

Mi appoggiai sullo schienale e percepii un po' della tensione abbandonare il mio corpo. «Non devi preoccuparti, io me la cavo. Il detective Hayes non mi ha messo così tanto sotto torchio come forse ti è sembrato». A ripensarci, era stato addirittura sorprendentemente amichevole. Per i suoi standard.

«Okay» disse Isla, in tono un po' strascicato. Il suo sguardo si posò sulle mie braccia, e io capii che aveva un'altra domanda pronta. In realtà, sapevo fin dall'inizio che l'argomento sarebbe saltato fuori.

Il cameriere arrivò con il mio cappuccino, e mentre lo appoggiava davanti a me, lasciai vagare lo sguardo per il bar. Non vidi nessuna delle guardie del corpo di Isla, ma ero sicura che fossero lì da qualche parte. Non sarebbe andata da nessuna parte senza di loro.

«Ryker aspetta fuori in macchina».

Sorpresa, tornai a guardare Isla.

Sorrise. «Ti si leggeva in faccia che te lo stavi chiedendo». Fece un cenno lieve con il capo verso la vetrina e l'auto con i finestrini oscurati accostata al marciapiedi, per poi fare un profondo sospiro. «Ogni tanto mi concedono un po' di libertà. Cerco di considerarla una benedizione».

Strinsi le labbra. Il pensiero che qualcuno seguisse ogni mia mossa, anche solo per proteggermi, mi innervosiva. Non volevo sapere come doveva sentirsi lei. «Arlo non è ancora tornato in forma?»

Si morse il labbro inferiore. «No. Come potrebbe? Figurati, stava ancora ballando ed era nel suo mondo quando fuori, nel vicolo, è scoppiato il pandemonio».

«Mi dispiace».

«Non è colpa tua». Uno strano scintillio sfavillò nei suoi occhi. Pareva sincero divertimento. «Ad Arlo piace scatenarsi un po' troppo. A quanto pare, non è abbastanza in grado di giudicare il lavoro di una Poisoner dotata da essere consapevole delle possibili conseguenze».

Trasalii. Non gli avevo dato una dose esagerata di *Dancing Joy*. E non è che fossi una Poisoner particolarmente dotata. Ma forse era stata la combinazione con l'alcol. O forse era solo sensibile alla magia.

Isla si puntellò su una mano e guardò fuori strizzando gli occhi al sole. «Mia madre l'ha licenziato».

«Cosa?» Per poco non rovesciai il cappuccino sul tavolo.

«Per gli effetti del mio drink?»

«No, perché spesso esagera quando non dovrebbe.

Ieri è stata l'ultima goccia, perché per poco non mi succedeva davvero qualcosa». Mi rassicurò con un sorriso. «Non preoccuparti, non è colpa tua. Solo sua. Ora è Ryker il mio bodyguard personale, e, in tutta onestà, mi sento molto meglio».

«Ma neanche lui c'era ieri, quando le cose si sono messe male».

«No. Ma tu sì». Stavolta non tentò di nascondere lo sguardo sulle mie mani. «Tu e la tua incredibile magia».

Percepii la nuca iniziare a formicolare. Mi guardai svelta intorno, ma le altre persone presenti erano troppo lontane per origliare la nostra conversazione. E anche se non lo fossero state... chi mai avrebbe preso sul serio una tale sciocchezza? Lentamente lasciai scivolare le mani dal tavolo e le raccolsi in grembo. «So che vorrai una spiegazione per ieri. Per quello che è successo. Ma io non posso fornirtela, mi dispiace. Non mi è mai capitata una cosa del genere. Io sono solo una Poisoner, niente di più. E, a essere sincera, neanche particolarmente dotata».

Isla scosse piano la testa. «Non voglio una spiegazione *da te*. Però una spiegazione la voglio». Gli angoli della bocca le si incurvarono titubanti verso l'alto. «I miei genitori mi hanno educata fin da piccola a nutrire riverenza e curiosità nei confronti della magia. Mi hanno spronata a imparare tutto sull'argomento, la sua storia, la sua funzione, tutto ciò che è importante per noi e per voi. Ma che qualcuno sia in grado di usare la magia senza un oggetto, un tramite... questo non l'ho mai sentito dire. In nessuna delle innumerevoli storie che ho letto. In nessuno degli innumerevoli racconti che ho letto».

Un altro formicolio mi percorse la nuca. Isla Kennedy. La futura protettrice della Sorgente. La depositaria della nostra magia. La più giovane discendente di una potente famiglia di maghi, di grandi Narrative. Maghi della memoria. E perfino lei non sapeva che cosa mi fosse successo. Che cosa non andasse nella mia magia e in me.

«Tu forse sai che la mia famiglia ha uno stretto legame con la Sorgente» disse lentamente Isla. Non mi guardava, e qualcosa nella sua voce lasciava capire che stava soppesando le parole prima di pronunciarle. «Ma neanche noi siamo in grado di usare la magia su un'altra persona in quel modo. Ciò di cui siamo capaci, tuttavia, è percepire la magia negli altri. Io presumo che dipenda dal fatto che viviamo così vicini alla Sorgente magica. Da sempre. E io...» S'interruppe e alzò lo sguardo. Mi fissò, seria e pensierosa. «Posso avere le tue mani?»

Tutta quella situazione era assurda. Io seduta in un bar con Isla Kennedy, con la sua guardia del corpo che ci teneva d'occhio da fuori, lei che mi raccontava con nonchalance della sua famiglia e della magia, come se parlassimo del tempo. E il fatto che ora, sempre nel bel mezzo del bar, volesse prendermi di nuovo le mani era la ciliegina sulla torta. Mi sorpresi sul punto di alzare, da brava, le braccia, quando il mio raziocinio si accese. Mi affrettai a riabbassarle.

«Perché? Che cosa vuoi sentire che non sai già? Io sono

una maga. L'abbiamo visto entrambe, ieri notte, nel vicolo. Non servono conferme».

«No, di questo no». Isla continuava a tenere le mani sul tavolo, come un tacito invito. Diversi anelli d'oro sulle sue dita brillavano alla luce del bar. «Ma tu sai che noi siamo Narrative, vero? Che la nostra magia ha a che fare con i ricordi delle persone?»

Quando annuii, lei abbassò lo sguardo di nuovo sulle mie braccia. «Ieri, appena mi hai toccato, ho percepito qualcosa. Voglio essere sicura al cento per cento di avere ragione, prima di dire altro».

Molto losco. Allo stesso tempo, però, le sue parole mi incuriosirono. Mi morsi il labbro inferiore e buttai alle ortiche le mie riserve. Mi aveva visto far crollare stecchito un uomo soltanto toccandolo: quanto poteva peggiorare la situazione?

Con un sospiro, posai le mie mani nelle sue. A differenza di quanto mi ero immaginata, quando ci toccammo, non sentii niente. Nessuna scossa elettrica, nessun movimento nei miei ricordi. Non sapevo perché mi aspettassi qualcosa del genere. Forse perché i miei genitori mi avevano sempre parlato con una tale riverenza della famiglia Kennedy, del loro legame con la Sorgente. Delle loro doti magiche. Dunque, in un certo senso, credevo che avrei dovuto percepire subito quella potente magia. Invece niente. A parte il formicolio che avvertivo già da prima.

Per Isla, tuttavia, era diverso. Le sopracciglia curatissime si aggrottarono, mentre fissava le mie mani. Avevo già la sensazione che i clienti intorno a noi stessero iniziando lentamente a fissarci, quando infine mi lasciò.

Affrettai a nascondere le mani di nuovo sotto il tavolo. «Allora? Hai avuto qualche intuizione sconvolgente?» domandai con un riso nervoso.

Isla invece rimase seria. Incrociò le braccia sul petto e si mordicchiò il labbro inferiore. Passò un attimo prima che tornasse a guardarmi. «Conosci i poteri dei Narrative, Avery?»

Ricambiai un po' perplessa il suo sguardo. «Be',» dissi «so che potete registrare nei libri i ricordi delle persone. E poi recuperarli. Molto più di questo non so».

«Non solo nei libri, in ogni tipo di documento scritto. Possono essere anche lettere. Biglietti. Però, sì, perlopiù lavoriamo con i libri». Isla si appoggiò al tavolo e scivolò un po' più vicino a me. «Ma tra noi esistono Narrative particolarmente potenti che possono fare di più. Possono... modificare i ricordi. È raro, ma è possibile».

Sentii i miei occhi spalancarsi. «Stai scherzando, vero? Le storie dei Manipolatori non sono solo dicerie?» Nervosa, mi strofinai le mani sotto il tavolo pensando alle storie dell'orrore che circolavano a Hunts Point. Di Narrative in grado di manipolare e cancellare i ricordi, di eliminare l'intera memoria, finché della persona non restava che un guscio vuoto. «Ora non vorrai dirmi, però, che anche tu ne sei in grado?» Senza volerlo, la mia voce si era ridotta a un sussurro.

Isla, con mio grande sollievo, scosse subito la testa. «No, non che io sappia. Ma sono una Narrative, capace di vedere queste manipolazioni dei ricordi». Tirò un profondo respiro, come per dire qualcosa, ma poi si limitò a premere le labbra e a fissarmi.

Passò qualche istante, finché non compresi perché. Ancora qualche istante, perché lo elaborassi davvero nella mia mente. Poi la bocca mi si aprì. «Vuoi dire che... i miei ricordi...»

«Sono stati manipolati, sì». Isla annuì, seria. «Non so come. O quando. O da chi. Ma qualcuno ha manomesso i tuoi ricordi. Devi immaginarteli come un groviglio di cavi». Tracciò con le dita un disegno a ghirigori sul tovagliolo. «Non tutti i Narrative possono nascondere i cavi, ma molti di noi sono in grado di vedere quando un cavo è inserito nella presa sbagliata».

Di riflesso, mi afferrai la testa. «Sono... cablata male?»

«Qualcosa del genere».

«Ma... perché?» Il panico mi invase. Chi diavolo avrebbe voluto manomettere i miei ricordi? E perché? Che cosa poteva esserci di così speciale nei miei ricordi da non permettermi di averli? Come in risposta, avvertii una pulsazione calda sul braccio, come un monito alla mia magia, e abbassai la mano.

Isla annuì come se mi avesse letto nel pensiero. «Non posso dirlo con certezza, ma devi ammettere che la tua magia è insolita».

«Anormale, vuoi dire» brontolai, intrecciando le dita.

I suoi occhi si spalancarono per un istante e subito scosse la testa. «No. È solo... diversa».

Detto in maniera più gentile, ma è lo stesso.

«La tua magia, il modo in cui funziona e il fatto che

qualcuno abbia alterato i tuoi ricordi… è molto probabile che sia tutto collegato».

Il cranio mi ronzava. Spingevo il cappuccino avanti e indietro sul tavolo mentre dondolavo nervosamente le gambe. Forse sarebbe stato meglio dimenticare l'intera faccenda e basta. Continuare come prima, saldare il debito con Dorian Mars e poi scappare, da qualche parte lontano da New York e da quella Sorgente. Lontano dalla magia, proprio come avevano fatto i miei genitori. Forse nella pensione che avevano comprato era rimasta ancora una stanza libera per me.

Ma quando guardai Isla e vidi i suoi occhi determinati, i miei pensieri iniziarono a vacillare.

«Lascia che ti aiuti, Avery» disse con voce ferma.

«E come?» gracchiai in risposta.

«Ancora non lo so. Ma lasciami provare».

Mi sfuggì una risata rauca, mentre le dita mi artigliavano le gambe per tenerle ferme. «Perché vuoi aiutarmi? Di sicuro avrai di meglio da fare, tra il matrimonio imminente e tutto il discorso della successione a Principle».

Isla mi guardò per un attimo. Poi il sorriso le tornò sulle labbra. «Tu ieri non hai esitato un secondo ad aiutarmi. Anche a costo di metterti in pericolo».

«Tu diventerai la nostra Principle. Quindi è mio dovere di maga, o che ne so» risposi con voce flebile, ricadendo sulla sedia.

Isla rimase stupita, poi rise: «Non mi interessa perché l'hai fatto. Vorrei aiutarti anch'io e restituirti il favore. E poi…» Si appoggiò il mento sulla mano, ed ecco di nuovo quel luccichio negli occhi. «E poi, sono proprio curiosa di sapere che cos'è questa tua magia, Avery. Ho imparato così tanto sulla Sorgente che non mi piace proprio non capire qualcosa». Sorrise, e io non potei fare a meno di ricambiare.

La capivo fin troppo bene. Ma ciò che era ancora più importante era che mi aveva fatto un'offerta insuperabile. Non sarei rimasta da sola ad affrontare la tempesta che si stava abbattendo su di me. Mi avrebbe aiutato a districare tutto quel caos. E il cielo sapeva quanto desiderassi non essere più sola.

Strinsi le labbra. «Allora il cappuccino lo offri tu?»

Isla rise e, senza dire una parola, tirò fuori la carta di credito nera.

«Okay». La pancia cominciò a formicolarmi per l'emozione mentre mi sporgevo di nuovo in avanti. «Da dove cominciamo?»

CAPITOLO 9

Era già buio quando varcai la soglia del bar per tornare in strada, e sopra di noi si erano ammassate dense nuvole. L'aria si era raffreddata e, voltandomi, mi strinsi il cappotto intorno alle spalle. Anche se era già scesa la notte, Isla aveva rimesso gli occhiali da sole sul naso. Di solito ridevo delle persone che andavano in giro al buio con gli occhiali da sole, ma nel suo caso aveva senso. Tutto ciò che Isla faceva aveva in qualche modo un senso. Tranne il fatto che fosse così decisa ad aiutarmi a risolvere il mio problema.

Sorrise mentre la squadravo con attenzione. «Sei sicura che non possiamo accompagnarti noi?»

«Non serve». Il mio sguardo si spostò sul SUV con i vetri oscurati. Questa volta al volante non c'era l'autista della festa, bensì Ryker in persona. Indossava una felpa nera con cappuccio e si sosteneva la testa con una mano stretta a pugno. Quando incrociammo gli sguardi, fece un largo sorriso. Aveva un'aria sfacciata, come di sfida, non proprio quella che ci si aspetterebbe da una guardia del corpo. Evidentemente, sembrava che si stesse godendo la promozione. Mi voltai verso Isla e tentai anch'io di sorridere. «Non abito molto lontano da qui. Inoltre, sinceramente, penso che una passeggiatina mi farà bene».

La testa mi ronzava ancora per tutte quelle informazioni, e temevo che nemmeno quella notte avrei dormito molto.

Isla, con la fronte corrugata, gettò uno sguardo alla strada scarsamente illuminata. Per una che viveva nell'Upper East Side, il Bronx appariva di certo minaccioso. Di notte, gli edifici di varie dimensioni tutt'intorno sembravano i denti di un mostro gigante che si stagliavano contro il cielo. I vicoli stretti e tetri, e la strada che sembrava una trapunta patchwork completavano il quadro. Tuttavia, con mia grande sorpresa, Isla non insistette per accompagnarmi a casa. Si limitò a tirare un profondo sospiro e ad annuire con un sorriso stanco.

«Sta' attenta» mormorò. «Ultimamente in zona si sente parlare di omicidi e attività criminali con una frequenza allarmante».

Mi venne quasi da ridere, ma quel suono mi si bloccò in gola con un sapore amaro. *Sì, e io sono coinvolta in tutto questo. Io sono parte del problema*. E non solo perché avevo a che fare con Dorian Mars e la sua gang. Mi apparvero nella mente il volto di Devon, le venature sottili intorno alle sue labbra e la sua pelle pallida, e il formicolio della pelle d'oca mi corse lungo la schiena. Isla non aveva idea della persona che ero. Ed ero sicura che, se l'avesse saputo, non mi avrebbe aiutata. Ma forse, per adesso, avrei potuto mantenere l'immagine innocente di me che lei, per qualche motivo, si era fatta. Avevo bisogno del suo aiuto se volevo scoprire che cosa fosse realmente successo a me. Alla mia magia. Ai miei ricordi.

«Dovrei andare» dissi, cercando di non suonare troppo affannata. Troppo colpevole.

Isla annuì, sempre con un sorriso mite sulle labbra. Non sembrava sospettare nulla della mia vera natura, almeno per il momento. «Fammi sapere se trovi qualche vecchio documento del passato. Come ti dicevo, sarebbe perfetto se andassi il più indietro possibile. Dobbiamo circoscrivere il periodo in cui i tuoi ricordi sono stati manipolati. Le lettere e i diari sono i migliori». Dalla voce, sembrava molto entusiasta, e la sua voglia di fare mi contagiò.

A mente, stavo già passando in rassegna tutti i luoghi in cui avrei potuto trovare qualcosa di mio nonno. Ma una parte di me era anche preoccupata. Cercai di non pensare inutilmente al fatto che Isla avrebbe usato la sua magia per scavare nei ricordi della mia infanzia, o a quello che avrebbe potuto trovarvi. Mi aveva assicurato che non era in grado di vedere i ricordi che evocava, e di voler solo cercare i ricordi manipolati. Un'emozione, una voce, come l'aveva chiamata lei, che l'avrebbe guidata verso un ricordo forte. Ma questo mi fece comunque correre un brivido leggero lungo la schiena. Darle accesso a qualcosa di così intimo mi sembrava una potente dimostrazione di fiducia. Ma io non la conoscevo affatto.

«Mi farò sentire» promisi, salutai con un gesto timido prima lei e poi Ryker attraverso il finestrino dell'auto, per poi voltarmi verso Melrose Avenue. «Anche se hai bisogno di qualcosa» insisté Isla alle mie spalle. La sua voce suonava stranamente forte nel silenzio della notte, anche se non l'aveva alzata. «Di qualsiasi cosa».

Alzai di nuovo il braccio per dimostrarle che avevo capito. Ma non mi voltai e continuai a camminare senza rallentare il passo. Naturalmente non avevo intenzione di accettare la sua offerta. Isla sembrava una brava persona e non volevo trascinarla nei miei problemi più dello stretto necessario. Inoltre, non riuscivo proprio a immaginare come potesse essere d'aiuto nel caos che era la mia vita in quel momento. Dovevo sbrogliare la matassa nel migliore dei modi e poi capire come danneggiare il meno possibile chi mi stava vicino. Mi guardai ancora una volta le mani prima di infilarle di nuovo nelle tasche del cappotto e svoltare all'angolo successivo.

Non avevo intenzione di tornare a casa. Innanzitutto perché il *Rhapsody* il lunedì era chiuso, e io non volevo affrontare la faccia preoccupata di Ellis e i suoi scadenti sandwich di consolazione, l'ultimo dei quali era stato ai ravanelli e alla senape. Di sicuro avrebbe voluto parlare di quello che era successo nel vicolo dietro al locale, e io potevo benissimo farne a meno. Probabilmente avrei dovuto resistere solo per qualche giorno, prima di riprendere la normale routine in cui sarebbe tornato a parlarmi come mio fratello, e non come mia madre.

In secondo luogo, avevo ancora un'altra faccenda da sbrigare. Non riuscivo a togliermi dalla mente il viso di Devon, il modo in cui era rimasto là disteso senza vita dietro al *Rhapsody*... Dovevo sapere che cosa gli era successo. Tuttavia, non mi erano rimasti molti modi per ottenere informazioni. Non conoscevo nessuno che lavorasse all'ospedale. E, dopo quello che era accaduto, non volevo assolutamente presentarmi a Hunts Point. Sebbene Devon e Scott avessero lavorato in modo così grossolano da essere abbastanza convinta che non fosse stata opera di Dorian, non sapevo che cosa gli avesse detto Scott di me, una volta tornato. Se avesse parlato di quello che era successo dietro il club. O se, dopo quella spedizione autonoma non autorizzata, fosse effettivamente tornato da Dorian Mars oppure no.

Quindi, se non potevo andare all'ospedale per avere informazioni su Devon e nemmeno chiedere a nessuno della gang, mi restava solo un modo per scoprirlo. Ma il solo pensiero mi fece correre un brivido ghiacciato lungo la schiena. *Hayes*.

Probabilmente andare a trovarlo sarebbe stato un errore. Tra i sentimenti contrastanti che suscitava in me, il rispetto nei confronti del detective era superiore a tutti gli altri. Ma al momento non avevo altra scelta che fargli la posta e tentare la fortuna. Dovevo sapere cosa ne era stato di Devon.

Così mi addentrai tra gli angusti edifici della 160th per tornare alla 3rd Street. Sul lato opposto, passai lentamente davanti al 42° Police Department e lasciai vagare lo sguardo sulle poche finestre del primo piano ancora illuminate e poi sulle auto parcheggiate vicino al marciapiede e nei parcheggi. Dopo qualche istante, finalmente la individuai:

l'Honda nera, ormai un po' datata, con la targa che stavo cercando. L'auto di Hayes.

Come un cattivo presagio, le nuvole scure si addensarono sulla mia testa e le prime gocce di pioggia caddero a terra. Io però le ignorai, mentre a malincuore ringraziavo tacitamente Dorian Mars. Lo si poteva accusare di molte cose, ma non di non essere preparato a tutto. Anche quando Hayes era diventato capo dell'Unità di sorveglianza dei maghi criminali, Mars l'aveva fatto sorvegliare. Seguendo i suoi passi, ascoltando quello che si diceva tra i suoi. Sapeva quale automobile guidava il detective, dove abitava e probabilmente anche quali vestiti aveva nel guardaroba e quali cibi nel frigorifero. E io conoscevo alcuni di quei dettagli rilevanti perché avevo aiutato Dorian Mars a ottenere una parte di quelle informazioni. Passando davanti all'auto di Hayes, per un attimo fui sopraffatta da un forte senso di colpa e mi conficcai con forza le unghie nei palmi delle mani per liberarmi da quella sensazione.

Hayes oggi era in servizio. E, soprattutto, si trovava ancora nel Police Department. Era quella l'informazione che cercavo. Sul mio lato della strada c'era la caffetteria dove l'altro giorno avevo incontrato Hayes. Una luce soffusa filtrava all'esterno attraverso la grande vetrina, e, a parte il proprietario del bar, in piedi dietro la cassa, non c'era nessuno. La campanella tintinnò allegramente sopra la mia testa quando varcai la soglia. Sospirai di sollievo quando il calore improvviso mi avvolse come una morbida coperta. Fino a un attimo prima non mi ero accorta di quanto freddo facesse fuori, tanto ero persa nei miei pensieri.

Ordinai solo un caffè al vecchio dell'altra volta e poi mi sedetti accanto all'ampia vetrina, così da avere la visuale migliore sulla centrale di polizia. Mentre guardavo la strada attraverso il vetro, le mie dita cominciarono a tamburellare nervose sulla tazza calda. Dopo pochi secondi, mi pentii di non aver portato almeno un libro: dopotutto, non avevo la minima idea di quando Hayes avrebbe finito di lavorare. Rischiavo di restare lì seduta per un'eternità.

Tuttavia, entrare nel Police Department non era assolutamente un'opzione percorribile. Era troppo pericoloso. Non solo perché stare in mezzo ai poliziotti non era comunque una grande idea, considerato il mio stile di vita attuale; ma perché, se gli uomini di Dorian Mars mi avessero vista lì, probabilmente avrei avuto grossi problemi anche con l'altra fazione. Quando qualcuno della gang era sospettato di essere un informatore per la polizia, Dorian Mars di solito non indagava nemmeno. Si occupava della persona subito, prima che diventasse un problema. Mi si rizzarono i capelli sulla nuca, e non potei fare a meno di scuotere la testa. Per distrarmi, presi il cellulare e vidi subito il messaggio di Veda, che per qualche ora avevo ignorato.

> Ti prego, dimmi che hai fatto delle foto a Audrey Moore e Francis Young... sto impazzendo!!!

Sentii gli angoli della bocca arricciarsi verso l'alto, e stavo già per scrivere una risposta, quando fui colta da un pensiero. Io e Veda, di norma, non parlavamo spesso di quello che facevamo per Dorian Mars. Lei non mi chiedeva che cosa facessi io per lui, e io non le chiedevo niente delle vittime che lei aiutava. Ma se Veda fosse stata interrogata da Dorian Mars, di recente? Se avesse sentito qualcosa, se avesse saputo qualcosa su Devon?

Un fremito nervoso mi pervase tutto il corpo mentre selezionavo il suo nome.

Ci volle un bel po' prima che finalmente rispondesse. Quando apparve il video, la mia amica aveva i lunghi capelli ramati legati in una crocchia disordinata, e io mi resi subito conto che indossava l'uniforme da lavoro. Era stanca e spaventosamente pallida. Più del solito. Forse era per questo che le occhiaie scure risaltavano così tanto.

«Avery, che raro onore». Sorrise e sembrò fissare il cellulare a qualcosa. Solo quando lo lasciò e si allacciò la cintura di sicurezza mi resi conto che era in macchina.

«Ti disturbo?» domandai, bevendo un sorso dalla mia tazza da asporto. Accidenti, il caffè qui era veramente buono. Aveva un gusto pieno e un sentore di nocciola, e mi schiarì un po' le idee.

«No. Ero con l'ultimo paziente e ora ho finito di lavorare». Veda avviò il motore e per qualche istante parve concentrata sulla manovra per uscire dal parcheggio, prima di tornare a guardare il cellulare. «Allora, che c'è? Suppongo che tu non mi abbia chiamato per chiedermi come sto».

Un po' contrita, strinsi le labbra, e Veda rise.

«Dai» si affrettò ad aggiungere, «non hai motivo di avere la coscienza sporca. Neanch'io mi sono quasi più fatta sentire. È che abbiamo tutt'e due parecchio da fare, no?»

«Diciamo così» risposi, stando sul vago. Feci di nuovo vagare lo sguardo nella caffetteria, ma il vecchio era di nuovo scomparso nel retro del locale. Così domandai, a bassa voce: «Un paziente di Dorian?»

Il viso di Veda si fece subito serio. Scosse la testa. «No, un paziente del mio vero lavoro. Dorian non ha avuto molto bisogno di me, ultimamente».

Mi pervase un miscuglio di stima e una piccola traccia di invidia, perché lei era riuscita a costruirsi una vita al di fuori della gang. Ma Veda era sempre stata quella tra noi due con più forza di volontà. Ormai lavorava già da qualche anno come fisioterapista per pazienti costretti a letto, che era stato il suo sogno già durante il periodo trascorso insieme a Hunts Point.

Ora usava la sua magia solo quando veniva a Hunts Point ad aggiustare i nasi dei subalterni di Dorian. Non era una guaritrice, la magia degli Artist non funzionava così. Però, in minima parte, poteva modificare il loro aspetto. E io sapevo che lo faceva solo per aiutare i ragazzi di Hunts Point, per dar loro modo di uscire dalla banda. Per esempio, sistemava le lesioni al viso o rimuoveva i tatuaggi di appartenenza alla gang che avrebbero compromesso l'esito dei colloqui di lavoro. All'epoca, Dorian l'aveva ingaggiata perché desse un nuovo volto ai suoi amici criminali quando ne aveva bisogno, o quando erano talmente malridotti da non poterli rimandare in giro per strada. Veda faceva quello che il capo le chiedeva di fare perché le permetteva di aiutare i ragazzi, finché era lì. Ma stare a Hunts Point non le piaceva.

«È una cosa buona, vero?» chiesi. «Che non abbia bisogno di te tanto spesso».

Veda scrollò le spalle. Guardava distrattamente davanti a sé e si mordicchiava il labbro inferiore. «Sai, a volte lo penso anch'io. Ma poi mi ricordo che Dorian Mars veniva sempre da me quando i suoi soci in affari erano feriti e avevano bisogno di una sistemata. E quello che mi domando è se ci siano davvero meno... feriti».

Il mio primo impulso era stato quello di avere uno sguardo ottimista. Ma la realtà era un'altra. I crimini commessi da Dorian non erano certo diminuiti. E i suoi subalterni non erano di certo meno maldestri. Non in media, perlomeno. Perciò, meno feriti presumibilmente significava... che c'erano più morti?

A un tratto mi tornò in mente quello che aveva detto Isla prima. Che ultimamente in zona erano aumentati gli omicidi e le attività criminali. Pensai al mago morto nel vicolo, sul cui caso indagava Hayes. Che fosse tutto collegato, forse?

«Che cosa ti tormenta, tesoro?» Veda aveva alzato preoccupata le sopracciglia.

Feci un profondo respiro per riportarmi di nuovo alla realtà. «Quindi ultimamente non sei andata spesso a Hunts Point?»

«No».

«Allora di sicuro non avrai saputo niente, giusto? Dei membri della gang? Degli uomini di Dorian?» Il mio sguardo si spostò verso l'alto, attraverso il muro di pioggia ormai spesso, verso il lato opposto della strada. Ma davanti al Police Department continuava a non esserci alcuna traccia di Hayes.

Veda tirò un profondo sospiro. «Di che cosa si tratta, Avery?»

Strinsi le labbra e pensai al modo migliore di dirglielo, senza doverle raccontare tutto subito. Poi decisi semplicemente di fidarmi della nostra amicizia. «Si tratta di Devon. Forse ti ricordi di lui?»

«Una zucca vuota, alto, grosso come un armadio, gli piace sedersi ai piedi di Scott o di Dorian come un cagnolino, sì».

«Proprio lui. Ho... saputo che stanotte è stato ferito. E volevo sapere se magari tu sapevi come stava?»

Il dubbio sul suo volto era abbastanza evidente. Si accigliò di nuovo e sembrò pensarci su. «Dorian non mi ha chiamato per sistemarlo, se è questo che mi stai chiedendo».

Io scossi la testa. «Non è quello».

«E allora cos'è?»

«Io volevo sapere se... è ancora vivo».

Le sopracciglia di Veda scattarono subito verso l'alto. «È così grave?»

Al mio cenno di sì, emise un profondo sospiro. «Accidenti. Voglio dire, quel tizio non mi è mai piaciuto, però non gli avrei neanche augurato di morire».

Il calore cominciò a ribollire dentro di me. Un misto di senso di colpa e disperazione mi montò dentro e dovetti fare un bel respiro per reprimere quella sensazione. Mi diedi un'occhiata intorno per controllare che il proprietario della caffetteria fosse ancora nel retro, prima di chiedere: «Quindi non ne sai nulla?»

«No, mi dispiace, Avery. Ma posso tenere le orecchie aperte nel caso in cui Dorian abbia di nuovo bisogno di me».

«Sarebbe molto gentile da parte tua. Grazie».

Annuì dolcemente, e io mi accorsi dell'insistenza con cui mi guardava quando non era concentrata sulla strada. Doveva essere ben conscia del fatto che Devon non mi era mai piaciuto. Neanche lontanamente. E sapeva anche che io nutrivo molta meno compassione di lei nei confronti dei miei simili. Ma molto tempo prima ci eravamo reciprocamente giurate che non avremmo mai dubitato l'una dell'altra. Questo per lei sembrava valere ancora, perché non fece domande.

«Se vuoi parlare di qualcosa, Avery, sai che sono qui, vero?»

Annuii, e la gratitudine che provai per questo mi fece alzare gli angoli della bocca. «Lo so». Forse io e Veda non ci tenevamo tanto in contatto come un tempo, ma io sapevo di poter contare su di lei. Il tempo trascorso insieme nella gang ci aveva legato per sempre. Soprattutto la promessa che ci eravamo fatte sul tetto della Base. L'avevamo anche scritta su due pezzi di carta. Il mio lo tenevo ancora con me, nel portafoglio, e c'erano dei periodi in cui era l'unica cosa a cui potevo aggrapparmi.

Un movimento che scorsi con la coda dell'occhio attirò la mia attenzione. Quando alzai la testa, vidi tre persone uscire dal Police Department e scendere lentamente le scale, fianco a fianco, con gli ombrelli in mano. Il primo era il tizio che avevo visto nel vicolo l'altro ieri. Quello che aveva cercato di allontanare le donne dal nastro segnaletico. In mezzo, camminava una donna dai capelli corti e biondi che non sarà stata molto più grande di me. E poi, ben distaccato, con la schiena eretta e lo sguardo serio, anche se gli altri due conversavano ridendo...

«Hayes».

Non mi accorsi nemmeno di aver borbottato il suo nome, finché Veda non si lasciò sfuggire uno «Scusa?» un po' stridulo. Mi girai in fretta verso di lei e la salutai. «Sono in una caffetteria di fronte al 42° Police Department, quindi non è insolito».

«Ma sei impazzita? Vedi di andartene da lì. Quello è pericoloso. Una volta, dopo una rapina, ha torchiato Eloise al punto che tre giorni dopo era ancora completamente fuori di sé».

Presi fiato per dire qualcosa per tranquillizzarla, ma in quel momento Hayes alzò la testa e mi guardò. La luce del bar brillava proprio sopra di me, e mi resi conto che ero lì seduta davanti a lui come su un vassoio d'argento. Anche a distanza, riuscii a vedere i suoi occhi scuri stringersi. Si fermò sulle scale e mi fissò.

Il mio cuore ebbe un sussulto, perché all'improvviso ebbi paura del mio stesso coraggio. All'inizio avevo pensato che fosse una buona idea aspettarlo lì e affrontarlo. Invece, ora che ci guardavamo attraverso la vetrina, ora che mi aveva effettivamente notata, mi ero un po' pentita della mia decisione. Veda aveva ragione, Hayes era pericoloso. Non era più il dolce ragazzo con cui ero tornata a casa, bensì un detective tenace. Un uomo davanti al quale la malavita di

New York tremava, me compresa.

Ma ora era troppo tardi per tirarsi indietro. L'occhiata di Hayes durò solo un secondo, poi il suo volto si rabbuiò. Disse qualcosa ai colleghi, che seguirono il suo sguardo verso la vetrina, verso di me, e annuirono. Poi si lasciò alle spalle le scale del Police Department e attraversò la strada.

«Devo riattaccare, ma ti richiamo, okay?» La mia mano tremava quando premetti il dito sul ricevitore rosso.

Veda sgranò gli occhi. «Se sei nei guai, Avery...»

Terminai la chiamata prima che potesse aggiungere altro. Nell'esatto momento in cui la porta si aprì e Hayes entrò proprio accanto a me. Odorava di pioggia e di profumo, e nei suoi occhi verde bosco guizzava ancora un fuoco. «Che ci fai qui, Bishop?»

Oh, il cognome. Era chiaramente molto arrabbiato.

Feci strisciare il cellulare sul tavolo e lo infilai nella tasca del cappotto. Poi presi la tazza di caffè e la sollevai. «Bevo un caffè» risposi con un sorriso innocente.

Hayes mi squadrò con sufficienza. «Proprio qui?» Con provocatoria lentezza, si avvicinò di un altro passo e abbassò la testa verso di me. La sua vicinanza per un istante mi mise così tanto in agitazione che mi ritrassi. Ma Hayes era sceso al mio livello solo per osservare il Police Department dalla vetrina dalla mia stessa prospettiva. «Con un'ottima visuale sul 42°?»

Strinsi le labbra, risparmiando a entrambi la risposta. Quando tornò a guardarmi, mi costrinsi a restare immobile. Anche se era pericolosamente vicino a me... forse per intimidirmi. Il luccichio dei suoi occhi mi fece avvertire un formicolio sulla pelle che, con mia grande sorpresa, non era del tutto negativo. Non era solo paura, quella che mi scorreva nelle vene.

«Bene, allora». Si raddrizzò quasi di scatto e unì le mani dietro la schiena. «Goditi il caffè». E, con questo, si limitò a voltarsi e a dirigersi alla porta.

Ansimai per lo spavento. «Aspetta» esclamai in fretta. «Per favore. Solo un minuto».

La richiesta non fece in tempo a uscire dalle mie labbra che lui si fermò. Non si girò verso di me e la sua mano rimase appoggiata sulla maniglia della porta, ma si fermò. Quasi come se ogni cellula del suo corpo fosse stata in attesa che io lo trattenessi. Poiché era in piedi di lato, riuscii a vedere che aveva le labbra serrate, come se fosse infastidito dal fatto che il suo corpo stesse facendo qualcosa di diverso da ciò che il cervello gli aveva ordinato di fare. Eppure... non si mosse di un millimetro.

Un leggero formicolio mi pervase la nuca, forse perché la vicinanza con lui, la sua reazione alla mia richiesta, mi ricordava qualcosa. Del passato. Di qualcosa che c'era stato tra noi, una volta, anche se solo per un momento. L'avevo represso per così tanto tempo che il pensiero mi sembrava stranamente lontano. Ma forse adesso mi sarebbe tornato utile.

Hayes sembrava ancora in attesa, così ripetei un'altra volta, a bassa voce e con tono supplichevole: «Ti prego, Adam».

Qualcosa attraversò il suo corpo e, se non lo avessi conosciuto meglio, forse avrei pensato che fosse un brivido.

Non pronunciavo il suo nome di battesimo da molto tempo. Mi sembrò un cubetto di ghiaccio che mi si scioglieva sulla lingua e all'improvviso ebbi l'impulso di ripeterlo. *Adam*. Non Hayes, il detective di cui tutti avevano paura. Solo *Adam*.

Ma probabilmente quello che aveva scosso Hayes era stato solo un sospiro infastidito. Quando si gettò un'occhiata oltre una spalla, l'espressione dei suoi occhi era, come al solito, fredda e posata. Quella di un poliziotto. Ci guardammo negli occhi per un momento, entrambi in attesa, prima che Hayes, così parve, prese coraggio. Stavolta dalle sue labbra gli sfuggì davvero un sospiro. Tornò indietro, spostò la sedia accanto a me verso la porta e si sedette. Non in posizione comoda, più come se volesse rialzarsi da un momento all'altro. E non sembrava neanche più così arrabbiato come all'inizio.

«Parla».

Presi un profondo respiro. «Si tratta di quello che è successo ieri sera dietro al nostro club. Di quei due tizi che hanno aggredito me e Isla».

«Se vuoi far preparare un identikit del tizio che ci è sfuggito, dovresti farlo in maniera ufficiale alla centrale di polizia» brontolò Hayes, incrociando le braccia sul petto. «Anche gli indizi è meglio riferirli direttamente lì, non a me dopo l'orario di lavoro».

Strinsi le labbra e all'improvviso avvertii un nodo alla gola. «No. Io... si tratta dell'altro uomo. Devon».

«Come fai a sapere il suo nome?» Gli occhi scuri di Hayes si assottigliarono di nuovo.

«Il suo socio l'ha chiamato così» mi affrettai a dire. «Voglio sapere... voglio sapere come sta. Se è sopravvissuto a quello che è successo. So che magari non ti è permesso dirmelo, ma...».

«Esatto. Non posso dirti nulla» mi interruppe subito Hayes. «È un'indagine in corso di svolgimento, Avery».

«Lo so!» Mi feci scappare quelle parole a un tono un po' più alto di quanto ne avessi intenzione. Ma il senso di colpa mi stava divorando dall'interno, e dovevo sapere. Dovevo sapere se avevo ucciso Devon. Se la colpa della sua morte era mia. Dovevo. E, nonostante sentissi le lacrime bruciarmi negli occhi, sostenni lo sguardo di Hayes.

La durezza abbandonò i suoi occhi verde bosco con la stessa rapidità con cui era arrivata. Era quasi come se uno strato di ghiaccio si stesse sciogliendo dal suo sguardo. Scosse piano la testa, aprì la bocca e poi la richiuse. «Non posso dirti nulla, Avery» disse infine. La sua voce sembrava insistente, ma stranamente gentile. Non lo sentivo così da molto tempo. «Credimi. È meglio così. Faresti meglio a cancellare tutta questa storia dalla memoria. Non ci sarà nessun processo contro di te o Isla Kennedy».

Lo fissai. Cercai di intravedere nella sua espressione qualcosa di diverso da ciò che le sue parole mi suggerivano. *È meglio così*. Le mie dita cominciarono a tremare. *Non ci sarà nessun processo contro di te*.

Hayes non l'aveva detto, ma in quel momento ne ebbi la certezza. Devon era morto. Non ce l'aveva fatta.

E la colpa era mia.

«Avery?» Il detective aveva inclinato di poco la testa e nel suo sguardo c'era di colpo una sorprendente dolcezza. «Stai bene?»

«Certo». Non riuscii a trattenere il tremito dalla mia voce, e sapevo anche perfettamente che aveva visto le mie lacrime. Ma il fatto che da quella sua facciata severa fosse spuntata all'improvviso qualcosa di simile alla pietà o alla preoccupazione era per me quasi insopportabile. Se avesse saputo quello che avevo fatto, se avesse saputo che persona terribile ero, non avrebbe più reagito così. Mi costrinsi a sorridere, con un risultato probabilmente alquanto penoso. «Mi dispiace di averti trattenuto. Devo andare anch'io».

Quando mi alzai, una scossa gli attraversò il corpo. Quasi come se volesse fermarmi. Ma rimase seduto e si limitò a guardarmi con quello sguardo penetrante che sembrava arrivare a toccarti l'anima. Mi domandai che cosa vi vedesse. Sempre che riuscisse a scorgere qualcosa, in mezzo a tutto quel nero.

Non l'avevo ancora superato quando anche lui si alzò dalla sedia. Di colpo, fu così vicino a me che il nodo alla gola tornò a formarsi. Di nuovo, sentii che la sua vicinanza scatenava in me non solo paura, ma anche un vecchio sentimento, quasi dimenticato.

E poi mi prese davvero per il cappotto. Per un attimo, solo per farmi fermare. Quando lo feci, frugò nella tasca della giacca da detective e, dopo qualche istante, tirò fuori un bigliettino da visita, che mi tenne davanti alla faccia. «Questo è il mio interno al NYPD». Senza aspettare la mia reazione, mi fece cadere il biglietto nella tasca del cappotto. Il suo sguardo rimase fisso su di me. «Non so cosa sia questa storia. Ma in caso tu avessi altri indizi o se... non ti sentissi più al sicuro, chiamami, intesi?»

Lo guardai completamente sorpresa. Il bosco nei suoi occhi sembrava ardere tra le fiamme.

Quando con lentezza annuii, lui espirò profondamente. «Bene» disse, prima di voltarsi di scatto e di sparire oltre la porta, fuori, in strada.

Non potei fare a meno di seguirlo con lo sguardo mentre il cuore mi batteva forte e veloce. Era un poliziotto. Era lì apposta per aiutare le persone. Ma stavolta la sensazione era stata diversa.

Che diavolo era successo?

CAPITOLO 10

«Vecchi diari?» Ellis mi guardò da dietro il bordo della tazza di caffè con le sopracciglia alzate. Aveva un'aria stanca, e notai che era un po' che non si rasava. Sul mento aveva un'ombra scura.

Dal momento in cui, quel pomeriggio, ero entrata in cucina, non mi aveva tolto gli occhi di dosso. Né quando ero andata al bollitore, né quando avevo preso le erbe dalla credenza e nemmeno quando mi ero preparata il mio infuso. In realtà, mi aspettavo che mi facesse altre domande sull'aggressione sul retro del club, soprattutto perché ieri non ne avevamo parlato, invece era rimasto in silenzio. E quando, alla fine, mi ero girata verso di lui con la tazza fumante in mano, era ancora lì che mi fissava. Aspettando. Valutandomi.

Scrollai le spalle e bevvi un sorso di tè. Aveva un sapore dolce e amaro allo stesso tempo, e immaginai di essere subito attraversata da una piacevole calma. «O le lettere che scrivevo una volta. Qualcosa di questo genere».

«Non eri esattamente una bambina che veniva sorpresa spesso con la penna in mano» replicò mio fratello, brontolando. Doveva essersi convinto che io fossi tornata a una relativa normalità, perché distolse lo sguardo da me e si concentrò sul suo tablet, sul quale probabilmente stava leggendo le notizie.

Ellis non aveva torto. Al contrario di lui, io ero stata più il tipo che si arrampicava sugli alberi, spariva di continuo nel quartiere e tornava a casa con i jeans strappati e le mani sporche. Soprattutto nel periodo in cui avevo stretto il mio losco legame a Hunts Point. Ma sapevo che, prima, a scuola, c'era stato un periodo in cui ero stata diversa. Non perché fossi stata più fedele alla mia natura, ma perché avevo desiderato così tanto essere come le altre ragazze che le avevo imitate. Avevo chiesto ai miei genitori uno di quegli orribili diari con il lucchetto, color rosa porcello. Non ricordavo di averci scritto molto, ma era un inizio. Al momento non mi veniva in mente nient'altro da presentare a Isla.

Appoggiai la tazza d'infuso già mezza bevuta sulla credenza della cucina e incrociai le braccia sul petto: «E se invece qualcosa ci fosse... secondo te dove potrei trovarlo?»

Ellis scrollò le spalle, con gli occhi ancora fissi sul tablet. «Suppongo che mamma quando si è trasferita a Greenport si sia portata via un mucchio di foto e oggetti di artigianato per ricordo. Forse in mezzo a tutta quella roba c'era qualcosa?»

Dentro di me, gemetti. Se fosse stato così, era improbabile

che sarei riuscita a recuperarla molto in fretta. «Qualche altra idea?»

Invece di rispondere, mio fratello alzò lo sguardo e mi scrutò con aria interrogativa. «Che te ne fai delle vecchie cianfrusaglie, adesso? Hai una crisi di nostalgia?»

«Può darsi. Allora?»

Gemette, perché avevo di nuovo schivato la domanda. Ma allo stesso tempo sapeva anche che non riusciva a tirarmi fuori nulla, quando mi intestardivo. Mi conosceva abbastanza per saperlo. Perciò fece un gesto noncurante verso il corridoio. «Puoi vedere se la nonna teneva qualcosa nel grande armadio dello studio. Ma io non ci spererei troppo».

«Grazie!» La gioia mi riempì il petto, afferrai la tazza con l'infuso di erbe e attraversai la cucina.

«Oggi ti farai anche qualcos'altro oltre alla tisana, vero?» udii Ellis esclamare dietro di me e non potei fare a meno di sorridere.

«Certo, mamma» mi limitai a gridare, solo perché stavo già andando di sopra.

Ellis brontolò qualcosa tra la barba, ma me la lasciò passare. Come quasi tutto il resto.

Mi fermai per un attimo fuori dallo studio, esitante. Non entravo in quella stanza da molto tempo, avevo troppa paura dei sentimenti che inevitabilmente sarebbero riemersi. I ricordi di mio nonno. Quando infine, spingendola, aprii la porta dello studio, appartenuto prima a mio nonno e ora a mio fratello, mi aspettai di sentire l'odore della polvere nel naso. In passato, quando tornavo da scuola e venivo qui a salutare mio nonno, c'era sempre stato odore di polvere e di vecchi libri. A lui non piaceva che mia nonna facesse le pulizie là dentro perché secondo lui creava solo confusione... e lui stesso di rado aveva preso in mano lo straccio.

Invece, l'odore non si presentò. Ovviamente no. Ellis amava l'ordine e il pulito, cosa che, in effetti, non avrebbe dovuto sorprendermi. Invece, il mio cuore ebbe uno spiacevole sussulto quando varcai la soglia e vidi quant'era diversa la stanza, quant'era diversa l'atmosfera rispetto a prima. Gli scaffali sulla destra erano ben organizzati. Non erano più un'accozzaglia di romanzi, libri contabili e libri sulle erbe ammonticchiati alla rinfusa, bensì soltanto fascicoli etichettati con ordine, tutti alti uguali, tutti dello stesso noioso color grigio ufficio. Spolverati, naturalmente.

Sotto la finestra, al centro, c'era la scrivania di vecchio legno grezzo che mio nonno si era costruito e verniciato da solo. Ai suoi tempi, era sempre stata ricolma di fogli e strumenti per scrivere uno sopra l'altro; oggi, ogni oggetto aveva il suo posto, ogni foglio il suo portadocumenti. Sembrava un'organizzazione quasi ossessiva.

«Oh, fratellino, a volte il tuo ordine è davvero un po' inquietante» mormorai appena, e mi richiusi la porta alle spalle.

Attraverso lo spiraglio della finestra, giungevano voci sommesse e rombi di motori dalla strada, ma per il resto la stanza era molto silenziosa. Mi voltai verso l'armadio chiuso sulla sinistra, in legno bianco moderno, che quindi non c'entrava un granché con la stanza. O meglio... una volta, non c'entrava. Oggi in qualche modo probabilmente sì.

Quando aprii la prima anta dell'armadio, la più vicina alla porta, notai subito delle scatole di cartone, che tirai giù dai ripiani. Con mia grande delusione, nella prima trovai solo un mucchio di cavi con prese diverse, nella seconda delle lampadine e nella terza una miriade di pile aperte e mezze usate. Rovistando nel resto dell'armadio, trovai carabattole di ogni sorta, tra cui decorazioni natalizie, fili di lucine aggrovigliati e materiale da ufficio che avrebbe dovuto essere buttato nella spazzatura già da tempo. Per un istante mi domandai perché Ellis non si fosse già sbarazzato di gran parte di quelle cose, ma un attimo dopo capii che probabilmente non voleva mettere le mani nelle cose dei nonni. Non sembrava giusto.

Mandai giù con fatica l'amaro che sentivo sotto la lingua, e andai avanti a rovistare. Nell'armadio successivo trovai alcuni vecchi giornali e disegni che avevo fatto per i miei nonni. Un pupazzo di neve per Natale, un biglietto di compleanno scarabocchiato con mano malferma e un grande cuore in cui avevo disegnato me ed Ellis. O due cani stranamente deformi? Questo era lasciato all'immaginazione.

Non avevo la minima idea se quelle cose sarebbero bastate a Isla, ma radunai tutto quanto in una pila che poi avrei portato via. Nell'ultimo armadio mi attendeva un dolore penetrante, quando trovai i vecchi libri contabili del nonno. All'epoca scriveva tutti i guadagni e le spese del pub a mano, nella sua bella calligrafia. L'avevo osservato spesso mentre me ne stavo sdraiata sul tappeto in mezzo alla stanza a disegnare. A volte mi ero alzata, mi ero messa accanto a lui alla scrivania ed ero andata avanti a disegnare con i pastelli sui suoi libri. Mi piaceva illustrare i calcoli con fiori e facce e tutto quello che mi veniva in mente. Lui continuava semplicemente a scrivere con il sorriso sulle labbra, e mi lasciava fare. Quando aprii uno dei libri e vidi una fila di numeri con dei cuori colorati dietro, sussultai. Il dolore fu quasi insopportabile, e io richiusi subito il libro.

Con le labbra serrate, radunai i libri (erano dieci, come gli anni di cui aveva tenuto i conti ancora in maniera analogica) e mi caricai sulle braccia la pila di fogli e biglietti sparsi per uscire dallo studio. Dovevo andare via, se non volevo perdere la testa. O pensare troppo al passato.

Portai tutto in camera mia e lo buttai sul letto per fare una foto e mandarla a Isla.

Non ho trovato lettere o diari, ma un po' di vecchi disegni su cui ogni tanto c'è scritta qualche parola. Bastano?

Mentre aspettavo la risposta, passai un dito sulle rilegature ingiallite dei libri di mio nonno e, solo per un momento, mi abbandonai al dolore. Ma solo finché, all'improvviso, non sentii di nuovo il calore dentro di me che lentamente si faceva strada dallo stomaco e mandò in fiamme le mie membra. Spaventata, mi guardai il braccio, dove per un secondo la pelle brillò d'argento. Le vene sottili che mi correvano lungo il braccio apparvero solo per il tempo di un battito, poi sparirono di nuovo.

Ansimai e mi sfregai la pelle che formicolava, che sembrava ancora stranamente calda. Accidenti, era davvero inquietante. Mi affrettai a lasciar cadere il libro contabile sopra gli altri sul letto e, per distrarmi, risposi al messaggio di Veda. Mi aveva scritto quella mattina molto presto che nei prossimi giorni aveva intenzione di andare a trovare i ragazzi di Hunts Point e quindi avrebbe chiesto un po' in giro. Proprio mentre le stavo scrivendo un ringraziamento, arrivò un altro messaggio:

> Ieri poi hai beccato il detective Hayes? Ti ha vista?

Mi mordicchiai il labbro inferiore, ma poi decisi di sdrammatizzare un po'. Non doveva preoccuparsi.

> No, non mi ha visto. E tanto, che cosa vuoi che faccia?

Veda non rispose, e io dedussi che si fosse tranquillizzata.

Il mio cellulare suonò di nuovo. Stavolta era un breve messaggio da parte di Isla:

> Posso dare un'occhiata per vedere se si riesce a fare qualcosa. Hai tempo adesso?

Certo, non ho preso impegni.

La risposta arrivò subito.

Mando una macchina.

Sgranai gli occhi, e il mio sguardo andò alla porta chiusa, poi mi lasciai cadere sul pouf.

Lascia stare, vengo con i mezzi. Dammi solo un indirizzo.

Isla digitò per un po'. Troppo per le poche parole che arrivarono:

No, invece, Avery. L'autista sarà da te tra un quarto d'ora.

Strinsi le labbra. Isla non era una di quelle persone che conoscevo bene, ma un tono così autoritario non le si addiceva proprio. Si scatenò dentro di me una certa resistenza ribelle, ma nonostante ciò le scrissi:

Per me va bene. L'autista deve fermarsi in fondo alla via, non voglio che Ellis si accorga di niente.

Aspettai l'okay di Isla prima di radunare tutti i libri e i fogli e metterli nel mio zaino, e in parte in una borsa di tela che minacciava di strapparsi per tutto quel peso. Dopodiché, uscii dalla mia stanza.

«Vado da una mia amica» gridai verso la cucina, mentre mi infilavo gli stivali.

Ellis grugnì. «A mangiare qualcosa, suppongo?»

«Ovvio». Alzai gli occhi al cielo, e un momento dopo fui felice che non mi avesse visto farlo. Non volevo assolutamente provocare un litigio con mio fratello proprio adesso. «A dopo» urlai di nuovo, per poi spalancare la porta di casa e lanciarmi giù per le scale.

Mentre camminavo lungo il marciapiede, con la borsa di tela sottobraccio sul punto di esplodere, mi domandai come mai avessi obbedito a Isla così, senza batter ciglio. Io non ero il tipo che scattava appena gli altri me lo chiedevano. Forse era per via della posizione che Isla occupava nella società magica. Sebbene io non avessi mai sentito di farne parte, per me la magia era pur sempre importante. Le antiche stirpi. L'importanza che Isla aveva per noi come futura Principle. Lei proteggeva la Sorgente da cui attingevamo la nostra magia. Era collegata all'origine che aveva dato inizio a tutto.

Ero così assorta nei miei pensieri che trasalii quando qualcuno accanto a me disse: «Signorina Bishop?» Per lo spavento, voltai la testa di scatto e vidi un uomo in piedi sul marciapiede. Indossava una rigida giacca nera e aveva una postura tanto dritta da sembrare assurda. Pareva quasi uno dei soldatini di latta che mio fratello collezionava da piccolo. O Hayes, quando raddrizzava la schiena. Perché diavolo stavo pensando a lui?

«Sì?» Il mio corpo si irrigidì perché il tizio conosceva il mio nome.

Ma poi indicò l'automobile accanto alla quale si trovava, una vettura con i vetri oscurati, e capii dove avevo già visto il suo volto. Era l'autista che mi aveva accompagnato a casa dopo la festa.

Mi gettai un'occhiata alle spalle. Non è che avesse parcheggiato con discrezione o lontano da casa mia quanto sperassi, e di certo non erano passati quindici minuti. Ma strinsi comunque le labbra mentre quello apriva la portiera posteriore e vi gettava dentro le mie cose. Mi lasciai cadere sul sedile, e lui chiuse la portiera per me. Dentro era un po' più buio che in strada, e subito crebbe in me un leggero senso di insicurezza.

«Quindi, ehm, dove andiamo?» domandai dunque non appena l'autista fu salito in auto, davanti.

Lui non si voltò, ma raddrizzò lo specchietto e con quello mi fissò con gli occhi scuri. «Dalla signorina Kennedy, naturalmente».

Naturalmente. Mi aspettavo forse una risposta concreta?

Con un sospiro, appoggiai la schiena sul sedile e mi allacciai la cintura. Ormai che cos'avevo da perdere?

CAPITOLO 11

Il viaggio non fu lungo, ma questo fu anche per via dello stile di guida un po'... ardito del mio conducente. Non badava molto ai semafori rossi e alle norme di precedenza, e nemmeno i freni sembravano essere suoi amici. Aderii al sedile in pelle e sperai di arrivare da Isla tutta intera, almeno quel calvario avrebbe avuto uno scopo.

Quando finalmente, poco dopo, ci fermammo vicino al marciapiede, e io guardai l'edificio accanto al quale ci trovavamo, fui sopraffatta da una sensazione del tutto diversa. Questa era Manhattan. Il quartiere bene. Tutti gli edifici intorno a noi erano talmente belli che sembravano i set per le riprese dei film di Hollywood. Facciate bellissime, curate, enormi finestre panoramiche, e questo aveva persino il suo portiere, come riuscii a vedere attraverso la porta a vetri. Un portiere. Come in un hotel. Ero sicura che lì vivesse qualcuno. Qualcuno di maledettamente ricco. Ma non...?

La portiera accanto a me si aprì, e io per poco non cascai giù, tanto mi ero spinta contro il finestrino. Guardai stupita l'autista. Non mi ero resa conto che era sceso e aveva fatto il giro per venire ad aprirmi la portiera.

Feci un respiro profondo prima di scendere dall'auto con le mie cose, il tutto senza distogliere lo sguardo dall'imponente edificio di fronte a noi. Quanto si dovesse sborsare al mese per un posto del genere era una domanda che non riuscivo a togliermi dalla testa, mentre seguivo l'autista fino all'ingresso.

Le porte di vetro si scostarono e il portiere si limitò a lanciarci una rapida occhiata, per poi tornare a concentrarsi sul computer.

«Le presento l'ospite della signorina Kennedy, signor Lewis» disse l'autista, e, quando alzai la testa, Ryker stava scendendo le scale di marmo. Indossava solo una camicia nera, che appariva un po' aderente sulle sue braccia toniche, e mi guardava con gli occhi color ambra che scintillavano.

All'angolo della bocca gli spuntò un sorriso. «Grazie, Robert».

L'autista annuì e girò i tacchi, lasciando me e Ryker soli nel maestoso atrio. Il mio sguardo sfiorò rapidamente le statue di pietra sui lati, per poi tornare a concentrarsi sulla guardia del corpo di Isla. Ryker si era fermato sul gradino più basso delle scale, con le braccia dietro la schiena, e mi guardava con un sorrisetto.

Non riuscii a pensare a nulla da dire se non: «Congratulazioni per la promozione».

«Grazie». Il sorrisetto si trasformò in un ghigno, poi mi

fece un cenno quasi amichevole di seguirlo. Salì lento le scale e, quando lo raggiunsi, lanciò un'occhiata alla borsa di tela che avevo sottobraccio. «Vuoi che ti porti qualcosa?»

«No, ce la faccio» risposi con un gemito. Era pesantissima, ma non volevo lasciare a lui i ricordi di mio nonno. Anche se forse era sciocco da parte mia.

La scala era breve e portava a un altro grande ingresso al centro del quale c'era un ascensore di vetro. A destra e a sinistra c'erano porte bianche di bellissimo design, realizzate con un legno che doveva essere molto costoso.

Ryker si fermò davanti all'ascensore e sembrò notare che le stavo guardando, poiché spiegò: «Qui al piano di sotto abitano i genitori di Isla. Lei vive di sopra, nell'attico».

Lo fissai con gli occhi sgranati. «Tutta questa villa è dei Kennedy?»

Quando Ryker annuì, sbuffai per la sorpresa. In realtà mi era già noto che la famiglia di Isla fosse follemente ricca. Ma *così* tanto... Metteva un po' in soggezione.

Le porte dell'ascensore si schiusero davanti a noi, e non appena fummo entrati, Ryker premette il pulsante più in alto. Osservai i vari pulsanti, che erano tutti senza etichetta. Mi saltò all'occhio quello più in basso, che era un po' distante dagli altri, nell'angolo del pannello. Aveva accanto il buco di una serratura, il che indicava che lo si poteva attivare soltanto con una chiave. Senza volerlo, mi domandai dove portasse.

«Tutto bene?» domandò Ryker, e io distolsi lo sguardo dal pannello dei comandi.

«Ehm, sì» replicai, anche se dentro di me stava montando

ancora il calore. Mi si diffuse nel corpo come una febbre improvvisa, e la pressione sul petto era spaventosa. Che cos'era? Agitazione, forse?

Ryker mi guardò con diffidenza mentre l'ascensore cominciava a muoversi. «Capisco che tutto questo possa essere un po' travolgente» disse. «Anch'io sono rimasto non poco stupito la prima volta che sono stato qui».

Feci una breve risata, ma percepii anche che la pressione e il calore, man mano che salivamo, lentamente si attenuavano. «Anche tu vivi in questa casa?»

«Sì, il personale di sorveglianza ha stanze su tutti i piani. Per le emergenze».

«Quindi vivi con Isla?»

«Non proprio». I suoi occhi scintillarono, e io in realtà mi aspettavo che aggiungesse altro. Ma evidentemente decise di tacere finché non arrivammo al piano superiore.

Le porte dell'ascensore si aprirono con un chiaro *ding*, e io all'improvviso mi ritrovai nel bel mezzo di un enorme salotto con divani e poltrone dall'aria costosa.

Sull'altro lato, attraverso le finestre a tutta altezza, si vedeva l'intera città di New York, e quella vista per un attimo mi tolse il fiato.

«Cavolo...»

Ryker sorrise. «L'ascensore funziona solo con l'impronta digitale, quindi non cercare di svignartela». Quando lo guardai con una faccia scioccata, si mise a ridere. «Dai, stai tranquilla. Qui nessuno vuole farti del male. Quando te ne vorrai andare, io o Isla ti riporteremo giù».

Come su segnale, all'improvviso si udirono dei passi

e da qualche parte sulla destra apparve Isla. Indossava larghi pantaloni di stoffa che sembravano comodi e un top, entrambi neri. Oggi aveva i capelli sciolti, e, quando mi vide, mi sorrise. «Avery, che bello che tu sia riuscita a venire».

«Be', in un certo senso mi hanno rapita da casa» ribattei con una risata flebile.

Isla fece un cenno con il capo a Ryker, che rientrò nell'ascensore e scomparve con un ghigno dietro le porte che si chiudevano.

«Vuoi bere qualcosa?»

Quando mi voltai di nuovo verso Isla, era scomparsa. Sorpresa, feci un passo nella stanza e la vidi sulla destra, vicino a una piccola isola. Stava aprendo il frigorifero per dare un'occhiata.

«Ho del tè freddo, limonata, acqua...»

«Acqua, grazie» dissi, e posai lo zaino e la borsa di tela sul pavimento. C'erano anche degli armadietti e un tavolino basso, solo che sembravano tutti così raffinati che non osai metterci sopra le mie cose sporche.

Isla tornò sorridendo in salotto e mi porse un bicchiere d'acqua ghiacciata per poi sedersi sul divano. «Mi dispiace di aver insistito così tanto per farti venire a prendere. Ma al momento i miei genitori non sono in casa, e a loro non piace che porto a casa persone che non conoscono. Inoltre... ultimamente a New York sono successe alcune cose poco belle, per cui non volevo farti venire qui da sola a piedi».

Stavo ancora cercando di capire la questione dei genitori, che di certo non avrebbero voluto vedermi qui, quando la sua ultima frase mi fece alzare lo sguardo. «Cose poco belle?» Mi sedetti con cautela sul bordo di una poltrona morbidissima e guardai Isla. «Quali cose poco belle?»

Lei incrociò le braccia sul petto, con il viso pensieroso. «Conosci Oliver Emmerson?»

«Quel presentatore famoso che lavora per la radio dei tuoi genitori e si diverte a fare battute sulle donne?»

Isla aggrottò le sopracciglia, ma annuì. «Sì, lui. *Si divertiva* a fare battute sulle donne. È morto due giorni fa».

Quasi mi strozzai con l'acqua. «Cosa? Come?»

«Non lo sappiamo con esattezza. È stato trovato in un vicolo qui vicino. Hanno riferito che il suo corpo era quasi completamente bruciato. La polizia crede che sia stato un omicidio». Isla scosse la testa, negli occhi le balenò un lampo di paura. «Quell'uomo aveva molti nemici. So che non si dovrebbe parlare male dei morti, ma era un bastardo sessista che i miei genitori avrebbero dovuto licenziare già da tempo. Ma un omicidio... e per di più di un mago...». Fece un profondo sospiro, poi tornò a guardarmi. «Ecco perché ho pensato che fosse meglio farti venire a prendere».

«Buona idea» risposi, gravemente. Mi si riaffacciarono alla memoria i ricordi del cadavere del mago nel vicolo vicino al *Rhapsody*. Di Devon. Mi riscossi e bevvi un altro grosso sorso d'acqua. *Porca miseria.*

«Allora...» Isla batté le mani. «Che cos'hai portato?»

Posai con cura il bicchiere sul tavolo e presi le mie cose. Disposi i libri e i fogli che avevo gli uni accanto agli altri davanti a Isla, la quale si spostò subito sul bordo del divano per dare un'occhiata al tutto più da vicino.

«Non è molto. E neanche realmente significativo» ammisi. «Ma sono le uniche cose che avevo. Mia madre di sicuro ha portato via qualcos'altro quando si è trasferita con mio padre a Greenport, perciò ci vorrà un po' di tempo prima che riesca a recuperare tutto».

Isla, che stava sfogliando uno dei libri, alzò gli occhi per guardarmi. «I tuoi genitori non vivono qui?»

«No. Erano stufi di stare a New York. Io vivo qui con mio fratello e mio... con mio fratello. Ellis». Feci un profondo respiro e presi uno dei disegni che avevo fatto per mio nonno, solo per tenere qualcosa in mano.

Con la coda dell'occhio vidi Isla annuire e tornare a concentrarsi sui libri. Per un bel po' si limitò a sfogliarli senza dire niente, e io percepii che la tensione dentro di me lentamente si allentava. Iniziai a guardarmi intorno e a godermi il panorama mozzafiato che mi si presentava.

«È proprio bello qui» mi sfuggì dalle labbra e Isla rise.

«Sì, è vero. Sono davvero fortunata. Ma quassù può anche capitare di sentirsi molto soli».

Quando mi voltai verso di lei per la sorpresa, vidi che aveva un sorriso triste sulle labbra. Prima che potessi dire qualcosa, però, all'improvviso si accigliò. Aveva preso un nuovo libro e lo stava sfogliando con lentezza e ponderatezza.

«Credo che...» esordì, poi girò di nuovo la pagina e i suoi occhi si spalancarono.

«Cosa?» chiesi, allarmata.

Invece di rispondere, girò il libro per farmelo vedere. Sulle fatture di mio nonno, il disegno di un rampicante fiorito occupava la parte superiore della pagina, ma in fondo, piccolissime e scarabocchiate in grafia malferma, c'erano alcune lettere. Mi avvicinai per poterle leggere.

Mi dispiace, stava scritto. E poi ancora e ancora: *Mi dispiace, nonno. Mi dispiace tanto. Mi dispiace tanto.*

Trattenni il respiro mentre tornavo a guardare Isla. «Io... non ho idea di che cosa sia».

«Ma l'hai scritto tu». Non era una domanda, era un'affermazione. Isla lo sapeva. E lo sapevo anch'io, anche se non ricordavo di averlo scritto. Né perché.

«Qui dentro è racchiusa una quantità di ricordi intensi». Isla passò il dito sulla scritta, poi alzò gli occhi su di me. «Non sono sicura che siano collegati ai tuoi ricordi manipolati, ma sento che sono molti simili. Sospetto che si siano formati nello stesso periodo».

Strinsi le labbra. La bocca all'improvviso mi era diventata asciutta come la polvere e il calore dentro di me minacciava di gonfiarsi di nuovo.

«Vogliamo fare un tentativo?» chiese Isla a bassa voce, allungando la mano che non era posata sulle lettere scritte. E quando notò la mia esitazione, aggiunse: «E tu non preoccuparti, io non posso vedere quello che vedi tu. A meno che tu non me lo permetta»

Deglutii a fatica. Volevo davvero vedere quel ricordo? Forse, però, non avevo altra scelta. Ero qui. Avevo dato inizio a tutta questa storia, e ora dovevo scoprire che cosa non andava in me. Nella mia magia. Nei miei ricordi.

Perciò, annuii e misi la mia mano nella sua.

Sono di nuovo piccola, avrò dodici anni. Al massimo

tredici. A giudicare dall'aspetto, perlomeno. Sono in piedi davanti allo studio di mio nonno, con la mano sulla maniglia della porta.

Sono perfettamente lucida. So di essere Avery, di avere diciannove anni, e che questo è solo un ricordo che Isla mi sta facendo vedere attraverso il vecchio libro di mio nonno. Ma, ciononostante, provo quello che provava la me più giovane. Avverto la paura nel suo petto. La disperazione, la frustrazione, l'incredibile senso di colpa che mi stringe i polmoni. E avverto le lacrime sulle guance, il bruciore negli occhi. So di aver fatto qualcosa di brutto. Ma non so come sia potuto accadere.

Dallo spiraglio tra la porta leggermente aperta e il telaio, riesco a vedere mio nonno in piedi alla scrivania. Ha una mano alzata e con l'altra si strofina gli occhi. Il suo viso è più pallido di quanto non l'abbia mai visto prima. Ed è così giovane. La sua schiena è così dritta, il suo sguardo così limpido che sento un bruciore nel petto.

«Dobbiamo pensare a cosa dire ai genitori. E dobbiamo obbligare il ragazzo a tacere» sento la sua voce. Inclinando un po' la testa, vedo anche mia nonna. Ha le mani sulle guance e gli occhi lucenti di lacrime. Stanno parlando di Ellis?

«Oh Dio,» sussurra «quella povera bambina. Come è potuto accadere?»

Mio nonno alza la testa. Ora ha un'aria un po' arrabbiata, cupa. «Nessuno deve venirlo a sapere».

«E come pensi di fare, Gage? Il ragazzo ha visto tutto. Credi di riuscire a convincerlo a tenere tutto nascosto? L'ha vista, dannazione!»

«Lo so. Ma noi dobbiamo proteggere Avery. Tu non sai che cosa le faranno. Non solo per... Se scoprono che è una Toxic, la Principle Zahara Kennedy...» Si blocca, poi stringe le labbra come faccio sempre io. «Il ragazzo non dirà niente a nessuno. E nemmeno Avery. Non ne saranno più in grado».

«Che cos'hai in mente di fare, Gage?» sussurra mia nonna.

Ma prima che lui possa risponderle, la mia mano scivola sulla maniglia, e la porta cigola forte quando aprendosi verso l'interno. Immediatamente i miei nonni girano la testa di scatto e mi fissano.

«Avery». Mio nonno mi raggiunge subito a grandi passi. Si accovaccia sul pavimento davanti a me e mi asciuga le lacrime dal viso. Il suo sorriso è di una tristezza infinita. «Va tutto bene, Avery. Andrà tutto bene, te lo prometto».

E poi mi tira tra le braccia, io sento l'odore del suo dopobarba e lascio scorrere le lacrime.

Isla aveva il respiro affannoso e, quando aprii gli occhi, aveva staccato la mano dalla mia e se la teneva appoggiata sul petto. All'inizio non capii che cosa fosse successo, ma poi il mio sguardo ricadde sul braccio che lei mi aveva tenuto stretto fino a quel momento. Sulla mia pelle scorrevano vene argentee, pompavano la magia nelle mie dita, e solo ora mi resi conto del calore che era montato dentro di me. Feci un respiro profondo, cercando di calmare le sensazioni che avevo dentro. Mi sembrava di nuotare contro una forte corrente, ma non mi arresi e alla fine l'argento sul mio braccio svanì.

Alzai la testa di scatto. «Oddio, Isla, stai bene?»

Lei aveva un'aria scioccata, però annuì. Si stava ancora strofinando lo sterno con delicatezza. «Va tutto bene. Mi hai solo fatto venire la tachicardia». Le sfuggì una risata sommessa, stupita. «È davvero straordinario. Che la tua magia funzioni con il tatto».

«Non è straordinario, è dannatamente pericoloso!» sibilai. Il mio cuore viaggiava alla velocità di quello di un corridore non allenato. Dall'incidente con Devon, mi era risultato relativamente facile frenare la magia, il calore, e farli tornare nel mio corpo. Forse perché lo facevo da tutta la vita e, anche se ora era diverso, d'istinto sapevo ancora che cosa fare. Ma evidentemente non funzionava se la mia testa non era connessa. Se non mi concentravo con piena consapevolezza. «Avrei potuto ucciderti».

«Sciocchezze». Isla sorrise. «Ho percepito la tua magia. In un certo senso, ero preparata. Non avresti potuto farmi niente».

Le rivolsi uno sguardo dubbioso, ma l'espressione serena sul suo volto fece calmare anche i battiti del mio cuore. Non sapevo se lo dicesse per sentirsi meglio o se fosse effettivamente vero, ma volevo tanto credere che non fossi stata un pericolo per lei.

«Allora?» Scivolò avanti sul divano e affondò le dita nella morbida pelle accanto a sé. «Che cos'hai visto?»

Feci un profondo respiro e mi sfregai il viso, prima di guardare Isla. Piena di dubbi. La consapevolezza di quello che avevo visto nei ricordi ebbe lentamente il sopravvento su di me. Le cose che mio nonno aveva detto. Il suo viso pallido, spaventato. Le lacrime negli occhi di mia nonna, che sarebbe morta solo pochi anni più tardi. Le cose che avevo scritto sul libro.

Mi dispiace tanto. Mi dispiace.

«È già successo». Mi morsi il labbro inferiore così forte, che sentii il sapore del sangue. «Quello che ho fatto a Devon. Credo che sia già successo in passato. Quand'ero più piccola. Il ricordo risale a poco dopo». Ansimai, tremando, per riuscire a respirare e, anche se le avevo quasi appena provocato un infarto, Isla mi poggiò una mano sulla gamba. Sul suo volto c'era una compassione autentica. La fissai e stentai a credere alle parole che mi stavano uscendo di bocca: «Ho visto i miei nonni. Ne stavano parlando. È successo a casa nostra, il che significa che si è trattato per forza di uno dei miei amici o degli amici di Ellis. Pare che mio fratello abbia visto tutto». Feci un respiro tremante prima di aggiungere: «E se è successa la stessa cosa di Devon, vuol dire che è morto».

Gli occhi di Isla si spalancarono per un attimo. «Devon è morto?»

Mi limitai ad annuire, e subito le sue sopracciglia si inarcarono.

«Lui ci ha aggredito e tu ci hai difeso» disse con forza. «E per quanto riguarda quella volta... tu eri solo un bambina. Non importa quale sia la magia dentro di te, riesci a malapena a controllarla adesso, probabilmente allora non potevi esserne in grado. Non è colpa tua. Inoltre, non sappiamo che cosa sia successo veramente...»

Scossi la testa e cercai di ignorare il dolore che mi pulsava dietro la fronte. «Mio nonno ha detto un'altra cosa. Ha usato una parola che non avevo mai sentito prima. Ha detto che io ero... una Toxic».

Isla parve rifletterci su. La sua fronte si aggrottò mentre gli occhi scrutavano inquieti la stanza. Rimasi per un po' a guardarla, prima che l'impazienza mi facesse sbottare. «Tu l'hai mai sentita prima?»

«Non lo so. C'è qualcosa che mi risuona in fondo alla mente, da qualche parte, ma non riesco a comprenderlo». Lei tornò a guardarmi e mi accarezzò dolcemente il ginocchio, con un sorriso d'incoraggiamento sulle labbra. «Ma lo scoprirò, d'accordo?»

Sentii le mie spalle crollare mentre espiravo di sollievo. In quel momento per me non era così importante, ma annuii comunque. «Grazie».

Era già successo in passato. Una bambina, non un criminale che voleva farci del male.

«Ne vuoi parlare?» La voce di Isla era dolce. Piena di compassione. Compassione per qualcuno che aveva ucciso non solo una, ma molto probabilmente due persone.

Strinsi le labbra e mi alzai in piedi con un movimento così brusco che Isla trasalì. All'improvviso mi fu più che chiaro che quello non era il mio mondo. Io non ero adatta a quell'appartamento di lusso e non meritavo quella prospettiva di una vita migliore. Non dopo tutto ciò che avevo fatto. Non dopo tutto ciò che stavo ancora facendo per Dorian Mars, anche se, tecnicamente, non avevo scelta.

«Devo andare. Ellis mi ha assegnato un turno al *Rhapsody* oggi». Presi il cappotto e stavo per raccogliere anche i libri, quando Isla mi fermò con una gesto delicato della mano.

«Aspetta. Non è che magari potresti lasciarli qui? Così vedo se trovo qualcos'altro».

Mi bloccai perché questo significava lasciare ricordi importanti nelle mani di una persona quasi sconosciuta. Ma tanto ormai che cosa doveva scoprire, peggio di questo? Così, annuii piano. «D'accordo».

«Grazie». Si alzò quando mi voltai verso l'ascensore. «Puoi chiamarmi in qualsiasi momento, Avery. Se trovi qualcos'altro, se hai bisogno di qualcosa, d'accordo? Non sentirti in colpa per quello che è successo. Scopriremo che cosa c'è davvero dietro a tutto questo».

L'empatia che dimostrava nei miei confronti non faceva che peggiorare i sensi di colpa che avevo dentro. Mi limitai ad annuire perché non me la sentivo di usare la voce.

Isla chiamò l'ascensore e poi mi sorrise ancora una volta. Tirò fuori il telefono dalla tasca dei pantaloni e digitò qualcosa. «Ti accompagna Ryker».

«Non c'è bisogno».

Isla incrociò le braccia sul petto e nei suoi occhi si affacciò qualcosa di simile alla severità. «O così, o non ti faccio scendere finché non sarai d'accordo con me».

La guardai sorpresa. «Sai che è quasi rapimento, vero?»

«Tu sei venuta qui di tua spontanea volontà».

«Allora mi stai tenendo in ostaggio. È comunque illegale. Vuoi una macchia sulla tua fedina penale altrimenti immacolata, Isla Kennedy?»

Sogghignò e, per la prima volta da quando la conoscevo, apparve maliziosa. «Chi l'ha detto che è immacolata? Instagram? Sei abbastanza sveglia per sapere che quella è solo una versione infiocchettata della vita».

«Mm». Alzai le sopracciglia. Bene, Isla Kennedy era effettivamente come avevo sperato che fosse. Anzi, anche un pochino più in gamba di così. Feci un sospiro rassegnato. «Per me va bene. Ma non voglio la macchina con i finestrini oscurati».

Isla rise. «Okay». Mi toccò un'ultima volta la spalla con fare incoraggiante. «Stammi bene, Avery».

Poi, mi lasciò finalmente andare.

CAPITOLO 12

L'ascensore nella villa dei Kennedy non era particolarmente veloce, ma io rimasi comunque sorpresa nel vedere Ryker già nell'atrio ad aspettarmi. Aveva di nuovo le braccia dietro la schiena, come un soldato; solo il ghigno insolente sulle labbra rompeva un po' il quadro. «Allora, com'è andato questo viaggio nel regno dei Kennedy?»

Gli lanciai un'occhiata cupa, e lui sbuffò. «Così bene?»

«Non possiamo tornare al club e basta, senza parlare?» grugnii.

Lui fece spallucce e mi fece cenno con il capo di seguirlo.

L'aria di fuori mi fece bene. Mi calmò il respiro e mi schiarì un po' la mente. Ma non riuscì ad alleviare il grosso peso che mi gravava sul petto da quando avevo visto quel ricordo.

Seguii Ryker lungo il marciapiede e, quando vidi verso

quale auto puntava, mi sfuggì un gemito. «Non farai sul serio, vero? Quella è ancora più vistosa dell'altra».

Con perfetta indifferenza, Ryker aprì la portiera del guidatore dell'elegante auto sportiva e alzò le spalle. «Isla mi ha detto solo che non vuoi i vetri oscurati. Quindi, voilà, andiamo con la mia macchina».

Rimasi in piedi accanto all'auto con gli occhi sgranati. «Aspetta, questa è tua?»

«Qualche problema?»

«No, però adesso sono curiosa di sapere quanto ti pagano i Kennedy... e se c'è una posizione aperta».

Lui si limitò a ridere e salì.

Non mi restava altra scelta se non di imitarlo e lasciarmi cadere sul sedile del passeggero. Quando avviò il motore, gli lanciai un'occhiata severa. «Ma spero che, nonostante i mille cavalli di potenza, guiderai in maniera civile, vero?»

Ryker si portò una mano alla fronte, come per fare un saluto, e poi diede gas.

In effetti era un bravo guidatore e rispettò i limiti di velocità mentre percorremmo le strade di New York in direzione di Melrose. Non avrei saputo dire se fosse dovuto al mio avvertimento o no. Ma sembrava un po' come se scivolassimo sull'acqua, tanto l'auto viaggiava fluida. Non potei fare a meno di restare sbalordita.

Dopo qualche minuto, in cui ci limitammo a rimanere in silenzio, mi rivolsi di nuovo a Ryker. «Quindi... tu la chiami Isla?»

Ryker non mi guardò, ma tornò a incurvare gli angoli della bocca. «E come la dovrei chiamare, altrimenti?»

«È un po' informale, dato che tu lavori per lei, no?»

A questo rispose soltanto alzando le spalle. Lo osservai di profilo e mi domandai se tra lui e Isla ci fosse qualcosa. Ma poi mi tornò in mente che lei era felicemente fidanzata. E che, oltretutto, in fondo, non erano proprio affari miei.

Tornai ad appoggiarmi sul sedile a godermi il resto del viaggio, che fu troppo breve per i miei gusti. Quando Ryker parcheggiò accanto al marciapiede del club, mi lanciò ancora un'occhiata. Sembrava come se volesse dire qualcosa di importante, ma poi si limitò a uno sbrigativo: «Buon turno».

«Grazie». Allungai una mano verso la portiera. «Se vuoi, faccio cambio con te volentieri».

Rise. «Dopo il modo in cui ti sei lanciata a proteggere Isla, forse potresti anche avere un vero talento per la difesa personale»

Ci riflettei per un attimo, poi però scossi la testa. «No, sarebbe troppo emozionante alla lunga. Che ne dici di scambiarci le buste paga?»

«Ti conviene scendere subito» rispose lui, sogghignando.

«Peccato. Allora, buona serata, Ryker».

«Buona serata a te, Avery».

Mentre uscivo dall'auto, scorsi Michael, che se ne stava di nuovo seduto sui gradini nello stretto vicolo tra il club e l'edificio adiacente, a fumare.

Sgranò gli occhi quando mi vide uscire dall'auto sportiva e, come temevo, non appena mi avvicinai iniziò subito a parlarmi. «Ho due domande».

«Lascia perdere» replicai, ma ovviamente lui non mollò.

«Primo: sei puntuale. Troppo puntuale. Quasi non oso dirlo, ma sei IN ANTICIPO. Va tutto bene?» Spense la sigaretta schiacciandola sul gradino di pietra. «E secondo: ti sei fatta un amante ricco?»

«Alla prima domanda, sì. Alla seconda, no. È solo un conoscente. In realtà, il conoscente di una conoscente».

«Che però ti accompagna al lavoro?» Michael alzò le sopracciglia, ma io lo ignorai.

Senza dire una parola, lo superai salendo i gradini. Pensare a qualcosa di così profano come una relazione d'amore, ora, mi sembrava veramente stupido. Quel giorno avevo vissuto esperienze che cambiavano la vita, e non in senso positivo. Avevo altre cose per la testa. E poi, Ryker non era il mio tipo. Accantonai in fretta i pensieri che stavano affiorando, di penetranti occhi verde bosco, e mi diressi verso lo spogliatoio per i dipendenti. Mi infilai la maglietta del club e mi arrischiai a dare un'ultima occhiata al cellulare. Me la sarei potuta risparmiare. Dorian Mars mi aveva mandato un messaggio già da ore. Una foto. Due parole. Gilbert Sutton.

Serrai i denti. *Ciao, malavita, che tanto mi si addice. Bentornata. Il viaggetto in un'altra vita è stato un vero spasso, ma questa è la realtà. Grazie tante.*

Mentre percorrevo il corridoio buio verso il bar, cercai il tizio su Google. Accoltellamenti. Aggressioni. Aveva trascorso un paio di volte alcuni mesi in prigione. Poi, probabili legami con la mafia. Non si escludevano omicidi su commissione. Feci scivolare il cellulare nella tasca posteriore dei pantaloni e mi scrollai di dosso ogni residuo di morale rimasto dentro di me. Tanto non avevo altra scelta.

Dopo gli ultimi giorni e le ultime ore, distrarmi con il lavoro mi fece bene. Poiché ero arrivata prima dell'apertura del club, venni subito assegnata al rifornimento del magazzino. Portai casse pesanti dal punto A al punto B, sistemai roba a caso e poi mi misero a lucidare i bicchieri. Facevo tutto senza brontolare perché così i miei pensieri non potevano vagare. Non per tutto il tempo, perlomeno. Ogni tanto, mi balenava in mente un'immagine. Poi vedevo mio nonno. Le lacrime negli occhi di mia nonna. Udivo singoli stralci di parole come «Quella povera bambina» o «Dobbiamo obbligare il ragazzo a tacere». Mi domandai che cos'avesse visto Ellis all'epoca, che cos'avessi fatto io, e quali ricordi fossero stati probabilmente sottratti a entrambi. Ma tutto sommato riuscivo a distrarmi bene. A schiarirmi la mente con un po' di duro lavoro.

Non appena il club aprì le porte, si riempì relativamente in fretta. Ancor più del solito. Secondo Marla, si era sparsa la voce dell'addio al nubilato di Isla Kennedy. E, anche se i non magici non vedevano in lei quello che vedevamo noi, per loro restava una celebrità. Ora tutti volevano vedere il club dove aveva festeggiato. Di cui aveva parlato su Instagram con parole così entusiastiche.

Quasi non riuscimmo a sopravvivere alla calca. E al lavoro. Due ore al bar, e già avevo la sensazione che il giorno dopo non sarei più riuscita a sollevare le braccia. Il brusio di voci era quasi più alto della musica, e io mi appuntai nella mente di chiedere a Ellis di limitare il numero delle persone nel club. Questo probabilmente non avrebbe fatto che accentuare l'esclusività del *Rhapsody*. Si stava facendo sempre più tardi, l'atmosfera sempre più chiassosa, e io mi accorsi dell'ansia che cresceva. L'uomo che Dorian Mars mi aveva mandato non era mai finito nel mio mirino.

E dire che, dalla foto del messaggio, non era esattamente il tipo da passare inosservato. I capelli erano di un biondo ossigenato e le sopracciglia dello stesso colore. Il viso aveva tratti spigolosi e, quando guardai di nuovo la foto, notai un piccolo tatuaggio sotto l'occhio destro. Una lacrima. Oddio, sapevo fin troppo bene che cosa significava.

Mi infilai di nuovo il cellulare in tasca e mi guardai attorno mentre servivo il cliente successivo. Oggi molte persone avevano ordinato la mia tintura di felicità e, sebbene avessi seguito le indicazioni di Ellis rispetto alla dose, attorno a me vedevo solo grandi sorrisoni. I più sembravano un po' stralunati mentre ballavano e agitavano le braccia in aria.

Quasi come se fossero drogati.

Il mio sguardo tornò a posarsi sulle mie mani, che erano già macere e rosse dopo tutti quei bicchieri lavati. Nessuna argentea vena di magia sulle braccia. Nessun calore dentro di me. Quindi, non era possibile che avessi trasferito la magia alle mie bevande, vero? O forse l'avevo già fatto quando avevo preparato le tinture? Decisi di diminuire ancora un po' la dose. Per sicurezza.

Quando rialzai la testa e feci correre lo sguardo sulla folla del bar, che si stava riducendo un po', questo a un tratto mi cadde su una lacrima nera sotto un occhio iniettato di sangue. Guardai meglio. Era veramente Gilbert Sutton. Portava una bizzarra camicia hawaiana bianca, e io ero abbastanza sicura che fosse già ubriaco. O aveva assunto altre sostanze. In modo un po' brusco, si fece strada, a qualche metro da me, tra la folla, per raggiungere il bar. I capelli quasi bianchi gli ricadevano sulla fronte in ciocche unte. Il tizio non aveva proprio una bella cera.

Con la scusa di dovermi avvicinare agli ingredienti, scansai Marla per mettermi esattamente nel punto verso il quale Gilbert si era spinto tra la ressa. Lo salutai con un sorriso che non mi fu facile offrirgli, vedendo il suo aspetto davvero penoso.

Le persone intorno a lui non sembravano contente del fatto che avesse saltato la fila, ma evidentemente non volevano mettersi contro di lui. Così, si rivolsero ai miei colleghi, mentre Gilbert si appoggiava al bancone.

«Una birra» gridò, più forte del necessario, in realtà. Questo gli guadagnò qualche occhiataccia irritata, di cui non parve neanche accorgersi. Be', forse qualcuno dei clienti non sarebbe tornato, perché il club non era proprio il locale raffinato che si erano aspettati.

Sorrisi un'altra volta al tizio, prima di mettermi a riempire un grosso boccale. Continuavo a guardarlo, ma lui non badava a me. Teneva lo sguardo vitreo fisso sulle luci dietro il bancone.

Sfruttai quel momento per allungare la mano sotto il bancone. Le mie tinture segrete erano distribuite con cura lungo tutto il bancone, e io riflettei un momento su cosa mischiargli nella birra. Scelsi una combinazione del già ben collaudato senso di colpa, che sicuramente avrebbe rafforzato qualcosa che era già sopito dentro di lui, e un pizzico di rabbia, che di certo nei confronti di Dorian Mars non gli mancava. Come non mancava a tutti noi.

Avevo studiato nel dettaglio ciascuna delle tinture e l'avevo collaudata sulle vittime di Dorian, fino a trovare le combinazioni migliori: quelle che le spingevano dritte nelle sue grinfie. Per paura, per senso di colpa, perché si volevano vendicare o perché semplicemente volevano arrendersi. Non importava il motivo per cui andavano da lui. Non faceva alcuna differenza, il risultato non cambiava. Tuttavia, avevo sperimentato a lungo con la mia magia perché volevo capirli.

Adesso volevo semplicemente sbarazzarmi di loro.

Quando passai a Gilbert il boccale facendolo scivolare sul bancone, lui mi fissò con uno sguardo indefinito. Gli occhi iniettati di sangue sembravano sospettosi. Adirati. «Che cosa mi hai messo nel bicchiere, carogna?» domandò.

Maledizione. Quindi mi stava osservando? O aveva visto la birra cambiare colore? Nella luce fioca del locale, lo si distingueva appena, e io avevo creduto che Gilbert fosse già in una condizione tale da non notarlo.

Lì forse mi ero sbagliata.

Nonostante ciò, mi sforzai di sorridere e di mantenere un atteggiamento calmo, anche se il cuore mi batteva in gola. «Be', sai» dissi, con un che di misterioso, e allungai una mano sotto il bancone. «A essere sincera, hai l'aria di uno a cui potrebbe servire un piccolo extra». Le mie mani si strinsero intorno al collo della bottiglia e, quando la tirai fuori, gli occhi del tizio si spalancarono. Giustamente: dopotutto era un whisky stravecchio che avevo sempre tenuto lì per sicurezza.

Gli feci l'occhiolino. «Offre la casa».

Gilbert strinse le labbra. Poi annuì brevemente e alzò il boccale in segno di brindisi. A quanto pareva, si era bevuto la bugia. Lo osservai per qualche secondo mentre buttava giù la birra, prima di dover rivolgere la mia attenzione agli altri clienti. Non riuscivo a scrollarmi di dosso la sensazione di disagio che avevo nello stomaco, così continuavo a scrutare il locale. Cercavo Gilbert Sutton tra la folla, per vedere come stava. Se fosse già andato da Dorian. Ma la ressa davanti al bar era talmente densa che non riuscii a vederlo da nessuna parte. La gente l'aveva inghiottito.

Solo verso le quattro, lentamente, il club si svuotò. Le persone saltellavano verso l'uscita, ovunque c'erano facce raggianti, e io sentivo qualcosa agitarsi dentro di me. Anche se, dal mio incontro con Devon, non facevo che maledire la mia magia, non era solo un male. Non era del tutto malvagia e distruttiva.

Poteva anche rendere felici le persone. Il problema non era la magia. Il problema ero io.

Capii fino a che punto, quando Michael mi diede una gomitata. «Ehi, puoi chiamare la sicurezza? Credo che debbano portare fuori gli "avanzi"».

Sollevai la testa per capire che cosa intendesse e vidi subito Gilbert Sutton. Era accovacciato a terra vicino all'uscita, il volto gli era diventato paonazzo e si premeva una mano sul petto. Sentii ogni fibra dentro di me irrigidirsi mentre uscivo dal bancone per precipitarmi verso di lui.

«Ehi, tutto bene?» gli chiesi.

Alzò gli occhi per guardarmi, sembrava in preda alla confusione più completa. «Quel bastardo» imprecò d'un tratto, e dei piccoli fili di saliva gli uscirono dalla bocca. «Io lo ammazzo, quel bastardo!»

Evidentemente la mia tintura non aveva mancato di fare effetto. Quell'uomo era furioso. Più di quanto avrebbe dovuto. Il suo volto passò dalla rabbia al senso di colpa, e poi le guance gli divennero di nuovo di un color rosso intenso. «Lo ammazzerò. Quel figlio di un cane, io lo ammazzo!»

Si infilò la mano nella camicia, appena sopra il petto, e il suo respiro si fece pesante mentre ricominciava a imprecare. Accidenti, la tintura non stava avendo l'effetto *giusto*... era troppo forte. Proprio come l'ultima volta.

«Quello là è andato» disse Michael alle mie spalle. Stava già facendo cenno alla sicurezza davanti alla porta. «Potete portarlo fuori, così si calma un attimo?»

Gilbert ansimava, stringeva le mani, e poi proseguiva a imprecare. Era del tutto fuori di sé.

«Secondo me ha qualcosa che non va» dissi a voce bassa.

Michael fece di no con la testa. «È solo ubriaco marcio, Avery. Deve smaltire la sbornia per strada, poi se ne andrà».

Fissai Gilbert mentre quelli della sicurezza cercavano di farlo alzare. Aveva assunto il colore di un pomodoro e, pur continuando a stringersi il cuore e a respirare con affanno, non riusciva a smettere di imprecare. Non riusciva a calmarsi. E vedevo che per questo stava sempre peggio.

Gli verrà un infarto.

Quelli della sicurezza avevano tirato Gilbert in piedi e stavano cercando di spingerlo verso l'uscita. Lui andava avanti a imprecare e a gridare, ma le ginocchia gli cedevano di più a ogni passo. Due voci discutevano dentro di me. Una mi sussurrava dolcemente di dimenticarmi di lui. Se avesse avuto un infarto, probabilmente avrebbe evitato un trattamento ben peggiore da parte di Dorian Mars. Ma l'altra voce nella mia testa era molto più forte. Mi urlava che non potevo lasciarlo morire. Mi urlava che non potevo avere un'altra vita sulla coscienza. Non facendogli venire un infarto né mandandolo da Dorian Mars.

Io non ho altra scelta!

Si ha sempre una scelta!

Perché di colpo la voce nella mia testa suonava come quella di Isla Kennedy? Aveva visto il buono che c'era in me, anche se non mi conosceva nemmeno. Forse aveva ragione e tutto era davvero nelle mie mani?

Allungai la mano verso il braccio dell'addetto alla sicurezza prima ancora che la mia testa decidesse consapevolmente di farlo. «Basta» gridai. «Vedete anche voi che questo ragazzo ha qualcosa che non va. È malato o... che ne so». Mi girai verso Michael. «Muoviti, chiama un'ambulanza, Mike. ORA».

Mi fissò stupito, ma dopo qualche secondo reagì. Fece un cenno con il capo, poi si precipitò al bar. La gente intorno a noi si stava agitando. Gli sguardi di molti si incrociarono con il mio, qualcuno si defilò, altri chiesero se potevano aiutare.

Dissi a quelli della sicurezza di rimettere Gilbert a terra. Lui si appoggiò alla parete del locale e mi fissò. Nel suo sguardo balenò qualcosa di simile alla gratitudine, ma dalla bocca continuavano a uscire imprecazioni. Anche se io in realtà avrei preferito allontanarmi, mi costrinsi a rimanere con lui finché non arrivò l'ambulanza e i soccorritori non lo caricarono a bordo. Sempre tra gli improperi. Con la testa ancora rossa di rabbia.

Anche dopo rimasi in piedi davanti all'uscita, con le braccia incrociate sul petto.

Ero stata io a fargli male. A lui e a tante altre persone.

Ma ora era finita, non importava quello che avrebbe significato per me. E non importava se così sarei finita in cima alla lista dei bersagli di Dorian Mars.

CAPITOLO 13

In casa non riuscivo a stare.

Sebbene volessi tener fede in piena coscienza di non accettare più incarichi per Dorian Mars, non riuscivo a ignorare la tacita paura che per tutto il giorno successivo mi pulsò silenziosa contro la fronte. La paura del momento in cui se ne sarebbe accorto. In cui avrebbe capito che l'avevo tradito.

Non se ne andò quando mi alzai verso mezzogiorno e mi preparai una tazza di infuso rilassante. Né quando salii di sopra, nel giardino delle erbe, a rabboccare alcune tinture, e nemmeno quando provai a distrarmi con la lettura. I miei occhi continuavano a guizzare verso il cellulare, in costante attesa di vedere comparire un messaggio di Dorian Mars in cui mi accusava di tradimento. Neanche Veda aveva risposto al messaggio che le avevo inviato la mattina dopo il turno. Probabilmente non aveva ancora saputo nulla. Oppure mi avrebbe chiamato solo dopo il lavoro. Speravo nella seconda ipotesi, e quindi avevo ancora qualcosa da attendere, con la pelle che mi formicolava.

Quando nel pomeriggio il campanello suonò e mi passarono per la mente così tanti pensieri di omicidi su commissione che a momenti avrei picchiato a morte il postino con una lampada, decisi che avevo bisogno di un po' d'aria. Posai il pacco per Ellis sulla scrivania dello studio e poi mi infilai il cappotto per andare a fare un giro fuori. Faceva freddo, ma il sole splendeva, e io inspirai con soddisfazione l'aria fresca. A ogni passo con cui mi allontanavo da casa, il mio cuore si calmava, e riuscii di nuovo a respirare. O mettere in ordine i pensieri.

Dorian Mars non si era fatto sentire.

Non era necessariamente una cosa insolita; infatti, gli unici messaggi che mi inviava erano i nomi e le foto delle future vittime. Sapevo bene che il boss della malavita aveva persone ovunque che suggerivano alle vittime i luoghi dove, a detta loro, sarebbero state al sicuro, dove nessuno le avrebbe aggredite. Che i drink al *Rhapsody* potevano concedere loro una breve pausa da quello che provavano, alleviarlo. Una volta avevo chiesto a Dorian come mai, avendo uomini ovunque, mandasse le vittime da me al club. Di sicuro, i suoi uomini non avrebbero avuto problemi a colpirle da soli.

Ma Dorian Mars non voleva questo. Voleva che le sue vittime venissero da lui strisciando. Che si ribellassero a lui a Hunts Point, nel suo territorio, con le loro ultime forze. O che si accucciassero nella polvere ai suoi piedi, implorando il perdono. In realtà, non importava che cosa facessero, l'esito era sempre lo stesso. Dorian non perdonava. E naturalmente non era uno che ti permetteva di ribellarti. L'importante era finire le vittime a Hunts Point. La polizia si avventurava laggiù di rado, figuriamoci quando qualcuno ci andava da solo. Inoltre, Dorian Mars si assicurava che tutti i membri della sua banda vedessero che governava con il pugno di ferro. Che non mostrasse alcuna pietà. Era il suo piccolo giochetto di potere, e non se ne discostava mai.

Probabilmente era per questo che mandava da me le sue vittime. Per dimostrare il potere che aveva su di me. Naturalmente, c'erano state delle volte in cui queste non si erano presentate al club. Quindi non sarebbe stato insolito se la vittima non fosse andata da lui. Ma che io non glielo avessi fatto sapere, sì. E il fatto che Dorian Mars non mi avesse scritto significava o che non gli importava... o che stava già indagando su ciò che era andato storto. In tal caso, non sarebbe passato molto tempo prima di ricevere sue notizie.

Come se si muovessero da sole, le mie gambe mi condussero in direzione del *Rhapsody* e poi in un loop tra i vecchi edifici della 3rd Avenue, finché non mi ritrovai davanti alla piccola caffetteria di fronte al 42° Police Department. Sorpresa, sbattei le palpebre alzando lo sguardo sulla facciata. Perché mai la passeggiata riflessiva mi aveva fatta finire proprio lì? Quando mi guardai intorno, dall'altra parte della strada, verso il distretto dove lavorava Hayes, la mia pancia emise uno strano brontolio. Ripensai al modo in cui mi aveva parlato l'altro giorno. A quello strano sguardo nei suoi occhi, che quasi ricordava la preoccupazione. E al fatto che...

Sussultai, poi rovistai con cura nel cappotto. Le mie dita si chiusero intorno al bigliettino con il suo numero di telefono diretto. Ripensai alle sue parole: «Se per qualsiasi motivo non ti sentissi più al sicuro, chiamami». Non avevo idea di che cosa intendesse di preciso con questo. Se sospettasse che facevo parte della banda di Dorian o se si trattasse di qualcos'altro. Degli omicidi. Forse, in qualche modo, era tutto collegato.

La campanella sopra la mia testa suonò appena entrai nel bar. Mentre il cameriere mi preparava un caffè d'asporto, continuai a gettare occhiate al bigliettino che avevo in mano, ai numeri sotto il suo nome. *Detective Adam Hayes*. Deglutii, presi il caffè e uscii dalla caffetteria.

Hayes poteva davvero aiutarmi? Probabilmente solo se avessi tradito Dorian Mars. Se avessi parlato di tutto quello che aveva fatto... incriminandomi. Perché, sebbene io non avessi mai ucciso nessuno per lui, non ero comunque innocente. Che cosa avrebbe significato per me tradire Dorian? Era un'opzione?

Hayes gli stava alle calcagna da un'eternità. Sarebbe stato più che felice di avere finalmente qualcosa su di lui. Forse, fornendogli delle prove, avrebbe potuto mettermi in sicurezza. Me e la mia famiglia. Lavorando alla svelta, avremmo potuto davvero fermare Dorian Mars. Avevo il cuore in gola perché quel pensiero non mi abbandonava più. Né la paura che qualcosa potesse andare storto e magari costarmi la vita. Né l'eccitazione per il fatto che, dopo, sarei stata libera da Dorian Mars. Che avrei potuto farmi una vita lontana dal crimine... era quello che avevo sempre desiderato, no?

In realtà, in quel momento mi resi conto che forse non avevo più altra scelta. Ieri non avevo eseguito uno dei suoi ordini. E non avevo intenzione di accettarne un altro. Era impossibile. Dopo tutto quello che era successo negli ultimi giorni, dopo tutto quello che avevo fatto... non potevo continuare così. Non importava quanti altri debiti avessi ancora. Non importava che cos'avesse in mente Dorian per me. Pensai a Hailey, Penn e Orla. Pensai a che cosa avrebbe significato per loro non essere più alle dipendenze di Dorian Mars. E pensai a Ellis. A Veda. Al fatto che probabilmente così facendo la stavo mettendo in pericolo.

Il pollice mi tremava mentre lo facevo scorrere lento sul display. Composi i numeri che si leggevano sul biglietto di Hayes. Quando avvicinai il cellulare all'orecchio, mi tremò tutta la mano. Non sapevo se sarei andata fino in fondo. Fino all'ultimo secondo, mentre già squillava, non avevo ancora preso una decisione. Sapevo solo che DOVEVO prendere una decisione. Che dovevo proteggere le persone che erano importanti per me. Solo che non sapevo quale fosse il modo migliore per farlo.

«42° distretto, ufficio del detective Adam Hayes, parla la detective Ashley Day».

Ebbi un sussulto quando risuonò la voce di una donna. Il nome, la voce... era Ash, la collega di Hayes. Accidenti, ero convinta che quello fosse il suo interno personale. Che nessun altro rispondesse a quel telefono.

«Pronto?»

Forse mi conveniva mettere giù. Dimenticare tutto. Ma il mio cuore palpitava così tanto che alla fine aprii la bocca. «S-salve, sono Avery. Una... conoscente di Hayes».

«Oh. Ciao. Sì, Avery, so chi sei» replicò Ash. Sentii dalla voce che sorrideva e aggrottai la fronte. Hayes le aveva parlato di me? E, se sì, che cosa le aveva raccontato? Ero una sospettata? C'entravano gli omicidi?

Prima che glielo potessi domandare, Ash disse: «Adam in questo momento non c'è, sta indagando su un omicidio».

Di nuovo? Un brivido gelido mi corse lungo la schiena, impossessandosi di ogni centimetro del mio corpo. Dorian Mars? C'era lui dietro a tutto questo?

«Magari posso lasciare detto qualcosa da parte tua, Avery?»

La mia mente correva. «Ehm...»Non potevo dire a lei quello che avrei voluto raccontare a Hayes. Era impossibile. A stento mi fidavo di lui, e la vita dei miei cari era più importante. «No, grazie. Non è così importante».

«Sicura?» Ash pareva tutt'altro che convinta.

Mi sforzai di far sentire il sorriso nella mia voce, anche se in realtà mi sentivo malissimo. «Sì, non c'è problema. Proverò a richiamare». Poi riattaccai. E mi appoggiai al muro di un negozietto per riprendere fiato.

Accidenti. La decisione non era ancora stata presa. Sapevo di doverne prendere una, ma all'improvviso non ero più sicura di nulla. Tornarono i dubbi, e con essi la domanda: potevo davvero essere io a fronteggiare Dorian Mars e a vincere? Non ci avevano già provato in tanti, finendo per fallire?

Mi sentivo combattuta. Mi resi conto che non potevo prendere quella decisione adesso. Non così, oltretutto. Dovevo prima pensarci in tranquillità. Per ora, di problemi su cui concentrarmi ne avevo già abbastanza. Perché, quando ripresi il cellulare, ricevetti un messaggio da Isla.

Finisco l'ultima lezione alle 14. Ti va di venire a prendermi all'università? Ti mando la posizione.

Questo significava che allora aveva scoperto qualcosa. Di nuovo un brivido mi attraversò il corpo, e mi domandai se sarei mai tornata a sentire caldo dopo tutta questa storia. Digitai una risposta veloce per poi rimettere il cellulare nella tasca del cappotto e avviarmi verso l'autobus.

Nonostante fossi di nuovo in ritardo, Isla mi aspettava già al cancello della prestigiosa università. Portava gli occhiali da sole e, come sempre, era assorta nel suo cellulare.

Avvicinandomi, non riuscii a trattenermi e scherzosamente le dissi: «La dipendenza da smartphone è un grosso problema della nostra generazione. Non ti conviene cercare uno psicologo? Sono sicura che con le tue risorse non sarà certo un problema».

Lei tirò su la testa e alzò le sopracciglia oltre gli occhiali da sole. «Non è terribile che l'unico modo per trovare un posto per una psicoterapia sia avere ottime risorse?»

Sentii il sorriso sulla mia faccia svanire, mentre gli angoli della bocca di Isla s'incurvavano verso l'alto. Mi aveva spento l'entusiasmo in un attimo.

«Scusa. L'anno scorso ho partecipato a un evento di beneficenza sul tema, e da allora non faccio che pensarci». Mise via il cellulare con un sorriso spiacente. «E, hai ragione, in qualche modo è diventata una dipendenza. È che ogni giorno ricevo così tanti messaggi che...». Alzò le spalle.

«Non dovresti sforzarti di rispondere a tutti» replicai con le sopracciglia alzate mentre mi fermavo davanti a lei sul marciapiede.

«Ma ci mettono sempre tanto impegno, e a me sembra di essere abbastanza privilegiata da sentirmi in dovere di aiutare». Sospirando, si spinse gli occhiali da sole tra i capelli e si sfregò gli occhi. Sembrava davvero molto stanca. Come se fosse stata sveglia tutta la notte.

Infilai con disinvoltura le mani nelle tasche del cappotto e sentii di nuovo il biglietto da visita di Hayes tra le dita. «Non puoi salvare tutti» dissi. «Quindi concentrati sul quadro generale, così da poter aiutare almeno il maggior numero possibile di persone». Isla mi guardò stupita, e io replicai subito: «Ma io che ne so di come dev'essere. Non darmi retta».

«Non era per niente un pessimo consiglio, Avery». Sorrise, poi fece un cenno con il capo verso la prestigiosa università alle sue spalle. Scorsi edifici alti e splendenti, e un prato così ben curato da far strillare d'invidia i concorrenti dei programmi di giardinaggio che a volte mio fratello guardava. «Magari andiamo a sederci in biblioteca? Ho trovato alcune cose che vorrei mostrarti». Picchiettò con delicatezza la borsa a tracolla griffata.

Con gli occhi spalancati, seguii la punta del dito e strinsi le labbra. «Non possiamo metterci anche stavolta in un bar?» Non mi piaceva molto l'idea di girare per un campus così esclusivo. Potevano denunciarmi per aver calpestato un fiore costoso, o fatto cadere un importante manufatto del primo secolo per sbadataggine?

Quando guardai di nuovo Isla, si stava mordicchiando il labbro inferiore. «Sinceramente preferirei la biblioteca».

«Perché?» chiesi. Solo allora mi resi conto di quello che stavolta mancava nel quadro di Isla Kennedy. Sorpresa, mi gettai un'occhiata alle spalle, ma non vidi da nessuna parte un'auto con i vetri oscurati parcheggiata accanto al marciapiede, e nemmeno una prestante auto sportiva. «Ma sei qui da sola?» Non potei evitare che la mia voce si riducesse a un sussurro.

Isla annuì con cautela. «L'università è uno dei pochi posti in cui mi è permesso stare senza scorta. Il campus è abbastanza sicuro, ed è stata una bella lotta convincere le guardie del corpo a limitarsi ad accompagnarmi prima delle lezioni e a venirmi a prendere dopo».

«E fammi indovinare: Ryker non sa che hai già finito?»

«Volevo parlare con te da sole».

Sembrava una cosa molto misteriosa. E un po' inquietante. Deglutii e poi annuii piano. «D'accordo. Vada per la biblioteca».

Isla apparve sollevata quando concordai con lei, cosa che non compresi del tutto. In fondo, aveva delle informazioni per me, e, se le volevo, dovevo assecondarla. Avrebbe potuto impormelo e basta, ma non lo fece. Come se per lei fosse importante non offendermi.

Isla Kennedy era davvero una persona strana.

Attraversammo il campus, e lei mi condusse in un edificio quasi completamente coperto di vetrate, già dall'esterno del quale scorsi lunghe file di libri. Mentre salivamo al primo piano, cercai di assorbire tutto come una spugna: la vista sul campus, il profumo pulito di libri vecchi e nuovi, i lunghi, bellissimi corridoi e gli accoglienti salottini arredati con mobili esclusivi. Non avrei mai avuto l'opportunità di studiare in un'università come quella, ma almeno era bello sentire l'aria che vi si respirava.

Isla mi portò all'estremità della biblioteca universitaria, dove c'erano delle vere e proprie stanze in cui ci si poteva ritirare a studiare. Non c'erano molti studenti in giro, ma quelli che vidi portavano tutti abiti firmati e gioielli dall'aria costosa alle orecchie e sulle dita. Quasi mi aspettavo che qualcuno mi fermasse perché ero del tutto fuori luogo in quel contesto, invece non accadde nulla del genere. Ci dirigemmo verso l'ultima stanza studio, in fondo. Era una piccola camera con un comodo divano ad angolo verde e una vista spettacolare sul campus. Nell'angolo c'era un computer su una scrivania di legno e, accanto, un piccolo distributore automatico di snack che si poteva usare solo con un tesserino universitario. Quando Isla chiuse la porta alle nostre spalle, mi lasciai cadere sul divano e feci un profondo sospiro.

«È più comodo del mio letto». Accarezzai il velluto e poi

girai la testa per guardare il campus fuori dalla finestra. «Carino, questo posto». *L'eufemismo del secolo.*

Isla sorrise. «È una bella università, sì. Vuoi frequentare il Berkeley College, un giorno?» Si sedette su una poltrona di fronte a me, e io risi sbuffando.

«Sì, come no».

Mi fissò per un attimo con un'espressione perplessa, poi probabilmente si rese conto che non ero una delle sue amiche dalle famiglie prestigiose. Che non avevo un grosso conto in banca con cui pagare le tasse universitarie e, in realtà, nemmeno una prospettiva per la mia vita. Le guance le si tinsero di rosso, mentre tentava di salvarsi in corner: «Berkeley assegna anche borse di studio a... be'...»

«Agli studenti migliori, certo. E io non sono una di loro. Va bene così, Isla». Feci un sorriso di circostanza. Il pensiero che probabilmente non avrei mai potuto andare all'università non mi faceva più male. Da tempo mi ero rassegnata al fatto che il diploma avrebbe segnato la fine della mia carriera scolastica, anche se non avevo la minima idea di che cosa avrei fatto in futuro. Dopo la gang. Scossi la testa per sbarazzarmi di quel pensiero. «Che cosa hai scoperto?»

Sembrava ancora un po' imbarazzata mentre apriva la borsa. Ma almeno così aveva una scusa per cambiare argomento. Cercò qualcosa sul tablet per qualche secondo, poi me lo allungò sopra il tavolino.

Vidi alcune pagine fotografate di un libro evidentemente vecchio. Qualcuno, forse Isla stessa, aveva evidenziato alcune righe e frasi con un pennarello giallo.

«È tutta la notte che rovisto nei libri dei miei genitori e dei miei antenati per trovare qualcosa» disse con voce seria. Be', ecco spiegati quegli occhi stanchi. «Non ho trovato nulla sui Toxic nei vecchi registri, nella storia dei maghi o nei trattati. Niente di niente. Ma poi mi sono imbattuta nel termine Toxic in un libro un po' diverso».

Le mie sopracciglia si alzarono non appena ebbi visto il titolo sotto la pagina fotografata. «Questo è... un libro di fiabe».

«Sì, fiabe sui maghi. Mio padre me lo leggeva sempre, e forse è per questo che il termine non mi suonava nuovo». Appoggiò il mento alla mano e mi fissò con uno sguardo profondo. «So che cosa stai pensando, Avery. Ma gran parte delle fiabe non sono soltanto storie inventate. In molte di esse c'è un fondo di verità».

Scossi dolcemente la testa, ma continuai a sfogliare i testi fotografati e, dopo aver letto un po', mi resi conto di conoscere la storia. Raccontava di un re vissuto centinaia di anni fa, quando le due Sorgenti magiche di Denver e di New York erano un unico potente fiume. A un certo punto, il re era stato pervaso dalla sete di potere e aveva iniziato a usare la fonte magica per sé, per diventare sempre più potente. Finché alcuni coraggiosi Narrative non lo avevano fermato e avevano diviso la Sorgente in due, in modo che nessuno potesse più abusarne così facilmente: erano gli antenati di Isla Kennedy, i primi Principle, che da allora proteggevano la Sorgente. Alzai lo sguardo con le sopracciglia aggrottate. «La conosco, questa storia. Come probabilmente qualsiasi mago di New York».

Isla annuì con fervore, dimentica dell'imbarazzo con cui era iniziata la conversazione. «Questa è una versione un po' abbellita dell'antica storia delle Sorgenti». Poi andò alla pagina successiva al posto mio.

Passai in rassegna le parti evidenziate, diventando più tesa a ogni parola. «Voci giravano che il re malvagio fosse in grado di uccidere le persone con il solo tocco. Chi sopravviveva ai suoi attacchi affermava che avesse la mano avvolta da fiamme argentee» lessi, con lieve affanno.

Il calore dentro di me. Le vene argentee di magia che si erano disegnate sulla mia pelle.

«Definirono velenosa la magia che attingeva dalla Sorgente e che usava per sé» lessi il passo che già conoscevo dalla versione della fiaba che mi era più familiare. E poi le parole che, nella versione di Isla, mi erano nuove: «Definirono il re malvagio l'Avvelenatore della magia. Il Toxic».

Accidenti. Non suonava affatto bene. Quando rialzai la testa, Isla indietreggiò con la schiena e mi guardò con aria seria.

«Questo re non è l'unico che le fiabe chiamano Toxic,» disse «ma è il primo. Le storie sono sempre le stesse: qualcuno aveva sete di potere, cercava di impossessarsi della Sorgente, uccideva le persone con la magia velenosa e alla fine veniva fermato dai Principle. Questi maghi non sono mai stati imparentati. Comparivano e basta».

Il cuore mi batteva all'impazzata. Le mie mani, tutto d'un tratto, erano madide di sudore, anche se la mia voce rimase sorprendentemente calma: «Quindi questo vuol dire che i Toxic rappresentano un pericolo per la Sorgente? Perché, a differenza dei maghi normali, che usano la magia della Sorgente in modo istintivo, loro attingono il potere direttamente dalla Sorgente, la attingono di propria volontà e uccidono le persone con le loro stesse mani, senza un tramite».

Isla annuì.

«E i Narrative li fermano uccidendoli». Con una risata ansante, mi buttai sul divano. Era semplice, in effetti. Nella società magica c'era un brutto male, e i Narrative lo stavano eliminando. Per proteggere i comuni mortali. Per proteggere gli altri maghi. Per proteggere la Sorgente. Era il loro lavoro. Nessuno poteva biasimarli.

«Quindi adesso imiterai i tuoi antenati e mi farai sparire, Isla Kennedy?» chiesi, in tono amaro.

Per un po', Isla non disse nulla. Si limitò a fissarmi con i suoi grandi occhi castani. Poi pronunciò una sola parola: «Cosa?!»

Quando incrociai il suo sguardo, sembrava del tutto inorridita.

Posai il tablet sul tavolo e lo spinsi verso di lei. «Non è questa la conclusione logica? Io ho già ucciso delle persone».

«Sono stati degli incidenti!» protestò subito Isla. «Come puoi dire una cosa del genere? E con questa calma, poi, come se non fosse nulla di grave?»

Già, perché? Perché mi sentivo così calma, anche se il mio destino sembrava segnato? Forse perché me l'aspettavo. Me l'aspettavo che una come me andasse fermata. Avevo già pensato a quello che avrei dovuto fare per non essere più un pericolo per gli altri. Non necessariamente alla morte, ma, come dicevo, i Narrative non potevano essere biasimati.

«Avery». Isla fece un respiro profondo e poi scosse la testa. «Hai intenzione di usare questa magia? Di impossessarti della Sorgente e ottenere il potere?»

«Non so nemmeno come si faccia!» mi difesi.

«Ma se lo sapessi, lo faresti?»

«Dio mio, ma certo che no» sibilai.

Isla annuì, come se avessi confermato il suo pensiero. «Lo so. Ecco perché non credo che tu possa rappresentare un pericolo come quel re malvagio di allora. Non è colpa tua se hai questa magia, e noi dobbiamo capire come tenerla sotto controllo».

La guardai a labbra strette: «Vuoi aiutarmi comunque?» chiesi, incredula. A quanto pareva, Isla Kennedy non sapeva dove le conveniva porre un limite.

«Certo. Te l'ho detto». Prese di nuovo in mano la tavoletta, con una ferma risolutezza in volto. «Ti aiuterò a scoprire che cos'è successo e perché la tua memoria è stata manomessa. E scoprirò esattamente che cosa sono la tua magia e i Toxic. Almeno adesso abbiamo un punto di partenza, il che probabilmente renderà più facile trovare informazioni sui Toxic del passato. Ci dev'essere per forza qualcosa che possiamo usare per aiutarti».

Quella donna era pazza. Era evidente. E, allo stesso tempo, una tipa tosta.

Il mio sguardo, mentre mi mordicchiavo il labbro inferiore, si spostò sul tablet che teneva in mano. Io ero una Toxic. Un corvo del malaugurio. Un'anomalia. Naturalmente, anch'io volevo sapere che cosa significasse e perché possedevo quella magia. Ma sapevo anche che era pericoloso. Soprattutto per una persona come Isla. D'altra parte, però, lei aveva molte più opportunità di scoprire qualcosa.

Mi alzai dal mio posto con qualche difficoltà. «Okay, d'accordo, continueremo a indagare sui Toxic. Ma ho due condizioni».

Un sopracciglio di Isla si alzò. «E quali sarebbero?»

«Che mi mandi tutto quello che scopri subito. Senza abbellimenti, senza omissioni, per quanto orribile possa essere».

«Sarà fatto. E l'altra condizione?»

Sentii le labbra storcersi in un sorrisetto mentre usavo il tono da supereroina più diplomatico che avevo: «Se impazzisco per la sete di potere, farai come i tuoi antenati e mi fermerai, va bene?»

Isla sgranò gli occhi. «Io non ti ucciderò, Avery».

«Allora lascia che lo facciano i tuoi genitori. O una delle tue guardie del corpo. Ma fai un lavoro pulito. Magari mettimi un po' di veleno indolore nel milkshake. Il mio gusto preferito è il cioccolato». «Smettila». Isla sembrava sinceramente inorridita, e il mio cuore iniziò a calmarsi. Avevo la sensazione di aver recuperato un po' più di controllo, e questo mi faceva stare bene.

«Dovrei andare» dissi «Ellis mi ha incaricato di fare una cosa. Se ci sono novità sui Toxic, fammelo sapere».

«Lo farò» disse Isla, ormai dietro di me perché mi stavo

già dirigendo verso la porta. Poi aggiunse: «Avery?»

Mi lanciai un'occhiata oltre una spalla. Si stava di nuovo mordicchiando il labbro inferiore. «È meglio che tu non dica a nessuno quello che abbiamo scoperto».

«Dire a qualcuno che sono ancora più strana di quanto già pensano tutti? Non avevo proprio intenzione di farlo». Scrollai le spalle. «Magari in questo momento non ti sembrerà, ma io ci tengo alla mia vita».

Lei scosse la testa, sempre con aria contrita. «Tu non sei strana. Non fare sciocchezze, okay?»

Ma che cosa pensava? Che mi sarei buttata da un tetto per non essere più un pericolo per gli altri? «Non sono abbastanza eroica per questo» dissi con un sorriso asciutto.

Ma, mentre la porta si richiudeva alle mie spalle, pensai a Ellis. A Hailey, Penn e Orla. A Veda. Stranamente, anche a Hayes.

E sperai davvero che non si arrivasse al punto che Isla dovesse farmi fuori.

CAPITOLO 14

Era da una vita che i bassi al *Rhapsody* non mi disturbavano. Come cliente abituale prima, e come dipendente poi, mi ero abituata alle vibrazioni ritmiche che mi scorrevano nel corpo, addirittura mi piacevano.

Ma quella sera, per la prima volta, mi fecero venire il mal di testa. Avevo la sensazione che la musica mi scuotesse le viscere e faticavo a concentrarmi sugli ordini. Dopo l'incarico malriuscito, Dorian Mars non mi aveva più contattata e, oltre al nervosismo, una parola continuava a rimbombarmi in testa: *Toxic, Toxic, Toxic*. Allora mi guardavo ogni volta gli avambracci, anche se non riuscivo a scorgere quei filamenti argentei sottopelle. Il cambiamento nella mia magia era davvero dovuto al fatto che, in modo del tutto inconscio, manipolavo la Sorgente? Ma come diavolo facevo?

«Tutto a posto?» Michael mi lanciò un'occhiata di sbieco che non riuscii a interpretare.

Era un misto di fastidio e preoccupazione.

Repressi un sospiro. Anche oggi il club era pieno, probabilmente ancora a causa della pubblicità di Isla, e io in realtà avevo sperato di riuscire a lavorare in pace. Ma poiché Ellis aveva aumentato il personale, non eravamo sotto stress. Perciò, ovviamente, c'era abbastanza tempo per lanciare strane occhiate di traverso.

«Certo, va tutto bene» risposi con un sorriso e tornai al bicchiere davanti a me. Spinsi il cocktail dall'altra parte del bancone e incassai il pagamento del cliente. Mentre contavo i soldi che avevo in mano, i miei pensieri se ne andarono di nuovo alla deriva. La mia pelle sembrava brillare di blu sotto la luce al neon. Quella magia era rimasta sopita dentro di me per tanto tempo, e ora all'improvviso si era risvegliata. Che cosa diavolo l'aveva scatenata?

Strinsi le labbra. La prima volta che era successo era stato quando avevo cercato di difendere Isla. Forse dipendeva dal fatto che era la futura Principle? Di certo la Sorgente sapeva quanto Isla fosse importante.

Ma quando cercai sotto il bancone la tintura di felicità per l'ordinazione successiva, avvolgendo le dita intorno alla bottiglia mi resi conto che la causa scatenante risaliva a molto più tempo addietro. La mia magia doveva essere stata fuori controllo già prima che me ne rendessi conto. Mi tornarono in mente le tinture, che ultimamente avevano avuto un effetto diverso, più forte di prima. Osservai il liquido arancione che, alla luce del bar, brillava d'argento. Porca miseria.

«Avery?»

Per la sorpresa, girai di scatto la testa verso Ellis, che tutto d'un tratto era comparso in piedi accanto a me. Teneva una mano appoggiata sul bancone e mi guardava con le sopracciglia alzate. Da quanto tempo ero così assorta nei miei pensieri da non essermi accorta che era lì?

Tentai di dissimulare con un sorriso. «Fratellino, a che cosa dobbiamo questo onore?» Poiché di rado riuscivo a nascondergli le mie emozioni, mi voltai verso il drink e versai la minor quantità possibile di tintura nel bicchiere ricurvo.

«Per oggi non c'è più bisogno che resti, Avery».

Quando alzai la testa per la sorpresa, mio fratello fece un cenno con il capo verso l'uscita. Il suo sguardo era serio, l'espressione tesa.

Abbassai le spalle. «Ehi, lo so che oggi sono un po' deconcentrata. Ho tante cose in ballo. Ma ora mi do una regolata, va bene?»

Al mio piccolo sorriso di scuse rispose con un gesto burbero della mano. «Anche se non mi piace sentire che sei deconcentrata sul lavoro... non si tratta di questo». Lanciò un'occhiata a Michael, poi mi afferrò il braccio e mi tirò verso l'estremità del bar. «C'è fuori il detective Hayes ad aspettarti».

Il mio cuore ebbe un sussulto, e la brutta sensazione che avevo avuto per tutto il giorno sembrò essere confermata. «Che cosa vuole?» chiesi un po' affannata.

Ellis scrollò le spalle. «Non lo so, non ha voluto dirmelo. Ma mi ha chiesto se oggi eri indispensabile». Negli occhi azzurri di mio fratello balenò una scintilla di preoccupazione. «Di' un po', sei stressata, Avery? Sei in difficoltà? Sai che con me puoi parlare».

Mi faceva male vedere mio fratello così spaventato, perché non era il tipo da farsi prendere dal panico. Ma dopo che i nostri genitori si erano trasferiti, e poi nostro nonno era dovuto andare in una casa di riposo, eravamo rimasti solo noi, l'uno per l'altra. Sapevo che si considerava il mio tutore e in quel momento sentii l'urgente bisogno di dirgli tutto. Che la mia magia, all'improvviso, era diventata incontrollabile, e che avevo ucciso una persona. Che forse avevo ucciso qualcuno già in passato, ma non lo ricordavo perché la mia memoria era stata manipolata. E presumibilmente anche la sua. Diamine, volevo persino raccontargli tutto di Dorian Mars, della gang da cui non riuscivo a tirarmi fuori, dei miei debiti e degli incarichi che svolgevo per il boss della malavita. Solo perché lo scoprisse da me, e non dalla polizia, quando Hayes mi avrebbe arrestato fuori dal club.

Ma poi la parte fredda del mio cervello riprese a funzionare. Hayes avrebbe potuto farmi semplicemente uscire dal locale, se era quello che gli interessava. Di certo si sarebbe presentato con altri uomini se avesse avuto qualcosa su di me.

Dovevo solo credere di avere ragione a supporlo. Così, stirai gli angoli della bocca all'insù. «Che cosa te lo fa pensare, Ellis? Ti sembro una criminale?»

Mio fratello mi osservò, un po' dubbioso. Ma la mia voce doveva essere piuttosto convincente, perché dopo qualche secondo gli occhi cominciarono a brillargli di divertimento.

«Be', se vuoi una risposta sincera...»

Ridendo, gli diedi un pugno sul braccio e cercai di ignorare il dolore che mi investì per quella bugia. «Buona, davvero». Con un cenno del capo a Michael, continuai: «Davvero ce la fate senza di me?».

«Non sei così indispensabile come credi» ribatté Ellis con un sogghigno.

Scrollai le spalle. «Pensala pure come vuoi». Sorridendo, lo scansai per superarlo e feci attenzione a non toccarlo. Non doveva accorgersi del mio cuore che martellava. O delle mie mani madide di sudore, o di quant'ero agitata all'idea di affrontare Hayes. «Ci vediamo domani, allora».

Le dita di Ellis si chiusero intorno al mio polso, e mi trattenne. Quando mi voltai, il suo volto era di nuovo serio. «Se ti crea problemi, fammelo sapere».

Sbuffai divertita. «Che cosa vuoi fare, prendere a botte un detective?»

«Cos'è, non ti fidi?»

«Non verrò a tirarti fuori dalla prigione, Ellis».

Lui si afferrò il petto come se le mie parole l'avessero trafitto per davvero, e io risi, prima di allontanarmi definitivamente con un gesto di saluto.

Hayes era appoggiato al muro di fronte al *Rhapsody*. Non mi notò subito quando uscii dal club chiudendo il cappotto che avevo tirato su di fretta. Approfittai del momento per guardarlo con curiosità da un lato. In realtà, da quando era tornato a New York, avevo conosciuto solo l'Hayes che era un detective in tutto e per tutto: con la mascella contratta e gli occhi penetranti. Sempre pronto a estrarre la pistola.

In questo momento, invece, sembrava relativamente rilassato. Con la schiena appoggiata al muro, guardava il cielo nero della notte e sembrava perso nei suoi pensieri, gli occhi fissi su un punto indefinito. Era la prima volta che appariva stanco in servizio. Di solito, quando indossava l'uniforme e portava la pistola nella fondina, era sempre molto concentrato, calmo ma attento, il ritratto di un vero detective. Era strano vederlo così... umano.

Non parlai finché non fui quasi accanto a lui. «Buonasera, Detective».

Non trasalì. Neanche un po'. Sicura com'ero che fosse completamente perso nei suoi pensieri, avrei dovuto aspettarmelo.

Hayes tenne lo sguardo fisso al cielo ancora per un attimo, poi lo rivolse lentamente a me. Ma quell'espressione penetrante, quella profondità, mancavano. Mi guardò con attenzione, non con il la solita freddezza da detective. Era come se, per una volta, avessi davvero di fronte Adam Hayes. L'uomo, non il poliziotto.

«Avery». La sua voce era come velluto nero e dovetti irrigidirmi per mascherare un brivido che mi attraversò il corpo.

Incrociai le braccia sul petto per dissimulare l'insicurezza. Era incredibile, ma per quanto mi preparassi ai nostri incontri, ogni volta mi metteva in crisi. «Ellis mi ha detto che volevi parlare con me».

Hayes lanciò un'occhiata alla porta del club, che si stava aprendo, liberando nella notte un gruppetto di persone mezze ubriache. Poi mi guardò di nuovo. «Ash mi ha detto che hai provato a telefonare». Nella sua voce risuonava un'attesa. Non aveva bisogno di chiederlo, quella domanda era già sospesa nell'aria tra noi.

Io deglutii ed evitai il suo sguardo, con una leggera risata sulle labbra. «Sì, ma sai, non era così importante».

Hayes continuò a fissarmi senza dire nulla. Quando finalmente alzai la testa, c'era nei suoi occhi così tanta calma, così tanta pazienza che fui di nuovo sul punto di rivelargli tutto. Ero ancora convinta che Hayes avrebbe potuto aiutarmi, se avesse voluto. Ma sapevo anche che Dorian Mars era un uomo potente a cui Hayes dava la caccia da molto tempo, senza riuscire a mettergli le mani addosso. E se fossimo stati troppo lenti, testimoniando avrei solo messo in pericolo altre persone. Compreso quel freddo detective, che in realtà non era così freddo come mostrava sempre di essere.

Sospirando, mi appoggiai al muro accanto a lui. «In realtà *sì* che era importante» ammisi, perché non volevo mentirgli. Probabilmente non era nemmeno possibile, quel ragazzo aveva una vista a raggi X migliore di quella di mia madre. «Solo che non ne posso parlare. Non adesso. È... complicato».

Hayes emise un grugnito che parve effettivamente di comprensione. «Saresti riuscita a parlarne se avessi risposto al telefono?» domandò piano.

«Forse sì. Ma forse non sarebbe stato saggio». Oddio, non lo sapevo più che cosa fosse saggio o giusto. Di solito il mio istinto era infallibile, ma al momento sembrava che mi abbandonasse di continuo.

«Capisco». Hayes distolse lo sguardo. Per un attimo sembrò intento a riflettere, e io mi aspettavo che avrebbe insistito con le domande. Che non avrebbe sorvolato, da buon detective quale era. Invece tacque, e all'improvviso nei suoi occhi riuscii a vedere qualcos'altro. Esitazione. Esitava. Quando si voltò verso di me, ecco di nuovo lo sguardo penetrante. Il volto freddo, teso, da poliziotto. «Sono appena tornato da un caso di omicidio vicino a Hunts Point».

Mi colse un brivido, e la bocca mi divenne secca come la polvere. Mentre Hayes si staccava dal muro con una spinta e faceva un passo verso la sua auto, che era parcheggiata accanto al marciapiede, mi si torse lo stomaco.

«Ci sono state due vittime» disse. «Hai tempo di venire con me?»

«Perché?» Mi tremò la voce. «Che cosa c'entra questa storia con me?» Pensai a Devon. A Scott, che era ancora a piede libero, e forse aveva cantato. Alla bambina di tanto tempo fa.

Ma poi Hayes posò una mano sul tetto dell'auto e finalmente capii l'espressione del suo volto prima che riaprisse bocca. «Spero che tu conosca almeno una delle vittime e possa identificarle. Hanno legami diretti con Dorian Mars e, stando ai nostri informatori, hanno un legame anche con te».

La pelle cominciò a formicolarmi come se migliaia di formiche ci stessero camminando sopra. Non solo perché era la prima volta che Hayes mi collegava anche solo lontanamente a Dorian Mars. Faticai a riprendere fiato.

«Chi sono?» domandai in un sussurro.

Hayes indicò la sua auto. «Lo vedremo in obitorio».

Sapevo che non mi avrebbe detto altro, che non sarei riuscita a strappargli una parola di più sulle vittime. E la paura, di colpo, quasi mi uccise. Hunts Point. Dorian Mars. Tutto il mio passato in quel quartiere disastrato riaffiorò nella mia mente mentre Hayes mi apriva la portiera e io scivolavo sul sedile del passeggero.

Durante il tragitto verso l'ospedale, non dicemmo una parola. Lui si concentrava sulla strada, e io stavo aggrappata alla portiera e cercavo di fare profondi respiri. Di tranquillizzarmi. E di non chiedermi a chi fosse andata male.

Hayes parcheggiò proprio davanti al pronto soccorso dell'ospedale. Mi lanciò un'occhiata veloce prima che scendessimo dall'auto, e io lo seguii sul selciato fino a una porta laterale. Questa si aprì automaticamente e dietro, seduto a uno sportello, c'era un uomo che ci guardò con sospetto. Hayes non disse nulla, si limitò ad alzare il distintivo, e l'uomo ci fece cenno di passare. Mi lanciò un'ultima occhiata strana, per poi rituffarsi nella sua rivista. Mentre scendevamo le scale, mi accorsi subito di sentire più freddo. Non ero mai stata in un obitorio, ma all'improvviso mi assalì di nuovo l'agitazione e le mie mani si strinsero a pugno.

Hayes si voltò per un attimo verso di me e gli occhi gli caddero subito sulle mie dita, che probabilmente stavano già diventando bianche, poi tornò a guardare avanti e a concentrarsi sul lungo corridoio illuminato di fronte a noi.

«Sono stato qui sotto migliaia di volte e lo trovo ancora inquietante» confessò con voce calma. «La prima volta me la sono quasi fatta addosso».

«Non riesco a immaginarlo». Mi schiarii la gola perché avevo la voce rauca, e mi avvolsi le braccia intorno al busto.

«Davvero? Perché?»

Strinsi le labbra e lo raggiunsi. Quando gli fui accanto, di lato, gli sorrisi. «Perché sei sempre molto controllato. Lo sei sempre stato, ma da quando sei tornato qui...» Mi bloccai, perché ebbi ancora una volta la sensazione di oltrepassare il limite parlando del *prima*, che ovviamente oggi non aveva più alcun significato. Ma non potei fare a meno di ripensare a quel momento in cui io e lui eravamo tornati a casa a piedi lungo Melrose Avenue. Entrambi più giovani. Entrambi con il sorriso sulle labbra. E così vicini l'uno all'altra che le nostre mani quasi si toccavano.

Per un attimo, fui sicura che Hayes si irrigidì. Poi, però, tornò il detective inavvicinabile che già conoscevo. Il ragazzo che era stato allora non esisteva più.

Scrollò le spalle. «È il mio lavoro. Ma non ce l'ho nel sangue. E qui, nell'obitorio... è diverso».

Questo poteva dirlo forte.

Hayes si fermò davanti a una delle porte di metallo grigio e bussò, per poi spingerla.

«Ah, detective. Entri pure».

Lo seguii esitante nella sala. Alla vista dei due lettini di metallo coperti, mi si rivoltò lo stomaco. Nell'aria c'era puzza di disinfettante, di detergente e di qualcos'altro che in qualche modo mi ricordava il solvente per unghie. Era impossibile capire chi giacesse sotto la tela bianca, ma il cuore mi batteva forte. Non sentii più quello che Hayes stava dicendo all'uomo con il camice perché i miei piedi si stavano già muovendo, come per automatismo, verso i lettini. Avevo la bocca asciutta per la paura e un nodo in gola.

L'anatomopatologo, che era in piedi accanto al lettino di metallo davanti, si portò le braccia dietro la schiena e mi guardò con compassione. Lanciò un'occhiata a Hayes, e con la coda dell'occhio vidi il detective annuire tacitamente. Solo allora l'uomo fece un passo dietro il lettino e tirò il lenzuolo bianco.

Il cuore mi si contrasse, e quasi gli urlai di non toglierlo. Non volevo vedere chi c'era sotto. Invece rimasi in silenzio, e l'anatomopatologo ripiegò il telo sulla testa della vittima.

Mi morsi il labbro inferiore così forte da sentire il sapore del sangue. Un tremito mi percorse la spina dorsale quando Hayes si avvicinò a me, mentre fissavo impietrita la ragazza distesa sul lettino.

«La conosci?» chiese con la sua voce vellutata, e io lottai contro il nodo in gola per riuscire a rispondere.

«Sì, la conosco». Le mie labbra tremarono. «Il suo nome è... era... Orla». Guardai il suo volto, che nella morte appariva stranamente pervaso dalla calma e dal sollievo. Aveva del sangue secco sul naso, ma non fu questo ad attirare la mia attenzione. Sul petto, nella parte che potevo vedere, almeno, sul collo e anche sul viso, aveva delle vesciche da ustioni. Pareva quasi che qualcuno le avesse versato dell'acido sul corpo. «Che cosa... Che cos'è successo?» chiesi, strozzata.

Non riuscivo a credere a ciò che vedevo davanti a me. A quanto fosse orribilmente malridotta quella ragazza che avevo visto così spesso a Hunts Point. Non riuscivo a credere che non fosse più viva. Mi si rizzarono i capelli sulla nuca mentre la consapevolezza si insinuava nelle mie membra.

Hayes sollevò la testa e l'anatomopatologo sospirò. «Da quello che abbiamo scoperto finora, la causa della morte è una lesione cerebrale traumatica. Le ustioni non sono abbastanza gravi, per cui...»

Il detective si rivolse a me. «L'abbiamo trovata a Hunts Point, appoggiata a un muro. Sospettiamo che vi sia stata sbattuta contro con molta forza».

Orla. Una delle ragazzine che lavoravano per Dorian Mars, e che io avevo tentato di salvare. E ora era morta.

Feci un respiro profondo e scossi la testa. «È... terribile». I miei occhi si posarono sul suo naso, che era ancora sporco di sangue secco. Perché le era sanguinato il naso se aveva sbattuto contro il muro con la nuca? Sembrava aver perso molto sangue, ma il naso non sembrava danneggiato. Anzi, tutt'altro... perfettamente dritto. Come... raddrizzato da poco.

Fui invasa dall'orrore prima ancora che i miei pensieri saltassero alla giusta conclusione. Alzai la testa di scatto e all'improvviso mi sembrò che tutto intorno a me stesse accadendo al rallentatore. Incespicai in avanti. Hayes disse qualcosa alle mie spalle. L'anatomopatologo disse qualcosa. Ma io non li sentivo davvero.

La mia testa era riempita dall'unica parola che continuava

a ripetersi nella mia mente: *no, no, no, no!*

Prima che qualcuno potesse fermarmi, arrivai al secondo lettino e tirai via il lenzuolo bianco. L'urlo che uscì dalle mie labbra suonò assurdo ed estraneo perfino alle mie stesse orecchie. Come quello di un animale ferito. Il mondo si confuse davanti ai miei occhi, eppure la vidi in maniera così estremamente nitida da sentirmi male. Veda. Gli occhi chiusi, la corona di capelli rossi sparsi intorno al volto pallido... La riconobbi, anche se la maggior parte del suo corpo era orribilmente sfigurata. Alcune parti del viso erano ridotte a brandelli come se le fosse esplosa una bomba accanto. Della parte superiore del corpo non era rimasto quasi nulla. Era tutto insanguinato, tutto emanava un puzzo di bruciato incredibile, tanto forte da farmi venire la nausea.

Crollai. Persi l'equilibrio e sarei certamente finita per terra se due mani forti non mi avessero sostenuta. «Avery». Hayes mi lasciò scivolare delicatamente a terra, e poi mi posò la mano sulla guancia. Mi tenne il viso fermo, gli occhi verde bosco quasi mi trapassavano. «Avery, respira. Piano. Con calma».

La sua voce era come un'ancora a cui aggrapparmi nel mio attacco di panico. Il mio respiro si calmò, ma mentre, con le sue parole, il terrore, lo sgomento, l'orrore svanivano gradualmente dal mio corpo, giunse il dolore.

Alzai lo sguardo verso Hayes, che era accovacciato sul pavimento di fronte a me, e sentii le lacrime salirmi agli occhi. «Che cosa è successo? Chi le ha fatto questo?» La mia voce era un gracchiare strozzato. Un singhiozzo spezzato.

Le mani di Hayes si spostarono sulle mie spalle e mi strinsero con forza mentre un'altra crisi mi scuoteva. Aspettò con pazienza che lo shock iniziale si attenuasse. Solo quando il mio pianto fu più calmo, i miei singhiozzi più distanti l'uno dall'altro, disse con voce seria: «Non lo sappiamo. Ma lo scoprirò».

Le mani mi tremavano terribilmente mentre mi asciugavo le lacrime. Era inutile, non si sarebbero esaurite. Mi sentivo distrutta. Sconfitta come mai in vita mia. Il cuore mi faceva così male che riuscivo a malapena a respirare. «Lei... era mia amica» sussurrai. «Veda. Noi... passavamo molto... tempo insieme».

Seppellii il viso tra le mani, cercando invano di calmarmi. Era solo il tocco di Hayes che in qualche modo mi dava sostegno in quel momento, in quegli attimi terribili. Ma non riuscivo a togliermi dalla mente l'immagine di Veda. Ogni volta che chiudevo gli occhi, vedevo il suo viso calmo, il suo viso sfigurato davanti a me, e ogni volta mi provocava scossoni in tutto il corpo.

Veda era morta. Era morta solo due giorni dopo l'ultima volta che le avevo parlato. Era morta vicino a Hunts Point, vicino al territorio di Dorian, probabilmente mentre stava guarendo Orla.

«Hai bisogno di un medico?»

Hayes mi teneva ancora tra le braccia. I suoi occhi ardevano quasi quanto il calore che avevo dentro.

«No» dissi con voce roca. «Voglio solo tornare a casa».

Strinsi forte i denti mentre Hayes mi aiutava a rimettermi in piedi, e mi liberai subito dalla sua presa. Non sapevo se sarei riuscita a controllare Il calore, la magia dentro di me. Non in quel momento. Non con quella rabbia nelle viscere, non con quel dolore. Le mie braccia rilucevano attraverso il tessuto del cappotto, e io mi affrettai a stringermele addosso.

«L'interrogatorio può aspettare» disse Hayes all'anatomopatologo, poi mi passò davanti e fece un gesto verso la porta. Vidi che avrebbe preferito afferrarmi di nuovo il braccio per sostenermi. Ma rispettò il mio desiderio, e io fui felice quando si limitò a tenermi aperta la porta.

Mentre percorrevamo il corridoio verso l'uscita, girai ancora una volta la testa per guardarmi indietro. Le lacrime mi offuscarono la vista. E dentro di me bruciava una domanda totalizzante che forse non mi avrebbe mai abbandonato, finché non avessi avuto una risposta.

Veda, Orla, chi vi ha fatto questo?

CAPITOLO 15

Avery?»

La voce alle mie spalle era così dolce che non trasalii nemmeno, anche se non avevo sentito arrivare nessuno. Aprii gli occhi molto lentamente, li strizzai al sole che filtrava dal lucernario del giardino delle erbe, cercando di ritrovare una parvenza di realtà. Ero seduta quassù da ore, a gambe incrociate sul legno riscaldato dal sole, a pensare a... niente. La mia testa era semplicemente vuota. Forse era per via dell'infuso rilassante che avevo preparato con alcune erbe. O forse era perché, dopo lo stress degli ultimi giorni, il mio cervello si era semplicemente spento e si rifiutava di funzionare. Dietro di me, una delle assi del pavimento scricchiolò, e io mi guardai alle spalle. I miei movimenti erano gravosi e gli occhi continuavano a bruciarmi perché avevo pianto per ore. Prima che arrivasse il vuoto.

Nella luce che ricadeva nella stanza, Isla sembrava quasi un angelo. Portava un abito bianco e un trucco molto sottile, aveva sul viso un'aria compassionevole. «Sono venuta appena ho letto il tuo messaggio. Mi ha fatto entrare tuo fratello».

Qualcosa si agitò nel vuoto del mio petto. Una piccola parte che si rallegrava di vedere Isla ed era contenta che io non fossi più sola con le mie emozioni. O con il vuoto che si erano lasciate dietro. Tuttavia, per qualche motivo, anche qualcos'altro si agitava dentro di me: la vergogna per aver chiesto di venire qui, tra tutti, proprio a Isla Kennedy. Non ci avevo pensato troppo su; presa dalla disperazione e dal dolore, le avevo scritto un messaggio e basta. E ora che le mie emozioni erano state nascoste da questa meravigliosa cortina di nulla, dal vuoto, in qualche modo mi sentivo a disagio. «Scusami». La mia voce era rauca e mi parve strano incurvare gli angoli della bocca all'insù. «Spero di non aver interrotto nulla di importante».

«Sciocchezze». Isla superò la distanza tra noi e si sedette sul pavimento accanto a me, in un'elegante posizione accovacciata, come quelle che avevo visto nei video di yoga. Il vestito bianco sfiorava la polvere sulle assi di legno del pavimento, ma lei non pareva farci caso. Si limitò ad alzare gli occhi per ammirare le innumerevoli piante che spuntavano da scaffali, armadi, mensole di legno e altri ripiani sopraelevati. «Qui... è bellissimo».

Annuii, ammirando anch'io l'enorme pianta rampicante che cresceva su un lato, le cui grandi foglie carnose coprivano quasi tutta la parete dietro di essa. «Mio nonno realizzò il giardino delle erbe prima ancora che io venissi al mondo. Ogni anno aggiungeva altre piante, finché a un certo punto non si riusciva più a vedere il legno del pavimento». Il sorriso che ora mi spuntò sulle labbra non mi sembrava strano come quello di prima. «Era il suo più grande orgoglio, e conosceva ogni singolo filo d'erba e le sue proprietà. Per tutta la mia famiglia era il Poisoner perfetto. Da quando non c'è più, mi occupo io del giardino come meglio posso. Però non sono brava quanto lui, naturalmente». Come per dimostrare quanto avevo detto, strappai una foglia gialla da una pianta che cresceva su un'asse di legno proprio accanto a me. Con la coda dell'occhio vidi Isla voltarsi verso di me. Esitò un attimo prima di domandare: «Ma lui è...?»

Scossi la testa. «Ha avuto un ictus meno di un anno fa. L'abbiamo trovato tardi perché doveva essere collassato nel magazzino delle bevande dopo il turno al *Rhapsody*. Per fortuna è sopravvissuto, ma da allora non è più lo stesso. Per la maggior parte del tempo è in uno stato di confusione mentale. E non è autosufficiente. In casa non potevamo occuparci di lui in maniera adeguata, perciò ora è in una casa di riposo un po' lontano da qui, nel Queens». Serrai le labbra perché ora al vuoto interiore si stava mescolando il senso di colpa. Il fatto che non fossi riuscita a prendermi cura di lui a casa mi rodeva dentro. Mio nonno si era preso cura di me per così tanti anni, senza mai lamentarsi, e io non ero riuscita a resistere nemmeno per qualche mese.

«Una volta, quando viveva ancora qui,» spiegai, anche se non sapevo bene perché, «è caduto dalle scale mentre io ero andata a fare una spesa veloce. Non è successo niente di grave, a parte un bello spavento. Non abbiamo capito perché volesse salire le scale: secondo me, voleva andare nel suo giardino. Dopo quella volta, Ellis ha insistito per farlo ricoverare in lungodegenza. E poiché neanche io volevo che gli capitasse di nuovo qualcosa, ho accettato».

Sospirai, e Isla mi mise una mano sul braccio. «Sono sicura che sia stata la decisione giusta» disse con voce ferma. «Non puoi occuparti di lui ventiquattr'ore su ventiquattro. Anche la mia bisnonna, Melinda, era molto confusa verso la fine, ma si ostinava a vivere in casa. A un certo punto, è uscita nel cuore della notte e si è persa nel bosco».

La guardai, scioccata. «Ma è terribile».

Isla annuì, poi scrollò le spalle. «A volte arriva il momento in cui bisogna ammettere di aver bisogno di aiuto».

In qualche modo le sue parole sembrarono più pesanti di quanto non intendessero esserlo. Inclinai pensierosa la testa e abbassai lo sguardo sulle mie mani, che tenevo in grembo sulle gambe incrociate. Il foglietto giallo che avevo in mano era già piuttosto sbiadito, e la scrittura era appena leggibile perché lo portavo in giro nel portafoglio ovunque andassi ormai da anni. Ma sapevo ancora esattamente che cosa diceva. *Io, Avery Bishop, prometto che prima o poi le spalle a Hunts Point volterò e per la mia strada me ne andrò.* Nella meravigliosa calligrafia svolazzante di Veda. E, sotto, la mia firma scarabocchiata.

La coltre di vuoto si ritirò un po', mentre le lacrime mi salivano di nuovo agli occhi, e la presa di Isla sul mio braccio si fece più salda.

«Avery, non so proprio che cosa dire se non che mi dispiace moltissimo per la tua amica». Si morse il labbro inferiore e scosse piano la testa. «Ne vuoi parlare?»

Non ricordavo bene che cosa le avessi scritto nel mio messaggio sconclusionato, ma le riconobbi il merito di essere venuta subito. Con cautela, perché la pelle intorno agli occhi mi faceva già molto male, mi asciugai le lacrime. «Non so che cosa sia successo di preciso. Hayes... il detective che indaga sulla sua morte... mi ha mostrato il suo cadavere. Aveva ustioni dappertutto. A quanto pare, pensano che sia stato un omicidio».

Isla scosse di nuovo la testa, evidentemente era a corto di parole.

Feci un respiro profondo prima di parlare: «Hayes mi ha promesso che troveranno l'assassino, e, detto sinceramente... se non lo trova lui, non lo troverà nessuno. Solo che...» Le lacrime tornarono a scendere e questa volta non le asciugai. «Forse durante le indagini hanno scoperto che eravamo amiche. O hanno visto le chiamate sul suo cellulare, non lo so. Comunque, credo che Hayes mi abbia portato da lei non solo per identificarla, ma anche per dirle addio. Ed è quello che volevo. Lo volevo davvero. Solo che... non ci sono riuscita». Guardai Isla attraverso il velo di lacrime, e gli angoli della bocca mi si contrassero. «Quella ragazza, distesa là... così pallida e sfigurata da tutte le bruciature... non era la Veda che conoscevo. Non era quella di cui volevo conservare il ricordo. E invece, appena chiudo gli occhi, è sempre lì, quel volto bruciato, il cadavere che non assomiglia più a lei».

Un singhiozzo mi scosse tutto il corpo, sebbene mi fossi sforzata di reprimerlo.

Isla, che era rimasta seduta accanto a me tenendomi una mano sul braccio, comprese subito.

Il viso le si illuminò, gli occhi iniziarono a scintillare e sulle sue labbra spuntò un sorriso. Fece un cenno con il capo al biglietto che avevo ancora in mano. «Quello è da parte sua?»

«Sì. Me l'ha scritto come promemoria...» Che io e lei prima o poi saremmo riuscite ad allontanarci da Dorian Mars. Che prima o poi non saremmo più state alle sue dipendenze e avremmo voltato le spalle a Hunts Point. Tirai su con il naso, poi passai il biglietto a Isla.

Lei lo prese subito, lisciò la carta e lesse le poche parole. Un'espressione sorpresa le balenò sul viso solo per un attimo, poi si ricompose. Ero sicurissima, in realtà, che mi avrebbe fatto delle domande sul senso di quelle parole. Sul periodo che avevo trascorso a Hunts Point. Invece, strinse le labbra e tornò a guardarmi con una tacita compassione negli occhi.

Presi un profondo respiro. «Mi dispiace di averti fatto venire così per una cosa del genere. Ma...» Isla non mi fece continuare. Si limitò ad alzare una mano e a rivolgermi un sorriso addolorato. «Avery, per favore, non scusarti. Sono contenta se ti posso aiutare».

Intrecciò le dita nelle mie, e, nonostante sentissi la paura montare di nuovo dentro di me, la repressi. Dovevo farlo per forza, altrimenti, per tutto il resto della vita, avrei conservato il ricordo la mia meravigliosa amica distesa là, fredda e sfigurata, in quel maledetto obitorio.

Quando Isla chiuse l'altra mano sul bigliettino e io

percepii il calore delle sue dita, il lieve formicolio sulla mia pelle, chiusi gli occhi.

«È una cosa stupida, Veda». Le parole mi escono dalla bocca senza che io sia cosciente di dirle. E, quando apro gli occhi, Veda è seduta sul davanzale della finestra al primo piano dell'edificio a Hunts Point e mi sorride. Il sole splende dalla finestra, illuminandole gli scarmigliati riccioli color rame e le lentiggini sul naso.

«No, è solo una cosa simbolica, Avery» dice lei, stuzzicandomi, e indica le mie mani.

La me di allora abbassa lo sguardo sul foglietto che ho tra le mani. È di un giallo brillante, non ancora ingiallito. L'inchiostro è ancora un po' umido perché Veda ha scritto quelle parole in fretta e furia.

«È una promessa» mi dice con una risata nella voce. Sbuffo e mi sfrego la polvere dal naso, che qui vola ovunque nell'aria. «Si può promettere anche a voce. E noi l'abbiamo appena fatto, no?»

Poiché ho paura di stare parlando a un tono troppo alto e che gli uomini di Dorian mi sentano, mi avvicino alla finestra e mi appoggio accanto a Veda al muro diroccato. Sotto di noi si sente parlare, ridere, e, guardando da un buco nel muro, vedo Dorian Mars, affiancato da due uomini, che esce dalla casa e si dirige verso la strada.

«Ma non è la stessa cosa». Veda schiocca la lingua e quando mi volto verso di lei, i suoi occhi si accendono. Come sempre, quando ha una nuova idea che ritiene assolutamente brillante. «Le promesse fatte a voce sono vuote. Invece, se scrivi qualcosa, esiste fisicamente. Quindi non puoi più

negarla e non puoi nemmeno dimenticarla, capito?»

«Come se potessi dimenticare una cosa del genere» brontolo e lancio un'altra occhiata al biglietto. Mi sembra ridicolo, ma in qualche modo anche molto bello. Strano.

«E questo è ancora più di così. È un contratto. Quindi sei obbligata a rispettarlo se lo firmi». Veda mi porge la penna che ha appena usato per scrivere il cosiddetto contratto e fa un ampio sorriso. «Ne ho uno anch'io. Già firmato, ovviamente. Allora?»

Stringo le labbra, come faccio sempre quando devo pensare. Dopo un attimo di esitazione, annuisco con un sospiro. «Se dici che aiuta».

«Certo che aiuta». Veda mi sta a guardare compiaciuta mentre firmo il foglietto, e poi riprende la penna per poi infilarla nel taschino della camicia. Ha uno sguardo che vuole stuzzicare quando aggiunge: «Tra l'altro, io sono già in vantaggio rispetto a te».

Mentre infilo il ridicolo biglietto nella tasca posteriore dei pantaloni, alzo lo sguardo e aggrotto le sopracciglia. «Cioè?»

«Mi hanno preso a fisioterapia!» esulta Veda, lanciando le braccia in aria. Tutto il suo viso sembra illuminarsi. «Posso iniziare il mese prossimo!» «Cosa? Ma è fantastico!» rispondo con sorpresa e sento una leggera fitta d'invidia nel petto. Veda è quasi riuscita a voltare le spalle a tutto questo. «Dorian lo sa?»

«No, e di certo non glielo vado a dire!» Scuote la testa e lascia penzolare una gamba dal davanzale. «Non finché non sarò davvero indipendente da lui dal punto di vista economico. Allora glielo farò pesare sul serio. E anche tu, vero,

Avery?» Indica la mia tasca e io provo la strana sensazione che, dentro, il biglietto si stia scaldando. «Hai firmato un contratto, Avery Bishop. Sei tenuta a farcela, e non hai il permesso di rinunciare per nessun motivo, perché sarebbe una violazione del contratto».

Gli angoli della bocca mi si stesero in un sorriso. «E che punizione dovrò affrontare?»

«Poi lo vedrai. Oppure no. Perché ce la farai. Tutt'e due ce la faremo». Veda fa l'occhiolino e io sento di nuovo la fiducia che allora le sue parole mi avevano infuso. Quelle che aveva pronunciato e quelle che per anni mi erano rimaste nei jeans quando avevo cercato un nuovo lavoro.

Mentre il ricordo, lentamente, si affievoliva, mi costrinsi a guardare di nuovo Veda in faccia e a memorizzare ogni minimo dettaglio. Gli scarmigliati ricci color ruggine che brillavano come fuoco al sole. Le piccole lentiggini sul naso che danzavano su e giù quando rideva. La sicurezza e il coraggio che le brillavano negli occhi verdi ogni volta che mi parlava.

«Addio, Veda» sussurrai, e poi aprii gli occhi. Le mie lacrime scorrevano senza che potessi fare nulla per impedirlo. Quando mi voltai verso Isla, stava piangendo come se avesse anche lei perso qualcuno. Il mio pianto si trasformò in un singhiozzo sorpreso. «Cosa...?» Solo ora mi resi conto che le nostre mani erano ancora legate e che le mie braccia rilucevano d'argento. Ritrassi in fretta le dita e mi asciugai il viso. «Mi dispiace, Isla. Non volevo...»

Ma Isla scosse dolcemente la testa, rise e anche lei si

asciugò gli occhi. «In realtà è stato molto bello che tu abbia condiviso le tue emozioni con me, anche se non ho capito che cosa le abbia scatenate». Si mise una mano sul petto e inspirò ed espirò a fondo un paio di volte. «La tua amica doveva essere meravigliosa».

«Già» risposi a bassa voce e mi appoggiai dolcemente sulla schiena in modo da guardare il cielo dal lucernario. «Era fantastica». E aveva mantenuto la promessa, al contrario di me. Ma non era troppo tardi. Ora che avevo rivissuto il ricordo con tanta nitidezza, ogni parte di me ardeva dalla voglia di tornare a impegnarmi verso il nostro obiettivo. Potevo ancora ribaltare la situazione. In quel momento, mi pervase una feroce determinazione: porre davvero fine ai misfatti di Dorian Mars e prendere il mio destino nelle mie mani.

Rimanemmo in silenzio per un po' prima che Isla si voltasse verso di me. Sembrava ancora lottare con le emozioni che le avevo trasferito, perché i suoi occhi scuri brillavano, umidi. «Sai che c'è? Ho sentito dire che esiste una cosa che funziona a meraviglia contro ogni tipo di sofferenza».

«Ah, sì?» Alzai un po' la testa, e lei sorrise.

«Il gelato».

«Oh. Sì. Ne ho sentito parlare anch'io. Purtroppo qui non ne abbiamo» risposi con rammarico. Il dolore mi opprimeva ancora il petto, ma ora che non lo portavo più da sola, il peso mi sembrava di gran lunga più leggero. Di gran lunga più facile da sopportare.

Isla scrollò le spalle. «Ho io una soluzione». Tirò fuori

il cellulare dalla tasca, compose un numero, e lo portò all'orecchio. «Ehi, Ryker... No, va tutto bene. Ma avrei una richiesta. Abbiamo bisogno di gelato, è urgente. Molto urgente... Sì, lo so, ma nel frattempo può sostituirti Avery... Certo che può... Fantastico, per me caramello salato, grazie. E per Avery...» Mi guardò con aria interrogativa e io non potei fare a meno di sorridere.

«Fragola, grazie».

«Avery lo prende alla fragola. Fantastico, sei il migliore, grazie».

Riattaccò e io mi puntellai sugli avambracci. «Chissà perché non riesco a immaginarmi che Ryker sia stato troppo entusiasta dell'incarico».

«Oh, sopravvivrà». Mi fece l'occhiolino e di nuovo mi sembrò che un po' di peso mi venisse tolto dal petto.

Solo un quarto d'ora dopo eravamo spaparanzate sui pouf della mia stanza, ciascuna con una grossa coppa di gelato in mano e un cucchiaio in bocca. Ryker mi era sembrato un po' infastidito quando aveva portato il gelato, ma uscendo mi aveva strizzato l'occhio e mi aveva sorriso, perciò probabilmente gli sarebbe passata in fretta.

E Isla aveva ragione: il gelato, che non era certo quello del supermercato, era delizioso, e io avevo la sensazione che avrebbe sciolto almeno un po' la rabbia e il dolore. Era pur sempre un inizio.

Io ero ancora del tutto assorbita dai dolci pezzi di fragola congelati, quando Isla dal suo pouf si girò a guardarmi. Le lucine si riflettevano nei suoi occhi scuri. «E questo detective Hay...?»

«Hayes».

«In pratica è venuto a prenderti solo per permetterti di dire addio alla tua amica?»

Scrollai le spalle e ripulii il cucchiaio con la lingua. «Tra le altre cose, sì, credo di sì». Mi sfiorò l'idea che ora probabilmente sapesse che avevo a che fare con Dorian Mars. Il mio legame con Veda, a sua volta collegata con Hunts Point, oltre a tutte le altre cose che erano successe negli ultimi tempi, erano più che palesi per un bravo detective come lui. Mi domandavo soltanto quanto ormai fosse vicino a scoprire davvero il mio segreto.

Rabbrividendo, mi sfregai la pelle d'oca che stava per ricoprirmi le braccia. Ma non riuscivo più a scrollarmi di dosso la paura di ciò che questo avrebbe significato... di ciò che sarebbe cambiato se avesse saputo tutto.

«È stato molto gentile da parte sua».

Alzai lo sguardo riaffiorando dai miei pensieri. Sì, Isla aveva ragione. Era stato davvero gentile. Dovevo assolutamente ringraziarlo la prossima volta che ci saremmo incontrati. Quando mi girai verso Isla, lei mi stava ancora guardando.

Il suo sorriso era curioso. «Voi due siete buoni... amici?»

Sbuffai. «Non lo si può dire davvero. Ci conoscevamo di vista da prima, abbiamo frequentato la stessa scuola. Ma non è che ci siano stati molti contatti tra di noi. Ci siamo parlati davvero soltanto una volta».

«Sì?»

Annuii, mentre ci ripensavo. «Tutt'e due avevamo perso l'autobus per Melrose e dovevamo fare la stessa strada a piedi. Lì abbiamo iniziato a conversare, di qualsiasi cosa. È stato davvero... bello». Un formicolio mi si diffuse nel petto quando pensai alla sua mano così vicina alla mia.

«Mm» fece Isla, con gli occhi sul cucchiaio. «Sembra che ci sia stato qualcosa tra di voi».

«Cosa?» Sussultai per la sorpresa. «Ma va'».

«Non ho detto che ci sia qualcosa tra voi tuttora. Anche se qualcosa cambia nei tuoi occhi quando parli di lui».

Strinsi le labbra. *Adesso non pensare agli occhi verde bosco. Adesso no.* Per distrarmi, passai al contrattacco. «Vedi fantasmi perché anche tu sei innamorata persa. Parlami del tuo diletto, piuttosto».

A Isla sfuggì un sospiro. Si mise in bocca una cucchiaiata di caramello salato e sprofondò un po' di più nel pouf. «Nicholas è perfetto. È premuroso, affettuoso, un vero gentiluomo». Le vennero gli occhi a cuore, e mi ricordai dei video di loro due che avevo visto su Instagram. Allo sguardo sempre innamorato e adorante che Nicholas le rivolgeva.

Posai la coppa di gelato accanto a me perché stava cominciando a venirmi la nausea, e mi girai su un fianco per vedere meglio Isla. «È un discendente dei Principle di Denver, vero?». Non sapevo molto della città in cui si trovava l'altra grande Sorgente del Nord America. Il secondo ramo della Sorgente, diviso, così si supponeva, dai primi Principle secoli fa.

Isla annuì. «Sì, ci conosciamo fin da quand'eravamo bambini perché le nostre famiglie hanno sempre intrattenuto un vivace dialogo sulle Sorgenti. Ma lui è il secondogenito, il cosiddetto Second. Suo fratello sarà il futuro Principle di Denver. Se così non fosse, non ci sarebbe stato permesso di sposarci».

«Davvero?» Le mie sopracciglia si alzarono per la sorpresa.

«Già, non è permesso. Dopotutto, deve esserci un Principle sia a Denver che a New York. E se io e Nicholas avessimo un solo figlio, non sarebbe più così. Inoltre, da sposati, c'è un rischio maggiore che decidiamo di abusare del potere delle Sorgenti». Tirò fuori la lingua, e a me venne da ridere perché l'idea era veramente assurda. Isla che abusava del potere? *Ma dai.*

Sbuffai di nuovo. «E se tu decidessi di non avere figli?» domandai, e sentii insorgere la femminista che era in me.

Isla fece spallucce, continuando allegramente a mangiare il gelato. A quanto pareva, il suo stomaco reggeva di gran lunga più del mio. «Credo che, in tal caso, il ruolo passerebbe a qualcun altro. A essere sincera, non so ancora bene come funzioni tutta questa storia della custodia della Sorgente. Mia madre mi ha sempre detto che tutta la verità mi sarebbe stata rivelata una volta nominata Principle. Quindi, il giorno del mio matrimonio». Lasciò cadere il cucchiaio nella scatola vuota e gemette di soddisfazione prima di dare un'occhiata all'orologio da polso. «Tra poco dovrò iniziare a tornare a casa, i miei genitori si chiederanno dove sono finita». Alzò gli occhi al cielo. «Una volta che sarò finalmente Principle e sposata, spero che mi lasceranno un po' di libertà. Accidenti, non vedo l'ora che Nicholas torni a New York».

Si alzò con goffaggine dal cuscino, ma poi si bloccò e mi guardò preoccupata. «A te va bene se vado?»

«Ma sì, certo. Non sono da sola... c'è Ellis».

«Okay. Se no fatti sentire, capito?» Si stiracchiò e una sensazione di calore mi si riversò nello stomaco. Non il solito calore, bensì una gradevole sensazione di amicizia. Isla Kennedy era effettivamente mia amica. Anche se ci conoscevamo solo da una manciata di giorni.

Mi alzai anch'io per buttare via il gelato ormai sciolto e accompagnarla alla porta.

«Forse stasera andrò finalmente a letto presto» brontolò in corridoio mentre tirava fuori il cellulare per chiamare Ryker. «Al momento dormo davvero male».

«Benvenuta nel club» replicai con un sospiro. Poi mi venne un'idea improvvisa. «Aspetta». Mi voltai e corsi in cucina a prendere la miscela di erbe di mio nonno. Isla l'afferrò con una certa sorpresa quando gliela spinsi tra le braccia. «Questa me la preparava mio nonno tutte le sere per aiutarmi a dormire. È una miscela di erbe del suo giardino. Fa davvero miracoli... ma io non posso più berla perché poi mi viene sempre da pensare a lui. Magari ti può aiutare».

«Grazie, è un regalo fantastico!» disse Isla, raggiante. Aprì il sacchetto di carta e annusò l'aroma. «Oh, che profumo celestiale. Lavanda, vero? E poi...» Fiutò di nuovo. E poi ancora. Il suo volto si fece dapprima sorpreso, poi divenne serio. «Aspetta un attimo. C'è dell'echinacea dentro».

Annuii, un po' turbata dalla sua espressione. «È uno degli ingredienti più importanti. Perché, sei allergica?»

«No. Ma la usiamo anche noi per i nostri dipendenti».

La mano di Isla si strinse intorno al sacchetto. «Se lavorano in casa nostra e non sono Shield, in modo tale che la Sorgente non li influenzi al punto da rappresentare un pericolo per la nostra famiglia».

La guardai, confusa. «Che cosa vuoi dire?»

«Tu bevi questo infuso ogni sera, Avery? Da quanto tempo?»

«Da quando avevo dodici o tredici anni, credo. E sì, l'ho preso tutte le sere, fino a qualche mese fa, quando mio nonno si è trasferito nella casa di riposo. Mi spieghi che problema c'è?»

Isla ansimò. Scosse la testa, incredula. E poi disse: «Avery, l'echinacea indebolisce i poteri magici».

CAPITOLO 16

La Midway Nursing Home, nel Queens, non sembrava un granché, da fuori. Era una scatola di mattoni marroni con una fila di grandi finestre alle quali erano appese delle fioriere vuote. Non dava direttamente sulla strada, bensì si trovava su un'ampia via laterale e, a parte l'insegna bianca con la scritta a caratteri tondeggianti, non dava nell'occhio.

Sebbene stesse piovendo e io non avessi altro che il cappuccio della felpa, mi fermai sul marciapiede davanti alla casa di riposo e alzai lo sguardo oltre la facciata verso il cielo grigio. Non dicevo a Ellis che di tanto in tanto venivo qui, e anche oggi pensava che fossi a un appuntamento con degli amici. Spesso, in quel periodo, mio fratello non aveva tempo per andare a trovare mio nonno e non voleva che io ci andassi da sola. All'inizio l'avevo odiato per questo. L'avevo odiato perché aveva lasciato lì il mio amato nonno, perché non lo veniva quasi mai a trovare e perché mi voleva impedire di stargli vicino. Ma ormai lo capivo. L'avevo capito alla mia seconda o terza visita, la prima volta in cui mio nonno non mi aveva riconosciuto e aveva chiamato aiuto per tutto il tempo, fino a quando una delle infermiere non era arrivata nella stanza. L'avevo capito quando, alla mia sesta visita, nel bel mezzo della conversazione lo sguardo gli si era fatto di colpo vacuo, e poi mi aveva cacciato con rabbia dalla camera perché mi credeva una spia nemica. Avevo capito che non era più lo stesso. Che l'ictus e l'insorgere della demenza non stavano rendendo le cose difficili solo a lui, ma anche a me. Mio nonno per me era sempre stato presente. Mi aveva cresciuta, insieme ai miei genitori, e dopo la morte di mia nonna, avvenuta qualche anno fa, e la partenza dei miei da New York, eravamo rimasti praticamente solo noi. E ora che se n'era andato, fisicamente e spesso anche mentalmente, a volte mi sentivo più sola di quanto mi fossi mai sentita in vita mia.

Ingoiai il groppo in gola prima di fare gli ultimi passi sotto la pioggia verso l'ingresso.

Da qualche tempo gli stati confusionali di mio nonno erano aumentati, e negli ultimi metri tornai ad avere paura che quella sarebbe stata una brutta giornata. Che la mia visita l'avrebbe stressato ancora di più, invece di fargli bene. Ma stavolta avevo bisogno di risposte. Dovevo sapere che cos'era successo quella volta. Che cosa sapeva e che cosa mi stava nascondendo. Il ricordo che Isla aveva trovato nel vecchio libro contabile era ancora così nitido davanti ai miei occhi che la pelle delle braccia mi si accapponò. Ripensai all'infuso che mio nonno mi preparava e mi portava sempre a letto. Non per favorire un sonno sereno, come ora sapevo... bensì per indebolire la mia magia.

Quando mi appoggiai alla pesante porta e questa si aprì con uno scatto, la signora alla reception alzò subito la testa. Indossava la stessa casacca rosa di tutti quelli che lavoravano qui, ma lo sguardo dietro gli occhiali era severo e sospettoso.

«In visita?» chiese con voce acuta.

Annuii e mi avvicinai al bancone dietro il quale era seduta. «Vorrei far visita a mio nonno. Gage Richards. Io mi chiamo Avery Bishop».

L'addetta alla reception mi fissò per un attimo al di sopra degli occhiali, per poi schioccare la lingua e controllare il computer. «Ho bisogno di vedere il suo documento d'identità, per favore. E devo avvisarla che non le resta molto tempo da passare con suo nonno, l'orario delle visite termina tra circa un'ora».

«Lo so. La strada per venire qui per me è sempre un po' complicata». Mi morsi il labbro inferiore, con aria colpevole. Era vero: per arrivare qui dovevo prendere i mezzi pubblici per un'ora e mezza, con quattro cambi, due dei quali nel bel mezzo delle zone più sgradevoli del Bronx. Un altro motivo per cui a Ellis non piaceva che viaggiassi da sola. Non poteva sapere che mi sentivo più a casa mia in quei quartieri che a Melrose.

La signora, che secondo la targhetta sul petto si chiamava Martha, si voltò verso di me e mi scrutò di nuovo attraverso le lenti a mezzaluna degli occhiali. «Suo nonno sta al secondo piano. Camera 112».

«Sì, lo so. Sono già venuta altre volte». Il mio sguardo

si spostò verso l'ascensore mentre Martha schioccava di nuovo la lingua.

«Mi dispiace, tesoro, ma la tua faccia proprio non me la ricordo». Fece un sorriso zuccheroso. «Un documento, per favore».

Bella frecciatina, che purtroppo colpì nel segno. Qui ogni giorno dovevano arrivare molti visitatori, gran parte dei quali più volte alla settimana. Ma noi no. Serrai le labbra mentre le porgevo la carta d'identità e attesi con impazienza che finisse di esaminarla.

«Bene, allora» disse infine. «Divertiti con tuo nonno». Con un sorriso altrettanto dolce, fece scivolare il documento per restituirmelo.

Fui orgogliosa di me stessa per averla insultata solo a mente e per essere riuscita invece a sorridere. Senza dire una parola, mi voltai e percorsi il corridoio fino all'ascensore. Era già al piano terra, e io mi appoggiai alle pareti a specchio mentre le porte si chiudevano alle mie spalle. I miei piedi facevano su e giù, irrequieti. Non era passato molto tempo dall'ultima visita al nonno, ma non era stata una giornata buona. Non mi aveva riconosciuto e per tutto il tempo era stato convinto che stessi cercando di derubarlo.

Le porte dell'ascensore si aprirono, e io mi diressi verso la porta con la stella blu. Su di essa era appesa una vecchia foto in bianco e nero di mio nonno con mia nonna sottobraccio. Ridevano entrambi, e io feci un respiro profondo, cercando di non ripensare ai tempi andati. Salutai con un cenno un'infermiera che era appena uscita da un'altra stanza e cercai di prepararmi mentalmente al peggio. Solo dopo bussai, abbassai la maniglia e spinsi la porta verso l'interno.

La camera di mio nonno era arredata in modo spartano. C'erano un letto da degenza contro la parete sinistra, accanto un televisore e sul lato destro un armadio. Al centro della stanza c'era una stretta scrivania, dalla quale, una volta seduti, si vedeva fuori dalla finestra. E lui era proprio lì seduto, sulla sedia di legno rossa, dando le spalle alla porta. Qualcuno gli aveva pettinato i capelli grigi in modo che ricadessero in un'onda a sinistra, e indossava una linda camicia a quadri blu e rossa.

«Ciao, nonno» dissi con voce un po' rauca, mentre chiudevo la porta. L'agitazione dentro di me urlò e si dimenò quando lui si voltò e mi guardò sorpreso. Per alcuni lunghissimi secondi si limitò a fissarmi, poi all'improvviso il suo volto si illuminò. «Avery, bambina mia! Che bello che sei venuta a trovare il tuo vecchio nonno!»

Ero così sollevata perché mi aveva riconosciuta che le lacrime stavano di nuovo per salirmi agli occhi. Gli ultimi giorni erano stati semplicemente troppo per me, e avrei voluto gettarmi subito tra le sue braccia. Ma lui mi sembrava così fragile lì sulla sedia, così debole, che mi limitai a fare un ampio sorriso e a sedermi sul bordo del suo letto. Mi seguì con lo sguardo, con gli occhi lucenti, ed era visibilmente felice di vedermi. Si passò le dita tra i capelli, forse per riordinarli, invece li scompigliò di nuovo.

Di colpo, un'altra immagine di lui affiorò in primo piano nella mia mente. Un'immagine che avevo rivisto fin troppo spesso nelle ultime ore. Mio nonno in piedi accanto al mio letto. Con l'infuso in mano, che mi sorrideva.

Feci un brusco respiro e allontanai il trauma, l'incomprensione e la rabbia che in quel momento volevano invadermi. Mentre venivo qui, avevo continuato a ripensare al motivo per cui l'avesse fatto. Era stato un rituale tra noi due, e io non riuscivo a immaginare che lo avesse detto a qualcun altro. Che Ellis o i miei genitori ne fossero a conoscenza. Era stata una bugia tra noi due soli. E io conoscevo mio nonno. Tra la disperazione e il dolore che quella scoperta mi aveva provocato, io sapevo che lui era un brav'uomo. Che avrebbe fatto qualsiasi cosa per proteggermi. Il ricordo che Isla mi aveva mostrato, la conversazione tra lui e mia nonna... sapevo che era tutto collegato. E anche se ancora non lo capivo, anche se desideravo più di ogni altra cosa scoprire che cosa fosse successo quella volta da giustificare una bugia così grande tra di noi, io potevo perdonarlo.

«Come stai, nonno?» Gli diedi una pacca sulla spalla e lui mi strinse forte la mano. «Bene, bene. Il medico ha detto che presto sarò dimesso. Così finalmente potrò tornare a gestire il pub... lo sai che divento matto quando non posso lavorare!»

Ah, quindi era questa la realtà in cui ci trovavamo oggi. Be', se non altro mi aveva riconosciuta. Era un bel passo avanti rispetto all'ultima volta.

«È grandioso, nonno» risposi. «Ellis e io verremo sicuramente a prenderti allora. Ma non farti venire in mente di andartene via così, capito?»

Scosse la testa con fare burbero, e io non sapevo se

interpretarlo come un segno di sollievo o di preoccupazione. Ma mi fidavo del fatto che le infermiere non avrebbero mai perso di vista mio nonno. A volte erano scortesi, come Martha al piano di sotto, ma facevano un buon lavoro, ne ero certa.

Presi la borsa e tirai fuori il libro contabile che Isla mi aveva riportato e che per precauzione avevo messo da parte. Non appena il nonno lo riconobbe, i suoi occhi s'illuminarono ancora di più.

Si passò di nuovo le dita tra i capelli prima di prendere la copertina di pelle. «Oh, mi hai portato un po' da lavorare? Che brava, la mia Avery!»

«Sciocchezze, nonno, qui dovresti riposare». Sorrisi e aprii la prima pagina. In mezzo alla sua calligrafia ordinata correvano dei rampicanti fioriti, e lui tracciò subito i miei disegni con il dito. «L'ho trovato mentre riordinavo» spiegai con un sorriso. «Ti ricordi che scarabocchiavo sempre mentre lavoravi?»

Le viscere mi fremevano di eccitazione mentre lui annuiva piano, con gli occhi ancora fissi sul libro. Era come se si stesse immergendo nei ricordi di quel periodo.

«Sì, eri proprio una bambina sveglia. Avevi sempre bisogno di qualcosa da fare. Se non potevi correre all'aperto, dovevi tenere impegnate almeno le dita. E io ti lasciavo sempre disegnare sui miei libri, anche quando eri più grande». Rise e io avvertii una leggera fitta al petto.

«Sì, è vero. A un certo punto era diventato un rituale. Anche quando ero davvero troppo cresciuta per scarabocchiare, non riuscivo a smettere».

Mio nonno continuò a sfogliare il libro e, come avevo sperato, gli tornava alla mente una storia da abbinare alla maggior parte dei miei disegni. Mi era difficile non farmi coinvolgere, non sprofondare nei ricordi e perdersi ad ascoltare i suoi racconti di quei tempi. Oggi non ero lì per questo. Tuttavia, mi ripromisi che sicuramente sarei tornata un altro giorno.

A un certo punto, finalmente, arrivò alla pagina in cui c'erano dei fiorellini e delle case colorate. Erano un po' più belle e dettagliate, perciò, a quel punto, ero ormai decisamente cresciuta rispetto ai vecchi libri. Il mio cuore ebbe un sussulto quando il nonno sfiorò con la mano l'angolo dove avevo scritto che mi dispiaceva, e vidi la sua fronte aggrottarsi. «Nonno?» chiesi a bassa voce.

Scosse leggermente la testa e si limitò a voltare pagina.

Maledizione.

«Aspetta, nonno». Saltai giù dal bordo del letto e gli afferrai la mano. «Che cos'era quello?» Girai indietro la pagina e battei con il dito sulla mia calligrafia tremolante. «Riesci a ricordartelo?»

Mio nonno scosse ancora la testa. Ma non come per dire di no, bensì come se stesse cercando di reprimere dei ricordi spiacevoli. Cercò di nuovo di voltare la pagina, ma io la tenni ferma.

«Nonno,» dissi implorante «riesci a ricordare che cos'è successo? Perché ho scritto così?»

Lui mi guardò. Con gli occhi spalancati e il volto spaventato. Ma di colpo la sua espressione si trasformò completamente.

Un sorriso incurvò gli angoli della bocca all'insù e il suo sguardo si fece molto distante. «Come stanno i figli degli Hayes?»

Mi bloccai per la sorpresa e lasciai andare la pagina. *Hayes? Intendeva forse il detective Hayes?* Mi ci volle un attimo, poi mi tornò in mente che nel quartiere mio nonno lo conoscevano tutti. Il suo pub era stato un locale popolare per scambiarsi le notizie su Melrose, e mi ricordai che anche il nonno di Hayes era venuto più volte a parlare con il mio.

«Che bambini adorabili. Molto onesti e amichevoli. E ottimi genitori». Sorridendo, tornò a guardare il libro e riprese a sfogliarlo. Gli angoli della bocca scesero. Le sopracciglia si aggrottarono come se al nonno stesse venendo in mente qualcosa che non capiva bene. «Non li vedo da molto tempo».

Evidentemente, mio nonno non ricordava che cosa fosse successo quella volta. Ma il fatto che avesse parlato di Adam Hayes, quel ricordo di una famiglia che un tempo era felice, suscitò in me qualcosa. Io ricordavo Hayes che se ne stava nel cortile della scuola con i ragazzi più grandi. Che in corridoio mi salutava con un cenno del capo, senza iniziare una conversazione. Lo ricordavo in quell'unico giorno in cui eravamo tornati a casa insieme, poco prima che sua sorella morisse annegata. Da allora non era più stato lo stesso.

Strinsi le labbra. Forse mio nonno stava cercando di ricordarsi quel periodo. Forse, però, pensando ad altre cose, stava anche cercando di evitare i brutti ricordi che riaffioravano. Ad ogni modo, non potevo lasciarmi sfuggire quel momento.

Così, mi lasciai ricadere sul bordo del letto di degenza e posai una mano sul braccio di mio nonno. Lui alzò lo sguardo dal libro con un sorriso.

«Nonno. Devo chiederti una cosa, okay?»

Lui, sorpreso, sollevò le sopracciglia, ma poi annuì. «Certo, piccola mia. Puoi chiedermi qualsiasi cosa».

«Che cos'era l'infuso che mi davi ogni sera?»

Il suo sorriso svanì, e lui spalancò gli occhi come se qualcosa lo spaventasse. «L'infuso! Già, Avery, l'infuso! Devi berlo ogni sera, bambina. È importante, capito?»

Strinsi le labbra, con il cuore che mi fremeva nel petto: «Ma perché? Perché è così importante che io lo beva ogni sera? Hai detto che è una miscela che mi aiuta a dormire».

Lui annuì con aria indaffarata, il dito che batteva irrequieto sul libro. «Per aiutarti a dormire, sì. È importante, Avery. Bevilo tutte le sere, d'accordo?»

Le mie spalle ricaddero. Dall'espressione del suo volto era palese che non sarei riuscita a strappargli altro. Che non avrebbe potuto rispondere alle mie domande, per quanto ci avessi provato. Anzi, forse lo avrebbe fatto arrabbiare ancora di più.

«Lo farò, nonno» dissi dunque e gli accarezzai con dolcezza il braccio.

Parve rassicurato e riportò l'attenzione sui miei disegni.

Mi alzai lentamente dal letto e camminai intorno al nonno mentre iniziava a raccontarmi nuove storie. Sul lato destro della scrivania c'erano due cassetti. Forse lì dentro c'era qualcosa che avrei potuto portare via. Qualcosa che avrebbe potuto fornire nuovi ricordi a Isla. Ma quando tirai la maniglia del primo cassetto, quello non si aprì. *Chiuso a chiave.* Mentre sospiravo, mio nonno si girò verso di me.

«Che cosa fai, Avery?»

«Volevo solo vedere...»

«Non ti riguarda!»

L'asprezza nella sua voce mi fece trasalire. Sembrava davvero arrabbiato mentre accarezzava il cassetto.

«Non ti riguarda» ripeté, questa volta più piano, poi alzò di nuovo gli occhi verso di me. Era uno sguardo di incomprensione. «Avery, sei tu? Quando sei arrivata?»

Boccheggiai. Strinsi la mascella. Poi gli accarezzai di nuovo la spalla. «Non da tanto, nonno. Stavi giusto per raccontarmi la storia di quei fiori lì».

«Ah, sì». Si voltò di nuovo verso il libro e, anche se mi sentivo in colpa, provai ad aprire il cassetto in basso nel modo più discreto possibile. Chiuso a chiave anche quello.

Serrai le labbra per la frustrazione e me ne tornai a sedermi. Probabilmente oggi non sarei riuscita a strappargli niente di più. Rimasi seduta con lui per un po', ad ascoltare i suoi racconti, finché non arrivò l'infermiera a dirmi che dovevo andare via. Mentre ci salutavamo, mio nonno mi tenne a lungo la mano, la accarezzò e mi ricordò ancora una volta con un sorriso di bere l'infuso.

L'infuso che doveva indebolire la mia magia. La magia dei Toxic, sopita dentro di me.

Tutta la faccia mi faceva male quando lasciai la casa di riposo, essendo stata così tesa per tutto il tempo. E me ne andai con più domande di quante ne avessi quand'ero arrivata.

Perché mio nonno si era ricordato di Hayes? Lo conosceva, per caso? Forse ero stata io stessa a parlargli di lui? Ma per quanto mi sforzassi, non riuscivo a pensare a un momento in cui i due si fossero incontrati. L'Hayes della mia infanzia rimaneva la pallida immagine di un ragazzo con cui avevo avuto pochi contatti, a parte quella passeggiata verso casa insieme. Isla aveva circoscritto il ricordo che era stato manipolato a quell'unico evento. Solo quella cosa mi era stata cancellata dalla memoria, per cui non potevo aver dimenticato una lunga, intima amicizia con Hayes.

Ma allora di che cosa si trattava? Che stessi cercando troppe interpretazioni in quella storia, e mio nonno avesse semplicemente conosciuto i suoi genitori, e dunque Hayes? Forse tutta questa faccenda non c'entrava niente con me?

Durante il lungo viaggio di ritorno a casa, la testa cominciò a farmi di nuovo male. Mi sentivo come se non avessi ottenuto nulla, né sui miei ricordi manipolati né sul mistero della mia magia. Per non parlare di quello che era successo a Orla e Veda. Accarezzai per un attimo l'idea di scendere a Hunts Point per cercare Hailey e Penn. Ma la scartai subito. Non avevo idea di che cosa avrei dovuto dire loro o di come confortarli, e poi temevo il confronto con Dorian.

Dorian Mars. Mi morsi forte la lingua al solo pensiero del suo nome. Era colpa sua se Veda si era trovata lì, se c'erano dei ragazzi che avevano bisogno del suo aiuto.

All'improvviso mi venne in mente un pensiero terribile

che mi fece accelerare i battiti. Veda mi aveva detto che Dorian non la chiamava da secoli. Eppure ora l'aveva fatto. Perché proprio ora?

L'orrore mi si insinuò lungo la schiena, trasformando il sangue in ghiaccio.

C'entrava forse l'uomo per cui avevo chiamato l'ambulanza? La vittima di Dorian Mars che avevo risparmiato?

Era questa la sua vendetta?

Non potevo essere certa che dietro la scomparsa di Veda e Orla ci fosse Dorian Mars... anche se erano morte a Hunts Point, poco lontano dal suo quartier generale. Ma il fatto che quel pensiero mi sembrasse tutt'altro che assurdo attenuò il panico che provavo. Al suo posto subentrò una rabbiosa determinazione. Ero stata zitta a sufficienza. Ero rimasto seduta con le mani in mano a sufficienza. E ora, due ragazze erano morte. Non poteva assolutamente continuare così.

Senza fiato, saltai giù dall'autobus alla mia fermata e percorsi Melrose Avenue scansando la gente. All'incrocio successivo avevo già il cellulare in mano e composi il numero dal biglietto che tenevo sempre nel cappotto.

«Detective Hayes, 42° distretto, p...».

«Bene, sei al distretto». Saltai oltre il marciapiede e attraversai la strada verso la 3rd Street. «Sei libero? Ti devo parlare».

Un silenzio sorpreso. Poi di nuovo quella voce scura, che mi fece rabbrividire. «Avery?»

«Sì».

«Di che cosa si tratta?»

«Di Veda. E di Orla. E di un sacco di altre cose». Il mio cuore ebbe un tale sussulto che sembrò quasi saltarmi fuori dal petto. «Voglio aiutarti a catturare Dorian Mars».

«Cosa?» Inspirò con forza, poi udii una porta e delle macchine che passavano.

«Non sei alla centrale?» chiesi, sorpresa. «Credevo che questo fosse il tuo interno».

«È così. Ho fatto deviare le chiamate al mio cellulare» grugnì Hayes. «Che cosa dicevi di Dorian Mars, Avery?»

Mi bloccai. «L'ultima volta no».

«L'altra volta non ho perso una telefonata importante. Adesso puoi rispondere alla domanda, per favore?»

Una telefonata importante? Intendeva la mia?

Parla solo del caso di omicidio. Del fatto che avevi informazioni importanti che poi non gli hai dato. Ma, anche se lo sapevo, sulla nuca iniziò a diffondersi un piacevole formicolio.

«Che onore» dissi, con un sorrisetto. Poi scossi la testa e mi feci strada tra una fila di auto verso il vicolo buio che era la mia scorciatoia.

«Ti racconterò tutto. Ma non al telefono, okay? Dove sei?»

«Alla caffetteria» rispose Hayes, conciso. «E tu dove sei?»

«Sto arrivando. Aspettami e ti darò tutte le informazioni che ti servono».

Mi infilai nell'ombra del vicolo e avvertii il freddo avvolgermi.

Hayes grugnì. Ero sicuro che sarebbe stato felicissimo,

ma dal tono non sembrava. «Stiamo parlando di un uomo molto, molto pericoloso». La sua voce era ormai solo un mormorio pressante. «Se hai davvero informazioni sensibili su di lui, dovresti pensarci due volte».

Ora non riuscii più a reprimere il sorriso. «Che c'è, sei preoccupato per me? È molto dolce da parte tua. Ma so benissimo badare a me stessa».

«Non ne dubito». Sospirò.

Prima che potessi dirgli qualcos'altro, all'improvviso davanti a me, in fondo al vicolo, comparvero delle ombre. Sagome di uomini che si avvicinavano lente. «Ciao, piccola vipera».

Mi immobilizzai non appena riconobbi la voce. Era Scott, che veniva verso di me, affiancato da altri due uomini. Non riuscivo a distinguere granché di lui nella semioscurità dovuta agli edifici tutt'intorno, ma riuscii a scorgerne il volto arrabbiato. E la poco elegante spranga di ferro che teneva in mano. «Maledizione» imprecai a bassa voce.

«Avery?» La voce di Hayes all'altro capo del telefono suonava allarmata. Pericolosa.

Deglutii quando Scott e i suoi uomini si fermarono a due metri da me. «Dobbiamo mandarti un piccolo saluto, piccola vipera».

E, prima che potessi dire altro, Scott balzò verso di me e la spranga di ferro si abbatté sulla mia mano. Il cellulare volò in aria disegnando un arco, mentre dentro di me esplodeva un dolore lancinante.

Maledizione.

Fine dei giochi.

CAPITOLO 17

Gli uomini non esitarono un secondo, ma nemmeno io. Anche se la mano mi faceva tanto male da farmi apparire tanti puntini davanti agli occhi, il mio istinto guerriero, allenato da Walt Graham a Hunts Point, si risvegliò all'istante. Mi abbassai e sentii la spranga di ferro mancarmi la testa di pochi centimetri. Poi mi scagliai in avanti e impattai con la spalla sullo stomaco di Scott, che si trovava proprio di fronte a me e non aveva ancora recuperato l'equilibrio dopo aver sferrato il colpo. Ansimò prima di cadere rantolando di lato e atterrare come un sacco bagnato sul suolo sporco del vicolo.

Prima che potessi rimettermi in piedi, il secondo uomo mi fu addosso e mi tirò brutalmente i capelli. Urlai per il dolore che mi si diffuse sulla pelle, e gli piantai le unghie nelle mani per spingerlo a lasciarmi andare. L'uomo imprecò, ma la tensione al cuoio capelluto si allentò un po', il dolore divenne un po' più sopportabile. Era ovvio che i tre tizi non erano dei combattenti, non erano sicari addestrati da Dorian Mars, e cominciò a germogliare in me la speranza che forse, se avessi resistito, quella per me non sarebbe stata la fine. Il terzo si avvicinò alle mie spalle, presumibilmente per bloccarmi, ma riuscii a prendere abbastanza slancio con la gamba per sferrargli con tutte le mie forze un calcio sui gioielli di famiglia. I miei pesanti stivali fecero il resto, e il tizio emise un verso simile a quello di un animale abbattuto, e mi lasciò andare.

Sfortunatamente, Scott si era già rimesso in piedi e, sebbene fossi quasi riuscita a liberarmi del tizio che mi tirava i capelli, Scott fu più veloce. Si lanciò su di me come un lottatore di wrestling, e io non ebbi scampo: il mio corpo si ribaltò come un fiammifero sotto il suo peso. Con una mano mi schiacciò il viso contro il selciato duro, con l'altra mi portò le braccia dietro la schiena e le tenne strette. Io urlai, mi contorsi sotto di lui, tentai di liberarmi dalla presa. Ma era d'acciaio. E nel panico e nella rabbia che mi montavano dentro, avvertii il calore che lentamente tornava a raccogliersi nella mia pancia.

«Sta' ferma, piccola vipera» imprecò Scott, premendomi il ginocchio sulla schiena.

In realtà non volevo dargli quella soddisfazione, ma purtroppo non riuscii a reprimere un gemito di dolore. Il viso, la schiena, le braccia e la mano da cui mi aveva strappato il cellulare con la spranga, e che ora teneva ferma con una presa d'acciaio, tutto quanto mi sembrava andasse a fuoco. E poi c'era un calore insopportabile che montava dentro di me e che cercavo con tutte le mie forze di trattenere. Riuscivo quasi a vedere le vene d'argento che correvano lungo le mie braccia sotto il cappotto e raggiungevano lentamente le mie dita. La paura che sentivo era opprimente, perché sapevo che con la gente di Dorian Mars non si scherzava. Ma la paura di essere responsabile di un'altra morte era più grande. Non volevo che accadesse più. Non volevo diventare un mostro peggiore del boss della gang.

Così mi limitai a imprecare come una selvaggia e poi a sbottare contro Scott, ansimando: «Che diavolo volete da me, bastardi? Dorian Mars lo sa che siete qui?»

La pressione sulla schiena aumentò, e io tentai di respirare per contrastare il dolore.

«Qui le domande non le fai tu, strega velenosa» ringhiò Scott, e in quel momento fui quasi certo che agisse per conto suo. Proprio come quella volta con Devon, sul retro del club. Probabilmente anche stavolta era così. Come per confermarlo, Scott si sporse in avanti, più vicino al mio orecchio, e ringhiò con ferocia: «Le domande le faccio io, e comincerò con una molto semplice: che cosa hai fatto a Devon?»

Il cuore mi martellava contro le costole, mentre rivedevo la scena davanti agli occhi. Devon che mi guardava scioccato prima di accasciarsi a terra. «Siete stati VOI ad aggredirmi!», dissi, ansimando e cercando di infondere la rabbia nella mia voce. «Io mi sono soltanto difesa!»

«DEVON È MORTO!» ruggì Scott, schiacciando il ginocchio ancora più a fondo nella mia spina dorsale.

Urlai, ma la mia voce venne meno solo un secondo dopo.

Il dolore continuava a pompare calore nelle vene, e sentivo che stavo perdendo il controllo. Le lacrime cominciarono a farmi bruciare gli occhi.

«Io non lo so che cosa sia successo» esclamai. «Tu c'eri! Si è accasciato e basta! Non ho avuto modo di fare niente».

Scott ringhiò di nuovo. Sembrava che dentro di lui stesse per scatenarsi l'inferno. «Io dico che ne sai più di quanto non vuoi farci credere. E dico anche che sei più pericolosa di quanto Dorian Mars voglia ammettere a se stesso» sussurrò vicino al mio orecchio. La sua voce era arrabbiata, disgustata, ma riuscivo anche a sentire che c'era un sorriso sulle sue labbra. Ed era questo che mi spaventava di più. «Fa finta di non vederlo perché pensa che tu sia molto utile. Ma vuoi che ti dica una cosa? Se tu morirai in un vicolo nel fango, a lui comunque non importerà niente. Non verserà una lacrima per te».

Cercai di lottare contro il panico che sentivo dentro. «Io, se fossi in te, non ci spererei» dissi. «Dorian Mars si è rifiutato di lasciarmi andare. Ha già abbastanza Poisoner, ma ha bisogno di *me* per i suoi incarichi. Lui vuole *me* dalla sua». Mi faceva quasi male ammetterlo, perché mi rendeva di nuovo consapevole della gabbia dorata in cui ero rinchiusa. Al momento, però, era forse l'unica cosa che poteva salvarmi da questa situazione.

Ma Scott si limitò a ridere piano. Quando alzai lo sguardo dalla strada sporca, i suoi uomini si erano schierati su entrambi i lati del vicolo accanto a noi, come per nasconderci dalla strada. Il mio cuore ebbe un sussulto.

«Ti ho vista, con quel detective. Quel figlio di buona

donna che da tempo bracca Dorian Mars. Come si chiama? Hayes?» Le dita di Scott scavarono nei miei capelli e li tirarono per avvicinare il mio viso al suo.

Serrai le labbra quando vidi il suo sorriso.

«Gli hai dato informazioni su Dorian, vero? Hai cambiato fazione, non è così?»

«No» gemetti. Ma avevo intenzione di farlo.

«Io credo di sì, invece. E non pensi che al nostro capo basterà venire a saperlo? Che gli basterà come giustificazione per averti eliminato?»

Il battito del mio cuore rallentò mentre nella mia testa si insinuava la consapevolezza. Non sarei uscita viva da quel vicolo. Non mi sarei più alzata da quel selciato sporco. Scott mi avrebbe ucciso. Se per vendicare Devon o perché aveva paura di me, non lo sapevo.

Alle mie spalle si udì un clic metallico e, quando qualcosa di freddo mi venne premuto sulla testa, chiusi gli occhi. Volevo arrendermi al mio destino. Finché il calore nella mia pancia non si riaccese, schizzò verso l'alto e fece sì che me ne ricordassi. Era come se qualcuno mi avesse messo in mano una pistola. Una via d'uscita. Dovevo solo prenderla. Dovevo solo azionarla, e sarei stata libera.

Se fossi tornata a essere un'assassina, sarei sopravvissuta.

«Hai qualche ultima parola da dire al mondo, piccola vipera?» domandò Scott sopra di me, ridendo.

I suoi soci risero con lui. Canticchiando. Come se sentissero di aver già vinto.

Ma io potevo ancora batterli. Potevo ucciderli tutti. E sebbene le mie viscere si contraessero, lottando contro l'idea di voler fare la cosa giusta, il calore nelle mie vene correva di nuovo verso le dita. Come un veleno mortale che lentamente si diffondeva, cancellando ogni idea di una vita buona, finché non rimase che la paura. La volontà di sopravvivere.

Espirai. Aprii la bocca e sussurrai: «Mi dispiace». Non sapevo nemmeno a chi stessi chiedendo scusa. A Ellis, che si era sempre preso cura di me, e a cui invece io avevo mentito? A Isla, che in qualche modo, nonostante tutto, aveva creduto in me? O a Hayes, che non avrebbe mai voluto aiutarmi dopo tutto questo?

«Che cosa hai detto?» ringhiò Scott sopra di me e mi premette più forte la pistola contro la testa.

Io aprii gli occhi per guardarlo. Il calore aveva quasi raggiunto la punta delle dita.

E poi, partì un colpo.

Accadde così in fretta che riuscii a malapena a registrarlo. Ma Scott urlò e la sua pistola volò disegnando un arco attraverso il vicolo. Il tizio che ci dava le spalle si voltò e, mentre alzavo la testa verso di lui, cadde accanto a me sul suolo sporco del vicolo, ruggendo. Era come se la scena si svolgesse al rallentatore davanti ai miei occhi. Su di me incombeva Hayes, il cui volto era una fredda maschera, gli occhi verde bosco fiammeggianti, ma l'espressione calma. Composta. Agguantò Scott, che continuava a urlare, tenendosi la mano a cui Hayes aveva sparato per disarmarlo. Con un colpo preciso, anche lui finì a terra incosciente, e Hayes lo spinse lontano da me.

Una mano incredibilmente delicata si posò sulla mia testa

e mi tenne giù. Dietro di me, dei passi si allontanarono: evidentemente il terzo aveva deciso di scappare. Hayes alzò la pistola, sparò e il tizio urlò, imprecò e cadde a terra.

«Sta' giù o non mi limiterò a colpirti solo la gamba» disse Hayes gelido.

Espirai, e mi sembrò di aver trattenuto il respiro per ore. Il calore si stava ritraendo, lentamente ma inesorabilmente, e le lacrime tornarono a farmi bruciare gli occhi. Tra i dolori, tentai di sollevarmi, ed ecco all'improvviso di nuovo la mano delicata di prima, che mi aiutò a mettermi seduta. Voltai la testa di scatto e guardai negli occhi di Hayes mentre le lacrime scorrevano.

Era accovacciato a terra accanto a me, con la pistola ancora in mano, puntata sul tizio che aveva appena tentato di fuggire e che ora giaceva a terra a una certa distanza, piagnucolante. Con l'altra mano mi prese la guancia e nei suoi occhi verde bosco c'era un'incredibile calma, come se non avesse appena messo fuori gioco tre uomini da solo. Come se non mi avesse appena impedito di diventare di nuovo un'assassina.

«Va tutto bene, Avery. Sei al sicuro» disse piano, dolcemente. E poi ancora, come un rassicurante mantra: «Va tutto bene».

Le mie lacrime non si davano per vinte perché io ero così sopraffatta dal sollievo e dal calo della paura che non tenevo più sotto controllo le mie emozioni. Hayes continuò ad accarezzarmi la guancia in modo rassicurante, sostenendo il mio sguardo fino a quando non mi fui ripresa.

A un certo punto, si udirono di nuovo dei passi, ma

quando distolsi lo sguardo da Hayes, vidi solo i suoi due colleghi che si precipitavano nel vicolo, con le mani sulle pistole.

«Per la miseria» sussultò Ash quando vide gli uomini a terra. Guardò Hayes, poi si voltò e gridò all'altro uomo in uniforme: «Chiama una pattuglia!»

Quello annuì e sparì verso la strada.

Hayes mi toccò la spalla mentre si alzava. «Stai ferma un attimo» mi ammonì, poi aiutò Ash ad ammanettare i tre gangster. Parlarono per tutto il tempo a bassa voce, ma non riuscii a capire che cosa stessero dicendo.

Ero troppo impegnata a cercare di elaborare quello che era successo. E poi a cercare di rimuoverlo. Il mio cellulare era per terra accanto a me, a una certa distanza. Mi allungai per prenderlo e, quando vi chiusi attorno le dita, mi resi conto di quanto la mano non ferita mi tremasse. Il display era in frantumi, ma, se non altro, funzionava ancora. Quello, stranamente, fu l'unico pensiero chiaro che riuscii a formulare in quel momento.

Il mio cervello si rianimò solo quando Hayes si girò verso di me dicendo ad Ash: «Occupatevi degli arresti, io porto Avery all'ospedale».

Io alzai la testa di scatto. «Non voglio andare all'ospedale!»

Hayes mi guardò, con una delle sopracciglia nere sollevata. Indicò la mano che avevo appoggiato in grembo, e io la sentii di nuovo pulsare di dolore, dentro. Tuttavia, scossi la testa.

Hayes fece un respiro profondo, come se avesse bisogno di richiamarsi all'ordine. Poi mi aiutò a rialzarmi in piedi.

«Mettici almeno del ghiaccio». Fece un cenno con il capo ad Ash, che lo ricambiò, per poi prendermi per il braccio e condurmi in strada.

Altri poliziotti stavano venendo verso di noi, e, accostata al marciapiede, c'era un'auto di pattuglia con le luci lampeggianti. Ma Hayes mi portò alla sua macchina, mi aprì la portiera del passeggero e poi salì dalla parte del guidatore. Solo quando mise le mani sul volante e lo strinse così forte da far diventare bianche le nocche, capii che la calma sul suo volto e nella sua voce forse era soltanto una recita. Fece un altro respiro profondo prima di voltarsi verso di me. C'erano ancora le fiamme che avevano incendiato il bosco nei suoi occhi, ma la sua voce calma mi fece quasi perdere la testa. «Dovresti farti vedere da un medico».

«No» risposi con le labbra tremanti. Ora non riuscivo proprio a immaginare di parlare con qualcuno. Di lasciare che si avvicinasse a me qualcuno che non fosse lui. Così mi costrinsi a scuotere la testa. «La mano non è rotta. Vedi?» Anche se mi faceva un male cane, mossi le dita e io per prima fui sollevata nel constatare che funzionava ancora tutto. E comunque, il dolore alla mano mi fece quasi dimenticare il dolore che mi attraversava il viso e la schiena. Scott non c'era andato troppo piano con me.

Hayes mi guardò la mano, che stava già diventando blu e viola, per poi guardarmi di nuovo negli occhi senza dire una parola.

Strinsi le labbra. «Non è così grave. Voglio solo andare a casa, Hayes». Mi asciugai le lacrime con la mano illesa, solo che continuavano ad arrivarne di nuove. Mi sentivo così sconfitta, così nuda e indifesa che non potevo fare a meno di piangere. «Ti prego. Non voglio vedere gente. Voglio solo... voglio solo andare via. Tornare a casa».

Negli occhi di Hayes danzavano emozioni che non capivo. Spostò di nuovo lo sguardo sulle mie mani tremanti, una delle quali insanguinata, e di nuovo sul mio viso. Poi chiese: «Tuo fratello è a casa?»

Mi si contrasse il cuore. «No, Ellis è al club». Quindi, se ora fossimo andati a casa mia, sarei stata sola. Sola con le mie emozioni, che non avevo ancora risolto, e sola nel caso in cui gli uomini di Dorian fossero tornati. La paura riaffiorò dentro di me quasi all'istante.

Hayes mi guardò per un attimo, poi annuì con decisione, si girò in avanti e mise in moto. Ero nel panico all'idea che mi accompagnasse davvero a casa, ma non dissi nulla. Fintantoché non mi avesse portato in ospedale, fintantoché mi fossi riposata, sarei stata bene. Me la sarei cavata. Come sempre.

Ma dopo pochi minuti mi accorsi che stavamo andando in una direzione completamente diversa.

Allarmata, mi voltai di scatto verso di lui. «Niente ospedale!» La mia voce gracchiava, e Hayes fece uno sbuffo.

«Stiamo andando a casa mia» disse con voce calma, cupa. «Devo dare un'occhiata come si deve alla tua ferita. E metterci del ghiaccio. O hai qualcosa in contrario anche su questo?»

Lo fissai sorpreso. Poi, molto lentamente, abbassai di nuovo le spalle e scossi la testa. A dire il vero, non volevo stare da sola, non dopo tutto quello che era appena successo. Ero ancora sotto shock. E, dannazione, la mano mi faceva così male che riuscivo a malapena a pensare.

«Bene» disse Hayes con un ultimo sguardo intenso. Poi tornò a concentrarsi sulla strada. Seguimmo la 3rd Avenue fino a Fordham Heights, un quartiere a nord di Melrose. Su di noi incombevano alti edifici di mattoni, e io cercavo di concentrarmi su quella vista, invece che sul terribile dolore alla mano. A un certo punto, senza dire niente, Hayes parcheggiò accanto al marciapiede e scese subito per tenermi aperta la portiera. Dovette aiutarmi a uscire dall'auto perché la mano ormai mi faceva così male che non riuscivo a reggermi da sola. Mentre passavamo per il prato tagliato per raggiungere la casa dove abitava, pensai solo a fare respiri profondi. Tentai di ignorare il dolore pulsante che ormai si stava diffondendo su tutto il braccio. Attraversammo un lungo corridoio dai soffitti alti fino a raggiungere la porta d'ingresso.

Hayes aprì la porta e gettò con noncuranza il mazzo di chiavi su un bel comò per aiutarmi a togliere il cappotto. Il suo appartamento non era molto grande, però era accogliente. C'erano piante dappertutto che sembravano ben curate, e quadri appesi alle pareti. Non riuscii a guardarli bene perché il dolore continuava a farmi venire le lacrime agli occhi, e comunque Hayes non me ne diede il tempo. Mi condusse direttamente in bagno, accese la fioca luce sopra di noi e mi mise seduta sul bordo della vasca per poi rovistare nell'armadietto sopra il lavandino.

Solo ora che mi sentivo al sicuro osai abbassare lo sguardo sulla mia mano, e subito trattenni il fiato per l'orrore. Il suo aspetto era tremendo quanto la sensazione che dava. Era tutta insanguinata, la pelle in un punto si era aperta e le dita erano gonfie. Di colpo non sentii quasi più il dolore alla schiena e al viso. Solo la mano pulsante.

Hayes si accovacciò davanti a me sul pavimento del bagno. «La devo disinfettare» disse a bassa voce, come se stesse parlando a se stesso. Si mise a trattare con cura la mia mano.

Anche se mi faceva un male cane, mi limitai a serrare la mascella e a osservargli il volto, così da non dover guardare la mia mano. Sembrava ancora calmo. Come se l'avesse già fatto migliaia di volte. Solo dopo mi venne in mente che aveva prestato servizio nell'esercito, e il mio cuore si fece pesante. Chissà che cos'aveva passato. Che cos'aveva visto.

Feci un respiro profondo e quando il trattamento divenne particolarmente sgradevole, coprii il dolore con una risata sommessa. «Prima c'è mancato poco, vero?»

Non alzò lo sguardo dal suo lavoro e rispose cupo: «A esser sincero, vorrei una spiegazione».

Mi morsi il labbro, ma sapevo di non poter più continuare con quella recita. Così, feci un profondo sospiro. «Erano uomini di Dorian Mars».

Ora alzò brevemente lo sguardo. Solo per un secondo, per poi tornare alla mia mano, ma nei suoi occhi era balenato un lampo di rabbia. «Che cosa volevano?»

«Vendicarsi, suppongo». Abbassai le spalle e, per distrarmi dal dolore, e anche perché era davvero arrivata l'ora di farlo, iniziai a raccontargli tutto. Della mia adolescenza, del senso di esclusione dovuto alla mia magia così debole. Di come mi ero imbattuta nella gang, sentendomi per la prima volta parte di un gruppo... e di come poi ero scivolata sempre più in basso. Conclusi dicendo che avevo deciso di abbandonare la gang, ma Dorian Mars non me lo aveva permesso. «Disse che aveva bisogno di me. E che avrei potuto riscattare la mia libertà. Mi avrebbe pagato per i miei servizi, per ogni incarico, finché non avessi avuto abbastanza soldi per pagarlo. Così accettai. Pensavo di non avere altra scelta».

Hayes, che aveva appena chiuso la benda intorno alla ferita, alzò lo sguardo, serio. «Che cos'hai fatto per lui?»

Con mia sorpresa, la sua voce era ancora dolce. Non sembrava sorpreso o arrabbiato con me. Di colpo mi fu chiaro che Hayes in realtà aveva sempre saputo che lavoravo per Dorian Mars. Decisi quindi di strappare via il cerotto: «Ho spinto delle persone nelle sue grinfie. Lui usava i suoi intermediari per farle entrare nel club, e poi io davo loro tinture in grado di suscitare paura, senso di colpa e cose del genere. Era questo a condurle da lui».

Hayes mi fissò con calma. Annuì lentamente. Poi mi posò una mano sul ginocchio. «Sei abbastanza coinvolta per aiutarmi, Avery. Insieme, potremmo sconfiggere Dorian Mars. Certo, per te sarebbe un grosso rischio. Non sarebbe poco pericoloso. D'altra parte, ti posso offrire la prospettiva che non ti accadrà nulla dal punto di vista legale. E che mi prenderò cura di te nel miglior modo possibile».

Ricambiai con determinazione il suo sguardo. «Voglio che versi sangue per tutto il male che ha fatto a me e ad altri ragazzi. Anche Veda e Orla erano nella gang, e ora sono morte. Ti aiuterò e rimedierò a tutto quello che ho fatto».

Qualcosa nella sua espressione si ammorbidì, e a un tratto riuscii ad avvertire la dolcezza del suo tocco sulla mia gamba più chiaramente del dolore pulsante nelle dita. La sua mano mi accarezzò il ginocchio con tenerezza, con un gesto quasi casuale, e mi provocò uno spasmo bramoso in tutto il corpo. «Eri una bambina, Avery, quando ti ha reso dipendente da lui. Non è colpa tua».

Dovetti deglutire per far scendere il groppo in gola. Ma poi riuscii a fare un sorriso, che lui ricambiò con dolcezza. Hayes sorrideva, e io non ricordavo l'ultima volta che gliel'avevo visto fare. Il nostro contatto visivo si fece sempre più lungo, e il mio cuore ricominciò a martellare.

In quel momento si alzò di scatto, come se si fosse dovuto obbligare ad allontanarsi da me. «Ghiaccio» disse, schiarendosi la gola. «In cucina».

Mi fece cenno con la mano di seguirlo, e io mi alzai con fatica dal bordo della vasca e lo seguii lungo il corridoio fino alla stanza successiva. La testa mi girava ancora un po' per via della singolare vicinanza che c'era tra noi, ma io cercai di reprimere la sensazione.

Hayes mi prese del ghiaccio dal freezer e me lo appoggiò con cura sulla mano. Era evidente che cercasse di non toccarmi più del necessario. Tuttavia, bastò comunque a farmi attraversare il corpo da un brivido che riuscii a malapena a dissimulare. Quando mi lasciai sprofondare sulla sedia vicina al tavolo, sibilando di dolore, lui sollevò di nuovo un sopracciglio. «Che ne dici di un'altra tazza di infuso rilassante?»

«Preferirei una grappa» replicai brontolando. E non solo per il dolore.

«Hai diciannove anni».

«E tu non sei mia madre». Lo guardai con un sorriso e sollevai la mano. «Oggi mi hanno aggredita, picchiata e minacciata con una pistola. Qualcosa ad alta gradazione per me, grazie».

Hayes incrociò le braccia sul petto, esitò per un attimo prima di gemere. «Come vuoi. Ne avrei bisogno anch'io». Andò alla dispensa, tirò fuori due bicchieri e una bottiglia di quello che sembrava whisky, e si sedette al tavolo con me.

Il primo sorso mi bruciò terribilmente la gola, ma subito dopo si diffuse in me un calore incredibile che mi calmò i nervi. Sospirai di sollievo.

«Vedi di non dire niente a tuo fratello, o mi ammazza» ringhiò Hayes, portandosi il bicchiere alle labbra.

Mi voltai a guardarlo con un ghigno. «Il detective Hayes, che ha appena sistemato tre gangster da solo, ha paura di mio fratello?»

Le sopracciglia gli si aggrottarono. Inclinò la testa e mi osservò con un sorrisetto. Dio, quel maledetto modo in cui alzava gli angoli della bocca creava dipendenza. E mandava ondate di calore in posti non esattamente appropriati. Mi resi conto che lo stavo fissando e mi affrettai a vuotare il bicchiere. «Un altro».

«Versatelo tu, così almeno non sarà io il colpevole» brontolò mentre concentrava lo sguardo su un punto imprecisato a mezz'aria. Stava cercando anche lui di non guardarmi? E io stavo davvero sperando che lui si sentisse confuso quanto me? Che cosa mi prendeva? Che Scott mi avesse schiacciato troppo forte la testa a terra?

Afferrai la bottiglia, riempii il mio bicchiere e poi di nuovo il suo, e appoggiai la schiena alla sedia. Per qualche secondo tra di noi ci fu silenzio, ma alla fine mi voltai a guardarlo. Era curiosamente difficile non ammirargli per tutto il tempo il profilo, ma almeno, se avessi detto qualcosa, avrei avuto una scusa.

«Grazie, Hayes, mi hai salvato la vita». Finora, quella frase non mi era ancora uscita dalle labbra, anche se ero ben conscia che probabilmente, senza di lui, non sarei stata lì.

Anche lui si girò, appoggiando la testa al muro dietro di sé, e mi rivolse di nuovo quello sguardo intenso che riuscivo a sentire dentro. «Non c'è di che, Avery» disse a bassa voce e alzò il bicchiere per brindare.

Feci lo stesso, inclinai il bicchiere verso il suo e lo buttai giù. Il mio raziocinio era piacevolmente intorpidito, e il dolore alla mano lentamente si attenuava. Prima che potessi cambiare idea, enunciai il pensiero che mi era appena venuto in mente: «Andrebbe bene se stanotte dormissi qui?»

Hayes tornò a fissarmi, e all'inizio pensai che stesse per protestare. Che quell'improvvisa vicinanza tra noi, quel sentimento improvviso, lo avrebbe messo a disagio e avrebbe voluto subito impedirlo. Ma poi scrollò le spalle.

«In ogni caso, non me la sentirei di lasciarti guidare fino a casa da sola, dopo tutto quello che è successo». Posò il bicchiere sul tavolo e si alzò. Evidentemente, il whisky gli aveva lasciato la testa un po' più fredda della mia. «Ti rifaccio il mio letto, così puoi dormire lì».

«Non c'è bisogno, dormo anche sul divano, se mi posso sistemare qui!»

«Nelle tue condizioni, sarebbe davvero meglio se tu dormissi in un letto, Avery. Per me non è un problema».

Serrai le labbra, contraendo gli angoli della bocca. «E se ci dormissimo insieme? A me non darebbe fastidio. E non mi sentirei come se ti stessi togliendo qualcosa».

Questo fece proprio fermare Hayes a riflettere. Mi guardò sorpreso, ma poco dopo sul suo volto tornò il sorriso. «Cos'è, due bicchierini e sei già ubriaca al punto da fare proposte indecenti?»

Sbuffai. «Io ho in mente solo di dormire».

«E io ho in mente che tu, con le tue ferite, abbia bisogno di un letto spazioso. Dormo io sul divano, e non si discute». Scosse la testa, come se io lo divertissi davvero, e uscì dalla cucina.

Io lo seguii con lo sguardo, la schiena tonica nella camicia attillata, e uno strano spasmo mi attraversò la pancia. Per affogarlo, buttai giù un altro bicchiere, ma non servì.

Hayes non voleva più andarsene dalla mia testa.

CAPITOLO 18

Quando la mattina dopo fui svegliata dallo squillo del cellulare, in un primo momento dovetti riprendere il senso dell'orientamento. Il letto in cui ero distesa profumava di detersivo e, poiché la finestra dall'altra parte della stanza era socchiusa, vi entravano i rumori della strada. Clacson che suonavano, voci che ridevano e, qua e là in mezzo a tutto questo, uccellini che cinguettavano. Mi alzai a sedere, con la coperta ancora premuta addosso, e mi guardai intorno. Un piccolo comodino con un libro, una cassettiera con qualche pianta, e alcune foto alle pareti. Persone che non conoscevo a parte Ash, che salutava in divisa in una foto insieme a Hayes. *Hayes*. Giusto, ero a casa sua.

Mi scostai i lunghi capelli dal viso e cercai il cellulare, che stava squillando da qualche parte accanto a me. Finalmente lo trovai sotto il cuscino, imprecai per un istante contro il display su cui a malapena si riusciva a leggere e mi affrettai a rispondere. «Sì?»

«Ehi, Avery. Dove sei?» La voce di Isla sembrava preoccupata, e io mi appoggiai al muro dietro di me per cercare in qualche modo di svegliarmi. «Sono ancora a letto».

«Sì, ma non certo nel tuo. Sono appena passata a casa tua, e tuo fratello mi ha detto che stanotte non c'eri... È tutto a posto?»

Avvicinai le gambe al busto e diedi un'altra occhiata alla stanza. Ora che me lo chiedeva, il ricordo della sera prima mi riaffiorò alla mente. Gli uomini di Dorian Mars che mi avevano aggredito nel vicolo, Scott che mi aveva immobilizzato a terra, la sensazione del metallo freddo contro la testa... Feci un respiro profondo prima di dire: «Ho dormito da Hayes».

Sembrava che anche Isla stesse facendo un respiro profondo. «Il *detective* Hayes?» Nella sua voce risuonava un sorrisone, e io sospirai.

«Ieri sera mi ha soccorso. Sono stata aggredita».

«Cosa?! Stai bene? Che cos'è successo?»

Mi morsi il labbro inferiore e abbassai lo sguardo sulla mano fasciata. Il dolore pulsante era sordo ormai, ma era sempre lì e mi ricordava la mia impotenza. «Dovrei iniziare a raccontare da molto prima. E non credo che migliorerebbe l'immagine che hai di me» dissi con una risata più disperata che davvero divertita. Ma perché gliene stavo parlando? Perché glielo dicevo?

Conoscevo benissimo la verità: io, chissà perché, di Isla Kennedy mi fidavo. Solo pochi giorni prima era un famoso profilo Instagram sullo schermo del mio cellulare, e ora era mia amica. E non solo per quello che aveva fatto per me dopo la vicenda di Veda, anche se quello aveva sicuramente contribuito.

«A me puoi raccontare tutto» disse Isla con voce calma, come se nulla potesse sconvolgerla. E ormai ci credevo davvero.

Sorridendo, espirai a fondo.

Tuttavia, prima che riuscissi a dire qualcosa, a spiegare qualcosa, lei ripartì: «Da come parli, questa è una grande dimostrazione di fiducia. Che ne dici se ricambio la fiducia a mia volta, e ci riveliamo i nostri segreti?» Con mia sorpresa, Isla in effetti suonava un po' nervosa.

Mi avvolsi un braccio intorno alle ginocchia e domandai: «Che intendi dire?»

«Puoi venire a casa mia oggi? Così ti faccio vedere. Ma deve assolutamente restare tra noi, capito?»

«Certo. Anche se un po' mi stai spaventando, Kennedy». Scoppiai a ridere e lei si unì a me.

«No, no, non devi. Però... in tutta sincerità, è una novità anche per me».

Avvertii un certo calore allo stomaco al pensiero che si fidasse così tanto di me. «Vedo come raggiungerti da qui e poi ti dico, okay?»

«Okay. A dopo, Avery».

«A dopo».

Riattaccai e buttai le gambe giù dal letto per infilarmi i pantaloni che erano rimasti sul pavimento. Poi attraversai la stanza e aprii la porta, che dava sul corridoio. Nell'appartamento regnava il silenzio, e io sgattaiolai in soggiorno per controllare se Hayes stesse ancora dormendo. Ma la coperta sul divano di pelle marrone era ben piegata, e del detective non vi era traccia. Non c'era nessuno nemmeno in cucina, e le stanze erano finite. Hayes non c'era. Rimasi in corridoio, un po' indecisa. Che fosse andato a lavorare e non avesse voluto svegliarmi? Dentro di me iniziai a sentire una fitta di delusione e la scacciai subito. Questo... non significava nulla. Si era preso cura di me perché era una brava persona e non voleva lasciarmi ferita a terra in mezzo a un vicolo. O, magari, essendo un poliziotto, non avrebbe neanche potuto farlo. Quindi era del tutto normale. Niente che giustificasse il formicolio nella pancia che provai quando pensai a lui. *Maledizione.*

Sospirando, andai in bagno per rinfrescarmi almeno un po' prima di uscire. Lì vidi che Hayes mi aveva messo a disposizione uno spazzolino da denti, ancora avvolto nella plastica, e un asciugamano pulito. Gli angoli della bocca mi si incurvarono verso l'alto, e quando vidi allo specchio la mia faccia con quello stupido sorriso, mi costrinsi subito a smetterla. A parte il fatto che al momento avevo ben altri problemi, non dovevo leggere tra le righe più di quanto vi fosse scritto.

Mi spazzolai i denti e mi lavai, e poi, dopo un attimo di esitazione, mi servii del suo deodorante per risparmiarmi una doccia fino a casa. Il che si rivelò subito un errore. Quando l'odore di Hayes mi entrò nel naso, trattenni immediatamente il respiro e iniziai ad agitare la mano sana come una pazza. Invano. Il profumo mi sarebbe rimasto addosso almeno per tutto il resto della giornata, ricordandomi che quella notte avevo dormito a una sola camera di distanza da lui.

Mentre uscivo dal bagno, udii una chiave nella serratura della porta d'ingresso. Mi voltai di scatto, ma era solo Hayes (chi altri poteva essere?), che indossava già la camicia del NYPD sotto la giacca.

Alzò gli occhi e quando mi vide sembrò bloccarsi per un attimo. Poi si chiuse la porta alle spalle con un piede e sollevò i due bicchieri di carta che aveva in mano. «Un caffè, prima che te la svigni?» Il sacchettino della farmacia che teneva appeso a un braccio frusciò mentre si muoveva. «E degli antidolorifici per la mano?»

Oh. Sentii gli angoli della bocca formicolare di nuovo. «Non ti ci vorrà molto per convincermi».

Fece un breve sorriso che mi fece sobbalzare il cuore. Gli presi in fretta i bicchieri mentre si toglieva la giacca.

«Credevo che fossi al lavoro» dissi sorridendo mentre prendevo posto al tavolo della cucina.

Hayes, che aveva appena varcato la soglia, alzò le sopracciglia. «Senza lasciare un biglietto? O una chiave per chiudere la casa?»

Tentai di non fissare lo stemma del NYPD che aveva sul petto e di non immaginarmi che cosa ci fosse sotto, e mi concentrai invece a far cadere una pastiglia dal barattolo e a mandarla giù con il caffè. «A mia discolpa, mi sono appena svegliata e il mio cervello non si è ancora del tutto avviato».

Hayes sbuffò divertito prima di sistemarsi dall'altra parte del tavolo, proprio come aveva fatto la sera prima. Avvicinò la mano al suo caffè, ma si fermò a metà strada e mi fissò.

«Che c'è?» chiesi subito, allarmata.

Scosse la testa, annusò e poi inarcò le sopracciglia. «Hai usato... il mio deodorante?»

Me ne ero già completamente dimenticata. Un po' in imbarazzo, scrollai le spalle. «Non avevo portato il mio. Spero non ti dispiaccia».

«No» replicò, e il suo sguardo un po' assente mi scese sul collo. Sentii venirmi di nuovo caldo.

«Mi sta bene?» chiesi. Volevo sembrare simpatica, invece le parole mi uscirono in un tono piuttosto rauco.

Hayes sollevò di nuovo lo sguardo. «Cosa?» chiese, confuso, come se fosse appena riemerso dai suoi pensieri.

«Il tuo deodorante. O dall'odore sembro un maschio?»

«No. Hai un buon profumo. Cioè...» Scosse la testa e ridacchiò piano. Forse anche con un po' di vergogna. Mi piaceva vederlo così, ma poi si schiarì la gola e il momento finì. «Comunque, devo andare via subito. Ash mi ha appena telefonato... c'è stato un altro...» Si bloccò, e io lo guardai allarmata. Aveva i muscoli della mascella tesi.

«Omicidio?» conclusi, e avvertii i capelli sulla nuca rizzarsi.

Quando lui lentamente annuì, domandai: «Un altro mago?»

Di nuovo fece sì con il capo, e il formicolio sulla nuca si intensificò. «Cavolo... sono un bel po', ultimamente».

Hayes bevve un sorso di caffè, con una scintilla di pericolo negli occhi verde scuro. Non aggiunse altro, così appoggiai il braccio sul tavolo della cucina che ci separava. «Secondo te c'è Dorian Mars dietro tutto questo?»

«Gli do la caccia da anni, e quell'uomo ha commesso terribili atrocità. Non lo escluderei». «Ma?»

Scosse la testa, profondamente pensieroso, con lo sguardo fisso su un punto invisibile a mezz'aria. «Non lo so. È che tutti questi omicidi sono... peculiari. Non si addicono tanto a Dorian Mars. Non si addicono a niente di cui abbia mai sentito parlare».

Di colpo ripensai a ciò che Isla mi aveva detto qualche giorno prima. Il politico trovato morto bruciato in un vicolo. Così come Veda. E Orla. Entrambe avevano riportato gravi ustioni sul corpo, come se fossero state coinvolte in un'esplosione. E non avevo forse avvertito un certo odore di bruciato nell'aria quando ero passata davanti a quel morto nel vicolo?

Strinsi le labbra perché il solo pensiero mi fece correre un brivido lungo la schiena. Chi avrebbe fatto una cosa tanto crudele... bruciare le persone a morte? E perché? Non conoscevo le altre vittime, ma chi avrebbe voluto uccidere una come Veda, e in quel modo, poi? Mi tornò in mente Dorian Mars, e il ventre mi si gonfiò di rabbia. Ma perché avrebbe scelto un metodo così vistoso? Non era nel suo stile.

«Se vuoi, posso lasciarti a casa mentre vado al distretto».

La voce di Hayes mi strappò dalle mie riflessioni, e mi voltai di scatto verso di lui. Mi stava lanciando di nuovo quello sguardo intenso, quello che mi rendeva difficile tenere insieme i pensieri. «Non occorre, grazie. Ho ancora appuntamento con Isla».

Tirò su un sopracciglio. Sembrava sul punto di dire

qualcosa, ma poi richiuse le labbra.

«Cosa?» chiesi.

«Niente». Sospirò. «Non conosco Isla Kennedy, ma conosco i suoi genitori. Persone molto sgradevoli». «Lei non è così» replicai, posando il bicchiere di caffè vuoto sul tavolo. «Anzi, è sorprendentemente normale».

Hayes annuì per poi voltarsi verso di me con un sorriso. «Per forza. Tu sei sempre stata molto selettiva sulle persone con cui passi il tempo».

«A parte Dorian Mars e i suoi, vuoi dire». Gli sorrisi. «Ed è proprio un modo molto gentile per dire che non ho amici».

Il suo sguardo si fece serio. «Non è quello che intendevo».

«Lo so». Scossi la testa.

Ci guardammo in silenzio per un po', prima che lui interrompesse il contatto visivo con un sospiro. «Ci conviene andare. Ti accompagno per un pezzo».

L'idea che ora il nostro tempo insieme stava per finire mi dispiacque. Ma non c'era davvero motivo di prolungare la cosa più del dovuto. Così mi alzai anch'io e lo seguii fuori.

Il sole era già alto e rendeva il clima piacevolmente mite. Non avrei quasi avuto bisogno del cappotto, ma mi ci accoccolai comunque perché quel suo odore d'autunno e di pioggia mi distraeva un po' dal deodorante di Hayes, che avevo ancora decisamente addosso.

Mi lasciai cadere sul sedile del passeggero e quando Hayes si fu sistemato accanto a me, mi girai verso di lui. «Sarebbe fantastico se mi lasciassi da qualche parte in zona Upper East Side».

«Non c'è problema». Inserì la marcia e uscì dal parcheggio prima di lanciarmi un'occhiata veloce. «Per quanto riguarda Dorian Mars...»

«Ricordo la promessa che ho fatto ieri, e ho intenzione di mantenerla. Lavoro ancora per Dorian Mars, posso ancora procurarti tutte le informazioni dall'interno» dissi, con più determinazione di quanta ne sentissi. Non sapevo come fossimo rimasti dopo l'irruzione di ieri. Sembrava di giocare a poker ad alti livelli. Se Scott e i suoi ragazzi avevano davvero agito da soli e non su ordine di Dorian, probabilmente lui non sapeva ancora che io e Hayes stavamo collaborando. Ma era solo questione di tempo prima che venisse a sapere che i suoi uomini erano in prigione. Dorian Mars aveva occhi e orecchie ovunque.

«Non se ti metti in pericolo» disse subito Hayes, con gli occhi che scintillavano di rabbia. Il mio cuore ebbe un sussulto. «Ma puoi darmi delle informazioni di base sulle cose che sai. Le persone con cui lavora, i luoghi che frequenta di solito».

Pensai a Hailey, a Penn e agli altri ragazzi di Hunts Point e strinsi le labbra. «Ti posso dire tutto ciò che non mette in pericolo altri. Ti faccio una lista, va bene?»

«Certo». Annuì, come se anche lui non si aspettasse altro. Dopo qualche secondo, mi guardò di nuovo. «Grazie, Avery».

Io sorrisi e lui mi imitò. Be', se non avevo ancora perso la testa, probabilmente successe in quell'istante.

Hayes mi portò quasi davanti alla proprietà dei Kennedy e mi fece scendere sul marciapiede. «Chiamami se hai bisogno di qualcosa. E sta' attenta alla mano».

«Certo», risposi.

Annuì, poi aggiunse con voce dolce: «Riguardati, Avery».

Le sue parole mi fecero contorcere le viscere e all'improvviso mi resi conto che stava cercando l'uomo più pericoloso forse di tutta New York. «Anche tu, Hayes».

Per un attimo sembrò sorpreso dalle mie parole, poi sorrise. «Certo. Sempre».

Con un formicolio nella pancia, scesi dall'auto e lo seguii con lo sguardo finché non fu scomparso del tutto dietro un angolo. Solo allora mi allontanai e mi incamminai lungo la strada che conduceva alla proprietà di Isla. Con mia grande sorpresa, la scorsi già attraverso la porta di vetro dell'ingresso, mentre camminava su e giù. Quando mi vide, mi corse subito incontro. Sembrava nervosa e aveva le braccia strette intorno al busto in maniera insolita. Dietro di lei c'era Ryker, appoggiato al bancone del portiere con le mani infilate nelle tasche dei pantaloni. Quando varcai la porta, sorrise e alzò la mano in segno di saluto per poi tornare a guardare il cellulare.

«Ehi» disse Isla un po' trafelata e mi abbracciò per salutarmi. Mi annusò, e io mi resi di nuovo conto che avevo addosso il deodorante di Hayes. Per fortuna, mentre si staccava da me, la sua attenzione fu distratta dalla mia mano fasciata e i suoi occhi si spalancarono. «È grave?» domandò, preoccupata, e io feci subito di no con la testa.

«Sciocchezze. Niente di rotto, solo qualche livido e una piccola escoriazione».

Non sembrava convinta, ma scosse la testa con aria

attenta. «Immagino che le spiegazioni che mi darai includano anche questo, perciò cercherò di essere paziente». Mi fece cenno con la mano di seguirla.

Attraversai l'alto, imponente ingresso. Stavolta non c'era nessuno seduto al bancone della portineria, e lanciai di nuovo una breve occhiata a Ryker.

«Tu aspettaci qui» disse Isla quando anche Ryker fece per seguirci.

Lui si irrigidì all'istante. «È davvero una buona idea?»

«Non puoi venire con noi» rispose lei con enfasi. «E non dire niente ai miei genitori, va bene?»

Sbuffò, e quella fu la prima volta che lo vidi quasi frustrato. Fino a quel momento aveva sempre dato l'impressione di essere un tipo molto rilassato. Però rimase dov'era.

Strinsi le labbra mentre mi avvicinavo a Isla e osservavo il suo incedere nervoso mentre l'ascensore ronzava verso il piano terra. «Ti è chiaro che non devi condividere il tuo segreto con me per scoprire il mio, vero? Io ti racconterò tutto comunque» dissi con un sorriso, cercando allo stesso tempo di reprimere il calore che per qualche strana ragione voleva tornare ad aumentare dentro di me.

I movimenti nervosi di Isla si fermarono e lei mi scrutò con uno sguardo serio. «Tu ti fidi di me, io mi fido di te. E a essere sincera... finalmente voglio condividerlo con qualcuno». Un sorriso le illuminò il volto. «Ma se i miei genitori lo scoprono, mi ammazzeranno per davvero».

«Da me non lo sapranno di certo».

Le porte dell'ascensore si aprirono e, non appena si

richiusero alle nostre spalle, Isla tirò fuori da sotto la maglia una chiave, con cui attivò l'unico pulsante in fondo al pannello. L'ascensore si rimise in moto con uno scossone.

Prima che potessi domandare dove stessimo andando, Isla si voltò verso di me. «Allora, qual è il tuo segreto?»

Mi appoggiai alla parete e feci un respiro profondo. «Hai mai sentito il nome Dorian Mars?»

Isla aggrottò le sopracciglia e sembrò riflettere per un attimo. Infine, scosse la testa. «Non credo».

«È un uomo terribile. I più lo descriverebbero come un boss della malavita. Criminalità organizzata. Chiunque ne sia stato coinvolto conosce il suo nome a New York, anche se opera nell'ombra. Oh, e proviene da una famiglia di maghi. Artist, per quel che ne so. Tuttavia, è l'ultimo della sua stirpe, uno Shield. Conoscere la società magica ed essere immune alla magia lo rendono pericolosissimo. Lui sfrutta altri maghi, tutti coloro che sono stati emarginati dalla società».

Strinsi le labbra, mentre il calore dentro di me continuava a crescere, e uno strano formicolio mi percorreva le braccia.

L'ascensore si fermò e mi affrettai a continuare: «Hayes gli dà la caccia da anni, ma Dorian Mars è astuto. Per questo ora mi sono offerta di aiutare Hayes».

Le porte si aprirono e Isla parve trarre le giuste conclusioni perché negli occhi le balenò un lampo di consapevolezza. «Tu eri nella sua gang».

Contemplai la parete che si chiudeva dietro l'ascensore, interrotta da una pesante porta di metallo. «Sì. Ero tra i giovani che erano stati emarginati dalla società. Perché ero sempre stata convinta che la mia magia fosse pressoché inesistente, e perché non sentivo di appartenere a nessun posto. Dorian Mars mi ha accolta quando ero sul fondo e mi ha dato qualcosa di simile al riconoscimento che avevo sempre desiderato».

Uscendo dall'ascensore, il mio cuore batteva all'impazzata e il calore dentro di me pareva quasi una febbre. Mi voltai verso Isla. «Ho accettato di svolgere certi incarichi per lui. Piccoli crimini, furti o spionaggio di persone. E quando non ho più voluto lavorare per lui, mi ha messa con le spalle al muro. Ha minacciato la mia famiglia. E così, ho continuato. Al *Rhapsody* preparavo dei cocktail che spingevano i suoi nemici tra le sue grinfie». Scossi la testa perché non volevo più parlarne. Per oggi bastava così con le informazioni.

A giudicare dallo sguardo inorridito di Isla, tutto questo aveva sortito il suo effetto. Isla aveva posato una mano sulla porta di metallo e stava scuotendo la testa. «È terribile, Avery. Avrai avuto paura».

«Non è stato solo quello. Mi ha dato qualcosa che non avevo mai avuto: un gruppo a cui appartenere. All'inizio, io per lui VOLEVO fare tutto». Fui presa da un moto di determinazione, e restituii con fermezza lo sguardo di Isla. «Ma ora è finita. Da quando Veda è morta, io so che devo fermarlo. Voglio proteggere i miei amici e la mia famiglia, e ho creduto di poterci riuscire solo facendo quello mi diceva di fare. Ma ho compreso che questo non farà altro che trascinare tutti nel baratro insieme a me. Io devo aiutare Hayes a distruggere Dorian Mars».

«Sembra dannatamente pericoloso».

«Forse». Sventolai la mano fasciata. «Ne ho avuto un piccolo assaggio ieri, quando tre uomini di Dorian mi hanno aggredito per vendicarsi della morte di Devon. Ma è meglio dello stato in cui mi trovo ora».

Isla fece un respiro profondo, con la preoccupazione negli occhi scuri. «Suppongo di non poterti convincere a non farlo... o aiutarti, in qualche modo».

«No. Questa volta no». Sorrisi. «Grazie comunque per esserti offerta. Riuscirò a uscirne da sola. Anzi... non da sola. Con Hayes».

Isla annuì, poi sospirò di nuovo, sorridendo. «Vedi solo di non ammazzarti, Avery Bishop. Hai ancora un paio di cose importanti da fare». Frugò nella tasca posteriore dei pantaloni e tirò fuori due buste, che mi porse.

Guardai con sorpresa il cartoncino glitterato, di prima qualità. «Che cos'è?»

«Sono due inviti. Uno per il party prematrimoniale che i miei genitori terranno tra pochi giorni per alcuni parenti e amici che vivono lontano, e uno per il matrimonio. Mia madre ha quasi perso la testa perché ho aggiunto un'altra persona alla lista degli invitati, ma è riuscita a infilare anche te». Fece un ampio sorriso, ma nel suo sguardo c'era anche incertezza. «Quindi, se vuoi venire...»

La fissai con gli occhi sgranati. «Davvero?»

«Sì, davvero». Gli angoli della bocca mi si incurvarono verso l'alto. «Ci sarò. Assolutamente». Ero così commossa che non potei fare a meno di abbracciarla.

Lei ricambiò l'abbraccio con una risata e poi mi allontanò di nuovo per guardarmi. «Mi fa tanto piacere».

«Ed è per questo che mi hai portato quaggiù nella cantina inquietante della tua famiglia?» domandai in tono spiritoso, stringendomi al petto le preziose buste.

Isla tornò seria. Scosse dolcemente la testa. «No, non è per questo. Io... volevo mostrarti la Sorgente».

Mi occorsero alcuni secondi per capire che cosa intendesse. Poi spalancai gli occhi. «Cosa? La Sorgente della magia? È... QUI?» Il cuore mi martellava mentre fissavo la porta di metallo.

«Sì. È proprio al di sotto della proprietà, affinché noi vi restiamo sempre vicini».

Era per questo che il calore dentro di me stava impazzendo? Perché la Sorgente della nostra magia, la Sorgente del nostro potere si trovava proprio lì, dietro quella porta blindata?

Quando Isla iniziò ad aprire la porta, dovetti reprimere l'impulso di fermarla. Avevo paura di quello che mi aspettava e di quello che avrei subito. Allo stesso tempo, però, c'era un'altra voce dentro di me. Una voce che chiedeva di vederla. Di sentirla. Di stare vicino alla Sorgente.

«È un segreto di famiglia, perché ovviamente non vogliamo che tutti conoscano il luogo esatto in cui si trova la Sorgente».

Isla mi sorrise con esitazione, per poi aprire la porta verso l'interno. «Benvenuta nel cuore della magia».

Senza parlare, seguii timidamente il suo invito e varcai la soglia. La stanza che si apriva davanti a me mi ricordava un'enorme grotta. Le alte pareti erano di pietra che ricadeva dal soffitto sottoforma di stalattiti e non c'era alcuna fonte di luce diretta. Quando la porta si chiuse alle nostre spalle, intorno a noi si fece quasi completamente buio. Quasi. Perché nell'aria c'era uno strano luccichio che pareva diventare più luminoso ogni secondo che passava. Quando i miei occhi si abituarono all'oscurità, vidi qualcosa che correva lungo le pareti e si riversava giù, in una fossa. Ma non era realmente materiale...

Era più simile a un miscuglio d'acqua e nebbia.

Isla e io eravamo in piedi su una piattaforma con quell'acqua nebbiosa che ci si infrangeva intorno. No, non acqua nebbiosa. MAGIA. Magia pura, bellissima, potente, che scaturiva dalle pareti tutt'intorno a noi. Che riempiva tutta l'atmosfera. E all'improvviso mi sentii come se non riuscissi a respirare.

«Non è bellissimo?» Isla fece un altro passo avanti, la sua pelle chiara riluceva d'argento, e sorrise. «Da piccola venivo spesso qui a sedermi vicino alla Sorgente e a guardarla». Si accarezzò le braccia rilucenti. «Sembrava così reale. Così vicina. Così... grezza. È incredibile».

Quando non dissi nulla, Isla si voltò verso di me e il sorriso le scomparve improvvisamente dal volto. «Tutto bene, Avery?»

Non riuscii a risponderle. Tutto il mio corpo, di colpo, si sentiva indolenzito, bollente e formicolante, come se il potere che mi circondava mi tirasse la pelle, cercasse di penetrarvi come pioggia bollente. Il luccichio intorno a me parve diventare più intenso, e con esso il calore, che si trasformò in una palla di fuoco dentro di me.

Finché, tutt'a un tratto, non desiderai altro che di avvicinarmi alla Sorgente. Di mettere la mano nell'acqua nebbiosa e... berla. Assorbirla fino a riempirmi le vene.

«Avery?» Isla si mise davanti a me e mi afferrò il braccio. Quasi subito trasalì. «Sei... bollente, scotti. Stai bene? Che cosa c'è che non va?»

Abbassai lo sguardo sulle mie braccia. Le vene luccicavano sulla pelle. Era troppo. Era davvero troppo. L'attrazione che la Sorgente esercitava su di me... il forte desiderio di avvicinarmi, di farla mia. E quel potere inquietante che pulsava nell'aria intorno a me come un essere vivente. Troppo presente. Troppo grande. Troppo potente.

«Isla, devo uscire da qui» dissi, anche se ogni fibra del mio essere si opponeva ad abbandonare quel luogo. Era come se quello fosse il mio posto, ma anche come se tutto quello che c'era lì mi stesse schiacciando. TROPPO.

Il controllo che per qualche istante mi era sembrato di avere sulla mia magia in pochi secondi era svanito. Il mio corpo non reagiva, ma per fortuna Isla riuscì a spingermi fuori. Il calore pulsava ancora dentro di me quando la porta di metallo si chiuse alle nostre spalle. Il sudore mi colava sulla pelle, anche quando incespicammo fino all'ascensore e Isla attivò il pulsante con la chiave.

Lentamente, salendo piano dopo piano, la tensione si allentò. Il calore diminuì. Quando ci fermammo al piano terra e le porte si aprirono, rivolsi a Isla uno sguardo debole. Ero appoggiata alla parete e tutto il corpo mi faceva male. Lei sembrava terrorizzata quanto me.

«È stata l'esperienza più inquietante e più bella della mia vita» dissi. E poi mi lasciai scivolare sul pavimento, tremando.

CAPITOLO 19

Quella sera entrai nel locale con un brutto presentimento. Avevo un formicolio strano sulla pelle, il sentore che qualcosa sarebbe andato decisamente storto.

Quando infine salii le scale che portavano al bar, cullata dai bassi pulsanti e dalle luci al neon, vidi finalmente il probabile motivo di quella sensazione: seduta al bancone c'era una ragazza, non molto più grande di me, con la pelle bronzea e i capelli di un viola brillante che le ricadevano intorno al bel viso come zucchero filato. *Teagan*.

Serrai le labbra, e tutto il mio corpo, ogni fibra e muscolo, si contrasse. Doveva averla mandata da me Dorian Mars, non c'era altra opzione. Teagan era il suo braccio destro e, a differenza degli altri suoi collaboratori, non si sarebbe mai azzardata in vita sua a fare alcunché senza concordarlo con il boss. Teagan non agiva da sola.

Mentre camminavo lentamente intorno al bar per raggiungere la mia postazione, migliaia di pensieri mi passarono per la mente. Dorian l'aveva mandata da me per minacciarmi? O forse addirittura le era già stato ordinato di porre fine alla nostra collaborazione in maniera indolore? In tal caso, però, forse non se ne sarebbe stata lì appoggiata al bancone con quella calma, un sorriso gentile sulle labbra, come se nulla al mondo la interessasse. I suoi occhi scuri mi seguirono dal momento in cui mi vide scendere le scale fino a quando mi ritrovai di fronte a lei, dall'altra parte del bancone. Mi giunse al naso l'odore dei libri, polveroso e misterioso, e la nuca cominciò a formicolarmi.

Teagan appoggiò la testa su una mano e incurvò gli angoli della bocca verso l'alto ancora un po'. «Splendida serata a te, cara Avery. Non ci vediamo da molto tempo».

Azzardai a gettare un'occhiata di lato, ma Michael e Marla erano impegnati a servire altri clienti. Così guardai Teagan con un cipiglio. «Non sono proprio in vena di giochetti. Dimmi solo che cosa sei venuta a fare».

«Be', non è molto carino». Arricciò le labbra piene e truccate di un colore scuro per formare un broncio. «Un'amica non può nemmeno andare a trovare la sua amica al lavoro?»

Decisi di tenere la bocca chiusa piuttosto che spiattellare le cose che mi passavano per la testa. Io e Teagan non eravamo certo amiche. Ci frequentavamo spesso a Hunts Point, all'epoca, con Veda. Ma quando ripensai alla ragazza che era stata davvero mia amica, mi si strinse il cuore. Noi avevamo preso una strada diversa. Avevamo scelto la libertà e l'onestà, anche se io non le avevo ancora raggiunte. Teagan, invece, era salita di grado nei ranghi di

Dorian Mars ed era stata ben felice di immergersi nelle sue macchinazioni fino a diventare il cagnolino al suo fianco. Quello che faceva la rendeva felice. E rispettava Dorian Mars, lo ammirava come un eroe invece di vederlo come l'assassino che era.

Quella donna era una serpe falsa. Ed era dannatamente pericolosa.

«Non hai una bella cera». Teagan fece un sorrisetto e indicò le occhiaie che probabilmente mi erano venute sotto gli occhi. «Non dormi bene?»

No, grazie al tuo sugar daddy, mi sarebbe piaciuto gridarle contro. Ma la verità era che fino a quel momento non avevo più pensato a lui. Sentivo ancora nelle ossa la visita a casa di Isla, e ora, quando senza volerlo ripensavo a ciò che vi avevo visto, mi si accapponava la pelle di tutto il corpo. *Ero stata al centro della Sorgente. Al centro del potere dei maghi di New York*. Avevo percepito un tale potere, una tale magia, e per quanto mi spaventasse, lo desideravo. Ne avevo bisogno.

«E sei anche pallida». Teagan schioccò la lingua, riportandomi con quel rumore alla realtà.

Se non avessi accettato di stare al suo giochetto, probabilmente non sarei riuscita a liberarmi di lei. Così sospirai. «Ci sono molte cose in ballo al momento». Feci un cenno alle bottiglie dietro di me. «Vuoi bere qualcosa?»

Teagan si portò un dito alle labbra e parve intenta a riflettere. Il suo sguardo passò in rassegna le bottiglie di vino esposte, le bottiglie di whisky e la spillatrice di birra, finché non si fermò su di me. Sorrise. «Che ne dici di un buon vino? Prendo quello che mi consigli tu. Magari con una spruzzatina di felicità, alla fine potremmo averne bisogno tutti, no?»

Strizzò un occhio, e io avvertii il mio corpo irrigidirsi di nuovo. Tuttavia, feci come mi aveva chiesto e presi dalla mensola uno dei vini più costosi da mescolare con la tintura *Dancing Joy*. Ne versai solo poche gocce, giusto un pizzico di buon umore, perché da quando i miei poteri di Toxic si erano risvegliati non riuscivo ancora a valutare bene l'efficacia delle mie miscele. E se la prima collaboratrice di Dorian Mars si fosse messa a ballare nuda per il locale per colpa del mio drink, sarei di sicuro finita nei guai con il boss della malavita.

Feci scivolare il bicchiere sul bancone e Teagan lo afferrò subito, con gli occhi lucenti, per bere il primo sorso. Sembrava che le piacesse davvero, perché chiuse gli occhi e per un attimo si rigirò il vino in bocca, avanti e indietro.

Al limite del mio campo visivo, notai che Michael guardava stranito la mia cliente e poi me. Non sapendo come reagire, scrollai le spalle e gli rivolsi un sorriso stanco. *Altri clienti pazzi, eh?*

Questo sembrò metterlo a suo agio. Fece un ampio sorriso, scosse la testa e tornò a concentrarsi sugli altri clienti.

Infine, Teagan sospirò e posò il bicchiere di vino sul bancone. «Davvero eccellente. Ottimo consiglio». Si passò un dito sulle labbra prima di sorridermi di nuovo. «Capisco perché Dorian ti consideri ancora così importante».

I capelli sulla nuca mi si rizzarono quasi all'istante

quando pronunciò il suo nome con quel tono stranamente minaccioso. Doveva aspettarselo, perché il suo sorriso si allargò. «Ha un nuovo incarico per te».

«Quindi Dorian Mars ti manda di persona a riferire i suoi ordini? Che onore».

«Non necessariamente» rispose Teagan. «Credo che questa volta voglia assicurarsi che tu riceva davvero l'incarico. L'altro giorno qualcosa deve essere andato storto, così mi ha detto».

Pronunciò la frase con intonazione interrogativa, anche se io ero certa che Dorian Mars le avesse detto quello che sapeva. C'era solo da chiedersi che cosa fosse: solo che il tizio non si era presentato da lui, o che io l'avevo salvato? Decisi di rimanere più disinvolta possibile. Così mi costrinsi a sorridere e mi appoggiai al bancone. «Non deve preoccuparsi. I suoi incarichi li ricevo sempre».

«Davvero?» Teagan fece una faccia di finta sorpresa. «Ma che strano. Era sicuro che non potesse essere così. L'uomo che cercava non si è mai presentato a Hunts Point. E questo significherebbe che hai sbagliato qualcosa, non è vero, Avery?»

Il mio stomaco cominciò a ribollire, ma io riuscii comunque a mantenere un'espressione neutra. «Be', a quanto pare. Il poveretto deve aver esagerato con i miei cocktail ed è collassato appena fuori dal Club».

«Oh, quindi l'hai ucciso proprio qui? Che ragazzaccia!»

«Certo che no» ringhiai con rabbia. «Ho chiamato un'ambulanza».

Teagan mi fissò per qualche secondo come se avessi

perso del tutto la testa. Infine, aggrottò le sopracciglia e scosse il capo. «Scusa, che cos'hai fatto?»

Trattenni il suo sguardo con la furia negli occhi. «Io non sono un'assassina». *Come Dorian Mars. Come te.*

«È una questione di interpretazione, mia cara». Si appoggiò di nuovo il viso sulla mano e mi sorrise dolcemente. «Ma non preoccuparti, Dorian si occuperà di quell'incarico malriuscito. Un errore capita a tutti. L'importante è che non si ripeta, giusto?»

La minaccia inespressa nella sua voce mi fece accapponare la pelle delle braccia. Teagan prese la borsetta appoggiata accanto a lei sul bancone e vi rovistò per un attimo prima di tirare fuori il cellulare. Me lo tese davanti alla faccia e io scrutai l'uomo visualizzato sullo schermo. Un tipo comune, dalla barba bionda, che indossava un abito di una taglia troppo grande.

«Edward Hawks. Probabilmente si presenterà qui oggi o domani, se tutto va bene. E Dorian si aspetta che questa volta tutto vada come al solito». Abbassò il cellulare. «Dovrei anche ricordarti gli obblighi che hai nei suoi confronti, nel caso te ne fosse dimenticata. I duecentomila dollari che ancora gli devi. Non gli piace l'idea di aggiungere anche gli interessi».

Serrai i denti e le mie mani si strinsero sul bancone del bar. Forse sarebbe stato furbo stare al gioco. Continuare a eseguire gli ordini di Dorian per non farlo insospettire e poter continuare a raccogliere prove contro di lui. Continuare ad avvicinarmi a lui.

Ma la verità era che non potevo più farlo.

La faccenda di Devon. La faccenda del tizio dell'ultima volta, quello che avevo quasi ucciso qui. E, in effetti, tutto quello che c'era stato prima, tutti gli anni di sensi di colpa, umiliazioni, e una strada che non avrei mai scelto per me stessa. Nel momento in cui Teagan mi guardò con quel maledetto sorriso dolce, come se mi avesse completamente in pugno, compresi che era finita. Non potevo più farlo. Né per i miei cari, né di certo per la mia sicurezza. Non potevo mandare qualcun altro a morire. Avrei preferito uccidere Dorian Mars in persona.

A quel pensiero, avvertii il calore montare di nuovo dentro di me, il formicolio della potente magia che mi scorreva nelle vene, e questo mi diede la fiducia in me stessa di cui avevo bisogno. Mi raddrizzai di scatto, aggrottai le sopracciglia e sbottai a Teagan: «Sparisci. Subito».

«Come, scusa?» Si vedeva che era rimasta turbata. Nessuno, di solito, parlava così al braccio destro dell'uomo più pericoloso di New York. Ma non me ne fregava niente.

«Mi hai sentito, Teagan» ringhiai con la voce più minacciosa di cui ero capace. «Ti ho detto di sparire. E ricordati di portarti via quel maledetto incarico. Io non lo svolgerò. Non farò più nulla per Dorian Mars, hai capito? Che vada a quel paese quell'infame».

Mi tremavano le mani, ma le strinsi a pugno e mi costrinsi a sostenere lo sguardo scioccato di Teagan. Non mi sarei tirata indietro. Non davanti a Dorian Mars e di sicuro non davanti a lei.

Ci volle un attimo perché Teagan comprendesse che stavo dicendo sul serio. Il suo bel viso si trasformò in una smorfia di rabbia. «Spero che tu non dica sul serio, Avery Bishop. Non puoi sfuggire alle grinfie di Dorian Mars come un verme bagnato. Dovrai subirne le conseguenze».

«Non sono stata abbastanza chiara?» sibilai.

Aprì la bocca come per protestare. Ma una voce scura alle sue spalle la precedette. «Io credo che sia stata più che chiara».

Teagan si voltò e anch'io fissai sorpresa Hayes, che era arrivato dietro di lei. Questa volta non indossava l'uniforme, ma solo una maglietta scura aderente. Ma l'autorità del suo status professionale gli stava ancora addosso come un abito della misura perfetta.

Scoccò un'occhiata cupa a Teagan. «Signorina Hale, voglio sperare che le cose che ha appena detto alla signorina Bishop non fossero minacce serie... perché dovrei aggiungerle al suo fascicolo, che sta per scoppiare». Gli attraversò il volto un sorriso pericoloso, di quelli in grado di spaccare muri di pietra. «E poi ci sarebbero motivi sufficienti per metterla in custodia... Di sicuro non sarebbe nel suo interesse».

«Detective». Teagan mise in quella parola tutto il disprezzo di cui fu capace. Ma ormai era in una situazione di stallo, ed era abbastanza intelligente da sapere che qualsiasi parola sbagliata avrebbe potuto farla finire in galera. Così si accontentò di lanciarmi un'altra occhiata sprezzante prima di bere un ultimo sorso di vino, con una lentezza provocatoria, e poi lasciarsi scivolare con un movimento elegante dallo sgabello del bar. In pochi secondi era svanita tra la folla. Ma anche se aveva mantenuto la calma, avevo avvertito la rabbia che trasudava da ogni suo poro.

Le mie spalle si rilassarono quasi subito e mi sfuggì un sospiro.

Hayes, che la stava seguendo con lo sguardo, si voltò verso di me e si sedette sullo sgabello del bar. «Che cos'è successo?» La sua voce era tagliente, come se fino a quel momento si fosse trattenuto.

Lo salutai con un cenno del capo. «Oh, niente di che. Le ho solo detto che il suo capo è un infame e che non accetterò più incarichi per lui. Non l'ha presa molto bene».

Afferrai il vino che Teagan aveva lasciato sul bancone e me lo scolai tutto d'un fiato. Non è che mi calmò particolarmente. O che avesse tutto questo magico effetto. Il cuore continuò a martellarmi.

Che cosa diavolo avevo messo in moto?

Hayes alzò le sopracciglia. Si appoggiò al bancone e mi guardò con uno sguardo penetrante. «Anche se penso che probabilmente sia stata una buona decisione... dovresti stare attenta, in futuro».

«Ho il tuo numero» risposi con un sorriso.

Quando annuì, serio, il mio stomaco si calmò un po'. Sì, avevo Hayes dalla mia parte e il potere che giaceva sopito dentro di me. Dorian Mars era un uomo pericoloso, ma avrebbe dovuto prepararsi. Non mi sarei arresa senza combattere.

Sospirando, riposi il bicchiere di vino vuoto nella lavastoviglie. «E tu che ci fai qui? Dimmi che non ci sono altri cadaveri da identificare, per favore. La mia vita è già abbastanza complicata al momento».

«No, niente del genere. Volevo solo vedere come stavi». Quando lo guardai sorpreso, fece spallucce. «È strano?»

Un sorriso mi attraversò il voltò, e quando lui lo ricambiò, il formicolio si diffuse in tutto il mio corpo. Dio, quell'uomo. Che cosa mi stava facendo?

Questo complica di nuovo tutto, sussurrò una voce nella mia testa, che tuttavia si tacque quando Hayes si sporse un po' in avanti. «Lo sai che con me puoi parlare, vero? Perché sembra di nuovo che dentro di te ci sia una battaglia».

Non farti prendere da questi sentimenti, mormorò la voce. *È solo gentile. È un poliziotto, si limita a fare il suo lavoro.*

Accantonai quelle parole. In tutto ciò che stava succedendo nella mia vita in quel momento, quella almeno era una bella sensazione. Complicata, come tutto il resto, ma in qualche modo anche calda, piacevole ed eccitante.

«Se vuoi davvero aiutarmi...» Mi sporsi anch'io sul bancone, accorciando ancora di un pezzetto la distanza tra noi.

Hayes spalancò gli occhi, ma non si ritrasse. Accettò la vicinanza tra noi. «Sì?» chiese con una voce scura che mi fece formicolare ancora di più la pancia.

Feci un ampio sorriso. «Che cos'hai in programma di fare domani sera?»

Le sopracciglia gli si alzarono e io non riuscii a credere di aver davvero preso in considerazione l'idea. Con tutto quello che stava succedendo, con tutto quello che stavo passando. Ma il formicolio nella pancia mi diede ragione. E tanto, se Dorian Mars nei giorni seguenti mi avesse fatto uccidere da uno dei suoi sicari, o se avessi perso il controllo della mia magia e avessi dato fuoco a tutto quanto, allora avrei potuto divertirmi un'ultima volta.

Tirai fuori dalla tasca dei pantaloni l'invito al party prematrimoniale di Isla e glielo tenni davanti al naso. «Mi servirebbe proprio un accompagnatore per un evento, qualcuno che sia un po' più al mio livello di normalità, così non impazzisco in mezzo a tutti quei VIP».

Prima mi fissò, poi guardò la busta e poi di nuovo me, con occhi increduli. «Sei seria, Avery?»

«Hai detto che volevi aiutarmi».

«Non era proprio quello che intendevo». Gemette, si passò una mano sul viso e poi scrollò le spalle. «Ma sì, per me va bene».

«Veramente?» Non riuscivo a credere che avesse davvero accettato. Ma quando ricambiò il mio sguardo e gli apparve sulle labbra quel sorrisetto dolce, si diffuse in me una gioia incontenibile che non avrei mai pensato di poter provare in quel momento.

«Sì, ci sto» borbottò, coprendosi gli occhi con una mano e ridendo piano. «Probabilmente me ne pentirò, vero?»

Sorrisi e in quel momento mi sentivo tutta in balia delle farfalle nello stomaco.

«Forse sì» dissi, divertita, e aggiunsi nella mia mente: *ma io sicuramente no.*

CAPITOLO 20

Mi girai e rigirai davanti allo specchio per qualcosa come la decima volta, ma il riflesso non diventava più soddisfacente. Nemmeno pizzicando il tessuto blu, raddrizzando le maniche e girandomi per l'undicesima volta. Il vestito non mi stava più bene. Né sul mio corpo né su di me.

Frustrata, mi soffiai via dalla faccia una delle ciocche bionde che si erano staccate dalla treccia, per poi prendere il cellulare. Squillò solo due volte prima che Isla rispondesse.

«Avery?»

«Ho addosso il vestito dell'ultimo ballo del liceo» borbottai nel ricevitore. «E sembro una di quelle inquietantissime bambole di porcellana dai vestiti pacchiani che collezionava mia madre. Se quest'immagine non ti basta, te lo esplicito: sono orrenda. Non posso venire».

Isla rise forte, nonostante le voci che si udivano intorno a lei.

«Non è divertente». Mi buttai sul letto tra gli strati di tulle e fissai il soffitto decorato con le lucine.

«No, infatti. Ma oggi non è un'opzione contemplata che tu non venga» disse Isla con severità, ma non senza un sorriso nella voce. «Te l'ho già detto, mia madre ha riorganizzato tutto in modo che ci sia posto anche per te e il tuo accompagnatore. Se adesso non vieni, si scatenerà come un uragano». All'altro capo del filo, una porta si chiuse e poi ci fu più silenzio di prima. «È davvero così tremendo?»

«Orribile. Potrei farlo passare per un costume da piccione».

Isla sbuffò. «Le analogie continuano a peggiorare».

Io gemetti e Isla aggiunse: «I miei hanno invitato tutti i loro colleghi dell'emittente e almeno una metà della nostra famiglia, che è enorme, peraltro. Tutti quelli che verranno probabilmente cercheranno di fare battutacce sul matrimonio o di darmi pizzicotti alla guancia. Non esagero quando dico che non vedo l'ora di vederti stasera. Devi venire per forza, Avery. Dico sul serio».

Questo sì che mi fece ridere. «Non vedi l'ora di vedere me? Non c'è anche Nicholas?»

«Da ieri sera, quindi non conta» disse. Se non la conoscessi ormai così bene e se per me non fosse stata un libro aperto, probabilmente avrei creduto alle sue chiacchiere disinvolte. Invece, riconobbi la strana sfumatura nella sua voce e mi tirai su a sedere.

«Va tutto bene con lui?» Isla fece un profondo sospiro. «In realtà, sì. È stato meraviglioso riaverlo finalmente qui. Ma...»

«Ma?»

«Le cose tra noi sono un po' cambiate. Le nostre famiglie in questo periodo sono in subbuglio per via del matrimonio e di tutto il resto. Riescono davvero a dare sui nervi, ci fanno correre da un appuntamento all'altro e abbiamo a malapena un momento per stare da soli». Sospirò di nuovo. «Nicholas è appena tornato da Denver. È completamente oberato di lavoro perché in realtà di solito è sempre suo fratello maggiore ad aiutarlo nelle questioni familiari. Solo che ora è in trasferta politica, come la chiama lui. Ho visto i post su Instagram. Se me lo chiedi, per me quello là è solo in vacanza. Ma non si può dire ad alta voce niente di male sul preferito della famiglia». Fece un verso di frustrazione, poi rise: «Scusa, non voglio annoiarti con queste cose».

«Figurati. Le amiche servono a questo» risposi con un sorriso. Dopo un'ultima occhiata allo specchio, aggiunsi: «E ovviamente vengo. Anche vestita da piccione spennato. Te lo devo».

Isla rise di nuovo, e io fui felice di averla distratta. «Ovviamente non te lo permetterò. Tra mezz'ora verrà a prenderti l'autista e ti porterà un vestito. Va bene uno color argento?»

«Qualsiasi cosa è meglio di quello che ho su».

Mi passai le dita tra i capelli con un sorriso. «E poi, mandi un autista a portarmi un vestito? Lo fai per tutti i tuoi ospiti?»

«Solo per la mia ospite preferita», rispose, e riuscii a sentire che stava sorridendo almeno quanto me. «Allora ci vediamo dopo, Avery».

«A dopo! E grazie!»

Riattaccai e mi liberai del mostro di tulle lungo fino al ginocchio. Proprio quando finalmente fui tornata di nuovo a indossare un paio di comodi leggings e una camicia oversize, il campanello suonò. Il mio cuore cominciò subito a danzare all'impazzata come se fossi in un maledettissimo romanzo rosa. Mi sforzai di camminare per il corridoio a passo normale e di mantenere la calma. Fu più difficile di quanto pensassi, perché quando aprii la porta e mi si parò davanti Hayes in giacca e cravatta, la mia pancia impazzì di nuovo.

Accidenti, era ancora più bello che in uniforme. L'abito nero gli stava così bene che le larghe spalle e le braccia risaltavano alla perfezione. E quando prese la cravatta scura per aggiustarsela, le farfalle nel mio stomaco fecero balzi di gioia. O qualunque cosa facciano le farfalle quando sono felici.

Le sopracciglia di Hayes si alzarono. «A quanto pare, nonostante tutte le mie preoccupazioni, sono effettivamente troppo elegante per oggi».

Lo fissai, un po' confusa, prima di seguire il suo sguardo verso il mio outfit. «Oh. Sì, mi sa di sì». Alzai di nuovo gli occhi per guardarlo e sorrisi. «Non ti avevo detto che oggi i Kennedy vogliono un abbigliamento informale? Vengono tutti in leggings e maglietta».

«Sì, in effetti a loro si addice». Fece un sorrisetto. «Ma in tal caso, dovrai prestarmi un paio di leggings».

Sorridendo, gli feci cenno di entrare.

I suoi occhi andarono subito alle foto della mia famiglia

che mio nonno qualche anno prima aveva appeso lungo il corridoio. Era difficile capire quali emozioni gli stessero attraversando il viso, ma si affrettò a voltarsi verso di me. «Quindi?»

«Il mio vestito deve ancora arrivare. Proprio come il nostro autista». Incrociai le braccia sul petto e gli feci un sorriso della serie "oggi per me non esiste niente di troppo costoso".

«Ti stai adattando alla società contemporanea. Eccellente» borbottò Hayes un po' stizzito e quasi subito si afferrò di nuovo la cravatta.

In quel momento mi resi conto che quello in realtà era un segno di insicurezza. Il detective Adam Hayes, l'intrepido poliziotto temuto da tutta la malavita di New York. *Insicuro*.

«Non sei un fan della High Society?» lo stuzzicai.

Lo sguardo che mi rivolse la diceva lunga. «Non proprio» rispose con freddezza. «Ma probabilmente è così quasi per tutti quelli che non rientrano nella schiera dei belli, dei ricchi e dei potenti».

Serrai le labbra per non contraddirlo. Perché, cavolo, quell'uomo era DAVVERO bello. Ma fu qualcos'altro a catturare la mia attenzione. La parolina *potente*, udendo la quale lui strinse gli occhi a fessura.

Scrutai ancora per un attimo la sua espressione prima di domandare: «Tu sei uno Shield, vero?»

In realtà, lo sapevo già. Tra maghi, era considerata quasi una buona prassi sapere qualcosa del genere sui propri compagni. Ma sentii di doverlo dire proprio in quel momento... perché forse questo un po' ci univa.

Hayes si voltò sorpreso verso di me, come se per un attimo si fosse dimenticato che ero ancora lì. Poi le sue labbra si ridussero a una linea sottile. Annuì. «Quando ero più giovane, lo percepivo come un motivo di vergogna perché l'alta società magica l'aveva dichiarato una vergogna». Gli si contrasse un sopracciglio. «La fine di una stirpe di maghi. Coloro che non sono più benedetti dalla Sorgente. Le pecore nere. Ho creduto a tutto questo».

«Tanti ragazzi ci credono». Mi avvicinai di un passo e lo guardai con un'espressione seria. «Ne ho incontrati molti, a Hunts Point, da Dorian Mars. Molti sono stati spinti tra le sue grinfie proprio perché avevano finito per sentirsi così impotenti ed emarginati. Io ero una di loro». Allora ero convinta di essere impotente. Scossi la testa e incrociai lo sguardo dolce di Hayes, che mi fece ribollire la pancia. «Ma pochi hanno trasformato quell'impotenza in qualcosa di significativo come te. Tu aiuti gli altri».

Mi guardò per qualche istante. Poi, a un certo punto, alzò leggermente gli angoli della bocca. «A un certo punto, ho capito che io non sono impotente, se faccio buon uso di ciò che mi è stato dato. L'immunità quasi totale alla magia, per esempio. Ognuno di noi ha qualcosa che lo rende utile. Bisogna soltanto scegliere di sfruttare le proprie capacità».

All'improvviso mi vergognai. Non perché sentissi che mi stava rimproverando, ma perché ero io a farlo. Lasciai cadere la testa con un sorriso amaro. «Vorrei essere stata come te, allora. E non così credulona da seguire un uomo che vuole ridurre tutto in macerie».

«Avery». La voce di Hayes sembrava seria, quasi

ammonitrice, eppure di nuovo così infinitamente dolce che non potei fare a meno di alzare lo sguardo verso di lui. Scosse la testa. «Non dire così».

Feci un respiro profondo. Cercai di ricompormi, anche se era difficile... così vicino a lui. La sua presenza sembrava avvolgermi. Come per Isla, era una presenza che non voleva trasformarmi in chissà che cosa né si aspettava alcunché da me. Voleva semplicemente abbracciarmi, così com'ero. Una cosa di cui credevo non sarei mai stata abbastanza degna.

All'improvviso mi venne un groppo in gola che non riuscii a mandar giù.

Per fortuna, in quel momento suonò di nuovo il campanello. Sussultai e mi voltai in fretta per evitare che Hayes si accorgesse del luccichio sospetto che avevo negli occhi. Sul gradino più alto di casa nostra c'era un uomo in giacca e cravatta, con un cappello in testa e una borsa portabiti in mano. Mi guardò, con i baffi che gli fremevano sulle labbra. «Avery Bishop?»

«Sì, sono io». Imbarazzata, mi scostai una ciocca di capelli dal viso. «Lei deve essere l'autista che ha mandato Isla, vero?»

Lui annuì e mi porse la borsa portabiti. Stavolta fui colta da un'eccitazione tutta diversa. «Aspetti qui un attimo, mi preparo subito». L'autista annuì rigidamente, io mi voltai e tornai di corsa nel corridoio.

Hayes, che era ancora lì in piedi, alzò le sopracciglia. «Vestito a domicilio?»

Gli feci un rapido occhiolino e sparii in camera mia per cambiarmi.

Quando tornai nel corridoio, cinque minuti dopo, con i capelli appena sciolti e il vestito che Isla mi aveva mandato, mi sentii stranamente senza fiato. «Cioè... è fantastico». Accarezzai il prezioso tessuto argentato che aderiva al mio corpo. Essendo Isla un po' più alta di me, aveva scelto un abito lungo fino al ginocchio, e mi stava a pennello. Quella donna aveva davvero occhio per queste cose.

Hayes alzò lo sguardo dal suo cellulare, e io ebbi la sensazione che gli stesse per cadere. «Tu... wow!»

«Senza parole, detective?» chiesi, sentendo il cuore, insieme agli angoli della bocca, balzare verso l'alto.

Rise. «Un po'. Stai benissimo, Avery».

«Grazie, lo so. Mi sono vista allo specchio». Sorridendo, mi aggrappai al suo braccio, che lui subito avvicinò un po' di più al suo corpo. «Allora andiamo, che dici?»

L'autista ci portò al locale nell'Upper East Side, che era ancora più sfarzoso di quanto avessi immaginato; il nostro club, al confronto, faceva pena. Era un palazzo alto, evidentemente storico, che mi ricordava un po' un castello. Da qualche parte dietro le mura, riuscivo a sentire un forte brusio di voci che non riconoscevo.

«Porca miseria» mormorai quando Hayes salì sul marciapiede accanto a me dall'altro lato dell'auto.

Fece un sorrisetto. «Possiamo dirlo forte, sì». Era evidente che era più che a disagio, ma cercava comunque strenuamente di nasconderlo.

Lo guardai sorridendo. «Le feste del NYPD non sono così chic, suppongo?»

«Una tacca meno. Come minimo». Hayes sospirò, poi

mi diede una spinta con la spalla. «Vogliamo levarci il pensiero?»

«Non è lo spirito giusto per una festa gratis, non credi?»

Alzò gli occhi al cielo, e quello fu un gesto così insolito da parte sua che mi venne da ridere.

«Vediamo di godercela il più possibile?» disse conciliante.

Annuii. «Così va meglio».

Salimmo gli ampi gradini del castello e, appena arrivati in cima, la porta si aprì. Era Isla, che ci accolse con un bellissimo abito bianco argenteo lungo fino ai piedi e un sorriso raggiante. «Che bello che tu sia venuta, Avery» esclamò «e tu devi essere Adam Hayes, il famigerato detective?»

Hayes le sorrise, anche se la descrizione parve spiazzarlo un po'. «Proprio io. Piacere di conoscerla, signorina Kennedy».

«Oh, bando alle formalità. Basta Isla». Si girò verso di me e mi abbracciò con tanto calore che ridacchiai. «Venite dentro, voi due».

Entrammo tutti e tre nel corridoio e quando mi guardai intorno fui sorpresa nel constatare che la cucina e le stanze dello staff erano proprio di fronte a noi.

«Questa è l'entrata sul retro» spiegò subito Isla. I suoi occhi scuri scintillarono verso di me. «Ho immaginato che non ti andasse di entrare dall'ingresso principale, passando sul tappeto rosso in mezzo ai paparazzi».

«Per l'amor del cielo». Risi ansimando, e Hayes impallidì un po' scuotendo la testa.

«Anche no» disse.

Isla rise e ci fece cenno di seguirla.

La sua famiglia aveva affittato un'intera sala da ballo e, sebbene non fosse ancora particolarmente piena, già vedevo molti personaggi famosi. Diversamente rispetto all'addio al nubilato, la maggior parte di loro aveva l'età dei genitori di Isla. Direttori delle emittenti, politici, anziani attori. Mi sforzai di non fissare nessuno troppo a lungo, in modo che non si accorgesse subito che quello non era posto per me.

«L'evento in realtà è più per il pubblico» disse Isla con un'espressione stizzita, come se avvertisse un dolore da qualche parte. «E spero che non duri troppo. Ma nel frattempo spero che vi divertiate lo stesso. Oh, Nicholas!» Quando pronunciò il suo nome, le si illuminò il volto.

Seguii il suo sguardo verso il giovane che ci stava venendo incontro percorrendo il corridoio. Era alto e allenato, e i capelli biondi erano rasati con ordine. Il suo abito era dello stesso colore di quello di Isla e quando la raggiunse e le prese dolcemente la mano, dovetti ammettere che erano una coppia perfetta. Una foto di loro due non sarebbe stata fuori posto in una rivista patinata sui VIP.

«Tua madre oggi mi ha già presentato venti persone che fanno parte della tua famiglia. Spero che non ti arrabbi se non sono riuscito a ricordare il nome di nessuno».

Sorrise così tanto che intorno agli occhi fecero capolino delle simpatiche zampe di gallina.

Quando si voltò verso di me, i suoi occhi azzurri sfavillarono. «Oh, e tu devi essere Avery. La mia fidanzata non fa altro che parlare di te. Potrei anche ingelosirmi, se non fossi io quello che sposerà tra pochi giorni».

Rise, ed era così genuino che non potei fare a meno di ridere anch'io. «Sì, è un piacere conoscerti finalmente». Gli strinsi la mano. «E non preoccuparti, non ho intenzione di rubarti Isla».

Dopo aver salutato con estrema cortesia anche Hayes, mise teneramente un braccio intorno a Isla e abbassò gli occhi per guardarla. «Mi dispiace portarti via subito dalla tua amica, ma mi servi da promemoria per i tuoi parenti. Non sia mai che offenda qualcuno a morte, a così pochi giorni dal nostro matrimonio».

«Va bene». Isla mi toccò brevemente il braccio e all'improvviso si fece molto seria. «Vengo a cercarti ancora dopo, okay, Avery? Vorrei presentarti una persona».

Mi formicolò subito la pancia perché avevo la sensazione che ci fosse dell'altro. Ma per non attirare l'attenzione, mi limitai ad annuire.

«Divertitevi» disse Nicholas con un sorriso prima di allontanarsi con Isla.

Quando i due non furono più a portata d'orecchio, tirai un profondo sospiro. «Sembra simpatico. Un po' affettato, però simpatico».

Hayes alzò le sopracciglia. «Quindi è stato approvato per la tua amica?»

«Quasi» risposi con un sorriso. Indicai alcuni posti defilati, dove non era seduto quasi nessuno. «Andiamo, guardiamoci lo spettacolo da bordocampo».

Dopo il nostro arrivo, la sala si riempì un po' più in fretta, e io riuscii a malapena a tenere il conto di tutte le celebrità che inondarono la sala. Hayes ne sapeva sorprendentemente poco di personaggi famosi, esclusi i politici, e io mi divertii un mondo a spiegargli chi era chi. Dopotutto, Veda aveva sempre condiviso con me buona parte del suo amore per le celebrità, e io mi stupii di quante informazioni mi fossero rimaste impresse.

«Quello là dietro» dissi, indicando un uomo anziano in abito grigio, «è il presentatore Hank Collins. È il conduttore del telegiornale di Canale 1 da ben vent'anni, un pezzo grosso del settore. Ma ha anche parecchi scheletri nell'armadio».

Hayes brontolò. «Già. Ho esaminato il corpo del suo collega pochi giorni fa in un vicolo vicino alla proprietà dei Kennedy».

«Isla me l'ha raccontato». Dovetti scrollarmi di dosso la pelle d'oca, prima di indicare la compagna di Hank Collins con il lungo vestito di paillettes. «E quella è la sua terza moglie, Mary. Era un'attrice, ma ora ha un suo marchio di make-up e varie aziende che producono borse. Non credo che faccia più molto altro, a parte sfoggiare gli abiti nuovi alle feste».

«Dev'essere una vita dura». Hayes si voltò verso di me con un sorrisetto. «Per non essere una grande fan della società, è sorprendente quante cose tu sappia».

Scrollai le spalle. «Conosci il tuo nemico». Scuotendo la testa, mi girai verso di lui. «O, perlomeno, questo era la motivazione di Veda. Anche se sono sicura che le celebrità esercitassero un certo fascino su di lei. Io mi sono sempre chiesta come si possa disporre di tanto potere e denaro, e non si voglia aiutare gli altri. Ciascuno di loro potrebbe stravolgere la vita dei ragazzi di Hunts Point... ma nessuno lo fa. Me lo chiedo ancora, in effetti, anche se ora comprendo un po' meglio le dinamiche della società».

Hayes mi osservò per un attimo, poi annuì dolcemente. «So che cosa intendi dire. Credo che sia stato questo il problema che ho sempre avuto anch'io con loro». Inclinò la testa e lasciò vagare lo sguardo sui ricchi e belli. «Se non sei uno di loro, tanto vale che tu non esista. Non farebbe alcuna differenza».

«Per fortuna, non sono tutti così». Sorrisi mentre Isla camminava verso il centro della sala con Nicholas per mano.

Quando mi accorsi che Hayes mi stava guardando di profilo, mi voltai verso di lui.

Il dubbio gli si leggeva in faccia: «Lei vuole aiutarti? Con i ragazzi di Hunts Point?»

Ebbi un piccolo tuffo al cuore. «Sì, be'. Non gliel'ho ancora chiesto direttamente». La mia coscienza sporca mi rodeva di nuovo dentro, e Hayes doveva essersene accorto, perché mi cinse dolcemente con un braccio. Le sue dita sui miei fianchi erano calde e mi provocarono un formicolio sul corpo. «Non devi portare tutto il peso della malavita di New York sulle tue spalle, Avery. Lo sai, vero?»

«Lo so» dissi a bassa voce, perché il suo viso era di nuovo vicinissimo.

Purtroppo Hayes si voltò, schiarendosi la gola, e fece un cenno con il capo a Isla, che stava alzando il suo flûte. «Ma mi sa che dovrai sbrigarti a parlargliene. Chi lo sa quanto tempo si fermerà qui dopo il matrimonio?»

Lo guardai sorpresa. Ma prima che potessi replicare, Isla e Nicholas iniziarono il discorso di ringraziamento, e io tornai a volgere la mia attenzione su di loro. Ma quello che aveva detto Hayes non se ne andava dalla mia mente. Le sue parole continuavano a vorticare tra i miei pensieri. Isla dopo il matrimonio se ne sarebbe andata? Ero sicura che dovesse stare vicina alla Sorgente, ma di certo non sempre. Anche sua madre, l'attuale Principle, viaggiava spesso per il mondo con suo marito. E probabilmente anche Isla avrebbe voluto trascorrere più tempo con il suo sposo. Cercai di allontanare il pensiero che in un modo o nell'altro la nostra amicizia sarebbe cambiata, ma non ci riuscii. Forse anche perché avevo appena perso la mia migliore amica. Forse perché non volevo sentirmi di nuovo sola. Bevvi un sorso dal mio bicchiere perché la bocca di colpo mi era diventata secca.

Un forte applauso mi distolse dalle mie riflessioni: a quanto pareva, il discorso era finito e il buffet era aperto, ma io non avevo più così fame. Tuttavia, alzai lo sguardo verso Hayes, che si era già alzato dal divano. «Mi puoi portare qualcosa di piccolo?»

«Qualche richiesta particolare?»

Gli sorrisi e scrollai le spalle. «Qualcosa che sembri particolarmente costoso».

Fece un sorriso d'intesa prima di sparire tra la folla. Lo stavo ancora seguendo con lo sguardo, persa nei miei pensieri, quando una mano si posò sulla mia spalla.

«Avery?»

Alzai di scatto la testa e mi ritrovai a fissare un paio

di occhi divertiti color marrone dorato. «Ryker!» dissi, sorpresa.

Lui fece un cenno con il capo in direzione della porta sul retro da cui eravamo entrati. «Ce l'hai un minuto, vero?»

Lo guardai con aria interrogativa prima di dare un'occhiata intorno per cercare Hayes. Era ancora al buffet, ma mi dava le spalle, così annuii e mi alzai. Ryker mi condusse a passo sicuro fuori, nel corridoio deserto, dove Isla mi stava già aspettando.

Per mia sorpresa, con lei c'era un'altra donna che non conoscevo. Avrà avuto sicuramente più di novant'anni ed era avvolta in un abito grigio lungo fino ai piedi. Il viso rugoso sembrava amichevole quando mi rivolse un sorriso, ma avvicinandomi notai che i suoi occhi erano di un colore lattiginoso. Era cieca.

«Grazie, Ryker» disse Isla con un sorriso. Lui gettò una rapida occhiata sospettosa tutt'intorno prima di fare un timido inchino e tornare nella sala.

«Avery, volevo presentarti un'altra persona: questa è Elise Sawyer. È una lontana parente della mia famiglia che un tempo viveva a New York e ora abita appena fuori città». Isla posò una mano sulla spalla della donna e gli angoli della bocca di lei accennarono subito ad alzarsi.

«Una splendida sera a te, mia cara». Non feci in tempo a dire una parola prima che la donna mi prendesse la mano. La strinse e fece un sorriso nella mia direzione. «La mia Isla mi ha già parlato molto di te».

«Ehm. Salve. Piacere» risposi, incerta, e tornai a guardare Isla.

Lei spiegò subito: «Elise è una delle Narrative più potenti che ci siano. La sua magia supera di gran lunga la mia».

La nuca cominciò subito a formicolarmi. *Una delle Narrative più potenti. Significava che era una Manipolatrice?*

Quella domanda mi si doveva leggere in faccia, perché Isla annuì con un movimento impercettibile, confermando i miei sospetti.

«Mmm, però, c'è un bel nodo là dentro» disse Elise con dolcezza, continuando ad accarezzarmi la mano. Evidentemente Isla le aveva già parlato del mio problema.

La guardai con il fiato sospeso strofinare le dita sulla mia pelle con la fronte aggrottata. «Si può sciogliere il... ehm... nodo?» Mi accarezzò per un istante il dorso della mano prima di alzare la testa come se mi stesse guardando. «Questo nodo non è facile da sciogliere per chi non lo ha fatto. Potrebbe essere addirittura impossibile. A meno che non conosciate la persona che vi ha manipolato i ricordi, districare i vostri pensieri sarà un'impresa difficile. Se non addirittura un pericolo per la vostra vita». Mi lasciò la mano e scosse la testa.

La delusione stava per diffondersi dentro di me, quando Isla mise di nuovo la mano su una spalla della donna. «Allora abbiamo un'altra possibilità?» La donna fece un sorriso misterioso. «Certo, ce n'è sempre una». Incrociò le braccia dietro la schiena. «Ed è perfino facile. Trova qualcuno che abbia condiviso quei ricordi. Qualcuno che non sia stato manipolato. Probabilmente troverai le risposte che cerchi nei suoi ricordi».

Gli angoli della bocca le si sollevarono ancora un po'

quando aprii la mia, come se sapesse già cosa stavo per dire.

«Mio nonno».

Lei annuì, e io scambiai uno sguardo con Isla.

«Non posso chiederglielo» dissi subito. «A malapena si ricorda di me».

«Ma sicuramente ha registrato i suoi ricordi per iscritto. Tu devi solo trovarli» rispose la donna. Annuì soddisfatta e poi si rivolse a Isla. «Ora però ho fame, mia cara. Mi accompagneresti al buffet?»

«Ehm, certo». Isla mi lanciò un'occhiata come per scusarsi, ma mi toccò di nuovo il braccio mentre passava. «Ne parliamo domani, okay? Sono sicura che scopriremo qualcosa».

Io annuii e la seguii con lo sguardo mentre se ne andava per il corridoio. Sentivo le viscere che si aggrovigliavano, ma questa volta era una bella sensazione. Io credevo a Isla: avremmo trovato un modo. Ora che sapevo che mio nonno era davvero l'unico che poteva restituirmi la memoria. A meno che, naturalmente, non volessi rischiare la vita o mettere i miei pensieri nelle mani di un estraneo. Così, con un piccolo aiuto da parte della mia amica, sarei finalmente arrivata in fondo alla questione.

L'unica domanda era: che effetto avrebbero avuto su di me quelle informazioni? Il cuore mi batteva forte contro il petto perché non sapevo che cosa aspettarmi. Sapevo, però, di essere pronta a scoprirlo.

CAPITOLO 21

Quando la porta si aprì, non mi resi conto di quanto a lungo avessi camminato avanti e indietro nel corridoio, fissando il vuoto, persa nei miei pensieri. Hayes uscì dal corridoio e per un attimo la musica e un forte brusio di voci lo accompagnarono. Si chiuse piano la porta alle spalle, e il silenzio calò di nuovo. Perlomeno qui, sul retro del palazzo. Dentro di me continuava a imperversare una tempesta.

«Va tutto bene?» domandò Hayes, guardandosi intorno. Ormai qui non si aggiravano più nemmeno i membri dello staff. La luce soffusa del sole al tramonto brillava dalle finestre e bagnava il corridoio di un ricco arancione. Aveva quasi un che di idilliaco. «È stata la guardia del corpo di Isla a dirmi che forse eri ancora qui».

«Sì, scusate. Dovevo discutere di una cosa con Isla, e poi... non ero ancora pronta a tornare di là».

Hayes aggrottò dolcemente le sopracciglia, e io mi domandai che cosa vedesse nel mio volto. Se io fossi imperscrutabile per lui come lui lo era per me. Si avvicinò di un altro passo e subito il calore che emanava mi avvolse. «Ne vuoi parlare?»

Lo volevo. Una volta scoperto tutto quello che c'era da sapere, ne avrei voluto parlare con lui. Della mia magia, di quello che era davvero successo con Devon, nel vicolo, quando l'avevo toccato. Dio, volevo dire tutto a Hayes, confidargli tutto quello che c'era da sapere su di me. Anche ora, in piedi da soli in quel corridoio, così vicini l'uno all'altro, non provavo altro che sicurezza e fiducia per lui. E anche se non riuscivo a spiegarmi da dove provenisse quella sensazione, dopo che per tanto tempo eravamo stati su fronti opposti di una battaglia senza speranza, la assaporai. Mi permisi di lasciarla accadere.

«Adesso no» dissi a bassa voce e lo guardai per un attimo.

Se ne stava in piedi accanto a me come una roccia, con le mani infilate nelle tasche dell'abito e la schiena inarcata. Anche se non apparteneva a quel posto più di me, non sembrava perso. Non mi era mai sembrato perso da quando era tornato a New York, di colpo me ne resi conto. Hayes era costantemente circondato da un'aura di determinazione e forza, di calma e sicurezza. Lo ammiravo. E mi sentivo a mio agio con l'uomo che era diventato. Eppure, non riuscivo a smettere di pensare al ragazzo spensierato di allora. Quello che aveva camminato tanto vicino a me che le nostre mani si erano sfiorate. Quello con cui, allora, avevo condiviso i miei sogni, pur conoscendoci appena.

Mi appoggiai alla parete di marmo alle mie spalle e incrociai le mani dietro la schiena. Lui mi imitò e si mise accanto a me, sempre con le mani nelle tasche del vestito, e abbassò gli occhi per guardarmi, in attesa.

«Sai» esordii «c'è una domanda che mi sono posta di continuo negli ultimi anni. Un ricordo che non riesco a dimenticare. Eravamo più piccoli. Credo che all'epoca io fossi in seconda media e tu in seconda liceo». Feci un timido sorriso quando l'immagine mi tornò alla mente. «Avevamo quella pomposa festa di primavera a scuola, ed eravamo stati assegnati entrambi al servizio di pulizia delle nostre classi, perciò perdemmo l'ultimo autobus per Melrose».

Il suo sopracciglio si contrasse prima che, con mia sorpresa, annuisse dolcemente. «Quella volta ci facemmo tutta la strada a piedi».

Avvertii il formicolio nella pancia salire verso l'alto. «Esatto. Restammo in giro quasi due ore. E parlammo per tutto il tempo. Non credo che ci fossimo mai scambiati qualche parola prima, non proprio, perlomeno, quel giorno invece...»

Hayes si soffermò con lo sguardo su un punto invisibile a mezz'aria, ma sorrise pensieroso. «Rimproverammo la signora Decker per averci fatto sgobbare così a lungo. E poi parlammo delle nostre famiglie. Di noi». Mi guardò di nuovo. «Mi dicesti che volevi fare qualcosa che avesse a che fare con le persone, dopo la scuola, ma che non sapevi ancora di preciso cosa. Ma ne parlavi con occhi così luminosi che io pendevo dalle tue labbra. Come potrei dimenticarlo, Avery?»

Fui invasa dal calore. Il fatto che ricordasse non solo la

nostra conversazione, ma anche i dettagli, mi toccò più di quanto mi aspettassi. «E tu mi dicesti che volevi entrare in polizia» dissi, con la voce quasi incrinata. Cercai di mascherarla con una risata sommessa. «Quella fu la nostra unica vera conversazione».

Perché il fine settimana successivo, mentre fissavo sognante il soffitto di camera mia pensando a quel ragazzo che all'improvviso mi infestava la mente, sua sorella era morta. Emily. Aveva la mia età quando era annegata nella piscina di un amico. Non sorvegliata dai suoi genitori, che in quel momento non erano in casa. Non notata dall'amica, che era andata a cercare degli asciugamani.

Quando quel lunedì ero andata a scuola, ancora con le farfalle nello stomaco per quella nostra conversazione, Hayes non c'era. Non venne per tre settimane e poi tornò completamente cambiato. Non mi guardava, non guardava nessuno, e si limitava a vagare per i corridoi con lo sguardo assente.

Quando i suoi genitori si erano trasferiti, aveva cambiato scuola, si era diplomato e poi era scomparso da New York. Nell'esercito, come venni a sapere in seguito. Aveva prestato servizio in zone di guerra, viaggiando in tutto il mondo. Quando fu tornato, eravamo entrambi persone diverse, su fronti diversi della legge. Dopo che aveva cambiato scuola, non avevo visto alcuna possibilità di far nascere tra noi quel leggero sentimento che allora aveva iniziato a germogliare. Così avevo provato a cercare quel sentimento tra i ragazzi della gang, ma anche avvicinandomi a due o tre di loro, non era la stessa cosa. E quando Hayes era finalmente tornato a New York e aveva iniziato a indagare su Dorian Mars, mi ero tenuta il più possibile lontana da lui. Non volevo lasciar trapelare il sentimento che si era riacceso. Ma ora che eravamo così vicini l'uno all'altra che le nostre mani quasi si toccavano, all'improvviso, eccolo di nuovo lì.

Mi voltai verso di lui, con le guance che mi bruciavano. Hayes sembrava perso nei suoi pensieri, ma prima che potessi cambiare idea, mi diedi una spinta. «Dopo quella volta, ho continuato a pensare a te. Anche quando ormai eri te n'eri già andato da New York da tempo».

Hayes mi guardò di nuovo. «Già» disse piano. «Anch'io ho continuato a pensare a te. Quando ho lasciato New York, quando sono tornato e anche nel periodo in mezzo». Gli angoli della bocca gli si contrassero, e c'era così tanta tenerezza nel suo sguardo e nelle sue parole che la nuca cominciò a formicolarmi. «E la prima volta che ti ho vista dopo il mio ritorno, ecco di nuovo tutto quanto. Ogni ricordo di quell'unica conversazione, di quell'unica strada. Tu sei passata davanti al nostro distretto, io ero fuori e ti ho vista, e all'improvviso mi è tornato in mente tutto quanto. Quello che mi avevi detto». Si bloccò, solo per un secondo, per poi aggiungere: «Il modo in cui mi ero sentito camminando accanto a te verso Melrose».

Il mio cuore batteva forte perché il suo viso era così vicino al mio e il suo sguardo così intenso. «Che cos'hai provato quella volta?» domandai con voce roca.

«Ero nervoso, ma... in senso buono. Non sapevo come fare per dire un'altra parola, ma allo stesso tempo volevo raccontarti tantissime cose». Il suo sorriso scomparve, ma il luccichio nei suoi occhi rimase. Quasi senza accorgercene, ci avvicinammo sempre di più. «Volevo rivederti. Volevo fare quella strada con te ogni giorno. E immaginavo che, ogni volta che arrivavamo a casa tua e ci salutavamo...» Si fermò a pochi centimetri dal mio viso e sussurrò: «...io ti baciavo».

All'improvviso mi mise una mano sulla nuca, cercò per un istante il mio sguardo, come per chiedermi il permesso, poi mi trasse vicino con tenera determinazione, infine mi baciò. Quasi in un attimo, quando le sue labbra toccarono le mie, nel mio stomaco esplose un fuoco d'artificio. Tutte le speranze che avevo riposto in noi quella volta, tutti i sentimenti che si erano accumulati, presero vita in lampi di luce. Mi appoggiai a lui e mi abbandonai a quel bacio che non avevo quasi più osato sperare. Con l'altra mano mi accarezzò la schiena con infinita dolcezza, tenendomi stretta a lui, e mi sentivo come se ci stessimo fondendo. Come se entrambi avessimo aspettato quel momento per anni.

A un certo punto, le nostre labbra si separarono e io appoggiai per un attimo la fronte contro la sua, come se i nostri corpi non fossero pronti a separarsi di nuovo.

Lui rise piano, la mano sulla mia nuca scivolò lenta verso il basso fino a posarsi sulla mia schiena come l'altra. Dolcemente, tirò un po' indietro la testa per guardarmi e, accidenti, che spettacolo. I suoi occhi sembravano brillare di luce propria in tutte le sfumature di un bosco.

«Sì, è più o meno così che me lo immaginavo» disse, così a bassa voce che un piacevole brivido mi percorse la schiena.

Sorrisi, e non riuscii a smettere. Era per me fisicamente impossibile abbassare gli angoli della bocca, e lui sembrava provare la stessa cosa. Il suo sguardo si spostò per un attimo verso corridoio.

«Suppongo» mormorò «che tu non abbia ancora voglia di tornare indietro».

«Sono sicura che possono fare a meno di noi ancora per un po'» risposi con un sorriso e gli avvolsi le braccia intorno al collo.

Avevo aspettato così a lungo quel momento, anche se non è che ci avessi pensato costantemente. Sapevo che quel desiderio c'era sempre stato, da qualche parte dentro di me. Mi sentivo quasi come se da un momento all'altro dovessi esplodere di gioia.

Quando avvicinò di nuovo con delicatezza il suo viso al mio, dimenticai tutto ciò che mi circondava, tutto ciò che mi opprimeva, tutto ciò che non andava nella mia vita. Ero soltanto lì tra le sue braccia, con le sue labbra sulle mie, e tutto il resto non aveva importanza.

Sembrava che anche lui desiderasse quel momento, perché mi baciò come se da quel bacio ne andasse della sua vita. Appoggiò il corpo al mio, spingendomi dolcemente indietro finché la mia schiena non toccò il muro. Mi ci abbandonai contro, perché avevo la sensazione che altrimenti le ginocchia avrebbero ceduto sotto il peso del mio corpo. Che il mondo intorno a me altrimenti si sarebbe sciolto, perché le sue labbra sulle mie erano così morbide, i suoi baci sulla mia bocca erano così eccitanti e nuovi, così caldi e familiari.

Non mi importava che nella sala alle nostre spalle ci fossero centinaia di persone che ballavano, chiacchieravano e ridevano. Quando la sua mano scese dal collo, mi accarezzò la vita e la schiena, dimenticai definitivamente il mondo intorno a me.

Lo tirai ancora più vicino a me, volevo che i nostri corpi si toccassero ancora di più. Non doveva finire. Gli accarezzai il petto, e la sua presa si fece più salda. Non in modo spiacevole: sembrava piuttosto che mi stesse tenendo al sicuro e non volesse lasciarmi andare.

Ma non erano solo calore e conforto a diffondersi dentro di me. C'era anche un formicolio, un desiderio che mi scendeva nel corpo, dal cuore fino alla pancia e ancora più giù. Volevo di più. Volevo lui.

Lo sbattere di una porta ci strappò da quel momento bellissimo, da quel formicolio. Hayes per lo spavento fece un passo indietro, e contemporaneamente ci girammo. Ma i passi si affievolirono. Probabilmente era uno dello staff che, per nostra fortuna, era andato nella direzione opposta. Quindi non ci aveva visto nessuno.

Alzai gli occhi. Hayes stava ancora guardando il corridoio, con il respiro pesante, proprio come il mio, e gli occhi che rilucevano. Quando, come per automatismo, allungai una mano verso il suo braccio, lui voltò la testa di scatto.

Ci fissammo per un secondo, poi, insieme, iniziammo a ridere.

«Va tutto bene?» Hayes stava ancora sogghignando quando la sua mano mi si posò sulla guancia.

Sorridendo, annuii. Dentro di me bruciava ancora un fuoco, ma quell'anelito si stava sciogliendo per tornare a essere il caldo conforto che lui mi suscitava. «Sì. Va tutto una meraviglia».

«Vogliamo tornare indietro?» Hayes fece un gesto verso il corridoio.

Anche se avrei tanto voluto far continuare quel momento, sapevo che non era il posto giusto. Non era il momento giusto.

«Sì. Ci conviene». Ebbi un attimo di esitazione prima di prendergli la mano e intrecciare le dita nelle sue. La sua pelle era calda. Familiare.

Hayes abbassò lo sguardo sulle nostre mani, le strinse dolcemente e mi sorrise. «Andiamo, allora».

CAPITOLO 22

Mi tremavano le dita mentre scendevo dall'auto con i vetri oscurati. I grandi occhiali da sole sul naso mi nascondevano completamente le occhiaie, l'avevo verificato più di una volta nello specchietto retrovisore dell'auto. Quindi di notte non ci vedevo niente... finché li indossavo. Non ancora per molto, dunque.

Isla mi aspettava già sul marciapiede mentre io facevo il giro dell'auto. Anche lei portava gli occhiali da sole e oggi aveva anche un berretto a cuffia, che la rendeva quasi irriconoscibile. «Davvero stai bene?» mi domandò a bassa voce.

Non avevamo parlato molto in macchina durante il tragitto e anche adesso mi limitai a scrollare le spalle.

Anche Ryker intanto era sceso dall'auto e ora era in piedi accanto alla portiera del passeggero, con le braccia incrociate sul petto e le sopracciglia aggrottate, lo sguardo alzato sul palazzo dove ci aveva portato. «E cos'è che volete fare esattamente in una casa di riposo?»

Arricciai il naso. «Ti è permesso chiederlo o rientra nel segreto professionale? Voglio dire... oggi sei *solo* l'autista».

Per un attimo nei suoi occhi marroni brillò una scintilla. Poi, però, ricambiò il mio sogghigno sfacciato. Che tipo bizzarro. Non riuscivo ancora a giudicarlo, anche se negli ultimi tempi lo incontravo quasi sempre. Ma, in qualche modo, mi stava simpatico, il che compensava quella sensazione.

«Andiamo a trovare un parente» spiegò Isla in tono conciliante, abbassando gli occhiali da sole fino alla punta del naso per scrutare la guardia del corpo. «So che non ti piacerà, ma sarebbe meglio se tu aspettassi qui sotto».

I muscoli delle braccia gli si contrassero all'istante. «Cosa? Non mi sembra una buona idea, Isla...»

Stavolta fu lei a scrollare le spalle, con un sorriso dolce come lo zucchero sulle labbra. «Ne ho preso nota, grazie, Ryker. Ti chiamo subito se succede qualcosa, per cui resta nei paraggi».

Lui sbuffò incredulo, ma poi si appoggiò alla macchina. Si era forse offeso? Gli lanciai un'altra occhiata mentre Isla mi prendeva sottobraccio e mi tirava verso l'ingresso della casa di riposo, ma lui si limitò a guardare per terra, con una ruga verticale sulla fronte.

«È bello sfacciato, per essere un dipendente» dissi con un sorrisetto mentre le porte di vetro si aprivano scivolando davanti a noi.

Isla sorrise. «È una cosa di cui non potrei fare a meno. Se uno deve stare con me tutto il giorno, è meglio che abbia un po' di carattere, altrimenti sai che noia. Inoltre, lui mi piace molto di più del suo predecessore». Si voltò un'altra volta, e la sua espressione si fece di nuovo più seria. «È soltanto preoccupato per me».

Piuttosto comprensibile.

Mentre ci incamminavamo verso la reception, mi domandai se non stessi trascinando Isla in una cosa che io stessa non riuscivo a comprendere. Se la stessi mettendo in pericolo solo perché non volevo più affrontare tutto da sola. Ma quando strinse la presa sul mio braccio e mi fece un sorriso malizioso, capii che sapeva esattamente in che cosa si stava cacciando. O, se non altro, che era consapevole del pericolo. Era adulta e aveva preso quella decisione da sola. E io ero maledettamente felice di averla al mio fianco.

«Salve, vorremmo far visita a mio nonno. Gage Richards» dissi alla signora della reception nel modo più cordiale possibile. Era la stessa dell'altra volta e mi rivolse ancora lo stesso sguardo avvilente. Come se avessi commesso un crimine non presentandomi lì tutti i giorni.

«Nome?»

Digrignai i denti. «Avery Bishop». Sapeva benissimo chi ero, ma non volevo provocarla ulteriormente.

Il suo sguardo si spostò sulla mia accompagnatrice. «E Lei?»

«È un'amica di famiglia» mi affrettai a replicare. Non sapevo se fosse il caso che si sapesse che Isla era qui.

La signora, tuttavia, rimase spietata. Con gli occhi ridotti a fessure, borbottò: «Ho bisogno anche del SUO nome».

In preda all'agitazione, serrai le labbra, Isla invece

mantenne una perfetta calma. Sfoderò il suo sorriso più accattivante e si tolse gli occhiali da sole. «Isla Kennedy».

L'addetta alla reception non sembrava proprio una persona appassionata della cultura pop di oggi, perciò dubitai che seguisse Isla su Instagram. Il nome Kennedy, però, parve dirle decisamente qualcosa, perché le si spalancarono gli occhi.

«Quindi possiamo andare?» chiesi con un sorrisetto.

La signora si limitò ad annuire e a indicare, in modo un po' meno brusco dell'altra volta, la direzione dell'ascensore.

La ringraziammo con cortesia e ci incamminammo lungo il corridoio.

Quando non fummo più a portata d'orecchio, Isla fece un ampio sorriso. «Che osso duro».

«Di pietra, direi». Risi con un certo nervosismo mentre entravamo nell'ascensore, e mi appoggiai alla parete a specchio alle mie spalle. «Ma sono contenta che mio nonno sia così ben seguito».

Isla annuì lentamente, poi si appoggiò con attenzione accanto a me. Le porte si chiusero e lei insisté: «Mi sembri molto pensierosa».

Lo ero. Avevo una paura folle che mio nonno non ci avrebbe aiutato e che saremmo tornate punto a capo con la ricerca dei miei ricordi. Ma avevo ancora più paura di quello che avremmo potuto trovare. Del fatto che forse ciò che era stato manipolato nella mia mente sarebbe stato meglio lasciarlo così. Che avrei preferito non sapere che cos'era successo. Quello che avevo fatto.

Serrai le labbra e percepii il calore del mio corpo risalire e strisciare verso le mie dita, che artigliarono la barra sulla parete dietro di me. Prima di dare fuoco all'ascensore, sbottai con una frase senza rifletterci in maniera consapevole: «Ieri sera io e Hayes ci siamo baciati».

Isla girò la testa di scatto verso di me e le cadde la mascella. «Il *detective* Hayes?»

Non potei fare a meno di sorridere. «Sì, proprio lui».

«E perché lo scopro solo adesso?» Isla sembrava quasi un po' offesa, ma il luccichio nei suoi occhi raccontava un'altra storia. «Allora? È stato bello?»

Feci un respiro profondo mentre superavo le porte dell'ascensore per entrare nel corridoio. Tutte le sensazioni del giorno prima riaffiorarono: il calore, il formicolio, quell'esplosione dentro di me quando le sue labbra avevano toccato le mie. Dopo che la porta sbattuta aveva interrotto il momento, eravamo tornati nella sala; ma il formicolio sulla mia pelle non se n'era andato. Ed era tornato quando, dopo avermi riaccompagnato a casa, Hayes si era sporto dal sedile del guidatore, mi aveva sfiorato la guancia con le dita, e ci eravamo dati un altro dolce bacio per salutarci.

«Non sei obbligata a rispondere». Isla fece una risata vivace. «Da come sorridi, le parole non servono».

In effetti, la meravigliosa sensazione riuscì a ricacciare indietro l'ansia per un po' e a farle perdere importanza. «È stato fantastico» dissi a bassa voce quando raggiungemmo la stanza di mio nonno.

«E andrà avanti?» chiese Isla.

«Spero di sì» risposi, anche se non ne ero così sicura. Lui era un detective e io in passato ero stata colpevole di alcuni reati. Certo, avremmo collaborato per catturare Dorian Mars, ma probabilmente la strada da percorrere era ancora lunga. In fondo, Hayes non sapeva *che cosa* avessi fatto. Ma, nonostante tutto, non potevo fare a meno di desiderare di più. Le sue labbra sulle mie, almeno un'altra volta.

Mi riscossi dal ricordo, poi finalmente bussai alla porta e con una spinta la aprii. «Ciao, nonno».

Mio nonno era di nuovo seduto alla scrivania. Non appena si voltò verso di me con uno sguardo burrascoso, capii che oggi non era una giornata buona. Alzò un po' le sopracciglia e solo dopo quella che mi parve un'eternità chiese, con voce malferma: «È già l'ora delle medicine?»

Mi sentii crollare le spalle. «No, nonno. Sono io, Avery».

«Avery?» Mi guardò come se quel nome gli facesse risuonare qualcosa dentro, ma ovviamente non riuscisse a ricordarsi che cosa. Cercai di non farmi prendere troppo dal dolore e mi sedetti sul bordo del letto, che era proprio accanto alla scrivania. «Come stai?»

«Ho mal di testa».

«Hai bevuto abbastanza oggi?» chiesi, riempiendo subito d'acqua fresca il bicchiere vuoto sulla scrivania.

Lui lo fissò con uno sguardo assente prima di riportare la sua attenzione su di me. Confuso e un po' nervoso. Quindi, era uno di quei giorni durante i quali il medico mi aveva detto che conveniva lasciare mio nonno in pace. Quando non mi riconosceva, non faceva che spaventarsi o, nel peggiore dei casi, diventava perfino aggressivo.

Serrai le labbra. *Non ti disturberò più del necessario*, promisi a mente, e poi indicai Isla, che era ancora in piedi accanto alla porta. «Questa è la mia amica Isla, nonno. Non la conosci ancora, ma ci tenevo a presentartela».

Mio nonno alzò di nuovo lo sguardo e fissò Isla senza dire una parola.

Anche lei si avvicinò al letto e si sedette in modo da essere all'altezza degli occhi. «Sono molto lieta di conoscerla, signor Richards, Avery mi ha parlato molto di lei».

«Avery?» Si accigliò, e io strinsi i denti.

«Sono io, nonno».

Mio nonno spostava lo sguardo da me a lei, come se stesse cercando di dare un senso a tutto quanto. Per fortuna Isla ebbe un'altra idea: «Sono stata a casa sua, signor Richards. Sua nipote mi ha mostrato il bellissimo giardino di erbe aromatiche nel sottotetto».

Ecco che finalmente gli occhi tornarono a illuminarglisi e tutt'intorno vi comparvero rughe piccole e profonde. «Il mio giardino» disse con voce dolce.

Non potei fare a meno di sorridere per l'espressione sul suo viso, perché era evidente che ci ripensava con grande piacere.

«Sì, è bellissimo. E così ben curato». Isla annuì verso di me, per poi voltarsi verso mio nonno. «Come ha fatto a trovare il tempo per curare tanto meravigliosamente un giardino così grande?»

Lui rise piano e, mentre iniziava a parlare, io mi alzai con attenzione dal letto e mi diressi verso la scrivania. Mi sentivo in colpa, ma sapevo anche che non me lo avrebbe permesso in nessun altro modo. Non importava quali documenti avessi trovato lì, non ne avrei letto nessuno.

Volevo solo sapere che cosa era successo quella volta. Volevo solo riavere il ricordo che mi era stato tolto... e mio nonno non era senza colpe. Quindi, dovevo farlo.

Il cassettino della scrivania era chiuso a chiave, questo lo sapevo dalla mia ultima visita. Mentre Isla distraeva il nonno, io perlustrai con cura la camera in cerca di una chiave. Non c'era molto in quella piccola stanza, e passai rapidamente ogni angolo in rassegna senza trovare nulla. Quando, come ultimo tentativo, sbirciai nell'armadio, l'odore di polvere mi investì e con esso alcuni ricordi. Le sue spesse giacche di pile erano tutte lì appese, in fila una accanto all'altra, e io non potei fare a meno di ripensare a come mi ci accoccolavo sempre in mezzo, quando ero ancora una bambina e poi, di nuovo, dopo l'ictus del nonno e il ricovero in ospedale. Strinsi le labbra mentre facevo scorrere le dita sul morbido tessuto, per poi frugare nelle tasche. E infatti... trovai quello che cercavo nella sua giacca di pile preferita. Solo una delle tante chiavi del mazzo era abbastanza piccola per il cassetto.

Mio nonno sorrideva mentre spiegava a Isla come aveva costruito gli scaffali per le piante, e io approfittai del momento in cui era ancora distratto per avvicinarmi alla scrivania. Molto lentamente e in silenzio, aprii il cassetto superiore e il mio cuore ebbe un sussulto quando vi trovai alcuni vecchi diari. Tutti etichettati con l'anno. Non avevo mai saputo che mio nonno avesse tenuto un diario per così tanto tempo.

Con il cuore che martellava, presi quello dell'anno in cui la mia memoria era stata manipolata, per poi richiudere il cassetto e rimettere la chiave nella giacca di pile. Sempre sentendomi in colpa, mi infilai il diario sotto il maglione e tornai a sedermi sul bordo del letto. *Questi sono i miei ricordi. Ho il diritto di averli*, dissi a me stessa, a mente.

Mio nonno continuava a parlare del suo giardino, ma i suoi racconti si facevano sempre più confusi e a un certo punto tacque e si limitò a fissare il vuoto, perso nei suoi pensieri.

«Nonno?» Gli toccai con delicatezza il braccio e lui alzò subito lo sguardo verso di me, senza capire.

«È già l'ora delle pastiglie?»

Strinsi le labbra, e Isla mi toccò dolcemente la schiena. «Forse dovremmo andarci piano. Tuo nonno sembra esausto».

Anche se non volevo, anche se non avrei mai voluto lasciarlo qui da solo, annuii. «Tornerò presto, okay?» dissi a bassa voce. Poiché non aveva risposto bene al mio tocco, mi accontentai di un sorriso e di una mano alzata in segno di saluto. Quando uscii dalla stanza con Isla, non ci guardò nemmeno andare via.

«È stata dura» disse Isla non appena la porta si fu chiusa alle nostre spalle, tendendomi la mano. «Tu stai bene?»

«Succede spesso. Che non mi riconosca. Pensavo di averci fatto l'abitudine, ma...» Scossi la testa con un sospiro e tirai fuori il diario da sotto il maglione. «Per di più, oggi l'ho derubato. Sono una nipote fantastica».

«Non l'hai derubato. Ti stai solo riprendendo ciò che è tuo di diritto» disse Isla, seria.

Toccò il diario e quasi subito i suoi occhi si spalancarono.

«E credo che oggi ce la faremo».

Un formicolio eccitato mi pervase tutto il corpo. Eccola di nuovo, la paura di ciò che avrei potuto vedere. Ma non potevo cedere ora. Dovevo vedere che cos'era successo. Dovevo affrontare quei ricordi.

«Vieni». Isla fece un cenno del capo verso le scale e io la seguii in silenzio. Con mia sorpresa, scese solo alcuni gradini e poi si sedette su uno di quelli più bassi. Mentre la guardavo, confusa, lei diede dei colpetti con la mano accanto a lei. «Tanto non useranno mai le scale. E poi, qui non c'è Ryker che vuole ficcare il naso dappertutto. E tu potrai rimettere subito a posto il diario di tuo nonno».

«E se una delle infermiere passasse di qua?»

Isla scrollò le spalle. «Penserà che stiamo pregando o qualcosa del genere. Vieni, dai».

Il suo sorriso incoraggiante mi convinse infine a sedermi accanto a lei sui freddi gradini di pietra. Le porsi il diario come se fosse un tesoro prezioso, e Isla iniziò subito a sfogliarlo senza leggere una parola di quello che c'era scritto.

Aveva lo sguardo concentrato, la fronte aggrottata. Alla fine si fermò su una pagina e fece un respiro profondo. «Credo di aver trovato qualcosa». Mi guardò. «Sei pronta?»

«Probabilmente no» risposi, ma misi subito una mano nella sua.

E al battito di ciglia successivo, non ero più io.

«Nonno!»

Il grido è così straziante che lui distoglie subito lo sguardo dalla scrivania e fissa la porta da sopra una spalla. È come se mi trovassi dentro il suo corpo, guardassi attraverso i suoi occhi, e poi sento di nuovo quella voce, che riconosco come la mia.

«NONNO, VIENI SUBITO!»

Lui balza su dalla sedia. Per poco non la fa cadere, mentre la supera precipitandosi nel corridoio, seguendo le grida della me ragazzina. La porta della mia stanza è aperta e io mi vedo accovacciata sul pavimento, inondata di lacrime e con il viso cremisi.

Quando alzo lo sguardo verso mio nonno, urlo di nuovo: «Io non volevo! Io non volevo, nonno! Devi aiutarla, ti prego!»

Lui si avvicina, ma si ferma di botto sulla soglia. Gli si presenta una scena raccapricciante: una bambina è riversa sul pouf accanto a me ragazzina. Il viso è rivolto al soffitto, i capelli neri sono sparsi intorno alla testa come una corona, ma gli occhi verde bosco fissano il vuoto. Una strana sfumatura argentea brilla sulle sue labbra, da cui si diramano lungo le guance delle venature sottili, che stanno lentamente svanendo. Come se la morte in persona le avesse dato un bacio.

E così come mio nonno lo capisce non appena vede la bambina, anch'io in quell'istante lo capisco: è morta.

«Nonno». Quella parola non è che un lamento, un singhiozzo. «Nonno, dobbiamo aiutare Emily. Ti prego, dobbiamo aiutarla».

Mio nonno ha bisogno di un altro momento per riprendersi, poi mi grida: «Vai giù a chiamare la nonna. Veloce. E poi rimani di sotto, hai capito? Vai in salotto e stai lì seduta finché non vengo a prenderti!»

«Okay». La me piccola si precipita fuori dalla porta in lacrime.

Mio nonno rimane un attimo sulla soglia prima di entrare a passo lento nella stanza. Ovviamente ha visto le vene argentee sulle mie braccia sottili. Ha visto l'argenteo riflesso di morte sulle labbra di Emily e sa che cosa significa. Sa che deve prendere una decisione. Niente e nessuno ormai può aiutare la fanciulla là distesa. Il suo cuore si è fermato e niente al mondo può cambiare questo fatto.

Ma può aiutare me. Mentre si inginocchia sul pavimento, la bugia che avrebbe detto a tutti si sta già formulando nella sua testa.

Accarezza dolcemente i capelli del viso da bambola di Emily. «Mi dispiace tanto, piccola». Il suo ricordo si confonde con le lacrime. «Mi dispiace tanto».

«Avery». Isla mi teneva per le spalle mentre riemergevo dal ricordo, ma, ancora ansimante, le spinsi via le braccia e balzai in piedi sul gradino.

Solo quando sentii la parete delle scale contro la schiena, smisi di indietreggiare lontano da Isla. Era ancora là seduta, con le due mani alzate e un'espressione spaventata sul viso. Distolsi subito lo sguardo, mi fissai le braccia, ma non c'era traccia di venature argentee. Non ora. Non oggi. Soltanto il fuoco che mi infuriava dentro, ma che non aveva trovato una via d'uscita. Quella magia bruciante, rabbiosa, che riposava dentro di me. E di cui non era rimasto vittima solo Devon. Non era l'unico che avevo ucciso.

I miei sospetti si erano avverati.

Mi aggrappai alla balaustra delle scale, e all'improvviso ebbi la sensazione di non riuscire più a prendere fiato. I miei polmoni non volevano più riempirsi. Il mio cuore non voleva più battere a un ritmo regolare.

«Calmati» disse Isla dolcemente. «Che cos'hai visto? Per favore, parla con me». Al suo sguardo supplichevole, dentro di me di colpo si fece tutto stranamente calmo. Stranamente sordo, come se qualcuno mi avesse somministrato un forte anestetico.

Sprofondai contro la parete alle mie spalle. «Ho ucciso Emily Hayes» dissi piano, mentre dentro di me tutto crollava come un castello di carte mal costruito. «Con la mia magia ho ucciso la sorella di Hayes».

CAPITOLO 23

La casa fatiscente di Hunts Point, dove avevo trascorso gran parte della mia adolescenza, si confondeva davanti ai miei occhi. Forse era perché in quel momento non riuscivo a ragionare. O forse era la mezza bottiglia di whisky che mi ero già scolata. Stringevo forte la metà restante nella mano destra mentre barcollavo sulla strada sabbiosa verso l'edificio. Accidenti, mi ero proprio sballata lungo la strada. Di solito l'alcol mi sollevava sempre un po' il morale, ma oggi mi sentivo solo intontita. Cosa di cui, però, non potevo lamentarmi.

Non c'era molta gente, qui. I più alzarono la testa per un istante quando passai davanti a loro nel piazzale e poi tornarono a dedicarsi alle loro conversazioni. Alcune persone che conoscevo da prima mi salutarono e pochissime si voltarono a guardarmi. Percepii i loro sguardi sulla schiena, ma non ebbi la forza di ricambiarne neanche uno.

La cantina riconvertita era già più affollata. Notai quasi subito Hailey e Penn seduti su uno dei divani, spalla a spalla, con lo sguardo perso nel vuoto. Mi fecero pensare a Orla, morta e coperta di ustioni sul lettino di metallo dell'obitorio. E, a un tratto, tornai ad avvertire qualcosa in mezzo a tutto il vuoto che avevo dentro: tristezza. Rabbia. Disperazione. I sentimenti si accesero dentro di me solo per un attimo prima di essere risucchiati di nuovo nel buco nero. Veda probabilmente mi avrebbe consigliato di rivolgermi a uno psicologo. Ma Veda non c'era più.

«Avery». Hailey mi vide per prima e si tirò subito a sedere. «Che diavolo ci fai qui? Sei fuori di testa? Dorian Mars è incavolato nero con te!»

Scrollai le spalle mentre mi avvicinavo a loro due. In realtà non m'importava. «È qui?»

«No» ammise Hailey con esitazione, e i suoi muscoli si rilassarono un po'. Lanciò un'occhiata a Penn, che continuava a fissarmi come se avessi addosso una bomba.

Un po' irritata, lo fissai a mia volta. «Che c'è, devo andare via?»

«Oh, non dire scemenze» mormorò lui, facendo un cenno con il capo verso l'altro lato, dove c'era ancora un posto libero.

L'irritazione in me si smorzò all'istante. Mi lasciai cadere sul divano logoro, tutt'altro che comodo in realtà, ed emisi un gemito.

Hailey sbuffò, tornando anche lei ad appoggiarsi allo schienale. «Hai un aspetto orribile, Ave».

«Grazie, anche tu».

Mi dispiacque subito per quelle parole, non appena fece una smorfia. Ma ero troppo sfinita, troppo debole per aggiungere altro. Da quando avevo semplicemente lasciato Isla seduta sulle scale della casa di riposo, non avevo fatto altro che camminare come in preda a un delirio. Le immagini del ricordo che mi era stato cancellato avevano continuato a comparirmi nella mente, riempiendomi di orrore e spingendomi a correre ancora di più. Come se potessi fuggire. Come se potessi scappare da ciò che avevo fatto. A un certo punto, avevo iniziato ad affogare i pensieri e i sensi di colpa nell'alcol. E, almeno per il momento, un po' funzionava. Lasciai vagare lo sguardo sulla sala riconvertita: sulle persone al biliardino, sugli altri divani, sul piccolo angolo cottura dove qualcuno stava mangiando una zuppa di noodle istantanei, e poi tornai a guardare i due ragazzi accanto a me. «Come state?»

Penn si limitò a scrollare le spalle. Teneva di nuovo lo sguardo fisso nel vuoto, e io sentii il suo dolore, sapevo esattamente come dovevano sentirsi. Orla era stata un'amica, una compagna... proprio come Veda lo era stato per me. Solo che loro due avevano entrambi appena quindici anni. Orla non ne aveva ancora compiuti sedici.

Hailey non diceva nulla, però sembrava che volesse rimettersi a piangere, ma si opponeva. Davanti a quella gente, non potevi mostrarti debole. Davanti a quella gente, non potevi mostrarti umana. E in quel preciso momento, anche se io non provavo nulla, la cosa mi fece stare davvero male.

Strinsi le labbra e ripresi la bottiglia prima di lasciarmi

sprofondare del tutto nel divano. «Dovresti sparire da qui».

«Perché, hai piazzato il tuo fidanzato detective a controllare la casa?» ringhiò Hailey, ora chiaramente più arrabbiata che triste.

Quindi si era già sparsa la voce. Sbuffai. «Certo che no. E poi, questo posto lo conoscono tutti nella polizia. Solo che non hanno il coraggio di prenderlo d'assalto perché nessuno ha delle prove contro quel maledetto Dorian Mars».

Accanto a me, Penn si agitò po'. Si lanciò un'occhiata intorno per poi voltarsi a guardarmi. «Abbassi un po' la voce? Non vogliamo finire anche noi in obitorio».

Hailey, al suo fianco, gemette mentre io scuotevo la testa.

«Davvero, Penn?» dissi. «Pensi che tutto questo possa avere un esito diverso? Te ne stai qui seduto nella Base di Dorian Mars, uno degli uomini più pericolosi di tutta la città. Pensi di essere l'unico che non verrà mandato, prima o poi, in una missione suicida?» Probabilmente non era una mossa troppo furba blaterare in quel modo proprio lì. Ma ero ubriaca e disperata, e il sangue già mi ribolliva. Tuttavia, cercai di mantenere un tono un po' più sommesso mentre mi chinavo in avanti e li guardavo con rabbia. «E non intendevo dire che dovreste andarvene da qui solo per oggi, ma per sempre. Dovreste tagliare la corda prima che Dorian Mars vi abbia davvero nel suo radar, riducendovi a cavie sostituibili e senza nome».

Mi fissarono entrambi, spiazzati e un po' offesi. Proprio come avrei guardato io, all'epoca, qualcuno che mi avesse parlato in quel modo. Ma per loro era diverso. Ora sapevano che cosa si rischiava di perdere con Dorian Mars. Sapevano che potevano perdere l'un l'altra o la vita.

A Hailey glielo si leggeva in faccia, il leggero dubbio negli occhi. Tuttavia, incrociò le braccia sul petto e sbuffò. «E dove pensi che dovremmo andare?»

«Da qualsiasi parte. Ovunque è meglio di qui».

«E allora tu che ci fai qua? Perché sei venuta se qualsiasi altro posto è meglio di questo?»

Fissai Hailey, ricambiando per qualche secondo quello sguardo di sfida. Poi serrai le labbra e mi accasciai contro lo schienale del divano. «Io devo stare qui per forza. Non c'è altro posto per me».

Avevo detto la stessa cosa a Isla quando mi aveva seguito su per le scale della casa di riposo. Che doveva lasciarmi in pace. Che stavo andando nell'unico posto a cui appartenevo davvero. Avevo ucciso delle persone. Devon. E anche Emily Hayes. La sorella dell'uomo che avevo baciato solo un giorno prima, l'uomo a cui mi ero appoggiata. L'uomo con cui avevo immaginato un futuro, anche se solo per un breve istante. L'uomo che credeva ancora che sua sorella fosse annegata in una piscina... anche se ero stata io. L'avevo uccisa io.

L'orrore mi rodeva di nuovo dentro. L'orrore delle immagini che avevo visto nel ricordo di mio nonno, e io affondai ancora di più nella finta pelle logora. «Le persone cattive devono stare per forza in questo posto. Voi invece no. Voi potete ancora andarvene».

Con la coda dell'occhio vidi i due scambiarsi uno sguardo. Poi Hailey chiese: «Cavolo, Ave, sei ancora più cupa del solito. Che cos'è successo?»

Mi limitai a scuotere la testa e ripresi in mano la bottiglia di whisky. Volevo che quei pensieri e ricordi sparissero dalla mia mente. Come avevo già intuito, sarebbe stato meglio lasciarli sepolti. Proprio come aveva voluto mio nonno. Perché non mi ero fidata di lui? Se l'avessi fatto, avrei continuato a cullarmi nella solita beata incertezza su come fosse andata davvero quel maledetto giorno.

Dio, se mi fossi fidata di lui prima e avessi continuato a bere quel maledetto infuso che sopprimeva la mia magia, niente di tutto questo sarebbe successo. Avrei potuto continuare a vivere quella vita insignificante, tra vent'anni magari avrei saldato il debito con Dorian Mars, per poi andarmene da New York. Non importava dove.

Evidentemente Hailey e Penn avevano deciso di non fare altre domande, così ce ne restammo seduti sul divano, avvolti in uno scomodo silenzio consensuale, probabilmente lasciando che tutte le nostre scelte di vita ci passassero davanti nella nostra mente. A un certo punto, infilai la mano nella tasca del cappotto e tirai fuori il cellulare. Avevo ricevuto diverse chiamate da Isla, che ovviamente era molto preoccupata. Era incredibile che, dopo quella rivelazione, fosse ancora dalla mia parte. O forse, semplicemente, si divertiva a raccogliere tristi anime vagabonde.

C'era però anche una chiamata persa da Hayes, e vederla mi fece molto male. Leggere il suo nome mi fece capire ancora una volta che il nostro ultimo bacio, il nostro ultimo contatto fisico era già nel passato. Che non c'era futuro.

Anche se non avesse mai scoperto quello che era successo, non sarei mai stata in grado di guardarlo di nuovo negli occhi. Non avrei mai più potuto toccarlo senza pensare a quello che avevo fatto. E se fosse venuto a saperlo... mi avrebbe odiata. Non avrebbe mai potuto perdonarmi. Spensi il cellulare e lo rimisi in tasca. Con la coda dell'occhio vidi Hailey e Penn scambiarsi un altro sguardo. Probabilmente pensavano che fossi pazza, ma in quel momento non m'importava. In realtà la mia intenzione era stata quella di aiutarli. Di aiutare tutti, lì a Hunts Point. Ma non ero stata in grado di fare nemmeno quello. Non avevo nemmeno parlato a Isla di questo posto, tanto ero presa da me stessa.

Porca miseria.

«Le scriverò una lettera» mormorai sotto dei baffi inesistenti.

Penn si rivolse a Hailey, che si alzò dal divano. «Secondo me abbiamo tutti bisogno di uno spuntino, che ne dite? Vado a prendere qualcosa. Ave, un hamburger? Pizza?»

Alzai le spalle. «Non ho fame» dissi, più di così il mio cervello non era in grado di fare.

«Tu mangi qualcosa» disse lei, piantandosi le mani sui fianchi con aria severa. «Tu, Penn?»

«Per me è uguale. Ti accompagno?» «Assolutamente no, tu resti con Avery prima che inizi un'altra rissa con uno di quelli davvero pericolosi».

Ringhiai. «Chi siete adesso, i miei genitori?»

Hailey sollevò solo un sopracciglio, per poi salutare Penn e sparire giù per le scale verso l'uscita dell'edificio.

Tirai un pesante sospiro. Ora c'era qualcun altro che si preoccupava per me, anche se non me lo meritavo. Ma nemmeno loro sapevano che cosa avessi fatto. Non avevano idea della persona con cui avevano a che fare. Forse sarebbe stato utile dirlo ad alta voce. «Ho ucciso una persona».

«Cribbio, Avery». Penn sgranò gli occhi. «Tu cosa?»

Annuii. «Devon. Ti ricordi di Devon? Il cagnolino di Scott. Un tipo disgustoso. Ha tentato di aggredirmi».

«E tu l'hai fatto fuori?»

«Io non volevo. Cercavo solo di difendermi». *Tutte scuse, Avery*, disse la perfida voce nella mia testa, e io dovetti darle ragione. «Ma questo non importa. È morto, ed è stata colpa mia».

Penn mi lanciò una lunga occhiata di lato prima di ringhiare: «Devon era un bastardo. Sai che cosa faceva a certe ragazze qui, quando Dorian Mars non c'era? Soprattutto a quelle giovani, appena arrivate? Non dico che meritasse di morire, ma, ecco, mi sa che hai fatto bene a difenderti. Chissà che cosa avrebbe fatto, se no».

No. Non mi difendere. Non me lo merito. Con le labbra serrate, scossi la testa mentre la rabbia mi montava di nuovo dentro. «Non c'è mai una buona ragione».

«Può darsi».

Ed Emily. Lei non aveva neanche una punta di cattiveria in corpo. Non riuscivo nemmeno a dirlo. Nemmeno per dimostrare a Penn che persona orribile fossi. Ma ora che i ricordi mi riaffioravano alla mente, sentivo finalmente il bruciore delle lacrime.

Accanto a me, Penn fece un respiro profondo. «Hai

bisogno... non lo so... di un abbraccio?»

«Anche no» brontolai, e lui sospirò di sollievo.

«Grazie a Dio. Non sono bravo in queste cose».

Questo mi fece sbuffare dal ridere. Anche se solo per un attimo. Poi sprofondai di nuovo nei miei pensieri cupi.

Restammo seduti in silenzio per un po', prima che Penn dicesse: «Sai, credo che anche per me e Hailey sia troppo tardi per andarcene da Hunts Point». «Non dire così» ribattei. Sentivo la lingua pesante, come la testa. «Non è troppo tardi».

«Sì, Ave. Abbiamo combinato un casino per Dorian Mars. Anche se non abbiamo ucciso nessuno». Mi guardò da sotto le sopracciglia alzate e, quando grugnii per l'irritazione, fece una risata dolce. Il tono era triste. «Ma anche se non abbiamo fatto un gran casino, è stato pur sempre un casino. In questo mondo, nessuno ti dà una possibilità se sulla tua immacolata fedina penale c'è la più minuscola macchia. Diciamolo».

Volevo dissentire, ma non potevo. Non con la coscienza pulita. Avevo passato secoli a cercare di uscire da quello schifo, ma nessuno mi aveva mai dato una possibilità. Solo lavoretti temporanei per cui nessuno faceva domande sulla fedina penale. Nessuna prospettiva concreta a lungo termine. Io capivo bene perché Penn la pensava così. Infatti, valeva anche per me.

Alla fine mi chinai verso di lui e gli diedi dei colpetti fraterni sulla coscia. «Scriverò a Isla Kennedy. Sono sicura che vi aiuterà».

Penn fece uno sbuffo divertito. «A Isla Kennedy non

frega un bel niente di noi. È solo una che fa la falsa su Instagram come tutti gli altri maghi dell'alta società».

«Non è vero» ribattei con rabbia. «Se lo sapesse... se sapesse che cosa succede qui dentro, non si darebbe pace finché non fosse intervenuta. Poco ma sicuro».

Penn mi guardò come se fossi impazzita una volta per tutte. Ero sicura che mi avrebbe dato contro, ma poi fu distratto da qualcosa. Il suo sguardo si spostò da me alle scale e l'iniziale scintillio deliziato dei suoi occhi si trasformò in qualcos'altro. La sua pelle impallidì. Gli occhi gli si spalancarono. «Ma che... Hailey!»

Volevo girarmi per capire che cosa lo avesse fatto arrabbiare così tanto, ma non riuscivo a muovermi. Probabilmente avevo bevuto un sorso di troppo. «Di' un po', Hailey, non ci tieni alla vita?» urlò un ragazzo al tavolo accanto a noi, alzandosi di scatto dal suo posto. Sembrava furioso. «Porti qui uno sbirro?»

Anche Penn si alzò in piedi, e io alla fine riuscii a girarmi. Guardai verso le scale con un'espressione confusa. Hailey era in piedi sul gradino più basso. Aveva tra le braccia una scatola di cartone con il logo di *Papas Pizza* e il viso contorto in una smorfia.

«Stai zitto, Peter» disse. «Vuoi sbatterlo fuori tu? Ha una pistola».

Peter fece un passo avanti, ma prima che potesse fare qualcosa di più, risuonò una voce cupa. «Io fossi in te non ci proverei».

Incredula, alzai la testa: pochi passi sopra Hailey c'era Hayes. Portava la camicia del NYPD con la fondina sul petto, aveva i capelli neri scompigliati come se si fosse appena alzato dal letto, ma irradiava serietà. Pericolo. I suoi occhi si posarono su di me, solo per un attimo, per poi tornare su Peter. A quel punto, anche gli altri presenti nel seminterrato erano balzati in piedi. C'era un silenzio quasi spettrale, mentre tutti fissavano Hayes come se stessero per saltargli addosso da un momento all'altro.

Il cuore mi pulsava contro le costole e un po' del torpore alcolico calò. Lui era qui. In uniforme. *Che diamine, gli sono venuti degli istinti suicidi?*

Hayes, in ogni caso, non sembrava molto preoccupato, considerando il numero di gangster che lo squadravano rabbiosi, alcuni dei quali con i coltelli sguainati. Alzò leggermente le mani. «Non sono venuto a creare problemi. Sono venuto a portare via Avery Bishop».

Piano piano, il mio cervello ubriaco riuscì a elaborare le parole che aveva appena pronunciato. Voleva portarmi via? In quanto sua amica, perché era preoccupato per me? O per arrestarmi? Come diavolo aveva fatto a sapere che ero qui?!

Peter rise e alcuni dei presenti fecero lo stesso. «Tu vieni qui, da noi, e vuoi portare una di noi via con te? Da sola? E tu credi che te lo lasceremo fare?»

L'onore dei ladri. Non conoscevo la maggior parte delle persone presenti in quel momento, e nemmeno loro conoscevano me. Ma quando arrivava un poliziotto, diventava automaticamente il nemico, e tutti gli altri diventavano automaticamente amici. Soprattutto se il poliziotto stava cercando uno di loro.

Poiché ero ancora alquanto distratta mentre tentavo di

elaborare la situazione, mi accorsi troppo tardi dell'uomo che si avvicinava furtivo a Hayes. Aveva in mano un pugnale e la bocca allargata in un ampio ghigno sdentato. Ebbi un sussulto quando fu sul punto di raggiungere il detective. Ma, naturalmente, Hayes non era stato in pericolo neanche per un secondo.

Si voltò di mezzo giro proprio nel momento in cui l'uomo dietro di lui stava per colpire e gli afferrò il polso in un lampo. «Ho detto che lascerei perdere se fossi in voi» disse minaccioso e piegò all'indietro il braccio dell'aggressore, che, urlando, lasciò subito cadere il coltello. Con un abile calcio sulla gamba, l'uomo finì a terra.

Hayes ci sapeva fare. Non solo come poliziotto, ma anche come soldato. Ma questo non gli sarebbe servito a nulla se l'intera gang gli fosse piombata addosso. Ed era proprio quello che sembrava stesse per accadere, perché Peter e i suoi amici mossero qualche passo minaccioso verso le scale.

«Va tutto bene» gridai, mettendo giù il whisky e alzandomi barcollando dal divano. Il mondo vacillò per un attimo prima di tornare più o meno dritto, proprio come me. «Va tutto bene. Vado con lui. Non creiamo un bagno di sangue per una bazzecola».

Dovevo arrendermi se non volevo mettere Hayes ancora più in pericolo. E questo glielo dovevo. Scansai Peter con un movimento brusco, ma lui mi afferrò subito il polso e mi tenne stretta.

«Tu non vai da nessuna parte, ragazzina. Noi non ci consegniamo ai poliziotti così».

Rimasi ferma per forza, ma Hayes si irrigidì all'istante. Il fuoco nei suoi occhi divampò come se volesse incendiare tutto il bosco. Stavolta, però, non avrei lasciato che si arrivasse al punto di dovermi salvare.

Peter mi guardò dall'alto in basso con disprezzo, mentre io mi voltavo verso di lui e gli toccavo la mano con le dita. Non ci volle molto. La disperazione che avevo dentro, rimasta lì a covare per tutto il giorno, si trasformò in fretta in una palla di fuoco che divampò dentro di me. Mi scorse nelle vene e, da qualche parte sotto la manica del cappotto, trasformò la mia pelle in argento liquido.

Allontanai la mano quando il calore dentro di me toccò le dita di Peter. Fu solo un momento, ma la disperazione si trasmise all'istante anche a lui. Ansimò, sgranò gli occhi e indietreggiò come se avesse visto nel mio volto il mostro che ero. Il suo sguardo era incredulo. Terrorizzato. E io feci fatica a reprimere il calore. Mi voltai e fulminai Hayes mentre lo superavo su per le scale. Ancora un po' barcollante, ancora un po' instabile sui piedi. «La accompagno di sopra, Detective» grugnii, perché non avevo alcuna intenzione di andare via con lui. Se voleva arrestarmi, bene. Ma non sarei andata con lui di mia spontanea volontà. Non riuscivo nemmeno a guardarlo negli occhi. La disperazione mi bruciava nella pancia quando, al piano terra, incespicai verso l'uscita.

«Avery, aspetta» udii la voce di Hayes dietro di me. Mi raggiunse, afferrandomi il braccio per trattenermi, ma io lo strappai subito via.

Questo mi fece inciampare di nuovo, ma mi sostenni al

muro dell'edificio. «Sei fuori di testa a farti vedere qui?» gli sibilai. «Sono sicura che esistano modi più piacevoli di morire».

Si fermò davanti a me, con le sopracciglia aggrottate. «Sapevo che ti avrei trovata qui».

«E da cosa, sentiamo?»

«Mi ha telefonato Isla. Mi ha raccontato quello che le hai detto, e io ho fatto due più due».

Serrai le labbra, scossi la testa e poi indicai lo spiazzo davanti all'edificio. «Vai, Hayes. Sparisci da qui».

«Non me ne vado senza di te, Avery».

La sua voce era ferma, quasi arrabbiata. «Credevo che avessi voltato le spalle a tutto questo. Credevo che non volessi più lavorare per Dorian Mars, quindi che diavolo ci fai qui?»

Scoprii i denti. «Non sono affari tuoi, Detective».

Rimase visibilmente confuso dalle mie parole. Dal cambiamento improvviso dei miei sentimenti per lui. L'ultima volta l'avevo baciato e ora lo stavo allontanando. Così, senza spiegazioni.

«Che cosa è successo, Avery?»

«Oh, Isla non te l'ha detto?» risposi. Dal tono di voce sembravo arrabbiata, anche se più che altro ero disperata. Anche se riuscivo a malapena a reggermi in piedi. Volevo solo che tutto questo finisse per poter tornare di sotto a ubriacarmi.

Hayes scosse dolcemente la testa. «No». Fece un gesto verso la sua auto a bordo strada. «Parliamone in macchina. Per favore. Dovremmo andarcene da qui».

«TU dovresti andartene da qui. Questo è il mio posto».

«Non è vero». Sembrava arrabbiato, ma si avvicinò comunque con passo molto cauto. «Vieni con me».

Scossi la testa, sentendo le lacrime negli occhi. «Non posso».

«Perché no?»

Perché tu mi odierai. Perché quello che ho fatto renderà impossibile tutto quello che c'è tra noi. Perché metterà fine a ciò che non è ancora iniziato.

«Avery». Pronunciò il mio nome con insistenza. «Perché no?»

Lo guardai negli occhi e ora il calore dentro di me divenne insopportabile. Non meritavo la dolcezza, la preoccupazione che mi dimostrava davanti alle mie lacrime, che ormai scorrevano a fiumi.

E doveva saperlo. Ne aveva il diritto.

«Perché l'ho uccisa io, Hayes». Glielo urlai in faccia con tutta la disperazione che avevo dentro. «Emily. La ragazzina che forse una volta era mia amica e che ricordo a malapena. Tua sorella. L'ho uccisa io». Riuscivo a stento a vedere attraverso il velo di lacrime. Ma lo vidi bloccarsi. Si congelò nei movimenti e i suoi occhi si spalancarono. Mi guardò per un tempo angosciosamente lungo e io ricambiai lo sguardo. In attesa della tempesta che mi avrebbe travolto.

Invece, un attimo dopo, abbassò le braccia che aveva teso verso di me e tutta la sua postura si accasciò. «Sì, Avery» disse a bassa voce. Il dolore nei suoi occhi era quasi insopportabile. «Sì, Avery. Lo so».

CAPITOLO 24

Sì, Avery. Lo so.

Riuscivo a stento a camminare dritta, ma nonostante ciò seguii Hayes. Lo seguii, cieca e sorda, oltre il piazzale della Base, incespicando sul vialetto polveroso, fino alla sua auto. Da qualche parte, in fondo alla mia mente, registrai che mi tenne aperta la portiera. Che piombai con un tonfo sul sedile del passeggero, senza sentire nulla. Dentro di me riecheggiavano soltanto le sue parole.

Sì, Avery. Lo so.

Le luci della città mi passavano davanti troppo veloci perché potessi seguirle davvero. Questo non dipendeva dalla guida di Hayes, ma dal fatto che quel terribile whisky da quattro soldi mi aveva totalmente annebbiato il cervello. Dentro mi girava tutto. Il cuore mi batteva più velocemente di quanto fosse salutare. E io mi tenevo al sedile dell'auto come ne andasse della mia vita.

Sì, Avery. Lo so.

Sforzandomi, fissai fuori dal finestrino, cercando di tenere gli occhi puntati sulle luci in lontananza, sugli alberi che ci sfrecciavano accanto nell'oscurità. Tutto questo per non dovermi girare verso di lui. Per non doverlo guardare in faccia. Anche se riuscivo a malapena a pensare, la mia mente correva.

Isla non gli aveva raccontato del ricordo che avevo visto. Anche se Hayes non l'avesse detto così chiaramente, Isla non gliel'avrebbe rivelato, ne ero sicura. Lei non era così.

Ma lui era comunque venuto a saperlo. Il dolore nei suoi occhi era vecchio. Non era divampato nulla di nuovo dentro di lui. Avevo visto lo shock, ma col senno di poi mi parve che fosse più che altro uno shock dovuto al fatto che IO lo sapessi. Non dovuto al fatto che avessi ucciso sua sorella.

Mi si ribaltò lo stomaco, e deglutii a fatica. «Accosta».

«Siamo quasi arrivati» replicò Hayes dal posto di guida.

Non sapevo dove stessimo andando né come interpretare la durezza della sua voce. Anzi, in realtà, potevo intuirlo. Forse era un odio ben nascosto. Forse erano anni di rabbia repressa, che non voleva scaraventarmi addosso in un momento di tale debolezza. Dopotutto, lui era dalla parte dei buoni. Diversamente da me.

«Accosta, Hayes». Gemendo, mi appoggiai allo schienale e mi concentrai sul respiro. «Ti prego. Non voglio vomitarti in macchina. E ti prometto che non scapperò».

Non che al momento fossi in grado di farlo.

Hayes fece un verso che sembrò un grugnito incredulo. Dopo un istante che mi parve un'eternità, finalmente sospirò. «D'accordo».

Accostò al marciapiede e parcheggiò. Non appena fummo fermi, aprii di colpo la portiera del passeggero e mi scaraventai fuori dall'auto. Accanto a me riuscivo a scorgere condomini che si ergevano nel cielo come scatole grigie, e da qualche parte in fondo alla mia mente riaffiorò un ricordo. Ma la mia testa era ancora troppo impegnata a non impazzire del tutto.

Mi appoggiai a un muro, appoggiai la testa contro la pietra fresca e tirai un respiro profondo e tremante. Il cuore mi martellava, lo stomaco mi brontolava e la vista traballava da una parte all'altra. Ma molto lentamente, almeno sul lato fisico, mi calmai e la nausea diminuì un po'.

«Va tutto bene?»

Quando aprii gli occhi, scorsi le scarpe ben lucidate di Hayes che si erano fermate proprio accanto a me. Accidenti, anche in un momento come questo, sembrava la calma in persona. Anche se solo pochi minuti prima avevo visto nei suoi occhi un dolore incredibile. Un dolore di cui io ero responsabile.

Dovetti fare un respiro profondo per impedire al mio stomaco di rivoltarsi di nuovo. «Sto bene» mugugnai in preda all'agonia. Hayes mi passò una bottiglia d'acqua mezza piena che doveva aver trovato in macchina. In realtà, ogni fibra del mio essere si opponeva all'idea di accettare il suo aiuto, però non volevo neanche vomitargli sulle scarpe. Così la presi, mormorai un grazie e bevvi l'acqua a piccoli sorsi. Era di gran lunga più efficace dell'aria fresca, e io fui felice di sentirmi un po' meglio. Anche se continuavo a vedere a malapena.

Pian piano, mi raddrizzai e restituii la bottiglia vuota a Hayes senza guardarlo. Non osavo. Non volevo vedere nei suoi occhi la tempesta che imperversava contro il senso del dovere.

Mi lasciò un attimo da sola appoggiata al muro per riportare la bottiglia in macchina e chiuderla, prima di tornare da me, con le mani infilate nelle tasche della giacca. «Riesci a camminare? Se attraversiamo a piedi, forse facciamo prima che in macchina».

Annuii con cautela per poi alzare la testa e guardarmi intorno. Solo ora mi resi conto di dove eravamo: da lì bastavano pochi minuti per raggiungere casa mia e di Ellis. Anche se questo fatto mi sollevava, io non capivo. Non capivo tutta quella situazione, né ciò che aveva in mente Hayes. Ma era evidente che non volesse portarmi al distretto.

Quando feci un passo dal muro, vacillai un po'. Hayes allungò subito un braccio per tenermi e, in un improvviso accesso di panico, schivai la sua mano.

«No». La parola che mi sfuggì dalle labbra aveva un tono pietoso. Quasi da piagnisteo. Ma non avrei sopportato che mi toccasse. Che fosse gentile con me dopo tutto quello che era successo. «Per favore» aggiunsi a bassa voce, e lui ritirò subito il braccio.

«Okay». Lentamente e un po' a disagio, a debita distanza, attraversammo il prato inselvatichito tra i condomini. Mi concentrai sui miei piedi e sullo sforzo di non inciampare. Il cuore mi batteva ancora in gola. Volevo urlare. Piangere. Volevo cadere in ginocchio davanti a lui e implorare il suo perdono. Volevo recuperare quello che c'era stato tra noi prima di quel giorno. Ma era troppo tardi ormai, così restai in silenzio e misi un piede davanti all'altro.

Quando arrivammo a casa, alzai per la prima volta lo sguardo. Non una delle finestre era illuminata, perciò probabilmente Ellis era ancora al club. O lo era già. Non avevo la minima idea di che ora fosse. Di quanto tempo avessi trascorso a Hunts Point. Sapevo solo di essere sollevata che mio fratello non dovesse vedermi così. Non volevo che si preoccupasse.

Ci misi un bel po' a infilare nel modo corretto la chiave nella serratura, poi incespicai nel corridoio con un profondo sospiro. Finalmente a casa. Finalmente al sicuro. O forse no?

Dopo due passi, mi voltai.

Hayes si era fermato sulla soglia, con le mani ancora nelle tasche della giacca. Era la prima volta che quella sera, quella notte, lo guardavo di nuovo in faccia. Il dolore nei suoi occhi era scomparso, lui sembrava invece... insicuro.

All'improvviso, mi colse una paura folle, irrazionale, che se ne andasse via così. Senza che potessimo parlare di ogni cosa. Senza la possibilità di rivederci dopo quella notte.

Ansimai. «Te ne vai?»

Lui mi scrutò per un attimo, e sul suo volto era tornata la solita calma; ma vi era anche qualcos'altro. Un fuoco che non si poteva paragonare agli sguardi precedenti. «Tu vuoi che me ne vada?» mi domandò.

Scossi la testa prima ancora di poterci pensare davvero. Forse sarebbe stato meglio porre fine a tutta quella storia.

Ora, prima che ferisse ancora di più sia me che lui. Eppure, non riuscivo a smettere di scuotere la testa. «No» dissi a bassa voce, come per ribadirlo.

«Okay» si limitò a dire Hayes, facendo un passo oltre la soglia e chiudendosi la porta alle spalle. «Dov'è il bagno?»

Con un misto di incertezza, disperazione e sollievo nella pancia, indicai la porta in fondo al corridoio.

Lui annuì e, mentre mi passava accanto, mi toccò brevemente il braccio. «Vieni. Hai bisogno di un po' d'acqua fredda».

Lo seguii perché non sapevo che altro fare. Nel piccolo bagno della mia famiglia, mi chinai sul lavandino e mi spruzzai l'acqua fredda sul viso mentre lui cercava qualcosa negli armadietti. Quando ebbi finito, con la testa un po' più fresca e un leggero brivido nelle ossa, lui mi aspettava già con un asciugamano pulito in mano. Lo presi, ringraziandolo, e, mentre iniziavo ad asciugarmi il viso, all'improvviso le lacrime cominciarono a scorrermi sulle guance. Non potevo farci niente. Non potevo resistere. Riuscii solo a tenere il viso schiacciato nell'asciugamano mentre le spalle mi tremavano.

E poi ecco Hayes, così vicino a me che potevo sentirne l'odore di bosco, di caffè e del suo profumo. Mise le braccia intorno al mio corpo tremante e mi premette a sé, tenendomi stretta, come aveva già fatto una volta.

Quello fu il momento in cui la diga si ruppe del tutto, e io iniziai a singhiozzare forte. «Mi dispiace tanto» dissi contro il suo petto, ripetendolo in continuazione finché non mi parve uno stranissimo mantra.

Lui mi sussurrò qualcosa nell'orecchio, e all'inizio, tra i singhiozzi, non capii nulla. Ma mentre, lentamente, mi calmavo, mentre le scosse di dolore diminuivano, udii le sue parole sommesse: «Lo so, Avery. Lo so».

Mi appoggiai al suo petto un'ultima volta, godendomi quella vicinanza a cui non avevo diritto, per poi staccarmi. «Mi dispiace, Hayes» dissi con voce tremante. «Quello che ho fatto è imperdonabile. E che tu sia qui a confortarmi, che io abbia permesso che questo accadesse, dimostra solo quanto tu sia una brava persona e quanto io sia una cattiva persona. Forse dovresti andartene». Mi avvolsi le braccia intorno al busto perché senza il calore del suo corpo rabbrividivo di freddo. «Me la caverò. Davvero. Come sempre».

«Avery, smettila». La sua voce era un ringhio impietoso.

Quando alzai lo sguardo, i suoi occhi quasi scintillavano di rabbia. Non riuscii a sostenere il suo sguardo e abbassai la testa. Ma lui non me lo permise.

Superò la distanza che avevo creato tra noi e mi pose dolcemente le mani sulle guance. «Guardami, Avery» insisté.

Non potei fare a meno di eseguire quello che mi aveva chiesto. Nei suoi occhi verde bosco ardeva un fuoco. Ma non un fuoco che cercava di bruciare me. «Quello che è successo quella volta è stata una terribile tragedia. Credimi, mi ci è voluto molto tempo per superare quel dolore. A volte lo sento ancora». Fece un respiro profondo e quando ricominciò a parlare, la sua voce era più sommessa. «Ma è stato un incidente. Quello che è successo non è stata colpa tua. Non hai colpa della morte di Emily, hai capito?»

Io scossi leggermente la testa. «Come puoi dire così? Stiamo parlando di tua sorella».

Cercai quasi disperatamente sul suo volto una traccia della rabbia che mi aspettavo. Una traccia d'odio. Ma non c'era nulla di tutto ciò.

Hayes serrò le labbra per un istante. Poi allontanò lentamente le mani dal mio viso. «Che cosa sai di quell'episodio?»

«Praticamente nulla» risposi, percependo di colpo l'immensa stanchezza che si stava diffondendo nel mio corpo. «Mio nonno fece cancellare tutti i miei ricordi di allora. So quello che ho visto nei suoi ricordi grazie a Isla. Lui corse nella mia stanza appena io urlai, mi vide... chinata su Emily. Fu la mia magia a ucciderla».

Le sue sopracciglia si aggrottarono un po', e mi toccò con delicatezza il braccio. «È meglio che ci sediamo».

Annuii e lo condussi stancamente in salotto.

Ci accomodammo sul divano e sprofondammo nello schienale, abbastanza vicini che avvertivo il suo calore, e fissammo entrambi il soffitto.

Dopo un po', Hayes ricominciò a parlare, sempre con lo sguardo rivolto verso l'alto. «Io arrivai qui poco dopo quel ricordo».

Io sussultai e lo fissai. «Cosa?»

Annuì senza guardarmi. «Ero venuto a prendere Emily... e a vedere te... e piombai in questa situazione. La porta era aperta, così sono entrato. Ti sentii piangere, salii le scale e tu mi venni incontro. Completamente sconvolta. Piangevi disperata e ti scusavi con me per quello che era successo. E quando ti scansai di corsa per salire al piano di sopra e vidi Emily distesa lì... rimasi scioccato». Si fermò per un attimo per poi tirare un profondo sospiro. «Tuo nonno cercò di calmarmi. Mi promise che avrebbe telefonato ai miei genitori, che avrebbe chiamato un'ambulanza per Emily, ma arrivò solo un uomo. Un amico di tuo nonno. Non cancellò soltanto i tuoi ricordi».

«Cosa?» Solo ora mi ricordavo del primo ricordo che Isla mi aveva mostrato. L'avevo completamente dimenticato. Mio nonno aveva accennato al fatto che *"il ragazzo"* aveva visto tutto, ma io credevo che intendesse Ellis. «Ma... allora tu come fai a saperlo?»

«Mi sembrò strano fin dall'inizio. Emily era bravissima a nuotare. Era strano che fosse annegata così». Aggrottò un poco la fronte. «Perciò, dopo il diploma, feci delle ricerche. A un certo punto, un mio amico Narrative mi fece notare che i miei ricordi erano stati manipolati».

«Proprio come è capitato a me». Deglutii a fatica. «E poi?»

«Ho cercato la persona che li aveva manipolati». Girò leggermente la testa e mi scrutò. «Mentre ero in servizio nell'esercito. Ho continuato a farmi trasferire per trovare l'uomo che mi aveva rubato i ricordi. Ho cercato tutti i Narrative più importanti, approfondito tutte le leggende sui Manipolatori, intervistato tutti coloro che erano stati a New York, che avevano avuto a che fare con i maghi di qui, con modi gentili o meno, e alla fine lo trovai. Un veterano, amico di tuo nonno. Ora vive in Perù e la distanza dalla

Sorgente ha ridotto la sua magia al minimo. Non fu difficile convincerlo a restituirmi i miei ricordi. Desiderava solo stare in pace, dopo la vita che si era lasciato alle spalle».

Ricambiai il suo sguardo, osando a malapena respirare.

Hayes mi guardò per un attimo, come se stesse soppesando con attenzione le prossime parole. «All'inizio ti odiai» disse infine. «Per quello che avevi fatto. Dopo aver servito nell'esercito, volevo tornare a New York e dimostrare che eri stata tu. Metterti dietro le sbarre. Il pacchetto completo. Ma mentre ero ancora in viaggio, iniziai a dubitare. A dubitare che Emily avrebbe voluto questo. Che catturarti avrebbe compensato tutto. Continuavo a pensare a te, a quel giorno, a quella conversazione tra noi che mi aveva toccato così tanto. E quando finalmente, pieno di dubbi, sono arrivato a New York e ho iniziato a lavorare per il NYPD... quando ti ho rivista dopo tutto questo tempo... lì ho capito che non lo potevo fare. Non lo volevo fare. Perché sapevo da quella nostra prima conversazione che tu non eri una persona cattiva. Il tempo e il nostro incontro hanno fatto sparire quella piccola parte irrazionale di me che voleva incolparti. Che voleva dare la colpa a qualcuno per stare meglio».

Le lacrime mi salirono di nuovo agli occhi. «Ma è vero. È a causa mia che hai perso tua sorella».

«Tu non eri in grado di controllare la tua magia. Finora non avevo mai capito di che cosa si trattasse, ma una cosa la so. Non hai mai voluto fare del male a nessuno. Soprattutto non a mia sorella, di questo sono sicuro».

Una lacrima mi spuntò dall'estremità dell'occhio e Hayes

sollevò una mano per asciugarla. Aveva un sorriso così dolce che il mio cuore cominciò a spezzarsi.

«Eravamo buone amiche?» domandai, con voce strozzata. Secondo i miei falsi ricordi, io non la conoscevo affatto. Aveva persino frequentato una scuola diversa dalla mia. Tutta un'enorme bugia.

Hayes sorrise ancora di più mentre mi asciugava dolcemente un'altra lacrima. «No, ma credo che foste sulla buona strada. Emily non aveva tanti amici a scuola, la maggior parte dei suoi compagni pensava che fosse una secchiona perché aveva ottimi voti. Ma mi aveva detto che una ragazza simpatica della sua classe le aveva chiesto aiuto per i compiti». La sua mano rimase sulla mia guancia mentre continuava ad accarezzarmi la pelle dolcemente. «Vi eravate incontrate tre volte prima che succedesse quello che è successo. Ma ogni volta era tornata a casa con un gran sorriso stampato in faccia. Devi essere stata molto carina con lei, a differenza degli altri della sua classe».

Una risata strozzata mi sfuggì dalle labbra mentre gli prendevo la mano e la tenevo ferma sulla guancia. «Non sembra proprio una cosa da me».

Lui scosse la testa. «Non è vero, Avery. Tu sei una brava persona».

«Come fai a saperlo?» chiesi, sull'orlo della disperazione. Era come se fossi letteralmente assetata di ricevere una risposta.

Tuttavia, Hayes si limitò a scrollare le spalle. «Lo so e basta».

Sospirai, perché non ero sicura di potermi accontentare

di questo. Ma ora Hayes sapeva tutto. Sapeva che avevo ucciso Devon, ne ero certa, perché l'aveva trovato nel vicolo nello stesso stato in cui aveva trovato sua sorella quella volta. Sapeva del mio passato con Dorian Mars e di ciò che era accaduto davvero a sua sorella. Forse non sapeva che io ero una Toxic, ma sapeva che potevo usare i miei poteri anche senza un tramite. Eppure era convinto che io fossi una brava persona. Il detective Hayes non era uno sciocco, e di certo era tutt'altro che ingenuo. Forse una piccola parte di me poteva fidarsi di lui anche in questo caso. Solo un pochino.

Avvertii un enorme peso sollevarsi lentamente dal mio petto. Non del tutto, c'erano ancora molte cose che non si potevano risolvere con una conversazione. Ma quanto bastava per consentirmi di tornare a respirare.

Hayes staccò la mano dal mio viso, ma intrecciò le dita con le mie e questo mi suscitò un piacevole formicolio in tutto il sistema nervoso. «Davvero sei tornata a Hunts Point per via di quello che è successo con Emily?»

Esitai per un istante, poi annuii. «Non volevo far pesare i miei problemi a nessun altro».

«Un ulteriore punto a tuo favore. Credo che gran parte delle persone davvero cattive non si rendano conto di quanto lo siano. O non si preoccupano del male che fanno a chi li circonda».

Incredula, alzai un po' le sopracciglia. «Sul serio stai cercando di convincermi che sono una brava persona?»

«Sta funzionando?»

Ricambiai il suo sguardo, nel quale non c'era nulla

di freddo, solo calore e comprensione e un po' di preoccupazione per me. E mi inondò come un bagno caldo, mi avvolse come una coperta accogliente in una notte d'inverno e mi fece incurvare gli angoli della bocca all'insù. «Un po' sì» sussurrai.

Il suo sguardo si fece serio, scese verso le mie labbra e poi risalì ai miei occhi. «Bene» mi rispose con la stessa pacatezza. «Del resto posso occuparmi io». Si chinò in avanti e le sue labbra sfiorarono dolcemente le mie. «Se non continui ad allontanarmi da te».

Dentro cominciai ad avvampare mentre lui mi baciava, e subito ricambiai il bacio. All'inizio dolce, delicato, esitante. Poi sempre più esigente, sicuro, famelico. Quando gli avvolsi le braccia intorno al collo e gli accarezzai la nuca con le dita, il calore mi riempì completamente. Ero così felice, così grata. E, sebbene ci fossero ancora dei piccoli dubbi sul fatto che me lo meritassi davvero, per il momento riuscii a metterli da parte e a perdermi nel bacio. A sentire il calore di Hayes, a ricevere le sue carezze dolci che sentivo così distintamente. La sua mano sulla schiena, l'altra che si insinuava lenta tra i miei capelli e mi faceva venire la pelle d'oca su tutto il corpo.

Tutto d'un tratto, si fermò. Si staccò per metà da me e appoggiò la fronte alla mia. «Sei ancora ubriaca, Avery?» mi chiese dolcemente.

Sussultai per la sorpresa. In effetti, non sentivo quasi più alcun effetto del whisky che avevo bevuto. Il viaggio in macchina, l'acqua fredda, la conversazione... mi avevano fatto passare la sbornia più di quanto me ne fossi resa conto.

E dire che avevo bevuto parecchio.

Ricambiai il suo sguardo. «Non ero così lucida da tanto tempo».

«Sei sicura?» domandò con voce ferma. «Hai...» «Sicurissima» lo interruppi con un sorriso. Non gli permisi di staccarsi, lo tenni stretto a me e poi lo baciai.

L'ultima esitazione scomparve dai suoi movimenti e, sebbene fossi commossa dal fatto che fosse così premuroso, fui felice che continuasse. All'improvviso, Hayes staccò di nuovo le labbra dalle mie e, quando io aprii gli occhi, mi fissava, sorpreso. «Avery...»

Le vidi subito: le vene argentee che danzavano sulla mia mano. Quella che gli avevo appoggiato sulla nuca. La ritrassi all'istante, come se mi fossi scottata. «Oddio, mi dispiace. Stai bene?»

Le sue guance avevano assunto un rossore quasi febbrile, e Hayes sfilò la mano dai miei capelli per strofinarsela sul petto. «No, sì, cioè... è tutto a posto. Mi ha solo colto di sorpresa».

Tirai un sospiro pieno di frustrazione. «Questi poteri da Toxic... che sono così diversi dai normali poteri da Poisoner... non so ancora gestirli».

Sorpreso, Hayes abbassò lo sguardo sulla mia mano che riluceva. Era evidente che stesse cercando di capire il senso di tutto questo. E di spiegarsi il motivo per cui la mia magia poteva toccarlo, pur essendo lui uno Shield, dunque, di fatto, immune alla magia.

«Che cosa hai sentito?» gli chiesi. Ero ancora spaventata per l'accaduto.

Lui fece un sorriso dolce. «Palpitazioni. Un po' di vertigini, quasi».

«Oddio, per poco non ti facevo venire un infarto».

«Sciocchezze». Hayes rise, e quel suono calmò i miei nervi tesi. «Sono uno Shield, su di me i tuoi poteri hanno un effetto diverso. Credo che tu abbia soltanto trasferito a me una parte delle tue emozioni. Un po' come nei cocktail che prepari per i tuoi clienti. Solo che lì lo fai di proposito». Osservò la mia mano, sulla quale le vene argentee erano ormai appena visibili. Pensieroso, la prese, non mi permise di ritrarla e intrecciò le sue dita nelle mie. «È così che funziona, no?»

Già. La sua spiegazione sembrava corretta. La paura che avevo provato davanti a Devon, la rabbia di quel momento: tutto quanto gli si era ritorto contro. Quelle emozioni avevano scatenato un calore irrefrenabile. La magia dentro di me.

«Io per prima non ne so quasi nulla. E quello che sto venendo a sapere mi confonde sempre di più» ammisi con un sorriso incerto. Non sapevo a quale versione credere di tutta questa storia dei Toxic, del significato dei miei poteri. Ne capivo ancora così poco.

Ora stavo tenendo il calore sotto controllo, ma se mi fosse sfuggito di nuovo? E se gli avessi fatto del male, e lui in realtà non fosse stato protetto in quanto Shield?

Probabilmente mi lesse quei dubbi in faccia, perché mi diede un bacio sulla fronte per poi guardarmi. «Va tutto bene. Forse è stato un po' troppo... veloce». Inclinò la testa, mi diede un bacio dolce, e poi un altro.

Il mio corpo tornò a rilassarsi un poco, e, sebbene sentissi il calore dentro di me come prima, non ribolliva più. Osai toccare di nuovo Hayes, mettergli di nuovo la mano sulla nuca.

Lui mi lasciò fare, ma mi osservò con attenzione. «Tutto bene?»

Quando annuii, mi baciò di nuovo. In modo dolce e dubbioso. Lo trassi a me e mi lasciai andare. Lasciai andare il calore, anche se solo dentro di me.

«Rimani qui?» chiesi senza fiato tra un bacio e l'altro. «Stanotte?»

«Se vuoi che rimanga» replicò con voce roca.

Appoggiai la fronte contro la sua prima di posargli una mano sul petto e guardarlo negli occhi. «Lo voglio».

Lui ricambiò il mio sguardo. Sorrise e mi passò le mani sulla schiena. «Allora rimango».

Sorrisi a mia volta, assaporando la sensazione di felicità che si diffondeva dentro di me. «Bene» dissi, e poi lo baciai di nuovo, stringendolo a me, proprio come ieri sera al party prematrimoniale di Isla. Solo che stavolta non lo avrei lasciato andare.

Lo spinsi dolcemente indietro fino a fargli toccare lo schienale del divano. Senza interrompere il contatto visivo, mi sedetti lentamente sulle sue ginocchia. L'espressione di Hayes era tra l'adorante e l'incredulo, e questo mi fece di nuovo alzare gli angoli della bocca. Gli avvolsi le braccia al collo, lo baciai dolcemente e lui finalmente riportò le mani sulla parte bassa della mia schiena. Mi strinse forte e mi fece sentire al sicuro.

«Avery» sussurrò Hayes staccandosi per un attimo dalle mie labbra. «Sei sicura che...?» Esitò, e io lo guardai nel profondo degli occhi.

Durante il periodo nella gang di Dorian, mi era capitato spesso di uscire con qualche ragazzo. Ci avevo dormito insieme, perdendomi in quelle carezze. Ma stavolta... stavolta era diverso. Era qualcosa di più.

«Io ti voglio, Adam Hayes» dissi piano, ed era vero. Lo volevo più di ogni altra cosa. E le mie parole suscitarono qualcosa non soltanto dentro di me, ma anche dentro di lui. Perché nei suoi occhi ci fu prima un lampo di sorpresa, seguito dallo stesso desiderio che provavo io.

Invece di rispondere, mi trasse a sé e mi strinse forte tra le sue braccia.

In un attimo le emozioni dentro di me esplosero, facendosi strada in ogni terminazione nervosa, mentre le sue mani mi accarezzavano tutto il corpo. Si infilarono sotto la mia maglietta, lasciandomi tracce bollenti sulla pelle. Non mi sentivo così viva da tanto tempo. Mi sentii libera quando mi sfilò la maglietta dalla testa, per poi tornare subito alle mie labbra. Mi sentii invincibile quando gli slacciai con le dita i bottoni della camicia e gliela levai. E mi sentii bellissima quando lui mi tolse l'ultimo indumento dal corpo e mi guardò con gli occhi pieni di desiderio.

Le sue carezze erano dolci e al contempo esigenti. Passarono sui miei seni, sulla pancia e mi strapparono un gemito.

A un certo punto sentii il morbido tessuto del divano sotto di me e il corpo caldo di Hayes sopra di me. Udivo solo il suo respiro leggero, più veloce rispetto a un attimo prima, il battito accelerato dei nostri cuori, il crepitio lieve della confezione del preservativo. Mi baciò e io mi abbandonai di nuovo a quella dolcezza. E poi, finalmente, ci fondemmo insieme, pelle contro pelle, labbra contro labbra, le mie mani sulla sua schiena. I rumori tutt'intorno cessarono, finché non riuscii a sentire soltanto i nostri respiri, il mormorio della sua voce mentre ansimava il mio nome.

Sorrisi contro le sue labbra, godendomi quella vicinanza, finché il formicolio dentro di me non crebbe a dismisura, trasformandosi in un concerto nella mia testa e sulla mia pelle. Un'ultima volta gemetti, gemette, e poi la sua fronte affondò contro la mia, il suo corpo sul mio, e i nostri movimenti si placarono.

Alla fine, restò solo il calore. Solo il conforto delle sue braccia. E il sorriso sulle mie labbra, che quella notte non scomparve mai.

CAPITOLO 25

Hayes si avvicinò alla cucina proprio mentre la macchina del caffè emetteva l'ultimo ronzio.

Udii i passi attenti, udii l'accortezza con cui si spostava per la nostra casa, e subito mi si rizzarono i capelli sulla nuca. Come se il mio corpo reagisse automaticamente sentendo che si avvicinava. Il cuore mi batté forte e gli angoli della bocca mi si incurvarono all'insù, anche se gli davo ancora le spalle.

Posai con cura le tazze di caffè sul bancone prima di voltarmi. In quel preciso momento, lui apparve sulla soglia della cucina, con una mano nascosta tra i riccioli scuri e gli occhi ancora socchiusi. Il mio sguardo scese sul suo corpo, oltre la camicia leggermente scomposta e i boxer, e mi domandai come riuscisse a emanare una tale autorità anche in questo stato. Una sicurezza di sé così profonda che pareva riempire tutta la stanza. Forse era per via della schiena sempre inarcata e dello sguardo penetrante che aveva nonostante l'evidente stanchezza.

Sbatté le palpebre e, mentre mi guardava, qualcosa si risvegliò nei suoi occhi. Un sorrisetto gli stirò l'angolo della bocca e mi provocò una scarica istantanea di endorfine nel corpo.

Non riuscivo a capacitarmi che fosse davvero lì. Che quella fosse la realtà.

«È... presto» disse, e la sua voce sembrava molto più roca del solito. Stranamente, non fece altro che aumentare il formicolio che sentivo sulla pelle.

Scrollai le spalle con un sorriso mentre gli porgevo il caffè. «Il mattino ha l'oro in bocca, dicono».

«Non mi sembravi il tipo a cui applicare quel proverbio». Sorrise, prese la tazza e bevve il primo sorso di caffè.

Io lo imitai e lasciai vagare lo sguardo verso la finestra per non fissarlo troppo a lungo. Il cielo dietro i vetri era un bellissimo miscuglio di arancione e rosa a cui rare volte avevo assistito con una tale consapevolezza.

Era vero, di solito non ero il tipo che si affannava ad alzarsi dal letto al sorgere del sole. Ma oggi mi avevano svegliata già i primi raggi, e mi ero tirata fuori dalle lenzuola più pimpante del solito. Sarà stato perché di solito non dividevo il letto con sensuali detective. Con ragazzi per cui mi ero presa cotte che credevo passate.

Il mio sguardo tornò a posarsi su di lui, e anche Hayes mi guardò.

Nei suoi occhi c'era un misto di divertimento e di qualcos'altro, un che di indagatore. «È tutto okay?» mi domandò con voce dolce.

Capii subito che stava alludendo al giorno prima, alla mia piccola, o non tanto piccola, crisi a Hunts Point.

In effetti quella mattina mi ero guardata dentro, cercando di ritrovare qualche traccia della disperazione del giorno prima. Ma ero calma come non lo ero da tempo, sicura di me come non mi sentivo da anni. Il che dipendeva principalmente da lui. Dalle cose che mi aveva detto. Dal fatto che mi aveva perdonato. E dal fatto che ora sapeva tutto, conosceva tutto il male che avevo commesso in passato... e dal fatto che, nonostante ciò, era rimasto. E questo mi spaventava perché sentivo che stavo iniziando a fare affidamento su di lui. A fidarmi di lui. Una cosa che negli ultimi anni, nella gang di Dorian Mars, avevo dimenticato. Ritrovare quella sensazione ora, verso di lui e anche nei confronti di Isla, era... particolare. Bello, ma anche spaventoso.

Tuttavia, gli angoli della mia bocca s'incurvarono quasi automaticamente in un sorriso. «Sto bene, nonostante la notte breve». Mi morsi il labbro inferiore perché in quel momento non potei fare a meno di ripensare inopportunamente ai suoi dolci baci e al suo corpo nudo e muscoloso.

Probabilmente stava succedendo anche a lui, perché espirò con una certa violenza. «Bene. Ottimo».

Risi della sua faccia imbarazzata, il che gli fece alzare di nuovo gli angoli della bocca. Per un attimo ci sorridemmo come adolescenti innamorati, ma alla fine lui interruppe il momento schiarendosi la gola, come per richiamarsi all'ordine.

«Dovrei dare un'occhiata al telefono di servizio. Se non lo controllo per troppo tempo, di solito si scatena l'inferno».

«Forse l'ho visto sul mio comodino» borbottai nella tazza, e cercai di togliermi quello stupido sorriso dalla faccia. Perché per me era così difficile?

Persa nei miei pensieri, lo seguii con lo sguardo mentre usciva dalla cucina, per poi di appoggiarmi al bancone e afferrare la tazza con entrambe le mani.

Assaporai la sensazione di calore che si diffondeva dentro di me. Gli eventi degli ultimi giorni e delle ultime settimane mi avevano dimostrato che tutto poteva finire molto presto, e io volevo assaporarne ogni secondo.

Avevo appena bevuto il secondo sorso di caffè quando udii una chiave girare nella serratura del nostro appartamento.

Il caffè mi andò di traverso quasi all'istante.

Maledizione, Ellis!

Non mi ero accorta che era l'ora in cui di solito tornava a casa dal *Rhapsody.*

Abbassai in fretta lo sguardo su di me: per fortuna, la maglietta oversize che indossavo mi arrivava almeno fino al sedere. Tuttavia, chiunque mi avesse trovato in cucina così e poi si fosse reso conto che in casa c'era Hayes avrebbe tratto le conclusioni corrette. Soprattutto il mio fratello maggiore. Sperai che la vergogna non mi avrebbe fatta arrossire troppo. In fondo, ero un'adulta, e mio fratello non aveva il diritto di interferire nella mia vita sentimentale. Ma un po' di imbarazzo c'era ancora quando Ellis attraversò il corridoio e si fermò per la sorpresa.

«Sei *ancora* sveglia o *già* sveglia?»

«Già sveglia» risposi con un sorriso.

Accidentaccio, ma perché neanche adesso riuscivo a smettere di sorridere come una stupida?

Mio fratello evidentemente si pose la stessa domanda, perché un sopracciglio gli si sollevò piano. «Come mai?» chiese.

La risposta arrivò pronta non appena la porta della mia camera da letto si spalancò, e io serrai subito le labbra. Ellis girò la testa di scatto, e io sperai ardentemente che Hayes avesse impiegato quel tempo per mettersi dei pantaloni. Altrimenti, se mio fratello l'avesse visto in boxer, sarei morta di imbarazzo.

«Oh. Buongiorno, Ellis». Se non altro, il suo tono di voce era molto più calmo di quanto non mi sentissi io in quel momento.

Mio fratello sgranò gli occhi. «Ah. Detective. Ehm. Hayes».

«Va bene anche senza "detective"».

Ellis annuì, ovviamente sforzandosi di mantenere la compostezza. Poi mi scoccò un'occhiata che gridava qualcosa del tipo: «*Ma che diamine, sei seria?*» Quando si ricompose, il sorriso che aveva sul volto era estremamente convincente. «Allora... vi lascio da soli». E con questo, sparì in direzione del bagno, a testa china.

Un secondo dopo, Hayes apparve sulla porta e io tirai un sospiro di sollievo perché si era effettivamente messo un paio di pantaloni.

«Okay. Che... disagio, davvero».

Gemetti, ma il verso sfumò in una risata.

Hayes non sembrava affatto infastidito dalla scena con mio fratello.

Scrollò le spalle per poi attraversare la cucina con tre lunghe falcate e fermarsi a pochi centimetri da me.

Lo guardai con il fiato sospeso. Averlo d'un tratto così vicino mi fece balzare il cuore nel petto.

«Per caso ti ha messo a disagio quando sono uscito dalla tua camera? Non credevo che qualcosa potesse imbarazzarti, Avery Bishop» mormorò con un sorriso.

Mi fu difficile non perdermi nei suoi occhi. Mi schiarii la gola prima di riuscire a far apparire sulle mie labbra un sorriso ragionevolmente convinto. «Questo va molto a mio favore oppure molto contro di me».

Sollevò le sopracciglia, ma prima che potesse dire qualcosa, gli artigliai la camicia e lo tirai a me.

Quando le sue labbra incontrarono le mie, il formicolio esplose di nuovo nel mio corpo. Hayes reagì all'istante e affondò nei miei capelli la mano che non stringeva il cellulare del lavoro.

Mi inondò uno strano miscuglio di caldo affetto e brama fremente, che sconvolse del tutto il mio sistema. Interruppi in fretta il bacio prima di provocargli davvero un altro infarto e lo guardai negli occhi, che brillavano. «Allora? Che dicono al lavoro?»

Hayes grugnì, probabilmente riluttante quanto me a porre fine a quel momento tra noi due. Alla fine gli sfuggì un dolce sospiro dalle labbra e alzò il cellulare. «Solo tre chiamate perse di Ashley e un messaggio in segreteria, che però non ho ancora ascoltato. Direi quasi che è un bottino abbastanza scarso».

«Da ieri sera?» Questa volta fui io ad alzare le sopracciglia. «A me non sembra così scarso».

«Da quando è iniziata questa serie di omicidi di maghi, il telefono non ha quasi mai smesso di squillare. Ormai mi trovo a indagare su un cadavere in un vicolo quasi ogni giorno, e poi naturalmente si aggiungono anche i danni che creano Dorian Mars e la sua maledetta gang». Scosse la testa, con fare difensivo. «Mi conviene ascoltarlo».

Annuii, ma sentii il mio cuore farsi pesante. C'erano così tanti omicidi ultimamente? Non potei fare a meno di ripensare a Veda. A Orla.

Hayes fece un passo indietro e si portò il cellulare all'orecchio. Con l'altra mano infilata nella tasca dei pantaloni, aveva un'aria quasi informale per i suoi standard, e dovetti ammettere che gli stava molto bene. Avrei voluto baciarlo di nuovo subito, ma mi trattenni perché il suo viso sembrava molto teso.

La voce di Ash mi arrivava ovattata all'orecchio, ma sembrava stressata, il che probabilmente non era un buon segno. E poi, a un tratto, udii una parola, una sola, e sentii il corpo ricoprirsi di una pelle d'oca ghiacciata.

«Ha detto Kennedy?»

Hayes mi guardò, serio, mentre ascoltava il resto del messaggio, e serrò le labbra.

Mi sentivo come se stessi cadendo in un buco nero, mentre i secondi scorrevano a una lentezza straziante. Era successo qualcosa a Isla? Alla sua famiglia? Perché diavolo non l'avevo richiamata ieri sera? Perché non le avevo chiesto come stava? Se nel frattempo le fosse accaduto qualcosa, non me lo sarei mai perdonato.

Finalmente, Hayes abbassò il cellulare. «Stanotte c'è stato un furto nella villa dei Kennedy. Nessuno è rimasto ferito».

Fui pervasa dal sollievo. «Oh mamma. Che cos'hanno rubato?».

«Niente. Ma, stando a quel che sembra, qualcuno ha cercato di entrare in una zona chiusa della casa. Probabilmente con l'aiuto di un complice dall'interno, o almeno così pare». Fissò pensieroso il display mentre io tiravo un profondo respiro.

La Sorgente. Ne ero sicura, anche se non avevo nessuna base. Perché mai qualcuno avrebbe voluto introdursi nella Sorgente? Dopotutto, non era possibile rubarla e portarsela via così. E stare per breve tempo in quella grotta buia e colma di potere inquietante non aveva alcuna utilità. Isla aveva detto che la vicinanza alla Sorgente serviva a mantenere costante la presenza della magia nella famiglia per generazioni, ma una breve visita non aiutava nessuno ad aumentare la propria.

Nessuno, eccetto... un Toxic.

Mi si strinse lo stomaco. Che esistesse un altro Toxic? Che qualcuno avesse cercato di sfruttare la Sorgente per scopi malvagi? Magari qualcuno che era responsabile degli omicidi?

Hayes mise via il cellulare e raddrizzò le spalle. «Mi conviene andare. Ci saranno altri interrogatori da fare».

Accantonai per un attimo le assurde teorie cospiratorie

che mi si stavano affastellando in testa per guardarlo. «D'accordo. Mi fai sapere quando ne sai qualcosa di più?»

«Te lo prometto». Esitò un secondo, prima di tornare molto vicino a me e di abbassare un poco il viso per posarmi un bacio dolce sulle labbra. Continuai a sentire il piacevole formicolio anche una volta che si fu voltato. «A dopo».

La porta non fece in tempo a chiudersi alle sue spalle che io mi precipitai in camera da letto per cercare il cellulare, che era ancora spento nella mia borsa. Come avevo già sospettato, Isla mi aveva chiamato più volte. Subito si ripresentò il senso di colpa. Anche se era ancora prestissimo, erano appena le sei, composi il suo numero e mi lasciai cadere sul bordo del letto.

Isla rispose già dopo il secondo squillo. «Avery!» esclamò ad alta voce. «Oddio, stai bene? Ero preoccupatissima!»

Sorrisi. Era proprio da lei. Le erano entrati i ladri in casa, eppure era preoccupata per me. «Io sto bene, Isla. Scusami se mi faccio viva solo ora, ho passato... una notte difficile. Ma ora va tutto bene, okay?»

«Faccio fatica a crederlo, da come mi hai salutato ieri».

«Invece è vero, è così». Feci un respiro profondo. «Hayes mi ha trovata e mi ha tranquillizzata. Grazie per averlo chiamato».

«Non sapevo che altro fare». Gemette, e pareva sollevata. «Accidenti, mi hai davvero spaventata a morte. Non farlo mai più, capito?» Esitò per un istante, poi riprese: «Vuoi parlarne? Di quello che hai visto?»

I ricordi mi stavano rodendo dentro, e io scossi la testa, anche se lei non poteva vedermi. «Al momento no, se per te va bene. Ti spiegherò tutto, ma ho bisogno di un po' di tempo».

«Non c'è problema. Sarò qui quando sarai pronta».

Feci uno sbuffo divertito. «Tipico. Ti preoccupi per me quando avrai mille altri problemi».

Isla rimase in silenzio per un po', tanto che stavo per pensare che fosse caduta la linea. Ma alla fine sospirò: «Hai saputo del furto?»

«Non molto. Hayes mi ha detto solo che qualcuno deve aver cercato di entrare in una zona chiusa». Mi tirai a sedere. «Si tratta... della Sorgente?»

Lei fece un grugnito di conferma. «Sì. Ma laggiù è tutto così blindato che non può entrare nessuno. Nemmeno dello staff. Infatti lui non ci è riuscito. Ma, nel tentativo, ha messo ko un paio dei nostri addetti alla sicurezza. Uno di loro è ancora in ospedale sotto osservazione per una commozione cerebrale».

«Sapete chi è stato?» chiesi senza fiato.

Isla sospirò. «Sì. È stato Ryker. L'abbiamo visto nelle telecamere di videosorveglianza».

Sgranai gli occhi in totale incredulità. «Come, scusa? Non starai dicendo sul serio, vero?» Non potevo affermare di conoscere Ryker particolarmente bene, ma non l'avrei mai creduto capace di tanto. «Perché? Voglio dire... che cosa ci guadagna a introdursi nella Sorgente?»

«Non ne ho idea. Forse cercava qualcos'altro e non sapeva che laggiù c'era la Sorgente. O forse è uno di quei tipi strani convinti di poter andare ad attingere un po' di magia così». Isla sembrava frustrata e del tutto devastata. Si era fidata di Ryker. Aveva messo la sua vita nelle sue mani. E sapevo anche che le stava simpatico. Molto. Dopotutto, avevano passato tanto tempo insieme.

Serrai le labbra. «Forse in realtà non aveva cattive intenzioni» riflettei dolcemente, anche se le prove non deponevano necessariamente a suo favore.

Isla sbuffò. «In tal caso, adesso non sarebbe in fuga dalla legge, ma avrebbe cercato di chiarire il malinteso, non credi?»

Sotto sotto, non potevo che essere d'accordo con lei. «Posso tirarti su di morale in qualche modo? Magari con il tuo caffè preferito?»

Il suo sospiro si trasformò in una risata stanca. «Per quanto mi piacerebbe accettare, oggi temo di non avere proprio tempo. Forse ti ricorderai... domani mi sposo».

«Ah, già, c'era qualcosa».

Ridemmo entrambe, e parve che il suo umore si risollevasse un po'.

«Domani al ricevimento ci beviamo uno champagne, potrebbe aiutare» suggerì.

«Affare fatto. Allora forse oggi riesco a tornare a trovare mio nonno».

«Ah, già, è vero» disse Isla. «Prima che mi dimentichi, ti ho lasciato il diario nella cassetta delle lettere. Ieri sei scappata via subito, e ho pensato che avresti voluto riaverlo in fretta».

«Grazie». I ricordi che mio nonno aveva nascosto nel diario mi bussarono di nuovo sulla fronte, dall'interno. Come se volessero farmi capire che nella mia vita c'erano ancora molte cose che non andavano di cui dovevo occuparmi. Ero contenta di riavere quel ricordo, ma allo stesso tempo non potevo fare a meno di pensare al tradimento che aveva comportato. Naturalmente, mi era chiaro che mio nonno avesse fatto tutto questo per proteggermi. Dai miei poteri. Dai ricordi di un atto che avrebbe potuto distruggermi se non l'avessi dimenticato. Tuttavia, al contempo, mi aveva privato di una scelta. Della possibilità di guarire con il tempo. Ora mi era crollato tutto addosso, e riuscivo a malapena a parlargliene perché lui a volte nemmeno si ricordava di me.

«Saluta tuo nonno da parte mia se vai a trovarlo» disse Isla, e io dalla voce sentii che sorrideva.

Questo mi acquietò un po' le viscere e riportò la mia concentrazione sulle cose importanti.

Avevo un lieve sorriso sulle labbra quando la salutai e riposi il cellulare.

Poi rimasi sotto la doccia più a lungo del solito e mi preparai per la giornata iniziata fin troppo presto. Ero già vestita dalla testa ai piedi e avevo appena preparato la colazione quando dal mio cellulare giunse di nuovo il suono di una notifica.

Era un messaggio di Hayes.

C'è parecchio da fare. Probabilmente starò sul caso tutto il giorno.

Ho appena parlato al telefono con Isla. Ha detto che è stato Ryker. Avete già novità?

Finora non siamo riusciti a trovare un movente per cui Ryker Lewis possa aver fatto una cosa del genere. Ma

Il messaggio era interrotto. Ma poco dopo l'app indicò che Hayes stava scrivendo ancora. Impiegò tanto tempo, come se fosse intento a scrivere qualcosa, cancellarla subito dopo, riscriverla. Come se non sapesse bene quanto potesse rivelarmi. Dopo qualche minuto apparve un nuovo messaggio:

Abbiamo notato che il suo arrivo a New York qualche mese fa coincide quasi esattamente con l'inizio degli omicidi. Questo non significa necessariamente qualcosa, però... stiamo indagando. Quindi, per favore, stai attenta.

Mandai giù i cereali, ma non volevano saperne di scivolarmi in gola. Per qualche motivo, non potei fare a meno di pensare al sorrisetto malizioso che Ryker mi aveva sempre rivolto. Alle sue parole gentili, al suo modo di fare disinvolto, che fin dall'inizio non si addiceva molto a uno della sicurezza. *Ma chi sei, Ryker Lewis?* mi domandai mentre posavo la ciotola nel lavandino. *E che cosa diavolo hai fatto?*

CAPITOLO 26

Il sole era alto nel cielo quando mi lasciai cadere sulla panchina nel parco della casa di riposo. Oltre gli edifici che mi circondavano, potevo scorgere il cielo azzurro, che non era affatto in sintonia con il mio umore tempestoso. Non riuscivo a far altro che a pensare a Ryker, alle sue intenzioni riguardo alla Sorgente.

Chi era Ryker? Che cosa ci faceva qui a New York? Era ancora in città o aveva ormai tagliato la corda? Ed era davvero responsabile degli omicidi? Questo proprio non riuscivo a concepirlo.

Lanciai un'occhiata al mio cellulare, ma Hayes non aveva scritto più niente. Quindi probabilmente non c'erano ancora nuove informazioni. Oppure non gli era permesso dirmi nulla di più specifico. Sospirando, misi via il cellulare.

Mi parve un'eternità prima che l'infermiera uscisse finalmente dall'edificio e si dirigesse verso di me spingendo mio nonno in sedia a rotelle lungo il vialetto sabbioso. Non appena lo vidi, ebbi un tuffo al cuore.

Non aveva una bella cera. Il suo viso sembrava infossato e smorto, e anche le spalle erano cadenti. Ma quando fu quasi vicino a me e alzò la testa, gli occhi gli si illuminarono. «Avery!»

«Ciao, nonno» gli risposi con un sorriso e dovetti davvero trattenermi per non piangere. Essere riconosciuta da lui era così bello che per un attimo dimenticai tutto il resto. «Come stai?»

L'infermiera spinse la sedia a rotelle proprio accanto alla panchina, mi sorrise e indicò di nuovo l'ingresso, come a dire: *Se avete bisogno, non sono lontana.*

La ringraziai con un cenno del capo prima che ci lasciasse soli, e poi tornai a voltarmi verso mio nonno.

Lui stava ancora sorridendo e mi tese la mano, che io strinsi subito. «Ah, sto bene. Sono stanco. Ieri sera il mio vicino di stanza ha passato tutta la notte a bussare contro il muro, chiamando sua madre». Mi lanciò un'occhiata franca. «È un uomo di novant'anni».

Se non avessi avuto in mente i suoi momenti no, forse avrei riso. Mi limitai a mordermi il labbro inferiore e mi costrinsi a sorridere. «Dirò alle infermiere di ricoprire il suo muro di gommapiuma».

Mio nonno fece una risata tossicchiante per poi stringermi la mano. «E tu come stai, piccola mia?»

Feci un respiro profondo e pensai per un attimo a cosa avrei dovuto dirgli. Quanto avrei dovuto raccontargli. Non ero arrabbiata per il fatto che avesse fatto cancellare i miei ricordi, perché comprendevo il motivo per cui l'aveva fatto.

Aveva voluto proteggermi, sempre. Dalle persone che mi avrebbero giudicata, ma anche da me stessa. Dalle cose che forse mi avrebbero completamente distrutta.

Alla fine sospirai. «Stanno succedendo tante cose. Anch'io sono stanca». Frugai nel cappotto e tirai fuori il diario. Quando glielo porsi, il suo sguardo si riaccese.

Fissò la copertina per un po' prima di sollevare la testa. «È tuo?» domandò.

Io mi bloccai. Abbassai lo sguardo sul volume e poi lo rialzai verso di lui. «No, nonno, è tuo. L'ho... trovato a casa e ho pensato che magari tu avresti preferito averlo qui».

«Davvero?» Lo raccolse con indolenza, lo tenne in mano per qualche secondo e aggrottò le sopracciglia. Poi me lo restituì. «Secondo me ti sbagli, Avery. Non è mio».

Dal modo in cui guardava il libro, credetti subito al fatto che non se lo ricordasse. Non se lo ricordava davvero. All'improvviso ebbi lo strano presentimento che non si trattasse solo della demenza, né solo dell'ictus.

Che si fosse fatto prelevare i ricordi e li avesse fatti registrare in quel diario? Ma perché? Che cosa aveva voluto dimenticare, esattamente? Qualcosa che riguardava me?

Lo scrutai per un po' prima di rimettere il libro nel cappotto. «Devo essermi confusa. Dato che l'ho trovato nel tuo armadio, ho pensato che fosse tuo. Magari è della nonna».

«Allora non dovresti leggerlo, probabilmente contiene alcune ricette che preferiresti non sapere come sono nate». Mio nonno rise, ma lo vidi lanciare un'altra occhiata perplessa al mio cappotto. Che cosa aveva provato quando le sue dita avevano toccato la copertina? Aveva sentito l'eco di quei ricordi che un tempo erano stati suoi?

Serrai le labbra mentre lui mi accarezzava con delicatezza la mano. «Hai l'aria stanca» disse dolcemente. «Bevi il tuo infuso tutte le sere?» C'era un sorriso sul suo volto, ma non raggiungeva gli occhi. L'unica cosa che vi vedevo era preoccupazione. Paura.

Decisi quindi di scoprire che cos'altro sapeva. «Negli ultimi giorni non sono stata troppo attenta a prenderlo. A volte tornavo a casa dal lavoro ed ero così stanca che mi buttavo subito a letto» dissi con un sorriso, osservando attentamente la sua reazione.

Mio nonno si accigliò e la preoccupazione nei suoi occhi aumentò. «Devi prendere la cosa più seriamente, Avery. Quell'infuso è davvero importante per te».

«Perché?» domandai, ma la mia finta risata mi fece correre un brivido lungo la schiena. «È solo una tisana calmante, no?»

Lui mi fissò. Come se si stesse chiedendo lui stesso il perché di tanta insistenza. Perché fosse così importante. Dopo un po', disse: «Così riesci a dormire. È importante». Nulla di più. Tuttavia, era palese quanto fosse perplesso.

Mi sporsi più vicino a lui. «Perché, nonno? Perché è così importante?»

Lui si limitò a scuotere la testa. Non lo sapeva. Non lo sapeva davvero più.

Trattenni il respiro, riordinai i pensieri. E poi gli chiesi: «Nonno, hai mai sentito parlare dei Toxic?»

«Toxic?» Mio nonno si appoggiò allo schienale della

sedia a rotelle, con la mascella che si muoveva come se stesse ruminando. «Sì. No. Non lo so. Mi dice qualcosa».

«Pare che fossero dei Poisoner peculiari» dissi per rinfrescargli la memoria. «In grado di usare la loro magia con il solo tocco. Senza una tappa intermedia, come una bevanda». Deglutii, ma poi aggiunsi quello che mi frullava per la testa: «Persone malvagie che cercavano di manipolare le Sorgenti».

Mi guardò di nuovo. Sempre perplesso. Sempre insicuro. Ma all'improvviso nei suoi occhi c'era qualcos'altro. Un'intuizione che parve cogliere soprattutto lui di sorpresa. «Questo non è corretto». Grugnì prima di sospirare. «Voglio dire... non mi sembra corretto, no? I malvagi. I Toxic. Mi sembra sbagliato».

«In che senso?» Alle sue parole, il cuore iniziò a battermi forte.

Ovviamente non era rimasto molto dei ricordi; ma quello che c'era ancora poteva essere molto importante per me. Mi spostai ancora più vicino a lui, ma il nonno scosse di nuovo la testa.

«Non sono cattivi. Sono importanti, no? Essenziali. Sono la chiave». Mormorava tra sé e sé così a bassa voce e così in fretta che a malapena riuscivo a seguirlo. Le sue parole non avevano senso, in relazione a tutto quello che avevo appreso fino a quel momento.

«Di che cosa stai parlando?» domandai, già con una punta di disperazione.

Ma lui si limitò a seppellire il viso tra le mani rugose e a scuotere la testa. «Io... non lo so».

Un altro gemito, poi: «Mi sta venendo il mal di testa».

Il mio cuore rallentò, e gli misi una mano sulla gamba. «Va bene. Non è così importante. Lasciamo perdere». Qualunque fosse l'informazione ancora presente dentro di lui, non valeva la pena di farlo stare male. Di peggiorare la sua condizione.

Il nonno fece una smorfia di dolore e sospirò: «Già. Forse». Quando abbassò di nuovo le mani, mi guardò, completamente perplesso. «Ma tu bevi ancora l'infuso, vero?»

«Lo farò» promisi subito con decisione, e per un po' accarezzai davvero l'idea di ricominciare a prenderlo. Ma probabilmente era troppo tardi, ora che la mia magia si era davvero risvegliata. Ora che la sentivo parte di me, che la sentivo mia. Dovevo imparare a controllarla, soprattutto nei momenti in cui mi risultava particolarmente difficile. Eppure, avrebbe reso le cose talmente facili. La mia vita sarebbe stata talmente facile, se avessi potuto dimenticare e reprimere tutto.

«D'accordo». Le sue spalle tornarono ad abbassarsi. «Possiamo fare una passeggiata? La testa mi fa un male cane e non so neanche perché».

«Ma certo». Balzai subito in piedi dalla panchina e presi la sedia a rotelle per spingere il nonno sul vialetto.

Non ero riuscita a ricavare molto, ma sarebbe dovuto bastare. E anche se il mio cuore batteva forte e ogni fibra del mio essere urlava perché volevo saperne di più, perché avevo bisogno di saperne di più... per il momento doveva bastare così.

Quando, un'ora dopo, andai via dalla casa di riposo, ricevetti finalmente un messaggio di Hayes.

Nessuna novità, a parte che abbiamo potuto confermare che il primo omicidio è avvenuto lo stesso giorno in cui Ryker Lewis si è trasferito a New York

Respirai a pieni polmoni.

Era davvero possibile che Ryker avesse ucciso tutte quelle persone?

Era possibile che anche lui fosse un Toxic?

Continuai a camminare sul marciapiede mentre digitavo la risposta.

Io l'ho conosciuto. Non riesco a immaginare che... ne sia capace.

Comunque non è accertato che c'entri qualcosa con gli omicidi. Lo scopriremo quando lo cattureremo. E ci riusciremo. Ma, fino ad allora, ci converrà stare attenti. Dove sei adesso?

Alla casa di riposo.

Noi per oggi abbiamo finito. Ti vengo a prendere?

Per un attimo pensai di rifiutare l'offerta, perché non volevo stressarlo ulteriormente. Ma poi mi tornò in mente Veda, il suo cadavere ustionato, e la paura crebbe. La magia dentro di me ribollì di calore. Non sapevo ancora che cosa fosse successo esattamente a Veda, ma non ci tenevo a scoprirlo da sola. Così risposi: «*Con piacere*» e gli inviai la mia posizione. Mi ero appena sistemata sui gradini per aspettarlo quando all'improvviso udii una voce accanto a me.

«Allora, sei andata a trovare il tuo nonnino?»

Mi voltai di scatto per la sorpresa. Era Teagan. Era seduta su uno dei gradini più alti, con un sorrisetto in volto. Dovevo esserle passata proprio davanti, ma essendo talmente concentrato sul mio cellulare, non l'avevo minimamente notata. Maledizione.

Serrai i denti e la fulminai con lo sguardo. «Che diavolo ci fai qui, Teagan?»

«Sono venuta a parlare» rispose lei con nonchalance.

«Non ho niente di cui parlare con te» sibilai, e tornai a guardare il cellulare. Il calore spingeva per montare di nuovo dentro di me, ma io non glielo permisi. Per fortuna, la magia diede retta al mio *no* interiore e si placò.

Alle mie spalle risuonò un sospiro, seguito da passi sulle scale, e tutt'a un tratto Teagan era in piedi di fronte a me, con le mani strette dietro la schiena. Il suo sorriso aveva un che di pericoloso. «Sì, io credo di sì. Magari là dietro, dove non ci vede nessuno?» Fece un cenno con il capo verso un cortile buio. «Altrimenti posso entrare nella casa *di riposo e parlare con tuo nonno, che ne dici?*»

Il calore tornò quasi all'istante. «Cosa?!»

Quella scrollò le spalle, invece di aggiungere altro. Ma tanto non ne aveva bisogno. Le sue parole erano state più che chiare e il sorriso maligno che aveva in faccia diceva il resto. Non avevo scelta. Con le dita che tremavano, mi raddrizzai. Teagan non era molto più alta di me ed era un gradino più in basso rispetto a me, ma nemmeno la rabbia nel mio sguardo sembrava intimidirla.

Perché avrebbe dovuto? Ce l'aveva lei il coltello dalla parte del manico.

Mentre la seguivo intorno all'edificio in un cortile abbandonato, per la prima volta usai il calore del mio braccio di proposito. L'argento scintillava sotto la mia pelle, e controllare la magia mi risultò sorprendentemente facile.

Serrai le labbra. Non avevo intenzione di porre fine a un'altra vita. Non avrei permesso che si arrivasse a tanto. Ma se Teagan stava minacciando la mia famiglia, allora dovevo dimostrarle di che cosa ero capace. Che avrei difeso le persone che facevano parte della mia vita sia da lei che da Dorian Mars. Forse sarebbe bastato spaventarla. *E se rimarrà ferita*, pensò il mio cervello furioso, *così sia*.

Nel cortile acciottolato, Teagan si voltò verso di me e mi si parò davanti. Eravamo una di fronte all'altra come due pugili su un ring che si sarebbero affrontati da un momento all'altro. Ora nemmeno il sorriso sulle sue labbra riusciva a dissimulare la rabbia. «Dorian Mars è molto deluso da te, Avery». Espulsi l'aria dai polmoni il più lentamente possibile per calmarmi, solo dopo iniziai a rispondere: «Quindi ti ha mandato a ricordarmi di nuovo i miei debiti?

A minacciarmi? A darmi una lezione?»

Teagan rise, ma era un suono privo di gioia. Camminava avanti e indietro di fronte a me, come una tigre in attesa del momento giusto per balzarmi addosso. «No, non mi ha mandato lui. Sono qui di mia spontanea volontà». Tirò un profondo sospiro. «Sai, lui è fermamente convinto che tu tornerai da noi. Che a un certo punto ti renderai conto che te la passi meglio dalla nostra parte. Ma io, in tutta sincerità, non ne sono così sicura». Si fermò e mi scrutò. «Ho visto la determinazione nei tuoi occhi quando mi hai cacciata dal tuo club da quattro soldi. Ho visto che nutri la speranza in un'altra vita, una vita in cui noi non siamo coinvolti».

Osservavo i suoi movimenti, il fuoco nei suoi occhi, il fremito delle sue mani. Un sopracciglio mi si alzò come di sua spontanea volontà. «E questo ti fa... arrabbiare?»

Per un attimo mi colse il pensiero che forse nemmeno lei desiderasse tutto questo. Che, come me, volesse uscire da quella situazione, ma era ancora più in trappola di me. Ancora più disperata.

Poi, però, Teagan rise, anche se questa volta sembrava incredula. «Certo che sono arrabbiata!» Ora stava quasi urlando. «Tu, Veda, tutti gli altri che hanno voltato le spalle a Dorian... siete proprio delle carogne ingrate! Non vedete tutto quello che vi ha dato, tutto quello che ha fatto per voi! E così calpestate la sua generosità. Voltate le spalle alla mano che vi nutre!»

«Dici sul serio?» domandai. «Generosità? Ma se Dorian Mars fa tutto questo solo per sé!»

Teagan ringhiò come un animale rabbioso. «Dorian

Mars ti ha accolta e ti ha tenuta con sé, anche se tu non sei niente. Una nullità, una pedina sostituibile che non ha alcun potere in questa partita. Non ho idea del perché creda di aver bisogno di te. Ma si accorgerà da solo che non è così, se io gli toglierò la possibilità di scegliere». Si afferrò i pantaloni e un attimo dopo teneva in mano un pugnale maledettamente lungo.

Ebbi un tuffo al cuore. «Fai sul serio, Teagan?» urlai.

Fece danzare il coltello nella mano, e la rabbia in volto lasciò di nuovo il posto al divertimento. «Hai paura, piccola strega velenosa? Fai bene ad averne».

Aveva completamente perso la testa. Ansimai e per precauzione richiamai il calore nel corpo per potermi difendere in caso di emergenza. Ma non mi era arrivato neanche alle braccia quando Teagan si avventò contro di me. Non feci in tempo a vedere la direzione della pugnalata, e riuscii a malapena a schivarla.

«Falla finita!» gridai, ma Teagan si era già girata di nuovo e il pugnale sfrecciò appena oltre il mio stomaco. Tuttavia, la lama mi colpì sul braccio, e io sentii un dolore sgradevole e poi avvertii il sangue che mi scorreva sulla pelle. Dentro di me divampò la rabbia, mista alla paura, al panico, e non seppi più come controllare la mia magia. Prima avevo sempre reagito d'istinto, ma ora che ne avevo bisogno per difendermi, senza però uccidere Teagan, non funzionava. Si rifiutava di obbedirmi.

«Dopo che ti avrò accoltellato,» disse Teagan, camminandomi intorno come una tigre con un luccichio folle negli occhi «darò la caccia a tutti quelli che hanno commesso l'errore di cercare di aiutarti. Certo, sarà difficile arrivare alla giovane Kennedy, ma in un modo o nell'altro succederà».

La rabbia aumentava sempre di più. Grezza e calda, eppure non riuscivo a controllarla.

«E per primo toccherà a quel detective. Hayes, giusto? Lo catturerò e lo sventrerò».

A quelle parole, emozioni oscure esplosero dentro di me come un'eruzione. Nello stesso momento, Teagan mi si scagliò di nuovo contro. Ma io, invece di abbandonarmi alla magia incontrollabile che mi ribolliva nelle vene, decisi di fare una mossa più concreta. Il coltello di Teagan schizzò verso la mia gola, e, proprio come mi aveva insegnato il mio istruttore, mi voltai di scatto, le diedi un calcio sullo stinco e poi le sferrai un pugno in faccia. Udii un crack, un urlo, e, mentre Teagan si allontanava da me incespicando, sentii pulsare di dolore la mia mano, che fino a un attimo prima era illesa.

Accidenti, se faceva male colpire qualcuno in faccia.

Approfittai del tempo in cui Teagan era distratta per esaminarmi il braccio. Per fortuna, la ferita non era profonda, però sanguinava di brutto. E anche il pugno mi bruciava terribilmente. Non avrei resistito in eterno.

Per fortuna, neanche Teagan. Teneva la mano premuta sul naso e sembrava lottare contro il dolore. Dopo un po', cominciò a ridacchiare piano. Il suono si intensificò sempre di più, fino a trasformarsi in una risata vera e propria.

Io la fissai da lontano. Accidenti, ma che problemi aveva quella? Abbassò la mano, e io vidi subito che le avevo rotto il naso. Era un po' inclinato verso destra, e intorno agli occhi si stavano già formando dei lividi scuri. Ma Teagan continuava a ridere. «Ora crederai di avere la vittoria in tasca, eh?»

«Lascia stare, Teagan» le replicai ringhiando. «Ora tu te ne vai, e noi due facciamo finta che tutto questo non sia mai successo. Sparisci dalla mia vita, e andrà tutto bene».

Non sapevo se potessi davvero permetterglielo, dopo averla sentita minacciare Isla, mio nonno e perfino Hayes. Ma dovevo prendere tempo. Hayes sicuramente sarebbe arrivato presto. Se avessi resistito ancora un po', avrebbe potuto arrestarla. Teagan alzò la mano, e io trasalii quando vidi il diario di mio nonno. Mi tastai il cappotto, anche se avevo già capito che non l'avrei più trovato lì. Quella donna aveva sfruttato l'attacco per sfilarmelo dalla tasca.

«Che cosa abbiamo qui?» Sputò sangue, per poi aprire il libro. Con gli occhi che le scintillavano divertiti, come se non sentisse nemmeno il dolore del naso rotto. «Ma guarda un po'. Un libriccino pieno di ricordi. È di tuo nonno?»

«Ridammelo!» Feci un passo avanti, ma Teagan alzò minacciosa il pugnale puntandomelo contro per tenermi a distanza. Non mi tolse gli occhi di dosso mentre sfogliava il diario con un dito, e il sorriso sul suo volto aveva un che di subdolo. Voleva soltanto provocarmi. Voleva che mi arrabbiassi e commettessi un errore. E, per quanto io cercassi di tenere sotto controllo le mie emozioni... mi risultava maledettamente difficile.

«Ha già il cervello così corroso dalla demenza che gli serve di un supporto per i ricordi?» domandò sghignazzando.

Nei suoi occhi sfavillò qualcosa, e io d'istinto compresi che stava usando la magia.

Teagan non era una Narrative particolarmente potente. Se lo fosse stata, probabilmente non sarebbe finita con Dorian Mars... o forse sì, chi può dirlo. In ogni caso, però, io ero sicura che, sforzandosi, sarebbe riuscita a ottenere brevi scorci dei ricordi di mio nonno. E così stava facendo. Divertita, spalancò gli occhi. «Ha scritto parecchio su di te. Che carino».

Continuò a sfogliare le pagine, e la rabbia che avevo dentro tornò a mescolarsi al panico. Se avesse trovato il ricordo che avevo visto, avrebbe saputo di che cosa ero capace. Avrebbe saputo quello che avevo fatto e lo avrebbe usato contro di me.

«Smettila!» urlai, e con mia grande sorpresa Teagan si bloccò davvero. Aggrottò le sopracciglia e ansimò per la sorpresa. All'inizio pensai che avesse visto qualcosa che mi riguardava. Che sapesse. Ma all'improvviso emise un gemito angosciato.

«Ma che...?» Si afferrò la pancia, la strinse come in preda a un dolore terribile.

Il cuore mi balzò nel petto quando la vidi accasciarsi in ginocchio. «Teagan? Che ti succede?» La rabbia che ancora mi ribolliva dentro era dimenticata. Teagan si piegò in due dal dolore, ansimando così forte che sembrava le mancasse il fiato.

Quando alzò di nuovo lo sguardo, nei suoi occhi c'era il panico. Il diario le scivolò dalle mani e cadde nella polvere. E poi, a Teagan accadde qualcosa.

Alla sua pelle accadde qualcosa. All'inizio non compresi quello che stavo vedendo. La pelle di Teagan... stava formando delle vesciche. Vesciche da ustione, che in un attimo le riempirono le mani, il collo e il viso. Da lei, lentamente, si levarono sottili nuvole di fumo. Era come se stesse bruciando dall'interno. Fui pervasa da un orrore incredibile e senza volerlo indietreggiai, mentre assistevo al terribile spettacolo davanti a me.

Teagan sgranò gli occhi.

Mi fissava atterrita, come se volesse implorare aiuto, ma io riuscii soltanto a ricambiare lo sguardo, paralizzata nei movimenti. Dalla bocca le sfuggì un grido di dolore. Un gemito e un sibilo che non avevo mai udito prima da un essere umano. Era un suono che mi avrebbe perseguitato negli incubi.

«Tea...» esordii, nello stesso momento in cui lei aprì la bocca, se per dire qualcosa o per urlare, questo non lo sapevo. E non lo avrei mai saputo. Perché in quell'istante, quell'Orrore indicibile riuscì a divorarle la pelle, si udì uno schiocco nauseante e la pelle di Teagan... esplose. Si spaccò, il sangue e il calore mi investirono come se dentro di lei fosse detonata una bomba.

Incespicai all'indietro e voltai la testa mentre il fumo e l'odore di carne bruciata mi toglievano il respiro. Intorno a me calò il silenzio. Un silenzio spettrale. Tutto il mio corpo tremava, si scuoteva, e mi venne la nausea.

No. Non era appena successo. Era impossibile.

MA CHE DIAVOLO?

Girai la testa. Lentamente. In preda al panico.

Teagan era stesa a terra di fronte a me, in una pozza del suo stesso sangue; il fumo che si levava dal suo corpo si stava già diradando.

CAPITOLO 27

Non riuscivo a staccare gli occhi dal cadavere di Teagan. Soltanto quando udii dei passi dietro di me mi lanciai un'occhiata alle spalle. Era Hayes, e io mi limitai a guardarlo. Incapace di dire alcunché. Incapace di spiegare alcunché.

Hayes parve scioccato solo per un attimo, poi il detective che era in lui prese il sopravvento. Il suo sguardo si fece freddo. La sua voce divenne rassicurante quando si accovacciò accanto a me e mi domandò se stavo bene. Che cosa era successo. Non riuscii a dirglielo, mi limitai a guardarlo negli occhi, cercando la sicurezza che mi offrivano. Per reprimere la realtà, almeno per un momento.

Mi accarezzò dolcemente la schiena mentre chiamava i colleghi e aspettavamo la volante. Non vidi come fu portato via il corpo di Teagan. Non volevo, e fui felice di essere accompagnata da Hayes e dalla sua collega al distretto di polizia prima che succedesse.

Mi sottoposero a un interrogatorio breve e conciso. In

ogni caso, non potevo contribuire granché: dopotutto, non sapevo ancora che cosa fosse effettivamente successo. Non capivo perché, ma le immagini della macabra morte di Teagan non mi davano pace. Neanche per un secondo.

Quando Ellis mi venne a prendere al 42° Police Department, non disse niente. Si limitò ad abbracciarmi forte per qualche secondo, per poi scambiare due parole con Hayes, farsi aggiornare e poi cingermi le spalle con un braccio e riportarmi a casa.

Io non opposi resistenza, anche se in realtà non volevo allontanarmi da Hayes. Ma avevo la testa intorpidita ed ero stanca. Desideravo soltanto sdraiarmi, chiudere gli occhi e smettere di pensare a quello che era successo a Teagan.

Eppure, anche a casa, non riuscii a riposare. Avevo tutto il corpo teso, e anche se ero seduta sul divano sotto la nostra coperta di lana più spessa, stavo congelando. La pelle d'oca sulle mie braccia non accennava ad andarsene.

Dal corridoio giunse ovattata la voce di Ellis. Stava di nuovo parlando al telefono con Hayes.

Dopo quella che mi parve un'eternità, mio fratello finalmente riattaccò e sospirò forte. Sembrava che portasse un peso incredibile sulle spalle, e io ebbi un tuffo al cuore. Quando entrò in salotto, guardai il suo riflesso sfocato nella finestra.

«Che cos'ha detto?» La mia voce suonava rauca ed estranea persino alle mie orecchie.

Ellis grugnì. «Stanno ancora esaminando il cadavere di Teagan. Ma finora continuano a escludere... cause esterne».

«Sul serio?» Mi voltai di scatto verso di lui e avvertii il

calore montare dentro di me. Incredulità mista alla scena raccapricciante che mi si era presentata soltanto poche ore prima. «Quindi vuoi dire che Teagan è esplosa così? Prendendo fuoco come un vampiro al sole?»

Lui alzò subito le mani, sulla difensiva. «Io non dico niente. E prima di saltare a qualche conclusione, magari lasciamo fare alla polizia il suo lavoro e aspettiamo». Scuotendo la testa, si lasciò cadere sul divano accanto a me e incrociò le braccia sul petto. Sembrava che le sue sopracciglia si stessero sforzando in tutti i modi di congiungersi. «È... semplicemente orribile».

«Già». Tornai a fissarmi le mani, che da qualche parte sotto la coperta si erano annodate in un groviglio nervoso.

Io non ero amica di Teagan, non mi era mai piaciuta molto. Soprattutto dopo le cose che aveva tentato di fare, le cose che mi aveva detto. Tuttavia, non le avrei mai augurato una fine crudele come quella. A nessuno, a parte Dorian Mars, forse. Anzi, no, nemmeno a lui. Mi si rivoltò lo stomaco quando non potei fare a meno di ripensare a tutto quel sangue e a quell'odore di bruciato. Com'era successo a Veda. Come quella volta, nel vicolo, prima che iniziasse tutto quel casino.

Chi aveva fatto una cosa del genere? E soprattutto *come*?

Nonostante avessi rivisto la scena nella mia mente migliaia di volte da quando Hayes mi aveva trovato accasciata in quel cortile, continuavo a non capire. Ci avevo riflettuto durante l'interrogatorio, avevo riesaminato ogni dettaglio durante il viaggio di ritorno a casa. E non ero riuscita a pensare ad altro nemmeno nelle ultime due ore, avevo fissato il vuoto e lottato contro il forte impulso di vomitare.

Esausta, mi voltai di nuovo verso Ellis. «Tu non devi andare al club?»

Probabilmente anche lui era in sovrappensiero, ma, quando mi guardò, la sua fronte si distese un po'. «Non posso lasciarti da sola dopo tutto questo, Avery. Sono sicuro che per una sera possono fare a meno di me».

Gli riconobbi il merito di essere tornato a fare il fratello maggiore... ma Ellis non aveva la minima idea di che cosa avessi dovuto affrontare negli ultimi tempi. Non sapeva che cosa avessi passato, né che la macabra morte di Teagan fosse solo la punta dell'iceberg. Ellis non poteva cambiare le cose. Né rimanendo qui quella notte, né in altro modo.

Con un sorriso stanco, gli diedi un colpetto sulla spalla. «È molto gentile da parte tua, ma voglio solo andare a letto e mandare via questi ricordi con una dormita». *Oh, quanto vorrei che funzionasse.* «E poi, io ti conosco, Ellis. Tu sei un maniaco del controllo e saresti irrequieto e di cattivo umore per tutta la sera se non potessi nemmeno andare a vedere che sia tutto a posto».

Mi lanciò un'occhiata di sbieco, un po' dubbioso, ma era evidente che in realtà volesse andare. Che fosse già sulle spine. Mi costrinsi a ridacchiare e gli diedi un pugno sul braccio. «Dai, vai, adesso. Sei solo a qualche via di distanza».

«Giusto. E lascerò il cellulare con la suoneria alta, così potrai raggiungermi in qualsiasi momento se c'è qualcosa che non va. E tornerò in men che non si dica». Lo disse con un tale fervore che non dovetti sforzarmi di ridere. Mi venne spontaneo. «E poi caccerai via gli incubi a cazzotti?»

Un po' in imbarazzo per il fatto che gli avessi ricordato quella frase imbarazzante della nostra infanzia, scosse la testa.

All'improvviso, però, avvertii una tensione dentro di me. La bambina di un tempo, che, dentro di me, un po' assopita, c'era ancora. Che poteva andare dal nonno o dal fratello maggiore per qualsiasi problema, e loro lo avrebbero risolto per lei. Era stato così facile, allora, rannicchiarsi sotto il piumone con Ellis, spalla contro spalla, con la torcia in mano, per scacciare gli incubi. Perfino adesso avevo il suo volto determinato davanti agli occhi. La sua promessa di proteggermi dai mostri nel buio nelle orecchie.

Accidenti, quanto avrei voluto che quei giorni tornassero. Ma erano finiti. Ora né Ellis né mio nonno potevano aiutarmi, e io al momento mi sentivo più sola che mai.

«D'accordo». Ellis, con un po' di fatica, si alzò dal divano, ebbe un attimo di esitazione e poi mi stropicciò i capelli con un grande sorriso: «Allora io vado. Mangia qualcosa prima di andare a letto, okay?»

Annuii, anche se il pensiero mi fece rivoltare di nuovo lo stomaco. Mentre guardavo mio fratello vestirsi allo specchio, era chiaro che con la testa era già al lavoro. Si girò un'ultima volta, mi rivolse un sorriso incoraggiante e poi sparì fuori di casa.

Con lo sbattere della porta, un silenzio assordante pervase l'appartamento, e io sprofondai subito un po' di più sotto la coperta. Non seppi per quanto tempo rimasi lì, con lo sguardo fisso nel vuoto, completamente persa nei miei pensieri. Ma quando mi decisi ad alzarmi, fuori era tutto nero. Mi preparai una tazza di tisana e poi mi accoccolai nel letto. Lasciai i fili di lucine tutt'intorno a me accesi perché le ombre nell'appartamento di colpo mi sembravano inquietanti come quand'ero bambina. A un certo punto, tra il profumo di erbe e il tremolio delle piccole lampadine, mi addormentai.

Finché non mi svegliai, in preda alla confusione. Il cuore mi batteva all'impazzata nel petto e non sapevo perché. Non ricordavo di aver avuto un incubo, anche se non sarebbe stato certo un fatto insolito. Assonnata, mi scostai i capelli dal viso. Fuori era ancora buio pesto, e un'occhiata al cellulare mi informò che erano appena passate le tre di notte. Quindi non avevo dormito tanto.

Sul display erano visualizzati diversi messaggi. Uno era di Isla, che diceva di essere così emozionata per il matrimonio da non riuscire a dormire. Era di un'ora prima, per cui sperai che nel frattempo si fosse addormentata. Certo, mi sarebbe piaciuto parlarle proprio in quel momento, essendo così scossa... ma volevo evitare di rovinarle l'umore prima del matrimonio. Aveva scritto anche Hayes, addirittura più di una volta. Gli anatomopatologi non avevano trovato una causa che spiegasse quello che era successo a Teagan. Solo ustioni, sia esterne che interne, come se una bomba le fosse esplosa da dentro. Deglutii a fatica leggendo il suo messaggio. *Ha cercato di accoltellarmi. Voleva uccidermi.* Ma anche questo fatto non mitigava l'orrore e la pietà che provavo per lei.

Stavo digitando una risposta all'ultimo messaggio di

Hayes, in cui mi chiedeva se stessi bene, quando tutt'a un tratto udii un rumore sordo.

Mi immobilizzai all'istante e alzai la testa. Qualunque cosa fosse stata... proveniva dal piano di sopra, dalla mansarda. Che avessi lasciato aperta la porta della terrazza? A giudicare dal rumore, poteva trattarsi del lavoro di una vita di mio nonno che veniva scaraventato in giro per la stanza dalla tempesta.

Presa dallo spavento, gettai il cellulare sul letto e mi precipitai fuori dalla mia camera. Non ci riflettei nemmeno mentre salivo di corsa le scale; provai solo un enorme sollievo quando, arrivata in cima, tutto era ancora in piedi. Le piante si muovevano dolcemente alla brezza che entrava da fuori: la porta della terrazza, in effetti, era spalancata.

Attraversai la stanza in fretta e furia, perché il pavimento sotto i piedi nudi era freddo, e raggiunsi la porta. Ma poi mi fermai, e la nebbia nel mio cervello assonnato si diradò un poco alla vista che mi si presentò. La porta non era stata semplicemente dimenticata aperta. Era stata scassinata: la serratura era rotta.

La pelle di tutto il corpo mi si accapponò, mi formicolò, e il mio respiro si fece affannoso. Ancora una volta, avrei voluto saper incanalare e usare quel dannato calore dentro di me. Essere in grado di sfruttarlo per difendermi, invece di ammazzare per sbaglio la gente o far venire ai miei amici dei mezzi infarti. I miei sensi, di colpo, si erano acuiti, e prestai attenzione a ogni minimo fruscio, a ogni singolo suono che si udiva nella mansarda.

Passi. Felpati sul parquet polveroso. Dietro di me.

Mi voltai di scatto, già in posizione di combattimento, e il mio avversario alzò subito le mani e mi mostrò i palmi vuoti.

«Non ti faccio niente, lo giuro».

Il cuore mi martellava e i miei muscoli erano tesi, ma dopo un solo secondo abbassai le braccia. «Ryker?!»

Annuì lentamente, con le mani ancora alzate come se gli stessi puntando contro una pistola. Con quella felpa scura, il cappuccio abbassato sul viso fino agli occhi, quasi non lo riconoscevo. Il suo sguardo percorse le mie braccia nude come se stesse controllando qualcosa, e solo dopo parve rilassarsi un po'.

Un momento: era teso anche se era stato Lui a introdursi in casa mia?

Scoprii i denti. «Ma sei impazzito? Hai spaccato la porta della terrazza?»

«Sì. Mi dispiace. Pagherò la riparazione».

«Cosa? Chi se ne frega della riparazione». Non sapevo da dove fosse venuta fuori all'improvviso tutta quella rabbia che avevo dentro, ma ero furibonda. «Perché non suoni il campanello e basta?»

Finalmente abbassò le braccia. «Forse perché quasi tutta la polizia di New York mi sta dando la caccia e non volevo correre il rischio che mi catturassero?»

Solo allora mi ricordai perché non faceva più parte della scorta personale di Isla. Perché doveva sgattaiolare sui tetti di notte. Trattenni il respiro per un attimo e poi mi allontanai da lui di un passo.

«Che ci fai qui?» sbottai, anche se in realtà volevo fargli

altre domande. *Che cos'hai combinato con la Sorgente? Che cosa c'entri tu con tutto questo? CHI DIAVOLO SEI?*

Ryker notò che avevo cambiato atteggiamento e sul suo volto comparve un'espressione un po' sofferente. «Io non sono un pericolo per te, te lo giuro, Avery. Sono qui soltanto per metterti in guardia. E per aiutarti, se vuoi».

«Aiutarmi in cosa?» chiesi, sospettosa. Perché cavolo avevo lasciato il cellulare di sotto? Davvero non dovevo temere che mi aggredisse? In realtà non mi dava l'impressione di volermi fare del male. Sembrava teso, proprio come me. Come se su di lui gravasse un peso incredibile.

Fece un respiro profondo e finalmente si tolse il cappuccio dalla testa. Al chiarore della luna che entrava dai lucernari, i suoi occhi color ambra sembravano colmi di una stanchezza infinita. «Non è un problema se non ti fidi di me, ne hai tutte le ragioni. Anche più di quanto pensi al momento. Quindi ascoltami e basta». Fece un gesto verso la porta alle mie spalle. «Io me ne andrò non appena avremo finito di parlare. New York è diventata probabilmente il posto più pericoloso del mondo per tutti i maghi, ma soprattutto per te. Per questo ti consiglio di fare come me, di preparare le valigie e tagliare la corda. Va' il più lontano possibile». «Cosa?» Ascoltando le sue parole, avevo quasi smesso di respirare. Lo fissai, in preda alla confusione più totale. «E questa non dovrebbe essere una minaccia, vero?»

«No, perché il pericolo non proviene da me».

«Bensì...?»

Tirò un profondo sospiro. «Dalla Sorgente, Avery. E da

coloro che sostengono di volerla proteggere».

Mi aspettavo tante cose: che incolpasse la polizia che gli stava dando la caccia, Hayes, o la banda di Dorian Mars. Ma la Sorgente stessa? I Kennedy?

Mi si aggrottarono le sopracciglia. «Ma dici sul serio? Hai cercato di introdurti nella Sorgente per... non lo so, attingere magia, e, siccome non ha funzionato, ora dai la colpa alla famiglia che ti ha accolto? Che si è fidata di te e, tra l'altro, ti ha pagato profumatamente? Ma che problemi hai?»

Ryker scosse la testa con impazienza. «Non volevo attingere potere dalla Sorgente. A parte il fatto che non è possibile, nemmeno se ci tentassi *io*. Tu, invece...». Scosse la testa. «Avery, io volevo solo controllare la Sorgente. Valutarne le condizioni. È per questo che sono qui. E quello che ho visto è peggio di qualsiasi cosa potessi immaginare». Il suo sguardo era quasi disperato, implorante. «L'hai sentito anche tu, vero? Ti ho visto quando sei uscita dall'ascensore con Isla, eri bianca come un lenzuolo e terrorizzata. Eravate andate alla Sorgente, vero? E tu sai che è fuori controllo».

Alle sue parole, mi sembrò di essere trasportata subito alla grotta sotto la proprietà dei Kennedy. Ricordavo fin troppo bene quella sensazione di soffocamento, di calore, di assoluta sopraffazione che mi aveva assalito là dentro. Solo a pensarci, quasi mi mancava il fiato. «I-... io pensavo...». Deglutii perché avevo la bocca asciutta. «Pensavo che fosse normale. Accidenti, è la Sorgente della magia, non è giusto che faccia sentire così?»

«Non se è equilibrata. Non se qualcuno se ne occupa per

davvero». Ryker parlava in fretta. Forse perché sentiva di avere finalmente la mia attenzione. «Avery, questa Sorgente sta per scoppiare. Io sono stato mandato a New York per verificare che fosse tutto in ordine, ma non ho mai visto nulla di simile. La Sorgente è fuori controllo. E, se lo chiedi a me, è irrecuperabile».

C'erano così tante domande che mi ronzavano nella testa che non sapevo quale fare per prima. Stranamente, ne affiorò una a cui non avevo dato la priorità: «Chi sei tu? E chi diavolo ti ha mandato a New York?»

Ryker mi fissò per qualche secondo. Poi aprì la bocca, ma prima che le parole potessero uscire dalle sue labbra, una scossa gli attraversò il corpo. Quasi come se fosse stato fulminato. Il muscolo della mascella gli si contrasse, e lui scosse la testa. «Non posso parlarne. Dovrai fidarti di me». Probabilmente vide il dubbio sul mio volto, perché alzò le spalle con aria tesa, visibilmente frustrato. «Oppure no, questo dipende da te. Ma se resti qui, prima o poi ti aspetterà la stessa fine della tua amica... o una fine altrettanto brutta, se i Kennedy ti sfrutteranno per i loro scopi».

«I Kennedy?» Pensai a Isla, a tutto quello che aveva fatto per me negli ultimi tempi, e mi infuriai di nuovo. «Io non so dove tu voglia arrivare con questo discorso, ma Isla è una brava persona. È...»

«La prossima Principle, non è vero?» Ryker si lasciò sfuggire una risata priva di gioia, per poi tornare a serrare la mascella. «Che cosa pensi che facciano i Narrative con la Sorgente? Perché proprio loro sono i suoi protettori? Qual è il loro esatto compito?»

«E io che ne so?» gli ruggii contro. Mi pulsava la testa e non volevo più ascoltarlo. Niente di quello che diceva aveva senso. Ma la cosa peggiore era che stavo cominciando davvero a dubitare. Che Isla fosse stata onesta con me. Che fossimo davvero diventate amiche. Non c'era nulla che potessi fare per impedire al mio cuore, colmo di sfiducia, di spezzarsi.

Ryker sapeva che non ne avevo la minima idea. Me lo aveva letto in faccia prima ancora che rispondessi, e la sua postura si fece più minacciosa. «Te lo dico io: niente. I Kennedy sono seduti sulla Sorgente come galline in cova, ma in realtà quell'uovo non è il loro». Fece un passo verso di me, con le mani strette a pugno. «Tu sai che bramano il potere, Avery. Il fatto che vivano proprio sopra la Sorgente, e che lo facciano da generazioni, garantisce loro un rifornimento costante di magia. La Sorgente serve a *loro*, ma *loro* alla Sorgente non servono a nulla».

Scossi la testa, perché continuavo a non capire. «Che cosa stai dicendo, Ryker? Che sono degli impostori?»

Lui si limitò a guardarmi, e io riuscii a leggere la risposta nei suoi occhi. Mi fece venire da ridere.

«Isla non è un'impostora» dissi con fermezza.

«Non lo è *ancora*, forse. Ma con il suo matrimonio, tra poche ore, e la nomina a Principle, lo diventerà. Perché lei non può essere la Principle, la protettrice di una Sorgente. Nessun Narrative può diventarlo. È un compito da Poisoner». Mi guardò intensamente, scrutando le ultime tracce di dubbio sul mio volto, per poi aggiungere: «Un compito da Toxic».

I pensieri mi esplosero in testa.

Lui lo sapeva. Sapeva che ero una Toxic. Sapeva che cos'era un Toxic. Lo guardai incredula, mentre l'ansia cresceva dentro di me. Da chi l'aveva sentito? Da Isla? Aveva origliato una delle nostre conversazioni? Di sicuro ne aveva avuto occasione. Sbuffai, ma Ryker fu il primo a riaprire la bocca.

Parlava così in fretta che non ebbi la possibilità di interromperlo: «Ascolta, non hai motivo di credermi. E io non ho motivo di essere qui. Quindi, ecco la mia spiegazione in estrema sintesi: la Sorgente magica è una forza potente, non facile da controllare. Aumenta un po' alla volta nel corso degli anni, finché, a un certo punto, da ruscello gorgogliante di magia si trasforma in un fiume impetuoso. Un fiume che può facilmente uscire dall'argine».

Il modo in cui descrisse la Sorgente... rispecchiava con esattezza quello che avevo provato. Mi era sembrato un fiume che si muoveva nell'atmosfera. Non lento e mormorante, ma piuttosto simile a un fragoroso mostro mugghiante. Un fiume che si era gonfiato per la pioggia e che ora minacciava di esondare.

«Se nessuno se ne prende cura, se nessuno se ne occupa, alla fine straripèrà e farà precipitare il mondo nel caos». Ryker scosse la testa con un gesto brusco. «E questa Sorgente, qui a New York, lo sta già facendo. Continua a traboccare, poco alla volta, e ogni malcapitato che in quel momento si trova nei paraggi e ne sfrutta il potere, vi annega dentro».

Dentro di me, tutto si fermò. Pensai a Veda. A Teagan. E domandai a bassa voce: «Ci... annega?»

Ryker annuì. «Chiunque usi la propria magia, la attinge dal proprio sistema circolatorio magico. Il sistema circolatorio magico dentro di noi attinge la magia dall'atmosfera. E più magia è presente nell'atmosfera, più ne attingiamo. Noi non possiamo influenzare questo processo, è automatico. Ma il nostro corpo non è progettato per assorbire tanta magia come quella che sta pulsando ora a New York. E se cerchiamo di utilizzarla, finisce per sovrastare il nostro sistema».

«E noi esplodiamo». Ebbi un tuffo al cuore e rividi nella mente Teagan distesa nella pozza del suo stesso sangue. Contorsi il viso per l'orrore. «Quindi in realtà non si è trattato di un'interferenza esterna».

Ryker grugnì. «Di solito, i Principle si occupano della Sorgente per far sì che non trabocchi. Attingono magia regolarmente, fungendo così da filtro. Ma i Narrative non possono farlo. Solo i Toxic ne sono in grado, sono nati per quest'unico scopo. Eppure, invece di dare loro il posto che meritano e lasciare che adempiano al loro dovere, i Kennedy preferiscono commettere un atto crudele. Sono troppo avidi per essere veri Principle. Ma, così facendo, conducono i maghi di New York verso la rovina».

«Ma... io come potrei...?»

Ero ancora nella più totale confusione, nel più totale shock per via delle cose che Ryker mi stava dicendo. «I mostri sono i Toxic» aggiunsi a bassa voce. «Si appropriano del potere della Sorgente e lo usano per i loro scopi. Sono LORO i cattivi».

«Non tutti i Toxic». Scosse dolcemente la testa. «In

realtà, solo pochissimi sfruttano davvero la loro posizione. Sì, i Toxic possono attingere la magia dalla Sorgente e assorbirla. Ma solo per sgravare la Sorgente, solo quando la Sorgente è "piena". Il loro corpo non può trattenere quel potere per molto tempo. Perciò, non possono usarlo a lungo per scopi malvagi e, come dicevo, sono pochissimi quelli che lo fanno».

Lo fissai e provai un forte desiderio di credergli. Volevo che quello che stava dicendo fosse vero. Ma allo stesso tempo sapevo ciò che avrebbe comportato. Per me e per tutti i maghi di New York. «Se quello che dici è vero...»

«Lo è»

«... allora prima o poi la Sorgente straripeà e ucciderà tutti i maghi nel suo raggio d'azione». Me. Isla. Ellis. Hayes. E tutti gli altri che conoscevo.

Ryker serrò le labbra. Poi annuì, con un gesto rapido e deciso.

Un tremito mi attraversò il corpo. «E io posso impedire tutto questo?»

Lui si bloccò. «Avery...»

«Cosa? Hai detto che un Toxic può impedire che accada. E io SONO una Toxic. Mi devi spiegare come fare!» Quasi urlai quelle parole, tanta era l'ansia che mi attanagliava in quel momento. Il solo pensiero di tornare laggiù, alla Sorgente, mi inondava lo stomaco di nausea. Ma se quello era l'unico modo... se così avrei potuto salvare i maghi della mia città... allora ero disposta a farlo.

Ma Ryker rimase molto calmo, e all'improvviso vidi qualcosa nei suoi occhi che mi spaventò ancora di più. «È troppo tardi, Avery» disse. «La Sorgente è troppo potente ormai».

«Allora devo avvertire gli altri. Se parlo con Isla...»

«Questo non lo devi fare!» Ryker fece un altro passo verso di me e la veemenza della sua voce mi fece trasalire. «Come pensi che siano riusciti i Kennedy a non far traboccare la Sorgente per così tanto tempo? A restare al potere?» La rabbia gli incendiò gli occhi. «Ripulire la Sorgente ora, assorbendo la magia in eccesso, sarebbe troppo per te. Moriresti, proprio come gli altri maghi prima di te. Ed è proprio su questo che operano i Kennedy. Sacrificano i Toxic per placare la Sorgente. Se andrai da loro, faranno lo stesso con te».

Io scossi la testa. Cercai di comprendere quello che mi stava dicendo.

«Io ti sto offrendo di venire con me» disse Ryker in tono pressante. «Non posso spiegarti dove andremo o perché sono a conoscenza di tutto questo, ma qui non c'è più posto per te. New York sarà la tua morte».

Lo fissai incredula. «Quindi dovrei lasciar morire altre persone? Che cosa succederà se continuerà così? Moriranno tutti i maghi di New York o... si troverà un altro Toxic da sacrificare?» Continuava a riuscirmi impossibile immaginare i Kennedy fare una cosa del genere. Okay, forse i suoi genitori sì, ma Isla non avrebbe mai preso parte a un piano del genere, di questo ero sicura. «Devo parlare con loro» dissi con fermezza. «Ci dev'essere per forza un altro modo».

Le spalle di Ryker si abbassarono e i suoi lineamenti

tornarono a indurirsi. Era come se l'ultimo residuo di speranza stesse defluendo dal suo corpo. «Non posso costringerti a sopravvivere». Mi scansò, dirigendosi verso la porta scassinata della terrazza, ma io lo trattenni per la manica.

«Aspetta. Tu devi venire con me a raccontare questa storia. Nessuno mi crederà!»

«Tu non capisci, Avery». Si liberò con uno strattone, gli occhi che scintillavano di rabbia. «I Kennedy non ascolteranno né te né me. CONOSCONO la storia, e a loro non importa quello che succede alla Sorgente finché possono mantenere il potere. Se andremo da loro, io finirò in prigione e tu dritta nella Sorgente. Ne faccio a meno volentieri». Si allontanò da me con un movimento deciso, ma si fermò ancora una volta davanti alla porta della terrazza e si gettò un'occhiata indietro, oltre una spalla. C'era del rammarico nel suo sguardo. Frustrazione, ma anche un profondo dolore. «Mi dispiace, Avery. Davvero. Buona fortuna».

E con ciò scomparve nella notte e mi lasciò sola, piena di dubbi e di paura.

CAPITOLO 28

Anche qualche ora più tardi, il mio livello di nervosismo era ancora incredibilmente alto. Non solo per il matrimonio di Isla, le celebrità e gli occhi vigili che sarebbero stati ovunque, ma anche per quello che Ryker mi aveva raccontato quella notte. Anche se non volevo credergli, dovevo ammettere che alcune cose mi erano sembrate sensate. Io stessa avevo percepito che il potere della Sorgente era impetuoso. Io stessa avevo visto con i miei occhi il modo raccapricciante in cui era morta Teagan, e sapevo che agli altri doveva essere toccata la stessa sorte. Anche qualora non tutto quello che Ryker mi aveva detto fosse vero, una voce sommessa dentro di me mi avvertiva in tono pressante di non liquidarlo come uno svitato.

Solo a fatica riuscii a scacciare tutti questi pensieri dalla testa e a concentrarmi sul presente. La sala da ballo dove si stava svolgendo il ricevimento del matrimonio di Isla e Nicholas dava proprio su Park Avenue, nell'Upper East

Side. Nonostante pensassi che il party prematrimoniale avesse già superato tutto ciò che era umanamente possibile in termini di gusto decadente, ora mi dovetti ricredere. Quando scesi dal taxi e alzai lo sguardo sul palazzo, che sembrava fatto quasi interamente di vetro e marmo, rimasi davvero senza fiato. Strinsi un po' più forte la borsetta e fui contenta di aver accettato il vestito nuovo di Isla. Almeno non mi sentivo troppo fuori posto.

Ero arrivata più di un'ora prima perché speravo di parlare con Isla prima dell'inizio ufficiale della cerimonia. Al telefono non ero riuscita a contattarla, ma c'era da stupirsi: dopotutto, oggi era il giorno del suo matrimonio. Probabilmente aveva passato la mattinata a truccarsi e a vestirsi, e subito dopo era andata in chiesa con la sua famiglia. Quindi potevo solo sperare che non arrivasse appena prima della cerimonia ufficiale.

Sospirando, mi diressi verso il palazzo, davanti al quale c'erano soltanto poche persone. Anche se era ancora più sfarzoso della proprietà dei Kennedy, ero contenta che la cerimonia non si svolgesse a casa loro, nelle immediate vicinanze della Sorgente, perché mi avrebbe portata sull'orlo dell'esaurimento nervoso. La sensazione di potere, quella sensazione travolgente, ce l'avevo ancora nelle ossa.

Fuori dal palazzo c'erano appunto solo poche persone. La signora in tailleur all'ingresso mi guardò un po' stranita mentre tiravo su il vestito e avanzavo verso di lei. Non avrei saputo dire se fosse perché ero molto in anticipo o perché si era accorta da lontano che io non appartenevo a certi ambienti. In ogni caso, non fece commenti. Si costrinse a rivolgermi un ampio sorriso dalla dentatura perfetta, controllò l'invito e mi indicò la strada all'interno.

Oltre le porte d'ingresso c'era un ampio corridoio dov'era stato steso un tappeto rosso con il bordo di broccato dorato. Ammirai il tessuto lucente sotto i miei piedi e poi i quadri dalla cornice dorata, di personaggi importanti, appesi alle pareti di marmo, e composizioni floreali in vasi che dovevano essere molto costosi. Tenni sollevato con una mano il vestito, un po' troppo lungo, e diedi di nuovo un'occhiata al cellulare, scorrendo fino al contatto di Isla e domandandomi se fosse il caso di fare un altro tentativo. Nello stesso momento, qualcuno si parò sulla mia strada.

«Non è pazzesco che i Kennedy possano affittare una galleria d'arte del XVIII secolo come location per un matrimonio?»

Alzai la testa di scatto e le farfalle nel mio stomaco iniziarono a danzare come matte quando incontrai un paio di occhi verde bosco. Hayes non sorrideva, ma aveva una scintilla divertita nello sguardo.

«Puoi dirlo forte». Misi il telefono nella borsetta e indicai un vaso seduto su un tavolino accanto a noi. «Se per sbaglio faccio cadere quello o qualsiasi altra cosa in questa sala, mi sa che dovrò passare il resto della vita a ripagare il debito».

Lui annuì pensieroso, e io lasciai vagare lo sguardo sul distintivo da detective che aveva sul petto. Oggi era qui per lavoro perché i Kennedy, dopo il furto nella loro proprietà, avevano insistito per ottenere la protezione della polizia. Evidentemente non nutrivano più molta fiducia nella scorta personale. Grazie a Ryker.

Quando pensai a lui, alla visita di quella notte, serrai subito le labbra e feci un respiro profondo. *Calmati, Avery. Non sai se nella sua storia c'è effettivamente qualcosa di vero. Forse è solo uno svitato che venera la Sorgente, o qualcosa del genere.*

Hayes parve notare subito il cambiamento di espressione, da buon detective qual era. Un sopracciglio gli si contrasse. «Va tutto bene?»

Per un attimo pensai di raccontargli tutto. Tuttavia, Ryker non si era limitato a sostenere che la Sorgente della magia stesse per straripare; aveva anche mosso gravi accuse contro i Kennedy. Contro la famiglia di Isla. Accuse che, se veritiere, avrebbero potuto avere conseguenze di vasta portata. E avrebbero potuto distruggere per sempre la fiducia nei nostri Principle. Non potevo mettere a rischio il loro buon nome per una diceria che non sapevo nemmeno se corrispondesse alla verità. Inoltre, non volevo che Hayes si preoccupasse perché Ryker era venuto a casa mia. Al momento era pur sempre un criminale ricercato.

Così scrollai le spalle. «No, non proprio. Ma per adesso non posso ancora dirti niente». Presi la borsetta, che conteneva il cellulare. «Prima devo parlare con Isla».

Un sopracciglio gli si alzò per la preoccupazione. Per un attimo pensai che avrebbe insistito fino a ottenere una spiegazione, invece si limitò ad annuire. «Saprai quello che stai facendo. Ma se sei nei guai…»

...allora anche tu e il resto della società magica siete nei guai. Scossi la testa, cercando di non lasciarmi coinvolgere troppo dalle parole di Ryker. «Non preoccuparti, ti

spiegherò tutto al più presto. Non ti libererai di me così in fretta, adesso». Sorrisi, e lui ricambiò con un ghigno.

«Lo spero» sussurrò dolcemente, e io sentii la pelle d'oca sulla nuca, che scacciò per un attimo i pensieri cupi. Era opportuno lasciarsi andare a un bacio sfrenato con un detective in servizio nel bel mezzo di un corridoio a un evento importante?

Mi sollevò dalla decisione toccandomi dolcemente la spalla e indicandomi la sala da ballo. «Sarò qui per tutto il tempo, nel caso dovesse succedere qualcosa, okay?»

Annuii, posai le mie dita sulle sue un po' più a lungo del necessario e poi lo superai diretta nella sala. Era ancora più sfarzosa dell'ultima volta, ma ormai la cosa non mi sorprendeva più. Sul fondo, stavano allestendo un buffet con piccoli antipasti e un cigno fatto di ghiaccio o di vetro. Il resto del pasto sarebbe stato servito *à la carte*, naturalmente, come si conveniva a un evento del genere. Mi sedetti a un tavolo rotondo al posto su cui c'era un cartellino con il mio nome, e subito mi si avvicinò uno dei camerieri.

«Desidera qualcosa da bere?» mi chiese. «Uno spumante, magari? O il nostro aperitivo esclusivo?»

«Solo un bicchiere d'acqua, per favore» risposi sorridendo. Nonostante in realtà avessi una gran voglia di affogare il nervosismo nell'alcol, sapevo che non sarebbe stato saggio. Avevo bisogno di una mente lucida.

Dopo che il cameriere mi ebbe portato un bicchiere d'acqua frizzante da almeno dieci dollari a bottiglia, a giudicare dal sapore, cercai di rilassarmi un po' guardandomi intorno. Uno dopo l'altro, gli altri ospiti cominciarono ad arrivare, e occorse circa mezz'ora, durante la quale rimasi seduta da sola, prima che qualcuno si avvicinasse al mio tavolo. Alzai la testa appena una donna si sedette proprio accanto a me e mi rivolse un sorriso misterioso.

«Buongiorno a Lei» mi augurò. Le sue palpebre quando sbattevano davano un'idea di stanchezza, forse a causa del trucco pesante e delle ciglia finte che vi aveva incollato. Non poteva essere molto più grande di me, avrà avuto al massimo venticinque anni, e indossava un abito piuttosto insolito per un matrimonio, corto, di una sfumatura blu scuro. I capelli erano dello stesso colore e tagliati ordinatamente all'altezza del mento.

«Buongiorno» risposi, un po' rigida. E, poiché la donna continuava a sorridermi e a temporeggiare, aggiunsi: «Avery Bishop».

«Loria Burke». Ordinò al cameriere un bicchiere di champagne prima di rivolgersi di nuovo a me: «Sposa o sposo?»

«Sono un'amica di Isla».

«Sposa, allora». Le rughe d'espressione intorno agli occhi si fecero un po' più profonde. «Io sono un'amica della famiglia Leary e una collaboratrice di Nicholas».

Leary. Ricordavo di aver già letto il cognome di Nicholas su Instagram, ma fino a poco fa me l'ero totalmente dimenticato. Non sapevo nemmeno se l'avrebbe preso Isla o se sarebbe stato lui a diventare un Kennedy.

Sorseggiai l'acqua, ma senza staccare gli occhi da Loria

Burke. Continuò per tutto il tempo ad avere uno strano sorriso sulle labbra, mentre osservava in silenzio gli altri ospiti, e per qualche motivo mi fece correre un brivido lungo la schiena. Non proseguimmo la conversazione, e io non sapevo bene se trovassi la cosa ancora più bizzarra o se ne fossi contenta.

Solo venti minuti dopo l'inizio ufficiale della cerimonia, quando tutti gli ospiti erano già seduti, le porte finalmente si riaprirono e gli sposi entrarono nella sala mano nella mano, tra gli applausi scroscianti. Mi sollevai leggermente dalla sedia per vederli meglio e, nonostante la situazione, non potei fare a meno di sorridere. Isla era bellissima, non solo per il trucco perfetto e lo splendido abito d'alta moda. Aveva il viso raggiante e sembrava incredibilmente felice. Anche Nicholas sorrideva, anche se in modo un po' più discreto rispetto alla sua sposa, ma anche a lui brillavano gli occhi.

Li guardai camminare, insieme ai genitori, fino al piccolo palco di fronte agli ospiti. La madre di Isla diede il via al ricevimento tenendo un breve discorso in cui elogiò la bellissima cerimonia, prima di informarci che ci sarebbe stato un punto del programma solo per gli sposi prima dei festeggiamenti veri e propri. Un'antica tradizione di famiglia che avrebbe sancito l'investitura di Isla a Principle: la consegna del medaglione di famiglia. Io non sapevo di preciso di che cosa si trattasse e continuavo a cercare di intercettare lo sguardo di Isla. A un certo punto, lei finalmente mi guardò e io feci un gesto con le mani, con quanta più discrezione possibile. *Ti devo parlare. È urgente.*

L'espressione raggiante sul suo volto si attenuò. Guardò sua madre, poi di nuovo me e scrollò le spalle come per scusarsi. *Dopo il rituale.*

Dovevo farmene una ragione. Tornai ad appoggiarmi allo schienale e sorseggiai il bicchiere d'acqua.

Loria, che dopo il nostro breve saluto mi aveva ampiamente ignorata, si sporse verso di me con quel suo strano sorriso. «Va tutto bene, signorina Bishop?»

«Benissimo» risposi, cercando di non far trasparire la delusione. Probabilmente si poteva aspettare ancora qualche minuto. Così speravo.

Quando Isla e Nicholas lasciarono di nuovo il palco, Isla rivolse qualche parola a un membro dello staff e indicò me, per poi sparire dalla sala insieme ai genitori e al novello marito.

Rimasi sulle spine per i minuti successivi. Continuavo a lanciare occhiate alla porta, a guardare la fila dello staff e ad aspettare che accadesse qualcosa. Di colpo, ebbi paura di sentire le risposte di Isla. Paura di ciò che avrebbe comportato per la nostra amicizia se quello che Ryker aveva detto fosse stato vero. In ogni caso, continuavo a non credere che la mia amica sarebbe stato in grado di nascondere una storia familiare così clamorosa, senza crollare sotto il peso della coscienza sporca. Non era proprio da lei.

Ma potevo davvero affermare di conoscere Isla? Non eravamo amiche da molto tempo, non era da tanto che l'avevo incontrata per la prima volta. Lei era una delle poche persone che sapevano che cos'ero. Mio nonno aveva represso la mia magia per proteggermi, ma da che cosa? Da chi? Se la storia di Ryker era vera, allora ero entrata nella fossa dei leoni completamente sola e indifesa. Allora forse sì che avevo firmato la mia condanna a morte.

Non poteva essere, no? Isla non era una persona del genere. Assolutamente no.

Quando qualcuno mi diede un colpetto sulla spalla, trasalii tanto che per poco non rovesciai il bicchiere d'acqua mezzo pieno. Le altre persone al tavolo mi guardarono stranite e un po' seccate, Loria accanto a me fece di nuovo quel suo strano sorriso.

Cercai di ignorare le occhiate e mi voltai verso la cameriera che stava in piedi dietro di me. Come gli altri, indossava una camicetta bianca e un piccolo papillon.

Sorrise gentilmente non appena i nostri sguardi si incrociarono. «La signorina Kennedy mi ha chiesto di accompagnarla nel soggiorno. Desidera un colloquio con Lei».

Mi si rizzarono i peli sulla nuca, mentre gli altri commensali al mio tavolo si riunivano a parlottare. Io annuii, spinsi il bicchiere lontano da me e mi alzai per seguire la cameriera.

Ci lasciammo alle spalle il vociare rumoroso e la musica alta della sala e percorremmo un ampio corridoio. Il soggiorno di cui aveva parlato aveva alte pareti stuccate, una angolo con una panca, poltrone e sedie e un camino in cui ardeva addirittura un fuoco. Solo quando la cameriera si chiuse la porta alle spalle, notai Isla seduta su uno degli scomodi divani. Ebbi un tuffo al cuore quando vidi il suo viso pallido e gli occhi spenti e sgranati, il corpo accasciato.

Sembrava che avesse appena visto un fantasma.

«Che cos'hai, Isla?» chiesi, allarmata. Feci un passo verso di lei, che subito alzò la testa e mi fissò.

Nei suoi occhi brillavano le lacrime, ma ora il suo sguardo era diventato di colpo limpido. Una mano prese automaticamente il medaglione che portava al collo. Aprì le labbra, ma passò qualche secondo prima che dicesse qualcosa: «Avery». Tremò. Trasalì. Poi di colpo balzò in piedi, superò i pochi metri che ci separavano e mi afferrò le braccia. Aveva le dita ghiacciate e il viso disperato. «Avery, devi andartene da qui. Subito».

«Cosa?» La pelle d'oca mi coprì tutto il corpo. «Perché?»

«Era tutta una menzogna!» Sussurrava, ma la sua voce aveva ancora una tale intensità che mi irrigidii. «Tutto quello che mi hanno detto fin da quando ero bambina... era tutta una menzogna. Oddio, Avery». Di riflesso, si portò di nuovo la mano al collo, al medaglione, e lo strinse con le dita.

Io lo guardai e in quell'attimo Isla lo girò. Il retro del ciondolo a forma di goccia era fatto di carta. Una sbiadita pergamena dall'aria antichissima. Mi ci volle un secondo per capire cosa significasse.

Il rituale per la nomina a Principle. Isla mi aveva raccontato che si trattava della presentazione cerimoniale del medaglione di famiglia. Ciò che contava non era il medaglione in sé, ma quel foglietto. Quell'antico pezzo di pergamena doveva contenere ricordi su ricordi. La vera storia dei Kennedy. Tutto ciò che era accaduto nelle generazioni passate.

La verità.

Aprii la bocca per dire qualcosa e all'improvviso la sentii incredibilmente secca.

«Devi andare via» sussurrò un'altra volta Isla. Le lacrime le scendevano sulle guance, le sue dita mi scavavano la pelle. «Ti prego, devi andare via».

La guardai, vidi la disperazione nei suoi occhi, la delusione, l'orrore. «Quindi quello che mi ha raccontato Ryker è vero?»

Lei si bloccò, spalancò gli occhi ancora di più. «Ryker?» ripeté, in un sussurro strozzato.

«È stato a casa mia. Mi ha spiegato che i veri protettori delle Sorgenti non sono i Narrative... ma i Toxic» sussurrai, con lo sguardo rivolto alla porta dietro Isla. Gli altri Kennedy sapevano che cos'ero? Sarebbero entrati da un momento all'altro per arrestarmi? Per sacrificarmi alla Sorgente? «E che la tua famiglia l'ha tenuto segreto per generazioni per non perdere il potere che ha sulla Sorgente e sulla società magica».

Isla si lasciò sfuggire un singhiozzo. Sembrava che stesse per crollare tra le mie braccia da un momento all'altro. E sebbene io di colpo sentissi la forza della verità, provavo anche sollievo. Lei non l'aveva mai saputo. Isla non aveva mai saputo nulla. «Avery, devi andartene» supplicò Isla.

«Sanno che io sono una Toxic?»

«No!» Scosse la testa con una forza tale da farle agitare i capelli. «A loro non ho detto nulla. Ma se lo scopriranno, tu sarai in pericolo. Avery, ho visto certe cose. Ricordi raccapriccianti, e gli atti dei miei antenati... Se i miei genitori lo scoprono...» Si bloccò, ansimando. Sembrava che stesse per vomitare da un momento all'altro. «Dopo quella conversazione sono scappata di corsa dalla stanza. Volevano che mi calmassi, ma verranno a cercarmi! Non devono trovarti!»

Le strinsi le braccia un po' più forte. «Io non me ne andrò da qui senza di te. Se questa storia è vera, allora siamo tutti in pericolo. Non solo io e te, ma tutti i maghi qui a New York e nei dintorni. Se la Sorgente straripperà, moriranno tutti!»

Isla mi guardò disperata con gli occhi pieni di lacrime. «Ma ti prenderanno e...»

«Possiamo impedirlo. Un modo ci sarà. Non so quale, ma possiamo riuscirci. Tu sei la Principle ora. Insieme possiamo cambiare le cose. Non ti lascerò certo da sola in mezzo a tutto questo!» dissi con voce ferma.

Qualche dubbio le si insinuò negli occhi, ma prima che potesse dire qualcosa, la porta alle sue spalle si aprì. Pianissimo, senza scatti. Quando lentamente si spalancò, e io vidi Nicholas in piedi, con un'espressione inorridita, capii che era sempre stata aperta. Aveva sentito tutto quello di cui avevamo parlato.

«È vero?» chiese. La voce arrabbiata non si conciliava al viso dolce che conoscevo. Attraversò il soggiorno a lunghi passi. «È vero che tu e la tua famiglia non siete i veri protettori della Sorgente?» Isla lo guardò scioccata e quasi all'istante mi lasciò le braccia. «Nic, non è come pensi... io non lo sapevo!» Aveva un tono così disperato che avrei voluto tanto stringerla di nuovo a me.

Il fatto che Nicholas ora sapesse che ero una Toxic forse avrebbe dovuto spaventarmi, ma lui non prestava attenzione a me. Tutta la sua rabbia era concentrata sulla novella sposa.

«Non può essere vero! Che cosa diavolo hai visto, Isla? Quali ricordi ti hanno fatto gridare in quel modo contro tua madre e uscire di corsa dalla stanza? Dimmi subito che cos'è successo!»

«Nic, ti spiegherò tutto più tardi, te lo prometto!» rispose Isla. «Ma ora dobbiamo...»

Lui la agguantò per un braccio, e il mio corpo si tese all'istante. «No» ringhiò forte. «Era tutta una menzogna? Tutto quello che sapevo su di te e sulla tua famiglia era una menzogna? Voi non avete alcun potere sulla Sorgente della magia? Siete solo dei parassiti che ci abitano sopra?»

Isla trasalì e lo guardò incredula.

Io feci un passo verso entrambi e dissi, con rabbia: «Se questa storia è vera, allora anche la tua è solo una famiglia di parassiti!» Gli misi una mano sul braccio con cui teneva ferma Isla. «E adesso lasciala andare, capito?»

Non seppi reagire con la rapidità con cui Nicholas si voltò di scatto verso di me.

Mi trafisse con lo sguardo e poi mi diede una spinta così violenta che io inciampai e caddi a terra con un sibilo di dolore.

«Nic!» urlò Isla. Fece per accorrere verso di me, ma il marito la tenne ferma e la costrinse a guardarlo in faccia. La rabbia sul suo volto era più che sproporzionata, e all'improvviso avvertii uno strano calore nell'aria.

«Tu mi hai mentito» sbottò con odio. «Mi hai mentito per tutto questo tempo!»

«No, Nic, io non lo sapevo!» Isla cercò di liberarsi dalla presa, e io mi tirai in piedi appoggiandomi alla poltrona per aiutarla. Poi tutto accadde a una velocità assurda. Il mio sguardo si posò per un secondo sul volto disperato di Isla, quando con la coda dell'occhio notai un luccichio argenteo rivelatore. Mi voltai di scatto. Sul braccio di Nicholas scorrevano sottili vene lucenti di magia. Percorrevano la sua pelle più in fretta di quanto avessi mai visto prima, persino su di me. Fino alla punta delle dita. Fino alla mano di Isla. Gli baluginarono perfino negli occhi. Quella magia argentea gli colorò le iridi, fino a quando tutta la sua persona parve rilucere di potere e rabbia.

Isla urlò, e io feci lo stesso quando la vidi trasalire.

«Lasciala andare!» gridai e mi avventai contro entrambi.

Ma Isla era già crollata, e Nicholas la lasciò andare. Io di riflesso la afferrai, le sue labbra erano color argento e intorno alla bocca aveva delle minuscole vene. Mi fissò per un attimo, piena di paura, piena di meraviglia, e poi la testa le si inclinò da un lato.

«ISLA!» La strinsi più forte, la scossi, ma lei non si mosse più.

No! No, no, no, per favore, no

Alzai la testa di scatto. «Va' a chiamare un dottore! Vai, muoviti!» gridai a Nicholas, ma lui se ne stava lì a guardarsi affascinato la mano, allungando le dita. Le vene argentate si stavano già affievolendo, proprio come il baluginio nei suoi occhi. Non fece il minimo sforzo per aiutarmi, così girai la testa e gridai oltre una spalla: «AIUTO! QUALCUNO CI AIUTI!»

«Che cos'hai fatto?» risuonò una voce sopra di me.

Per lo spavento, mi voltai subito a fissare Nicholas. «Cosa?»

Si stava ancora esaminando la mano, ma gli angoli della bocca erano incurvati in un leggero sorriso. Il suo sguardo si spostò su di me. «Che hai fatto, Avery? Che cos'hai fatto a mia moglie?»

Io lo fissavo, senza capire che cosa stesse cercando di dire. Isla era fredda tra le mie braccia, troppo fredda, e nel mio cuore non c'era mai stata tanta paura.

Nicholas prese fiato e poi gridò: «SIAMO NEL SOGGIORNO! HA ASSASSINATO MIA MOGLIE!»

Quasi nello stesso istante, le porte furono prese d'assalto e mille persone si precipitarono nella sala. Guardie del corpo, ospiti, parenti. Qualcuno di loro urlò, alcuni di chiamare un medico, altri per l'orrore. Io ero ancora seduta lì, con Isla senza vita tra le braccia, a fissare incredula Nicholas mentre intorno a me si scatenava il finimondo. Lentamente, iniziai a capire. Mi stava incastrando per quello che aveva fatto a Isla. Dava la colpa a me. E io me ne stavo lì, con Isla tra le braccia, e non pensai neanche di difendermi. Perché mi fu chiaro dal primo secondo che, se avessi raccontato ciò che Nicholas aveva fatto, non mi avrebbe creduto nessuno. Qui nessuno mi conosceva, nessuno sarebbe stato dalla mia parte.

Ma avrebbe fatto qualche differenza?

Qualcosa aveva ancora senso? Il mio sguardo vagò sul viso perfettamente calmo di Isla, sui suoi occhi chiusi e sulle sottili vene argentate intorno alle labbra dello stesso colore. Dentro di me, tutto si intorpidì e i miei occhi si riempirono di lacrime.

«Che cos'è successo qui?» La voce scura sopra di me era tagliente. Alzai lo sguardo e incontrai quello di Hayes, che si era fatto strada nel soggiorno tra la gente e ora fissava con orrore Isla. Le vene argentee che le circondavano le labbra. Le stesse che aveva già visto una volta, su sua sorella.

Lentamente mi guardò. Nei suoi occhi c'era un muto interrogativo sulla mia colpevolezza, che trasformò la disperazione dentro di me in un vortice profondissimo.

«Sono entrato e loro due stavano litigando!» dichiarò Nicholas sopra di me. «E poi, lei ha toccato Isla e le ha fatto qualcosa con la sua magia! Ha ucciso mia moglie, La arresti subito!»

Hayes e io ci fissammo. Sapevo che non voleva farlo, ma che doveva. Sapevo dai suoi occhi che dubitava, perché conosceva la mia magia. Si interrogava se l'avessi fatto davvero. Si preoccupava che avessi perso il controllo e avessi ucciso la mia migliore amica. Le lacrime traboccarono, e io abbassai la testa. Che mi arrestassero pure. Che mi gettassero nella Sorgente. Alla fine, non c'era via di scampo per me. D'un tratto, la luce si spense, facendo sprofondare il soggiorno senza finestre in un buio profondo. Alcuni tra i presenti urlarono per lo spavento. Qualcuno gridò degli ordini, qualcuno uno strillo di dolore.

Percepii tutto questo al limite della consapevolezza: sentivo ancora la pelle fredda di Isla, il suo corpo senza vita tra le mie braccia. Era morta. E ora per me era tutto finito.

CAPITOLO 29

Qualcuno mi afferrò il braccio e mi tirò su. Il corpo di Isla mi scivolò dalle braccia e io urlai per protestare, ma quelle mani mi tennero ferma in una presa implacabile, trascinandomi via.

«Corri» disse qualcuno, e io trasalii a quel suono. *Ryker.*

Senza opporre resistenza, ero troppo scioccata per riuscirci, lasciai che mi trascinasse a passo sicuro nel buio. Incespicai tra la gente in preda al panico, uscendo nel corridoio, probabilmente, e proseguendo oltre. Finché a un certo punto il buio si schiarì, finché una porta si aprì di fronte a noi, e piombammo in strada.

Ryker mi teneva ancora per il braccio. Si era calato un cappuccio sulla fronte. «Andiamo» ringhiò, con una scintilla pericolosa negli occhi, mentre mi spingeva verso la sua auto, che era parcheggiata in diagonale vicino al marciapiede. Mi cacciò sul sedile del passeggero e sbatté la portiera, per poi correre dall'altro lato dell'auto.

Frastornata, lo vidi buttarsi al volante, sentii le persone precipitarsi fuori dal palazzo dietro di noi e udii il rombo del motore. L'auto sobbalzò in avanti, e sfrecciammo via, in strada e a una velocità folle in curva, passando con il rosso, superando le auto strombazzanti, fuori da New York.

Ryker con i denti digrignati e le mani contratte.

E io, sul sedile del passeggero, completamente sotto shock per tutto quello che era appena successo. Piena di paura. Piena di disperazione. Piena di domande.

EPILOGO

Era la prima volta in tre ore che Arianna alzava lo sguardo dai fascicoli sulla scrivania. Si sentiva le spalle tese, tutto il corpo era irrigidito. Solo per un momento, aveva voluto distrarsi dalle preoccupazioni che la assillavano da giorni. La paura per suo fratello, che l'accompagnava da quando era partito per New York. Ma le era difficile pensare ad altro.
A qualsiasi cosa che non fosse il pericolo che li minacciava da lì.

Arianna spinse via i fascicoli e si alzò in piedi. Il lungo vestito arioso le svolazzò intorno alle gambe snelle, mentre si avvicinava alla finestra e scostava le tende. Il sole era ormai sorto del tutto e inondava la città di una luce dorata. Mentre guardava i tetti splendenti, assaporando il dolce formicolio dell'aria che la avvolgeva sempre, a un tratto ad Arianna risuonò di nuovo in testa la voce della sua maestra Sila. «Non sei obbligata a restare qui. Il dovere non ti lega a questo luogo, puoi ancora esplorare il mondo intero con curiosità».

Ma non era solo il dovere a spingere Arianna a restare. Era anche quella meravigliosa sensazione di casa e di sicurezza. Quell'eccitante sensazione di magia che la avvolgeva come una coperta calda. In nessun altro luogo si sentiva così sollevata e completa.

Arianna posò dolcemente un dito sull'amuleto che portava sullo sterno e vi percepì la Sorgente che si trovava giù, in profondità, sotto i suoi piedi. Quel dolce pulsare, quella corrente rilassante la riempirono per un attimo e calmarono la sua mente inquieta.

«Principle Arianna?»

Si voltò di scatto, spaventata, perché non si era accorta che qualcuno era entrato nel suo ufficio. Era Ruby, che faceva capolino dalla porta e ora aveva un sorriso spiacente sulle labbra. «Chiedo scusa. Ho bussato, ma Lei non ha risposto».

«Nessun problema». Arianna fece un respiro profondo e riassunse la postura altezzosa che suo fratello amava canzonare. Si scostò indietro una ciocca scura dei capelli corti che continuava a sfuggire. «Che cosa c'è?»

«Voleva che Le facessi sapere se c'erano novità da New York».

«Mio fratello ha chiamato?»

Ruby le porse un cellulare e il sorriso di Arianna si addolcì. Subito una scossa le attraversò il corpo. Per la velocità con cui attraversò la stanza, non sarà sembrata affatto elegante.

Ma in quel momento non le importava niente.

Si premette il cellulare all'orecchio. «Ryker?!»

«Ti sento stressata, sorellina. Hai dormito male?»

Il sollievo nell'udire la sua voce si trasformò subito in fastidio. «Forse è per via del fatto che non ti sento da giorni? Dove diavolo eri finito? Ero preoccupata!»

Fece un cenno a Ruby, che annuì brevemente. Poi uscì dall'ufficio e si chiuse bene la porta alle spalle.

«Ho dovuto tenere un profilo basso per un po'». Ryker aveva un tono divertito, tuttavia Arianna riusciva comunque a sentire la tensione nella sua voce.

Conosceva il fratello maggiore da tutta la vita, e per molto tempo loro due erano rimasti da soli. Orfani, ignorati dalla società, finché qualcuno non aveva scoperto il loro talento, e si erano trasferiti in questo magnifico palazzo. Ma anche dopo, lui era sempre stato al suo fianco; lei lo conosceva meglio di chiunque altro. Per questo sapeva anche quando mentiva. O quando nascondeva qualcosa.

«Che significa?» domandò mentre si accomodava alla scrivania. Il mal di testa che la tormentava da giorni era tornato. «Perché hai dovuto tenere un profilo basso?»

«Ho fatto solo quello che mi hai chiesto di fare» replicò lui in tono innocente.

Arianna aveva seri dubbi in proposito. Se Ryker si fosse attenuto al suo piano, sarebbe già tornato a casa da tempo.

Probabilmente se ne rese conto anche lui perché, dopo un attimo di esitazione, ammise: «Alcune cose sono andate storte, ma ora sono in viaggio». Dopo una breve pausa, aggiunse: «Non sono solo».

Arianna soffocò un gemito e lo sguardo le cadde sul fascicolo aperto di Avery Bishop e sulla parola "Toxic" sopra la sua foto. «Ti prego, non dirmi che...»

«Lei non sa niente».

«E come potrebbe?» Arianna accartocciò uno dei fogli inutili sulla scrivania. Ma arrabbiarsi non l'avrebbe portata da nessuna parte. Se avesse voluto qualcuno che si limitasse a dare un giudizio spassionato sulla situazione e a fare quello che gli veniva detto, non avrebbe dovuto puntare sul suo emotivo fratello fin dal principio. Ma se Ryker aveva fatto ciò che lei sospettava, il pericolo era di gran lunga più grave di quanto non si fosse immaginata.

Ma ormai le cose stavano così. Non aveva altra scelta che accettarle. Ryker era un testone e non importava che cosa dicesse lei, avrebbe agito comunque di testa sua.

«Quando arrivi?»

«Tra due giorni, se tutto va bene».

«Perché non hai preso l'aereo?»

«È una lunga storia» disse, evasivo.

Bene. Arianna raddrizzò le spalle. «Per ora l'importante è che torni senza correre altri rischi». Fece un respiro profondo, prima di aggiungere con voce fredda: «Non possiamo rinunciare al nostro Second».

Ryker, all'altro capo del filo, rise piano. Naturalmente, sapeva benissimo che lei era preoccupata per lui. In momenti come quello, i doveri di un Principle venivano dimenticati. «A presto, Ari».

«Fa' attenzione». Lei riattaccò e appoggiò il viso tra le mani con un gemito.

Calò il silenzio e il mal di testa sulla fronte divenne lancinante.

Arianna sapeva che il peggio doveva ancora venire.

GLOSSARIO

SORGENTE Fiume magico che produce la magia primordiale e la rilascia nell'atmosfera. Negli Stati Uniti esistono due grandi Sorgenti, una a New York e una a Denver. Da secoli, le Sorgenti sono protette dalle due famiglie di Narrative più potenti.

NARRATIVE Hanno il potere sui ricordi. Tramite l'inchiostro e la carta dei libri, sono in grado di riconoscere, conservare, evocare i ricordi; i Narrative molto forti (i Manipolatori) possono anche modificare/cancellare i ricordi.
I Narrative emanano un odore di libri, carta e segreti.

ARTIST Hanno il potere sul corpo delle persone. Tramite l'argilla o altri manufatti, sono in grado di modificare l'aspetto delle persone e curare le ferite. Gli artisti odorano di colore, olio e libertà.

POISONER Hanno il potere sulle emozioni delle persone. Tramite cibi o bevande preparati da loro, sono in grado di intensificare o evocare momentaneamente emozioni precise.

I Poisoner emanano un odore di vino dolce mescolato a sangue.

TOXIC Una sottospecie molto rara di Poisoner. Sono in grado di usare la magia tramite il contatto fisico e di avvelenare le persone con un semplice tocco; in modo lieve o finanche mortale.

SHIELD Con loro si esaurisce la magia di una famiglia. Non possiedono capacità magiche, ma sono immuni alla magia altrui. Per questo motivo, molti Shield lavorano come guardie del corpo di maghi importanti oppure nella polizia.
Gli Shield emanano un odore di rame.

RINGRAZIAMENTI

Poter, un giorno, andare in libreria e trovare un libro fantasy scritto da me: questo è stato il mio sogno fin da quando ero alle elementari. E c'è voluto tanto tempo perché si realizzasse, ma ora guarda, ce l'hai davvero tra le mani! Che emozione!

Senza la mia straordinaria famiglia e i miei amici, senza il loro incoraggiamento e le loro parole di motivazione, mi sarei arresa mille volte. I miei colleghi al co-working mi hanno dato parecchi calci nel sedere, per cui... vi ringrazio per avermi sostenuta così tanto nella stesura di questo libro! Potermi lamentare quasi ogni sera dei miei problemi con i miei meravigliosi amici di DbD (in particolare Marie, Laura e Alex!) e festeggiare con loro i miei successi è stato assolutamente fondamentale. Grazie per essermi stati sempre vicini.

E poi ci sono le supermeravigliose persone della Ravensburger (innanzitutto Kathrin, che mi permette sempre di tempestarla di infinite domande): vi ringrazio per il vostro sostegno, mi fate sentire incredibilmente apprezzata! E grazie alla mia ex agente Rosi, perché senza di lei non sarei mai riuscita a firmare il contratto per realizzare questo sogno.

Ringrazio i miei fantastici follower su Instagram, ciascuno di loro, per la motivazione che mi danno (spesso senza saperlo). Per le tante meravigliose foto dei miei libri e le affettuose recensioni. Grazie.

E infine... a Te, caro lettore o cara lettrice.

Grazie, perché sei una parte importantissima del mio sogno.